明狀元唐皋佚文輯考編年

唐宸
——撰

中西書局

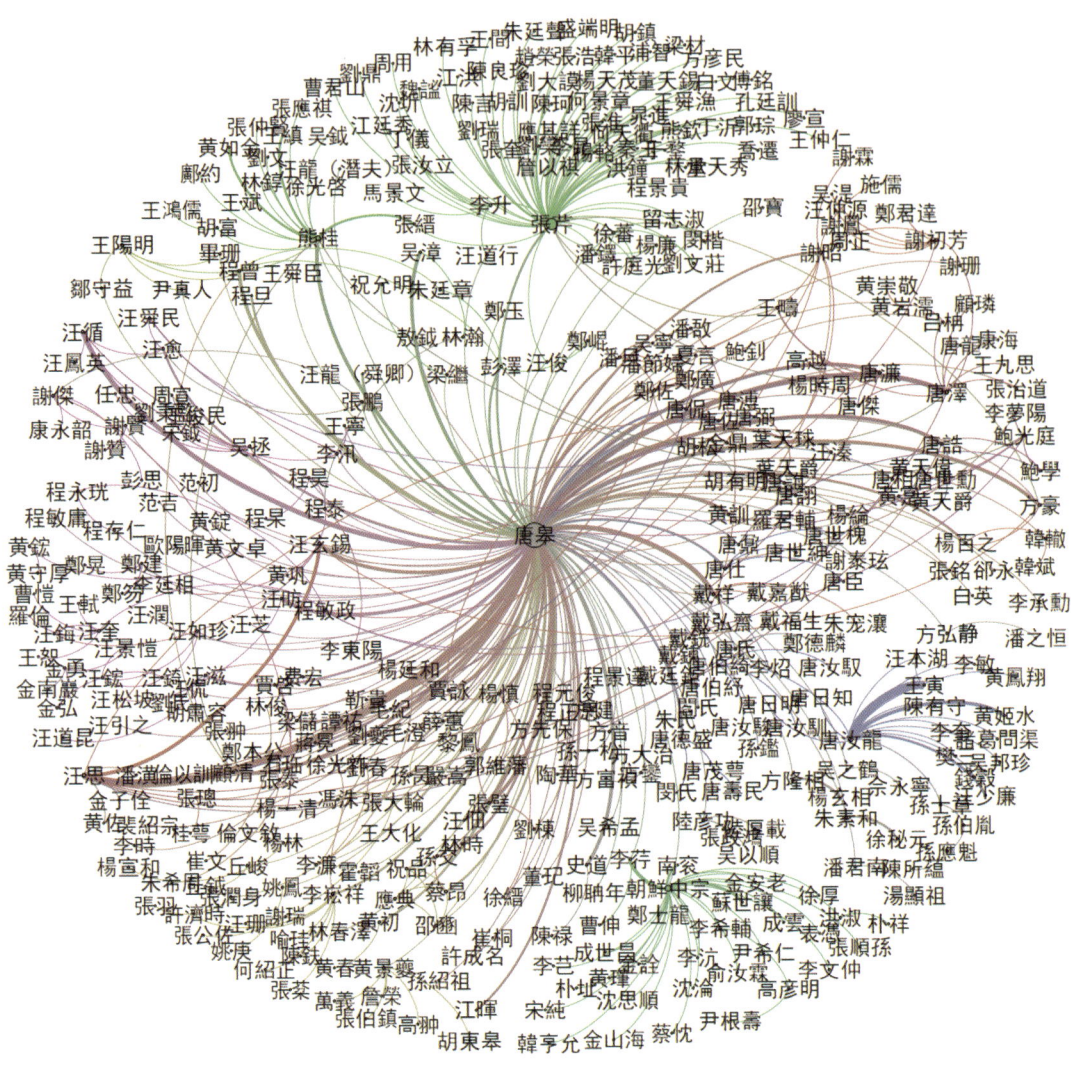

唐皋社會網絡分析圖

唐皋狀元及第圖

明顧祖訓《明狀元圖考》，明萬曆三十五年刻本

日本內閣文庫公文書館藏

除得園亭數畝荒春末
紅紫正芳芳主人好客
頻邀去日乙亭前笑舉
觴

新菴唐皋

唐皋手書《題玩芳亭卷》(局部)
明正德間紙本
北京故宮博物院藏

唐皋手書《拜尚書宋公祠》《楊水部移祠》
明正德十二年，碑刻
大運河南旺樞紐考古遺址公園藏

松澗詩卷序

夫松之為植物昭昭矣而性則殊松他木蓋其蒼然之色

歷歲寒而不改挺然之操飽霜雪而益勁而其凌雲之高

姿可以陵重霄淪地之仙腊可以制頽齡又豈他木可得而

擬耶禮不云乎其在人也如松栢之有心也貫四時而不改

柯易葉語曰歲寒然後知松栢之後凋也言乎其色與稀有

然者笑昔人又謂其枝地十尺而枝摩青天可柱明堂而

棟大厦淮南子云千歲之松上有兔絲下有茯苓茯苓上

品仙藥人餌之而長生謂其陵重霄而制頽齡不信然乎

唐皋手書《松澗詩卷序》（局部）

明嘉靖四年，紙本
徽州歷史博物館藏

國家社科基金重大項目
"徽人别集整理研究與數據庫建設"

序

　　唐皋是明武宗正德九年(1514)甲戌科狀元,時年已四十六歲。他在五十八歲時卒於翰林院侍讀學士任上,時爲明世宗嘉靖五年(1526)。他雖有狀元之尊,但中狀元時年齡已偏大,過世又偏早,出仕的時間過於短暫,因而官位并不顯赫,在後世也就沒有獲得相應的名聲。他的別集稱《新庵文集》,各種公私藏書書目中亦難覓遺迹,應當很早就佚失了。除了保存在朝鮮活字本《皇華集》中的一百多首詩作外,今人其實很難獲讀唐皋的詩文作品。有幸的是,五百年後,其裔孫唐宸博士,耗費了十多年的時間,輯得唐皋佚文87篇、佚詩197首,撰成《明狀元唐皋佚文輯考編年》一書,使我們得以讀到較多的唐皋詩文作品。

　　展讀唐宸博士該著,得到三點較深的印象。其一是充分利用了數字人文技術進行作品輯佚,從而取得豐厚的成果。唐宸在碩士研究生階段,即留心輯佚唐皋詩文,當時數字人文的技術還沒有現在那麼發達,他是以傳統的輯佚方法爲主要手段,并在爲數不多的數據庫中進行搜索,得到唐皋佚文50篇、佚詩169首。十年後,他使用當今發達的數字人文技術對各類最新的數據庫進行搜索,新得佚文42篇、佚詩32首,去其重複,從而達到了現在的數量規模。唐宸了解和熟悉國內外的各種與中國古典學術有關的數據庫,對學習和掌握數字人文技術一直有着濃厚的興趣,他能够熟練地運用數字化時代所涌現出來的各種網絡分析工具,甚至可以自己編程。這次輯佚唐皋的詩文,就是很好地利用了GIS、Gephi等軟件工具,構筑了唐皋的社會關係網絡,并進行可視分析,在搜索這些與唐皋有着一定的社會交往的人物的著作中得到了不少佚作。唐宸利用數字人文技術手段進行古典文學作品輯佚所作的探索,對於我們如何更好地利用現代科技手段進行古籍整理工作是有着很好的示範意義的。

　　其二是較多的輯佚成果來自宗譜文獻。《明狀元唐皋佚文輯考編年》一書,其輯佚成果廣采別集、總集、筆記、方志、宗譜和石刻文獻而成,而宗譜文獻之采輯尤其令人注目,佚文中有 30 篇、佚詩中有 22 首來自宗譜文獻。也就是説,在佚文部分有三分之一以上的篇幅輯自宗譜文獻,這構成了這一著作的一大特色和亮點。現存的宗譜及方志等大多是明清以來所編纂的,因而它們是明清詩文輯佚的兩大淵藪,對於地域文學和家族文學之研究關係尤巨,理應引起明清文學及文獻研究者足够的重視。不過,宗譜文獻的存世數量非常龐大,可供檢索的電子數字化的工作還處於起步階段,想要從宗譜中得到自己所需的東西,往往費力極多而收獲極少,有時候不啻大海撈針。因而從事明清文學及文獻的研究者,從宗譜中打撈文獻而取得較大實績者,目前還不多見。唐宸因爲能够熟練地運用數字人文技術的各種手段,加之他熟悉各種數據庫,有意識地製作了"明版徽州譜牒藝文數據庫"并進行普查,從而取得了異乎常人的成績。

　　大家知道,宗譜既是明清詩文輯佚的淵藪,同時又是僞作泛濫的重災區。因此對出自宗譜中的文獻,要做一番認真的辨别真僞的工作之後方能取用。本着這一緣由,我對唐宸這部著作中出自宗譜的文獻作了重點閲讀,并從年代、職官、地理、史實以及唐皋與所涉人物的關係等幾個方面進行了認真的核查。我感覺唐宸的辨僞工作做得很細緻,收入正編中的宗譜文獻大抵信而有徵,基本是可靠的,而作爲"疑僞之作"附收的文獻,其考證也是確鑿的,結論是可以定讞的。這充分顯示出了唐宸在古典文獻專業方面的深厚功力。

　　其三是該著對所輯佚的詩文,在體例編排方面完備合理,堪稱古籍整理的典範之作。該書雖稱"佚文輯考編年",實際可以看作是一種新出現的明人別集,可稱《唐皋集》或《唐新庵集》。所輯佚到的詩文數量,也達到了明人別集的平均數量。該著分内外編及附録。其中内編"新庵文集輯佚",分爲文集十一卷、詩集四卷共十五卷,外加"疑僞之作"。文集部分按策、疏、書、記、序、跋、傳狀、碑銘、祭文、贊頌等,分文體排列,詩集部分前三卷爲輯自《皇華集》之詩作,末卷則按樂府、古體、近體、題咏、聯對等詩體排列,其編排體例采用了古人別集中常見的按體裁進行分類編排的方式。如果不是書名稱"佚文輯考",我們完全會將它認作是明人流傳下來的一種別集,而想不到全部的詩文均來自輯佚。而唐宸這部著作,除輯佚外,其整理業績還體現在編年考證上,每一類别下所收的詩文,按照寫作時間的先後進行編排,并附有"出處""編年",呈現出考證成果。這體現出來的又是現代學者對於古代作家詩文集進行重新整理時所常用的編年方式。

　　該書的外編由"詩文資料彙編""歷史資料彙編"組成,其中"詩文資料彙編"收錄了同時代人與唐皋的交游之作,"歷史資料彙編"則分爲敕命、祭文、傳記、事迹,是有關唐皋的史料。末有附錄,由"唐皋傳略""唐皋年表""唐皋本名考""唐皋印譜"和唐皋家人的佚作等組成。這樣,這部著作,内編與外編相結合,輔之以附錄,既有唐皋詩文的輯佚整理,又有相關史料的收集彙總,構成了一種完備的古籍整理成果形式,爲當下的古代詩文别集的整理提供了一個樣板。

　　認識唐宸已十多年,看着他在學業上不斷取得進步。記得初識唐宸是在 2013 年 10 月浙大古籍所建所 30 周年的紀念會上。那天下午古籍所所友座談,最後自由發言階段,唐宸作了精彩的发言。他自陳是古籍所今年新招收的博士生,因爲自己笨嘴拙舌,更缺乏臨場發揮的能力,因而對於那些腦子反應靈敏、臨場發揮能力强的人特别羨慕。我當時就覺得這個同學真是聰明。在後來的接觸中,我發現唐宸不光腦子聰明,而且博學多才。他的文獻學功底極好,還擅長古典詩詞的寫作,并精通電腦技術,對國内外各種數據庫了如指掌,對新興起的人文數字技術興趣濃厚。還有一點更重要的是,他做事十分可靠。他去西南一帶游歷時,我托他去重慶圖書館、四川圖書館查閱古籍,他爲我抄錄了《寄閑堂稿》等文獻中的六十多首詞作;他去臺灣中山大學作博士交流期間,我請他去臺北查找明詞資料,他爲我帶回厚厚的一疊複印文獻。

　　唐宸在博士畢業後去了安徽大學文學院工作,很快就成了所在單位教學科研方面的青年骨干教師,在學生中有着極大的影響力,被尊爲"教主"。由於他的治學興趣實在有點廣泛,他每次來杭州,我都要叮囑他治學面不可太廣,適當作些收束,好好往一個方向努力,一定會有更大的成就。這幾年,他漸漸地將主要精力放在數字人文技術的掌握和運用上,開發出了"數字人文門户網站""全球漢籍影像開放集成系統""中國古典文獻資源導航系統"等公益性免費學術平臺,受到了古代文史研究者的廣泛歡迎。唐宸目前已成爲數字人文研究領域卓有建樹的青年學者,期待着他在這一領域中不斷取得新的成就。

周明初

二〇二四年十二月序於積跬室

目　　録

附　　録

前　　言

　　近十年來，因古籍光學文本識別（OCR）等數字化技術和數字人文方法迅猛發展，大量結構化古籍數據庫與智慧化古籍平臺相繼問世，爲學者多角度、多方法利用古典文獻提供了前所未有的便利。① 而在衆多新技術方法中，運用數據庫進行古典文學作品輯佚是潛力頗大的一種。② 目前雖已有少數學者利用此方法取得一些成果，但學界對其具體路徑策略還缺乏必要的討論與總結。筆者曾於十年前（2012 年）以傳統輯佚學方法爲主，以當時爲數不多的幾種古籍數據庫爲輔，對明代狀元唐皋的已佚文學作品進行了輯佚。近期，又利用各類最新數據庫和數字人文技術針對同一對象進行了新一輪輯佚，在取得不少新資料的同時，也產生了一些新認識。上述兩次輯佚工作間隔正好十年，堪稱數字化輯佚在文學文獻研究領域的一場有效實驗，值得深入反思，以就教於方家。

一、前期工作

（一）實驗案例

　　古典文學文獻的散佚程度各不相同，有全書存而單篇佚者，有全書皆亡者。前者即所謂"集外文"，學者點校整理文人別集時往往順手加以搜集。筆者多年前隨蔡錦芳師整理清人杭世駿集時，曾輯得佚文 24 篇、佚詩 27 首，已屬可觀。③ "全書皆亡者"又分爲兩種情形：一是全書雖亡，但仍有序跋或目録傳世，可爲輯佚者提供綫索；二是全書體例、風貌均毫無綫索可尋者。相較之下，後一種情形更加困難，也是傳統輯佚學難度最大的課題。此外，佚書原作

---

① 劉石：《文獻學的數字化轉向》，《文學遺産》2022 年第 6 期。
② 陳尚君：《古籍輯佚學在數碼時代的發展機緣——史廣超〈永樂大典〉輯佚述稿〉序》，《古籍整理研究學刊》2009 年第 6 期。
③ 蔡錦芳、唐宸点校：《杭世駿集》，浙江古籍出版社 2015 年版。

者的知名度對於輯佚工作的難度也有影響,大抵知名者輯佚其作品相對容易,餘者則難上加難。

本案選擇的輯佚對象爲明代狀元唐皋(1469—1526),字守之,號新庵、紫陽山人,南直隸徽州府歙縣巖鎮(今安徽省黃山市徽州區巖寺鎮)人。他早年求學徽州紫陽書院,七戰秋闈不利,至正德八年(1513)方中舉人,次年以狀元及第,時年四十六歲。隨後他在翰林院歷任修撰、侍講學士(兼經筵講官)等職,曾於正德十六年以欽差正使身份出使朝鮮頒嘉靖帝即位詔,與李荇等朝鮮著名文臣唱和。嘉靖五年(1526)卒於侍讀學士任上,得年五十八歲。他的行狀、墓志銘迄今尚未發現,清代官修《明史》未予立傳(萬斯同《明史稿》有簡略附傳)。通觀其一生行迹,除高中狀元及出使朝鮮時將李夢陽復古文學主張介紹到朝鮮二事之外,[①]於學術、文學并無特別突出成就,故知名度有限。他的文集名爲《新庵文集》,[②]但明清目録典籍皆未著録其具體內容、卷數、版本等信息,很可能在他去世後不久就已經完全亡佚了。不論是從作者知名度還是別集散佚程度來看,唐皋作品輯佚工作的難度均很大,故其最終成果也足以成爲古典文學作品數字化輯佚潛力的有效參照。

(二)結果量化

2012年的初次輯佚工作,共得到唐皋佚文50篇、佚詩169首。50篇佚文中,13篇爲存目,4篇爲殘篇;169首佚詩,大部分是從朝鮮《皇華集》和"韓國古典綜合數據庫"中獲取的唐皋出使朝鮮期間唱和詩作,在中國境內日常所作則僅爲21首,其中存目、殘篇等作品2首。

2022年的再次輯佚工作,在對初次輯佚所得進行個別刪汰之外,還尋獲4篇原標存目之文,合計新增佚文42篇(其中存目3篇、殘篇2篇)、佚詩32首(均爲境內所作)。兩次輯佚合計,去除複重,共得到唐皋佚文87篇(其中存目11篇、殘篇6篇)、佚詩197首(境內詩56首),數量已接近傳世明人別集的平均標準。

題材內容分布方面,以87篇文章爲例,將其與同時期代表性文人李夢陽

① 詹斐然:《論朝鮮文人對李夢陽的接受與批評》,《名作欣賞》2020年第21期。
② 唐皋本人帶有落款的所有作品(尤其是生前刊刻的正德六年《静軒先生文集後序》、傳世墨迹《題玩芳亭卷》、碑刻《齊雲巖净樂善聖宫記》等)皆署名或鈐印"新庵",族人唐仕、弟子胡松在作品中分別稱其爲"新庵弟""新庵先生",知其號應爲"新庵",其集應名《新庵文集》。嘉靖《新安唐氏宗譜》作"號新庵"、萬曆《歙縣志》作"新庵文集",是其證。嘉靖《徽州府志》誤作"號心庵""新安文集",康熙《徽州府志》誤作"號心庵""心庵文集",雍正《巖鎮志草》誤作"號心庵""心庵集"。

《空同子集》(明萬曆三十年刻本)、何景明《何大復先生集》(明萬曆五年刻本)作品集對照,可以看出以下兩點。(一)序跋類,唐皋作品占比與李何平均值非常接近。序跋屬典型的多載體存留文獻,往往并存於作者别集、序主著作甚至方志、譜牒之内,故輯佚所得較爲豐富。例如,唐皋爲汪舜民所作《静軒先生文集後序》輯自汪氏本人的《静軒先生文集》,爲黄春所作《送武義縣尹黄君伯元之任序》輯自黄氏故鄉的《武義縣志》,爲程永玢所作《上源程君永玢壽圖序》輯自程氏家族的《新安休寧長壐程氏本宗譜》等。(二)記文類,唐皋作品占比遠高於李何平均值,這是文人存録自作入集時慎存應酬記文現象的反映。在輯佚所得唐皋二十余篇原始記文中,近一半是爲重要人物或場合所作的,例如爲湖廣道監察御史所作《北察院題名記》、爲户部山東臨清分司所作《重修户部分司公堂記》、爲池州府所作《池州府磚城記》、爲大名縣所作《大名縣學科貢題名記》、爲母校紫陽書院所作《紫陽書院記》、爲宋名將張憲墓祠所題《新建宋張烈文侯祠記》、爲著名學者汪循所作《潛德堂記》等,想必若唐皋文集仍存世,這些記文都應在收録之列。至於從家譜等文獻中輯得的爲民間下層人物所寫的諸多記文,則很可能會在文集正式出版時被删汰。

以上結果初步表明:利用數字人文手段進行古代文人作品輯佚是行之有效的,一方面能够獲取大部分文體,且數量可觀;另一方面,輯佚所得作品甚至較别集更具原始性特點,從而爲我們探究文人創作歷程提供寶貴的第一手資料。

二、路徑思考

數字人文時代的古典文學作品輯佚,一方面需要延續傳統輯佚學、目録學和版本學的經驗,主動對接數字人文領域最新技術,另一方面也要靈活運用多種類型的數據庫與工具,甚至自行編撰、製作相關專題索引數據庫,從而實現輯佚成果質量與數量的雙重超越。

(一)融會新舊理論與技術

輯佚是傳統文史研究的重要領域,發展到考據學風盛行的有清一代,不少一流學者投身輯佚工作,其中尤以乾嘉諸老對《永樂大典》的輯佚工作爲代表,而章宗源、王謨、嚴可均、馬國翰和黄奭等一批輯佚專家也都取得了令人矚目的成就,皆足以爲今日學者所取法。①

---

①　曹書傑:《中國輯佚學研究百年》,《東南學術》2001 年第 5 期。

在輯佚工作初步準備階段，結合傳統目錄學手段明確大致輯佚範圍是首要的任務。對於不同歷史時期的人物和著作，其策略應有所調整。就本案涉及的明清文人來說，若該對象有科舉經歷，應重點關注相應時代範圍內的史部傳記類(科舉錄之屬)和集部總集類(課藝之屬)等文獻；若有爲官經歷，一方面應關注史部正史、編年和詔令奏議類(尤其是實錄和最新發布的明清檔案數據庫)，另一方面應結合籍貫和生平行旅所經地點，①重點關注史部方志和譜牒類；此外還應對相應斷代、地域範圍內的集部別集、總集類文獻加以普遍關注。從輯佚所得唐皋詩文的四部分類情況來看，基本不出以上範圍。

在輯佚工作深挖拓展階段，學者往往會注意到人物生平交游和文學唱和等問題，這時掌握的人物社會網絡關係資料越充分，輯佚工作所能合理延伸的範圍也就越廣。數字人文時代涌現出的大量網絡分析工具(例如"中國歷代人物傳記資料庫，CBDB")，爲我們構建文人交游網絡提供了便利。以唐皋的科舉社會網絡爲例，分別查詢 1514 年全國進士和成化至嘉靖時期的徽州地域科舉人物(含舉人、進士等)，可得到唐皋的同年關係和潛在的同鄉同學關係，并搭配 GIS、Gephi 軟件工具進行可視化分析。通過對分析得出的百餘位社會網絡關係人物的存世著作和家族譜牒進行針對性專項查考，最終得到不少唐皋佚作。例如，在其同學黃訓《黃潭先生文集》中輯得對於考證唐皋科舉經歷十分重要的《代郡邑祭學士唐先生文》，在其門人胡松《承庵先生集》中輯得目前已知的唯一一封唐皋親筆信札，在其同鄉汪循《汪仁峰先生文集》中輯得二人涉及理學的重要往來詩文、信札四篇，在其同僚戴祥《績溪戴氏族譜》中輯得《都門別意詩序》等文學唱和作品五篇等。這些通過傳統輯佚手段絕難覆蓋到的作品，因爲有社會網絡關係作爲支撐，其文獻可靠性反而更高。由此可見，利用空間和社會網絡分析等數字人文手段輔助輯佚，有望成爲學界今後致力的全新方向。

在輯佚成果錄入校勘階段，就本案而言，因唐皋別集完全散佚且無原書目錄可考，故應參照明人別集通行體例對輯佚所得進行整理：文章依內容性質、詩詞依"樂府、古體、近體"題材次序排列。每一類目之下，先對作品進行必要的考證編年，再依時間先後編排，并將出處與編年依據注於其下。這種兼顧分體與編年的編排方式，能最大程度展現佚文價值，從而爲學界後續利用打下基

---

①   參見"唐皋生平行迹 GIS"，網址：https://www.wenxianxue.cn/tanggao。

礎。梁啓超先生云："原書篇第有可整理者,極力整理,求還其書本來面目。雜亂排列者劣。"①曹書傑先生亦云："(輯佚工作)所輯佚文能詳爲校勘者優,否則次之。所輯佚文能詳辨其真偽者優,否則次之。"②而進行佚文的校勘工作,其首要前提應是備具衆本。以校勘工作爲例,本案初次輯得的詩文不少出自二手甚至三手文獻,且缺乏異本,校勘難度很大。待十年後再輯時,大部分文獻都得以藉助影像型古籍數據庫(尤其是筆者研發的"全球漢籍影像開放集成系統")等渠道更換爲明刻本等更早版本,例如《池州府磚城記》底本由清乾隆《池州府志》替換爲明正德《池州府志》,《重刊救荒補遺書序》底本由現代出版物《中國荒政全書》變更爲明萬曆刻本《重刊救荒補遺書》等;同時也得以利用檢索型古籍數據庫對文字進行更細緻全面的"他校"工作,糾正了初輯時的不少闕文誤字,例如《舉曠典以備大禮疏》一文便利用檢索型古籍數據庫得到《名臣經濟録》《皇明經濟文録》《皇明疏鈔》《皇明嘉隆疏鈔》《皇明兩朝疏抄》等書存録的多個副本,并從《皇明兩朝疏抄》所載版本中獲得了他本均删落的上疏時間等重要信息。上述情況提示我們,輯佚工作不是一蹴而就的,其成效究竟如何,需要經受一定時間的歷史檢驗。因此,學者需要長期關注輯佚目標,反復利用最新可用資料和新開發的數據庫加以校勘考辨,以期達到數量更齊全而質量更精准的理想境地。③ 陳尚君先生的《全唐詩》輯佚、湯華泉先生的《全宋詩》輯佚、周明初先生的《全明詞》輯佚等等,無不反映了這一點。

在輯佚成果的辨偽定本階段,應靈活運用傳統"知人論世"法與數字化考據方法。傳統方法方面,例如本案曾在明萬曆四十年(1612)刻本《重修濟陽江氏宗譜》中輯得舊題唐皋所作之《竹窩序》,開篇云："正德辛巳春仲,竹窩之居成,居士招予往落之。""正德辛巳春仲"爲正德十六年(1521)二月。然唐皋於正德十四年秋間曾因改葬先墓乞歸,十五年五月返抵北京,十六年春季在北京作《贈梅軒之任序》《送謝少尹之任德清》和《明故武陵縣尹謝公墓志銘》,故不可能在十六年二月親臨江氏竹窩,《竹窩序》必屬偽作。數字化考據方法方面,例如本案曾在日本東京中央拍賣香港有限公司 2019 春季拍賣"中國古代書畫"官方網頁上獲得唐皋手跋明宣宗御筆《魚樂圖》書冊,全詩曰："禹門人道不

---

① 梁啓超:《中國近三百年學術史》,中華書局 2015 年版,第 270 頁。
② 曹書傑:《中國古籍輯佚學論稿》,東北師範大學出版社 1998 年版,第 293 頁。
③ 蘇芃:《他校時代的降臨——e 時代漢語古籍校勘學探研》,《中國典籍與文化》2012 年第 2 期。

凡才,咫尺烟波萬里猜。剛見赤鱗三十六,尚疑平地有風雷。清池玄鯽映霜空,鱗尾分明素浪中。顏色未能同赤鯶,似應呼作黑頭公。正德九年歲在甲戌十月,翰林修撰臣唐皋拜書。"落款看似無誤,但使用古籍數據庫檢索相關詩句即可發現此詩實爲明代内閣首輔、著名詩人李東陽的《畫魚》二首。再將其書法與北京故宮博物院"故宮博物院藏品總目"數據庫著録的唐皋手書真迹"吳德源等二十七家諸體書玩芳亭詩文卷"(文物號:新00098055,一名"吳德源等二十七家行書題玩芳亭卷")①對比,風格相去甚遠。因此,流通於拍賣市場上的所謂唐皋手跋《魚樂圖》應屬偽作。

(二) 靈活運用各類數據庫工具

當下古籍類數據庫大致可分爲檢索型與影像型兩類,其中少部分檢索型數據庫還兼具圖文對照功能。針對全文檢索型數據庫,一般需要結合輯佚工作的實際需要預先設置一批關鍵詞,并結合輯佚所得隨時加以增補調整。以唐皋爲例,預設的關鍵詞邏輯公式主要有:姓名字號類之"唐皋""唐+皋""唐+守之""唐+新庵""唐+心庵""紫陽山人",官名稱謂類之"唐修撰""唐侍講""唐侍讀""唐學士""唐正使",及交游雅稱類之"唐+狀元""唐+殿元""唐+太史",等等。在本案初次輯佚成果中,便有 60% 左右的文獻是利用上述關鍵詞在各大檢索型古籍數據庫中獲取并加以篩選得出的,其中尤以地方志類文獻爲最多。當時僅獲知綫索而未輯得全文的存目作品,十年後復輯時已有不少得以寓目原書并加以抄録,這自然得益於數據庫質量、數量的不斷進步。例如受到桐城派著名作家劉大櫆《書唐學士〈德俠傳〉後》一文表彰而知名的唐皋《德俠傳》一文,最初踏破鐵鞋遍尋無果,只得列入存目,復輯時終於通過數據庫檢索在明萬曆刻本潘之恒《亘史鈔》中發現,得以據此考證出唐皋早年生平的諸多細節。

至於影像型古籍數據庫,近年來數量也迅速增加,收書量不斷增長,圖像清晰度普遍提高。國家圖書館建設的"中華古籍資源庫"目前已發布古籍影像兩萬余部,成爲古籍輯佚的重要增長點。在本案再次輯佚的新增成果中,有 18 篇佚文和 20 首佚詩是從該數據庫及其各子庫中輯得,分別占新增佚文、佚詩的 43% 和 61%,而這 38 篇文獻的出處有很大一部分是家譜文獻(皆經辨偽後抄存)。與地方志文獻已被愛如生"中國方志庫"、籍古軒"中國數字方志庫"等

① 傅紅展:《故宮博物院藏品大系》書法編第 13 冊,紫禁城出版社 2016 年版,第 234—245 頁。

多個大型全文檢索數據庫作專題建設不同的是,目前家譜類文獻仍然以國家圖書館、上海圖書館、美國猶他家譜協會等幾家機構建設的影像型數據庫爲主,支持檢索功能的僅有愛如生"中國譜牒庫"(目前第一期僅收録家譜300種,效用有限)。因此,我專門組織學生團隊對國家圖書館"中華古籍資源庫"中的明版徽州譜牒進行了版本調查與索引編目,製作了結構化的"明版徽州譜牒藝文數據庫"(第一期),已索引明版譜牒七十餘部、藝文六千餘篇。就目前掌握的材料來看,明版徽州譜牒所存録的明代徽州文人佚作比比皆是,且文本相對可靠,僞作概率較低。作品數量最多的文人是程敏政,約70篇,其中不見於《篁墩集》者有十餘篇。其餘文人,若以曾入選《徽郡詩略》爲名家標準,則作品超過30篇的有汪循、范準等,20篇以上30篇以下的有汪思、李汛、汪玄錫、蘇大等,10篇以上20篇以下的有潘滋、王寅、汪道昆、程亨、吳子玉、唐文鳳等。至於本案的輯佚對象唐皋,在"明版徽州譜牒藝文數據庫"中共檢出詩文近20篇,數量十分可觀。可以預期,家譜類文獻全文數字化的推進將對明清文學文獻輯佚和辨僞工作産生重大推動作用。

在上述古籍數據庫之外,一些學者習見常用的其他領域數據庫有時也能爲古典文學作品輯佚工作提供意想不到的幫助。在本案輯佚成果中,有不少文獻最初是從中國知網、讀秀學術搜索等常規學術文獻數據庫中獲得綫索的。例如,唐皋爲明代代表性琴譜《西麓堂琴統》所作序文,是筆者初次輯佚時通過讀秀搜索從前人琴學論著中偶然獲知的。在獲取原抄本并對該序進行編年考證的過程中,又發現唐皋落款時間"嘉靖己酉"(即嘉靖二十八年)應爲"嘉靖乙酉"(即嘉靖四年)之誤,從而糾正了學界長期對《西麓堂琴統》成書時間及其與幾部相近重要琴譜關係的誤判,有力推動了明代古琴學史研究。① 再如,唐皋爲同鄉黃時聚撰寫的《黃霽峰記》,載於《虬川黃氏重修宗譜》,最早由劉尚恒在1999年撰文介紹該譜時偶然提及。② 2012年筆者通過中國知網全文檢索前述關鍵詞獲取到此一綫索,遂前往上海圖書館借閱該譜的抄本并抄録了全文。十年後再輯時,發現《虬川黃氏重修宗譜》的兩個版本已被分別數字化發布在"中華尋根網"和"中華古籍資源庫"的"上海圖書館家譜"子庫,遂又得以獲取高清圖像進行二校工作。唐皋在這篇《黃霽峰記》中說:"時聚果能由夜氣所息

① 唐宸:《明汪芝〈西麓堂琴統〉成書時間考辨》,《中國音樂學》2014年第3期。

② 劉尚恒:《〈虬川黃氏宗譜〉與虬村黃姓刻工》,《江淮論壇》1999年第5期。

者以致夫吾心之良知,其卓越也確乎不移,其昭融也炯乎不昧。"這顯然是王陽明的心學學説。陽明是在正德末年(1521)左右提出"致良知"學説的,唐皋此記的寫作時間應在嘉靖四年前後,最晚不可能晚於其卒年嘉靖五年(1526)。衆所周知,當時的徽州仍是程朱理學的根據地,地方學者對陽明心學采取嚴屬排斥態度的不在少數。唐皋是徽州紫陽書院畢業生,程朱積澱深厚,却能夠主動調和陽明心學,并以在職翰林、經筵講官身份和徽州民間人士進行互動,這在心學的早期傳播與地域突破,甚至整個明代"朱王之爭"問題上,都是前人從未注意到的一則典型案例。當然,作爲從家譜中發現的"孤證",筆者曾一度對《黃霽峰記》的可靠性感到憂慮。幸運的是,在 2024 年 11 月本書即將定稿之時,筆者在中國知網偶然搜索"唐新庵"一詞,竟從黃山學院馮劍輝教授的論文中獲知該校所藏《新安文獻志續編》孤本中存有唐皋所撰《慕庵記》一文。在潘定武教授的中介下,馮教授爲筆者提供了《慕庵記》文本。筆者展讀一過,見該記開篇云:"慕緣於愛,愛發於情,情根於性,性統於心。"又云:"《孟子》曰'人少則慕父母',良知動之也。"竟再度出現了典型的心學表述。該記的創作時間,經筆者考證在嘉靖四年前後,與《黃霽峰記》近乎同時。至此,唐皋的理學思想"調和朱王論"終可定案了。通過知網、讀秀等常規數據庫獲取以上學術意義非常重大的邊緣化、離散化文獻,堪稱大數據互聯網檢索時代特有的機遇。

在數字化技術日新月異的今天,利用各類數據庫和數字人文工具進行古典文學文獻輯佚是一種行之有效的技術手段,值得學界重視利用,及時總結經驗。與此同時,學界也有責任、有義務將各類有用的數據庫和數字人文工具聚合在一起,從而降低學者和民衆利用數據、接觸前沿的技術門檻。筆者建立的"中國古典文獻資源導航系統"網站(又名"奎章閣")和"全球漢籍影像開放集成系統"等網站在這方面已作出了一些初步的探索。數字人文是一個新概念、新領域,因此,跨學科形成"學術共同體",積極對接傳統理論與最新技術,是數字人文的應有之義,也是相關研究者的必由之路。

説明: 本文初稿曾在中國數字人文年會(CDH 2022)上宣讀,後應中國人民大學《數字人文研究》邀稿,以"數字人文時代古典文學文獻輯佚路徑的實驗與思考"爲題刊發於該刊 2023 年第 2 期。收入本書時又有修改。

内　編
新庵文集輯佚

文集卷一

策

殿試策 一道

正德九年三月十五日

臣對：臣聞帝王有先後相因之治，有本末相須之學。蓋治有先後之相因，用之根於體也；學有本末之相須，體之達於用也。帝王之治必親於學，帝王之學必達於治。治不根於學，則有苟且之治，而非帝王之所謂治矣；學不達於治，則爲一偏之學，而非帝王之所謂學矣。治之有體者，帝王之治也，其先後相因之序不容少紊；學之有用者，帝王之學也，其本末相須之功不可偏廢。後世願治之君、務學之主，誠所當法也。且古之帝王，其治與學，亦何從而求之？求之《大學》一書，則具見矣。人主欲圖帝王之治，必推是書以致之用；欲志帝王之學，必明是書以爲之體。然必有帝王之學，斯有帝王之治，先後有序，本末不遺。此孔門傳授之言、宋儒推衍之義，聖學之淵源、治道之根柢，而不可一日不之講求者也。所謂人君而不知此、無以清出治之源，人臣而不知此、無以盡正君之法者，豈非不易之定論哉！然《衍義》之書，登進於前代而無補、表章於聖朝而有徵，以實功而新聖學、以實學而資聖治，此我祖宗列聖所以匹休古之帝王而不可及也。

恭惟皇帝陛下英資天挺，聖學日新，虛懷謙沖，不自滿假。乃於萬幾之餘，進臣等於廷，策以《大學衍義》之書，以"治循其序、學得其本"令臣等言之。臣有以仰窺陛下務學圖治之心，必欲光我祖宗，軼古帝王，而陋漢、唐賢君於不爲也。臣敢不掇拾舊聞，以對揚萬一乎！

《大學》之書，體用兼備，有"明明德、新民、止至善"之三綱領，有"格物、致知、誠意、正心、修身、齊家、治國、平天下"之八條目。外有以極其規模之大，內有以盡其節目之詳，其序不可亂，而其功不可缺，皆古帝王所以爲學與其所以爲治之道。體之身心而有益，措之事業而有徵。本末相須，可以由體而達用；先後相因，可以因用而識體。循之則治，悖之則亂。天下後世，未有外此而可以言治與學者。孔門師徒，昭揭經傳，蓋舉古帝王全體大用之學，以示萬世君天下者之律令格例也。自漢以來，崇信者寡，治不古若，又何惑哉？

宋儒西山真德秀氏，當理宗之朝，推衍其義，爲之説以獻。今觀其書，其綱有二，其目有四。所謂綱者，先之以帝王爲治之序，次之以帝王爲學之本。前聖之規模實具於此，而後賢之議論亦不能外此焉。今即《詩》《書》六籍所述與漢、唐、宋諸儒所言可得而見者，略陳之：如明峻德而致萬邦之協和，慎厥身而底庶明之勵翼，立愛敬而始於家邦，刑寡妻而至於兄弟，以及荀況修身之説、董仲舒正心之對、揚雄小大遠邇之喻、周敦頤端本善則之論，是皆所謂爲治之序也；惟精惟一而妙執中之傳，惟幾惟康以迓用休之命，昭德建中之克懋，宅心建極之相承，以及伊尹一德常師之訓，傅説終始典學之規，尚父丹書之戒，《周頌·敬之》之詩，是皆所謂爲學之本也。其綱之所列者如此。

所謂目者：明道術、辨人材、審治體、察民情，格致之要也；崇敬畏、戒逸欲，誠正之要也；謹言行、正威儀，修身之要也；重妃匹、嚴內治、定國本、教戚屬，齊家之要也。其目之所列者如此。而目之中，又有細目焉。首之以聖賢之訓典，參之以古今之事迹，纖悉備具，法戒靡遺，一皆始於身心而達之天下。先後之序炳然，本末之倫不紊。帝王之學，其體之所以立、用之所以行，誠有不待他求而得之矣。蓋真德秀平生精力具在此書，其所以發揮聖經賢傳之旨，以爲修己治人之助者，其功豈小補哉？惜乎理宗雖有表章道學之名，而無敦崇理學之實，是以其書雖要，而其説未行，良可慨也！

洪惟我太祖高皇帝，以天縱之聖，有日新之功。倥傯馬上，手不釋卷，及天下底定，尤留心經史。內殿告成，不施藻繪，特命左右以《大學衍義》書置殿壁，出入覽觀，用爲政治之資。是真德秀之志至是始行，而我太祖表章是書之心，不徒連屏之粉飾矣。臣嘗仰觀聖祖每與侍臣論説，指晁錯切要之言，薄漢武荒唐之失，則我聖祖講明是書之實，又不徒石渠之故事矣。求治而講學，講學以資治，《大學》之道，至是復明，此所以能正中夏文明之統，復帝王綱常之治，燕翼之謀，有永無替，有由然也。列聖相承，罔不崇信，重熙累洽之治，實本諸此。皇上繼體守文，典學弘理，於此尤惓惓焉。是即祖宗之心，亦古帝王之心也。猗歟，盛哉！

　　然聖策又謂："學，體也；治，用也。由體達用，則先學而後治可也。顧以治先於學，於義何居？"臣聞之，真德秀之爲是書，蓋爲人君之圖治者而設也。由體而達用，固必有是學而後有是治；循末以探本，則先治而後學，亦不害其爲有倫矣。《大學》序八條目，先之以明明德於天下，而推本於修身、正心、誠意、致知、格物之功，意正如此，則又何先後之足疑哉？

　　聖策又謂："帝王之所爲學，則有不同。"是誠然也。蓋精一、執中，堯、舜、禹之學也，建中、建極，成湯、周文、武之學也。純乎其純，無可議者，其能致唐虞三代之治也固宜。乃若高宗資啓沃以續甘盤之舊，成王賴佛肩以成基命之休，雖若少異，然本諸身心之功，則無不同者。其爲中興之賢君、守文之令主，不亦宜哉！降及後世，稱善《新語》者不脱馬上之習，受釐宣室者徒飾席前之儀，亦有臨雍拜老如漢明帝、開館延士如唐文皇者。非不有志於學，然帝王治心修身之實，概乎未之有聞也。學非所學，則其治可知矣。漢、唐賢君且然，況從事技藝文詞之間，如陳、隋二君，又烏足以瀆聖聽哉？下逮宋之諸君，大抵天資雖美，而學則弗篤，故儀章可觀，而道有未盡。當時名儒輩出，可以講學，可以輔治，然論薦雖頻，而信任不專，召用未久，而擯斥隨繼。宜乎治僅小康，而卒無以大過於漢、唐也。

　　由是觀之，世之治忽，由人主學與不學、學之善否，顧此書之明與不明何如耳。何者？帝王之治本於道，帝王之道載於書。人主欲圖帝王之治，不可不志於學。欲志帝王之學，又必於是書盡心焉。苟不明乎是書，將學有未得其本，而治亦不得其序。此臣所以謂必有帝王之學，然後有帝王之治。而《大學衍義》之書，人主不可一日不知講求者也。

　　陛下留意是書，固已有志於清出治之源。經筵儒臣以是進講，又亦有事於盡正君之法。祖宗之治，可以增光；帝王之學，可以追匹。而且以家國仁讓之風、用人理財之效視古猶歉爲慮。臣知陛下將舉斯民於唐虞三代之隆，而衍億萬載無疆之慶也。夫一家仁而一國皆仁，一家讓而一國皆讓，俊傑在位而野無遺賢，生財有道而國用恒足，唐虞三代之治，亦不過此。然實自其學之本於身心者致之。陛下欲享其治，可不自其所以學焉者求之乎？

　　臣願陛下以帝王之心爲務學之誠，以帝王之學爲致治之道，不安於小成，不狃於近利，臨御之暇，延接儒臣，日勤講説，於是書之宏綱大目、微詞要旨，反覆紬繹，究竟無遺，則學之所造將與帝王之緝熙光明者同符，治之所成亦與善推所爲者無異矣，又何患勵志雖勤而績用未著也哉！殆見道術以明，人材以辨，治體以審,民情以察,而格致之要得矣;敬畏以崇,逸欲以戒,而誠正之要得矣;言行以謹,威儀以正,而修身之要得矣;妃匹以重,内治以嚴,國本以定,戚屬以教,而齊家之要亦無不得者矣。有《關雎》之正始,有《雞鳴》之儆戒,有《棠棣》之和樂,有《行葦》之忠厚,①而一家之仁讓以篤;②有放勳之光被,有底豫之化成,有思齊之御邦,有家人之正位,而一國之仁讓以興。③以言乎用人,則九德咸事,百工惟時,④而用人之效著矣;以言乎理財,則享太平之儉德,所無逸之治功,而理財之效成矣。由是而功光祖宗,由是而匹休帝王,特在陛下一加之意而已。然此固陛下之所已行,而臣猶言之不置。蓋臣子忠愛之誠,自有不容已也。

抑臣篇終復有獻焉:先正有言,明君以務學爲急,聖學以正心爲要,而心之所由正,尤莫切於敬。敬也者,聖學之所以成始而成終者也。此心克主乎敬,則所以爲學,有静虚動直之功;所以爲治,有高大光明之業。《大學》之道不在於書,而在陛下之聖躬矣。此臣區區一念,芹曝之誠,亦真德秀告君之意也。⑤

臣干冒天威,不勝悚懼隕越之至。⑥臣謹對。

出處:明吴中行《皇明歷科狀元全策》,明萬曆刻本,臺灣圖書館藏。參校以明焦竑《歷科廷試狀元策》,明崇禎刻本。

編年:是科殿試時間,據《明武宗實錄》⑦爲正德九年三月十五日戊寅。

〔附〕殿試策問

戊寅,策試舉人霍韜等三百九十六人。是日,上不御殿,制曰:

朕惟《大學》一書,有體有用,聖學之淵源,治道之根柢也。宋儒真德秀嘗推衍其義,以獻於朝。我太祖高皇帝特命左右大書揭之殿壁,朝夕觀覽,每與侍臣形之論説。列聖相承,罔不崇信。朕初嗣位,經筵儒臣首以進講。其書大綱有二,先之以帝王爲治之序,次之以帝王爲學之本;又以格物、致知、誠意、正

---

① "忠厚":《歷科廷試狀元策》作"敦厚"。
② "以篤":《歷科廷試狀元策》作"以興"。
③ "有放"至"以興":《歷科廷試狀元策》脱。
④ "惟時":《歷科廷試狀元策》作"惟備"。
⑤ "抑臣"至"意也":《歷科廷試狀元策》脱。
⑥ "臣干冒天威,不勝悚懼隕越之至":《歷科廷試狀元策》作"臣草茅新進,罔識忌諱,干冒宸嚴,不勝戰慄殞越之至"。
⑦ 本書以下引各朝《實録》時省略"明"字。

心、修身、齊家之要，分爲四目，序列於後，以示學者用力之地。

夫學，體也；治，用也。由體達用，則先學而後治可也。顧以治先於學，於義何居？其爲治之序，蓋前聖之規模、後賢之議論皆在焉，比而論之，無弗同者。而帝王之所爲學，則有不同。堯、舜、禹、湯、文、武，純乎無以議爲也。高宗、成王，其庶幾乎！下此，雖漢、唐賢君，亦或不能無少悖戾。又下，則其謬愈甚，不過從事於技藝文詞之間耳，無惑乎其治之不古若也。凡此皆後世之鑒，可能歷舉而言之乎？抑《衍義》所載不及宋事，不知宋之諸君，爲治爲學，其亦有進於是者乎？

朕萬幾之暇，留意此書，蓋欲庶幾乎古帝王之學以增光我祖宗之治。勵志雖勤，績用未著。家國仁讓之風，用人理財之效，視古猶歉，豈所以爲治者未得其本乎？

夫爲人臣而不知《大學》，無以盡正君之法。子諸生講明是道久矣，行且有爲臣之責，其爲朕悉心以對，毋泛毋略，朕將親覽焉。

出處：《武宗實録》卷一百十，臺北"中研院"歷史語言研究所 1961 年影印國立北平圖書館藏紅格本。

會試策 二道

正德九年一月

其　一

《春秋》於望國，因用兵而著專王命之罪，因交兵而著輕民命之罪。此須句之復書曰"取"，升陘之戰不言"公"而書"及"也。《春秋》之罪魯者有以哉！

且須句，風姓，實司暤、濟之祀，君嘗以邾滅奔魯矣。魯僖憫之，整伐邾之旅，爲復國之圖焉。人曰："須句見復，得崇祀、保小之禮也。君子何以爲譏？"蓋威福大柄，王命之所出也。雖禮所得爲，亦不可以專之者，而況禮莫大於分乎？故惟有宗伯以命國，有司馬以出師，而後臣節安矣。僖也，征討之禁未聞，封建之制未請，徒以母氏之言可奉也，而擅行之。於邾有報母怨之私，於須句則有專置之僭。是與爭奪者一爾，而豈所以爲禮哉！《春秋》貶之，故不言"復"而書"取"，其尊王命也如此。

若邾婁附庸，嘗覆須句之祀，今又以魯憾出師矣。魯僖卑之，忽戰守之備，有升陘之敗焉。人曰："魯師雖敗，由誅暴、禁亂之義也。君子何以爲譏？"蓋兵戎大事，民命之所繫也。雖義所得用，亦不可以輕之者，而況義則不以力乎？

故善爲國者不師，善師者不陣，而後君德全矣。僖也，文告之詞未修，疆場之守無備，雖有賢臣之言弗用也，而輕禦之。在魯有獲公胄之危，在邾人亦有復矢之慘。是與暴亂者一爾，而豈可以爲義哉！《春秋》貶之，故不言"公"而書"及"，其重民命也如此。

吁！尊王命則統體一而大分嚴，重民命則禍亂熄而大本固，垂訓之義亦精矣乎！抑魯僖賢侯，其見於《頌》可考也，而晚年之行類如此。豈其時宋襄無齊桓之盛，文仲非季友之賢，而無疆之思固無以勝怠荒之志邪？噫！此有國者存內外之儆，而王道貴不息之誠也歟？

同考試官主事夏批："字字句句超出凡格，若漢庭老吏，剖決之下無遺奸者也。可敬可敬。"

同考試官編修張批："此題經傳甚明，但場中文字率皆浮冗偏枯，且錮釘字句爲駢儷語，不得聖人罪魯之意。是篇叙事整潔，斷制簡嚴，詞不費而意自足。録之亦可以黜時弊矣！"

考試官學士毛批："得《胡傳》意而文字有筆力，蓋他卷所無。"

考試官大學士梁批："三場皆明暢，此作尤能發明所以書'取'書'及'之意。故取之以冠本房。"

其　二

善弭盜者，必於其要而先之焉。夫古今弭盜之術亦多矣，然孰若先其要哉！不得其要而能舉其術者，未之有也。其要何居？亦曰即盜賊之生以反求其所由生，則其所以弭之之要，有不必廣詢而得之者矣。

愚嘗慨夫飢寒不恤，赤子弄兵，龔遂既行而渤海定；贓吏誅求，厥民怨叛，賈琮一出而交阯寧。若近時盜賊之患，謂不由此二端乎，固不可；謂盡由此二端乎，亦不可。蓋今海內數年間沴氣爲災，殆無虛歲。誠臣體國，曾幾何人？方民之困於飢寒也，率以安民爲迂闊，而所以宣上德者皆虛文；及民之化爲盜賊也，則又視動衆如尋常，而所以處軍機者多債事。以包容爲盛德，謂姑息爲忠厚。國之紀綱，黜陟爲重，賢者進矣，不肖者退矣。然而不盡然也，賦繁役重，加之有司不職，如昔人所謂刺史無清行者，此其人未必皆去官也。國之紀綱，刑賞尤重，有功者勸矣，有罪者懲矣。然而不盡然也，師老財匱，固有統馭非才，如昔人所謂經略使不得人者，此其人未必皆得罪也。爲氓之害切身而莫救,爲盜之利有餘而幸免。由是奸頑桀黠奮臂而前,蠢愚寡弱附勢而往。盜賊之禍,始有不可勝言者矣!

嗚呼!是孰使之然哉?是則致近時之盜固非一端,而忽紀綱之重乃其大者。夫本其由既在於紀綱之或弛,則夫求所以弭之之術,今而後安得不反前之爲而首以紀綱爲務乎?苟能振紀綱以肅天下之心,自將服盜賊以收天下之勢。何也?紀綱既立,百度皆舉也。此固歐陽子明賞罰、去冗官、用良吏之説,而豈愚一人之私言哉!若夫秦觀所謂渠魁盡殺而弗赦,則足以奪奸雄之氣;脅從污染不治而許其自新,則足以安反側之心。此其策誠有過人者。假使紀綱未立,則廢格沮撓,威固不振,惠亦何施?

由是言之,弭盜賊之術,誠莫要乎惟紀綱之修者。蓋朝廷之明斷罔愆,則天下之觀望頓異。民心嚮善,盜賊自消,又何假於別設科目以收遺才,使奸雄無徒哉?此則子瞻一時之見,愚未敢以爲策之善也。吾能制之,奸雄自服;無以制之,則授之官爵,適資其亂也。

嗚呼!莫先紀綱,信其然矣!故曰:善計天下者,視其紀綱之存而治可知也。方今聖政維新,盜賊且平,民困且蘇,若無足慮者。然往事明徵,自可爲將來之戒,而狂言太早,亦不失爲先事之圖也。惟執事舉而獻之九重、謀之卿士,天下幸甚。

　　同考試官主事夏批:"策士以時務,意則遠矣。而弭盜又今所急者,人恒言,亦難言也。此策簡而密,曲而當,質而可行。子,書生也,而老於世故若此。主司者固將以子事君已乎?"

　　同考試官編修張批:"致盜之由、弭盜之術,士子類能言之,但多虛浮不切實用。是篇詞氣渾融,事理詳盡,且一以紀綱立説,其亦通達國體者矣!況初二場及前四策理精學邃,文采爛然。固獨以時務目子也邪?"

　　考試官學士毛批:"此卷三場并出人右,弭盜一策切實可行,録之非以其文也。"

　　考試官大學士梁批:"三場文意俱馴雅,此策尤見有用之學,高薦宜矣。"

出處:《正德九年會試録》,明正德刻本,寧波天一閣藏。

編年:《武宗實録》正德九年二月廿九日癸亥:"禮部會試,取中正榜舉人霍韜等四百人。先是，都給事中李鐸奏，欲增取進士，選補州縣正官。禮部覆請，乃特增之，後不爲例。"

〔附〕會試策問

第一場　四書五經文：

《春秋》：

"春，公伐邾，取須句。"

"秋八月丁未，及邾人戰於升陘。"俱僖公二十二年。

第三場　策五道：

第五問：

問：自古盜賊之變，常生於治平之世。士大夫或以爲不足恤，而不知其大可畏也。知其大可畏，則必深思致盜之由，廣詢弭盜之術。君臣上下不遑寧處，其肯以末議視之？

所謂致盜之由，古人嘗言之矣，姑舉其一二。或曰：民困於飢寒，而吏不恤也。或曰：刺史無清行，故吏民怨叛。或曰：經略使不得人，侵欺虜縛，以致怨恨。此其言豈謬歟？

弭盜之術，古人亦嘗言之矣。或曰：明賞罰之法、去冗官、用良吏以撫疲民。或曰：盜賊者，平之非難，絕之爲難。或曰：貢舉之外，別設一科以收遺才，使奸雄無徒。此其謀皆善歟？

今天下承平日久，盜賊未息。皇上赫怒，遣將分討，且各命大臣一人節制之，許以軍法從事，蓋將以求天下之民安也。顧師出而功有成，雖其賞屢行，賊破而勢復張，則我憂未已。不知所謂致之之由與弭之之術，其在今日亦若古人之所云而已邪？抑尚有可言者邪？諸俊乂目擊斯患，胸中必有良策。其直述以對。

出處：同上。

鄉試策 三道

正德八年八月

其　一

懼患而忘自強者，《春秋》之所傷；彌災而忘自省者，《春秋》之所惡。此蔡鄭於鄧之會、魯昭再雩之舉，皆見譏於《春秋》也。

慨夫楚自西周，志存猾夏，周既束遷，始竊僭王，肆强鼇食，其來遠矣。伊昔《殷武》興師，高宗獲既平之緒；《采芑》命將，宣王收來威之功。修攘之效，蓋昭昭矣！今三國之君，懼憑陵之勢。兢業徒集於好會之時，而不知天下莫大於理，循天理則無不勝；憂愓并形於禮文之際，而不知天下莫强於信，義敦信則無不克。如是，荆楚雖大，不足畏矣。夫何計不出此？顧欲較勝負於地之大小，決雌雄於力之强弱，先王修攘之實果安在哉！卒使好講未幾，鄧先見滅，蔡亦被虜，鄭雖王室之懿，終蒙服役之耻。楚勢益張，中夏陵遲而不振者，非三國所自啓乎？《春秋》於鄧書"會"，蓋傷之也。

至若昭公嗣魯、季氏專國，異呈於鸜鵒之來巢，災仍於雲漢之爲虐，雨雹地震，其變多矣。伊昔祖己詢謀，高宗消雉鴝之異；側身修行，宣王回蘊隆之災。感應之效，蓋彰彰矣！今七月之秋，爲再雩之舉。成樂徒設於上辛之日，而不知天不易勝，人則可勝。況忠賢在位，國有人耶？大雩尋舉於季辛之日，而不知變不易消，德則可消。況敬畏咎己，天猶春耶？如是，災異雖頻，有可禦矣。夫何道不由此？徒欲焚巫尪於戲舞之餘而反身之不務，黷祀典於僭妄之末而自省之不知，先王感召之誠又安在哉！卒使僭禮虛行，天不魯應，釋甲執冰，終亡儆戒之心，不免遂齊之誚。三家益强，公室愈弱而不競者，非昭公所自致乎？《春秋》大雩書"再"，蓋譏之也。

吁！三國畏人而不務其本，昭公畏天而徒事其末。聖人立文示貶，亦精且嚴哉！大抵《春秋》正名以謹華夷，紀變以詳災異。故於鄧書"會"，則知三國外制於荆楚，夷狄盛而中國微矣；再書大雩，則知魯昭内制於强臣，人事乖而天道悖矣。嗚呼！使當時諸侯舉能以仁自强，應天以實，斯可以繼商周之志矣！《春秋》豈復作乎！

　　同考試官訓導李批："題明《胡傳》。①場中作者不馳於意外則入於陳腐，令人厭觀。惟此篇説理詳明，引證切當，而文亦有法，是究心麟經者。故録之。"

　　考試官左中允賈批："斷例明而詞鋒峻，得謹嚴筆法。"

　　考試官右諭德倫批："據傳成文，而義例自見。"

---

　　①　"題明《胡傳》"：原作"題有明傳"，據文意改。宸按：原文當作"題明《胡傳》"，會試批語謂試題"經傳甚明"、對策"得《胡傳》意"，是其證。疑於轉抄刊刻之間先脱一"胡"字，又衍一"有"字。

其　二

擬唐秘書監魏徵進《群書理要》表

　　貞觀五年九月二十七日，秘書監臣魏徵等謹以所撰《群書理要》進呈者。臣等誠惶誠恐、稽首頓首上言：

　　伏以丕迓商休，克邁多聞之訓；戀弘武烈，遹求大法之篇。乃公逮訪前聞，命編《新語》；元康疇諮大道，渙下詔書。"講經不覺疲勞"，濟中興大業；"何物可增神智"，爲曠世名言。茲欲有爲之君，必勤稽古之治。

　　恭惟〇〇〇〇，英明豁達，神武聖文。應天順人，取孤隋、攘群盜，僅逾六祀，篤近舉遠。撫萬邦，來四裔，奚翅一堂。謀謨集十八俊之長，勛烈配六七君之盛。猶張弘文館之幄，如渴如飢；特置內學士之員，或師或友。慨前朝之得失，實後代之箴規。顧群籍紛綸，而百家踳駁。欲強探力取，懼勞而少功；將周覽泛觀，奈博而寡要。爰命臣等采摭諸書，凡子民君國之議言，精粗備録，參諸子而本六經；若濟世、康時之故實，優劣兼收，訖晋年而原五帝。棄華刈實，肯抽鸞鳳之羽毛；舉要删繁，詎截象犀之牙角。馳雲車於文苑，轍迹可尋；張天網於書林，綱目自舉。有倫有緒，越公理之昌言；不矯不偏，陋子真之政論。

　　經時裒次，五帙彙成。邈乎數千載治忽之端，派分鱗萃。富矣！億萬言，聖賢之蘊，星麗河明。豈俟收籍關中，乃悉秦亡之故；奚庸觀典魯國，始知周道之興？蓋生人育物之良劑，而濟理致平之令典也。念禹俞益贊，矧帝拜陶歌。陳述雖職於臣鄰，允迪類存乎元首。悦而知繹，但從寬問一篇，此自足用；泛矣無歸，徒使俊陳三易，多亦奚爲？伏願游心於蠛濊之常，垂情於綜理之隙。洞究三千年之終始，何爲否而何爲通；覽察十四代之興衰，孰可師而孰可戒。躋明王芳躅，上溯三聖授受之淵源；緣百氏正途，統會六經致治之成法。如魚得水而游泳，豈徒展玩前編；若鳥有翼以拚飛，務必措諸行事。庶集大成之德業，而堅有永之基圖。

　　臣等無任瞻天仰聖、激切屏營之至。謹以所集《群書理要》五十卷，隨表上進以聞。

　　　　同考試官訓導李批："駢儷文字不難成篇，而能總括當時體要之爲難也。是篇叙事詳贍，措辭典則，寓意忠懇，使文貞可作，當亦爲之首肯云。宜録以爲標式。"

　　　　考試官左中允賈批："典贍有則，足見學識。"

考試官右諭德倫批："四六體不當如是耶？"

其 三

保治之道無他焉，惟在去其弊以振其法而已。我祖宗之法，極古今之備，而兼古今之良也。玆欲維持致治，俾與天壤始終，非剔抉蠹弊、丕振祖宗之法，殊未見其有濟也。人蓋有善居室者矣，棟欹則正之，榱敝則易之，斯屋宇常固而風雨非所憂；亦有善養身者矣，否則通之，鬱則散之，斯血氣常和而寒暑非所慮。保治之道，亦何異於是哉！國朝法古爲理。内而百官之政，外而兵民之司，大而爵賞刑獄之務，次而徭役度數之繁，莫不有不易之規、畫一之度存焉。故百五十年於玆，守而勿失；兩畿十三省之民，帖然以寧。

執事猶以爲政或有未善、化或有未洽，内訌未盡寧、椎剽未盡息，爲今日之憂危者，豈非以賈誼之痛哭，而發於文帝康乂之世乎？夫政或有未善者，非輕變以失初意，則遷就以徇時好耳；化有未弘者，非官使多邪僻，則生養未完復耳。長技不修，師律不肅，能免内訌之警乎？材武不振，尺籍徒存，能禁椎剽之奸乎？斯皆目前之弊也。搜其弊則法可得而復焉。

執事又以爲民徭未輕、民賦未薄，賞間失重，刑間失輕，爲今日之憂危者，豈非以鮮于侁之太息，而發於神宗勵精之日乎？夫徭有未輕者，他籍日增，見户日减耳；民賦未薄者，度支寖廣，科派轉滋耳。功序弗明，希求弗抑，賞能不失於重乎？守文不確，權斷太寬，罰能不失於輕乎？斯皆近日之弊也。薅其弊則法可得而舉焉。

若謂將悍卒驕、民并俗侈，古以爲病，今也則無者，愚竊以爲未盡然也。何則？徒以目之所接：偶見夫畏懦蹴踖，無介胄不可犯之色，羸憊剽輕，乏山嶽不可撼之威，遂以爲惜其不悍不驕。得驕悍者，挫折磨礪而用之，猶勝於筋骨委頓而銜勒靡所施者也，是固或然。然安知熊羆之將、貔貅之旅，不混於尋常士伍中邪？其弊則坐乎鋭氣不作、勇力不完之故耳。求其所以不作不完者而去之，良將勁卒不於此而在乎？是乃立法之本意也。第見夫閭閻下户，瓶盎無宿舂之儲，聚落窮民，居服罕圬涅之飾，遂以爲惜其不并不侈。得并侈者，節約限制而使之，猶勝於皮毛不攝而繭絲無所著者也，是固或爾。然安知蓋藏之積、資算之厚，不本於身佚力舒乎？其弊則坐夫本不獲以盡務、用不由以自節之故耳。要其所以不獲不由者而除之，豪家富室不即此而有乎？是乃立法之初旨也。玆又伯益陳游逸淫樂之戒於虞廷之比焉。顧豈有是哉！特過防之計耳。

雖然，堤決蟻孔，氣泄針芒，誠有天下國家者之所深慮也。是以"怨豈在明，不見是圖"，夏后氏未始不爲未然之防也；"惟事事乃其有備，有備無患"，殷人未始不爲未然之防也；"徹彼桑土，綢繆牖户"，周人未始不爲未然之防也。誦《詩》《書》之言，則三代之訓，於以制治於未亂，保邦於未危，使蘖孽不萌，而宗社永底苞桑之固者，端有望於今日之明良焉。若夫滯而不舉，矯而或過之偏，雖三代之法所不能免。是又俟夫規措已定，乃徐議之，兹未得以并告也。惟執事恕其狂而擇焉。

同考試官訓導李批："策本人情政務以求今日之弊，場中士子類能以除弊用人立説，殊無定見，令人厭觀。此篇不腐不迂，區畫允當，非志於經世者類弗能及此。明春大廷獨對，裒然出色，端有望於子矣！當拭目以俟。"

考試官左中允賈批："時務策隨問敷演，不别創意，一轉語間而政即可興，弊無不袪。見之施爲鑿鑿可行，殆非俊傑不能也。秋闈得之良以自多。"

考試官右諭德倫批："經有'率由舊章'之訓。觀子之文，不爲無本，誠有禆於時者，是用拈出。"

〔附〕鄉試策問

第一場　四書五經文

《春秋》：

"蔡侯、鄭伯會於鄧。"桓公二年。"秋七月，上辛大雩，季辛又雩。"昭公二十五年。

第二場　詔誥表

擬唐秘書監魏徵進《群書理要》表　貞觀五年

第三場　策五道

第五問：

傳曰：憂危之言不聞於朝廷，非治世之象。方今四海無虞，百度咸貞，致治之時也。然憂危之言與其遝達於廟堂，孰若且舉一二與諸士子商較之，可乎？

夫内建百官以善政也，而政或有所未善；外設牧守以弘化也，而化或有所未弘。疆場之鎮戍相望，而内訌猶莫寧戢；方夏之屯營相屬，而椎剽猶或磐牙。古之所患，將悍卒驕，今則不然；古之所禁，民并俗侈，今則異是。輕徭所以逸民而重難弗見損，薄賦所以厚下而蠲符莫或給。冒濫之賞，何以矯之以循格令之舊？脱漏之辜，何以裁之以適刑罰之中？兹皆治世所憂而安邦所危也。憂之必有所以弭憂之道，危之必有所以持危之方。蓋不可一日不之講也。先憂後樂，正韋布之志，其敬悉之，行將具以聞於上。

出處：《正德八年應天府鄉試録》，明正德刻本，寧波天一閣藏。

編年：是科應天府鄉試時間，據《應天府鄉試録後序》：“正德癸酉秋八月，式當取士之期，應天府臣舉如制，先以考試官請。臣文叙、臣詠，實輟講事，而被命焉。”

文集卷二

疏

治運河策（殘闕）

嘉靖元年九月

翰林院修撰唐皋言：比見運河地勢高，其水易涸。丁夫挑淺，沿岸拋泥，是以隨挑隨淤，終歲不休。宜仿嘉、湖取淖壅桑之法，以舟運泥至近岸，別令人轉運，務去河稍遠，則一歲之役可免數歲之勞。又山東泉脉甚眾，頃緣管河官類多轉委於人，疏導無方，以致泉流散漫，不入於河。乞敕分司主事，親督其役，如法疏浚。庶眾流成川，亦運道一助也。

事下工部議，覆從之。

出處：《世宗實録》卷十八。僅存殘文，無篇題。考朱國禎《大政記》卷二十五云："乙卯，唐皋上治河策。"據此擬題。

編年：《世宗實録》記此事於嘉靖元年九月十二日乙卯。

崇一德以享天心疏

嘉靖二年閏四月

翰林院修撰臣唐皋謹奏爲崇一德以享天心、以昭治理事：①

臣嘗伏睹我太祖高皇帝御製《大誥》序有曰："君臣同心，志同一氣，所以感皇天后土之鑒。②海嶽效靈，由是雨暘時若，五穀豐登，家給人足。"其首章又

---

① "翰林院"至"治理事"：底本無，據《皇明嘉隆疏鈔》補。
② "后"：底本作"厚"，據《皇明嘉隆疏鈔》改。

以"君臣同游,竭忠成全其君。① 拾君之失,搏君之過,補君之闕"爲説。大哉皇言! 所以貽謀燕冀、垂萬世聖子神孫之訓者,深且遠矣!② 仲虺詳陳"咸有一德"之功,③孟子極言"相待一體"之道,皆不出我祖宗彝訓之外也。

仰惟皇上,起自潛邸,嗣守丕基。登極之初,治以憲祖爲先,志以勵精爲大。天下臣民,翹首跂足,仰望太平,以謂陛下蓋將更張武宗之故,以上繼孝宗之治,而遠復聖祖之盛也。然自即位以來,君臣無同游之美,上下鮮一德之休。知有股肱而不藉之運用,知有耳目而不因之聰明,是陛下雖有願治之心,而失所以求治之道也。

臣嘗供事華蓋内殿,親見殿外之東極北有一便殿。或指以示臣曰:此孝宗皇帝燕息之所也。凡諸臣章奏,必於此閲之。遇有懷疑未決,必召輔臣至此參詳可否,然後下之所司。是以政無闕失,昭令聞以垂無窮。且召見之頃,傳宣賜茶,或撤賜御饌,君臣際遇,至今美談。不知左右近臣熟知先朝典故者,曾爲陛下言之乎? 臣恐其不能且不肯也。

臣又見得先王優禮老成,引年致仕不許其請,則必賜之几杖,以昭眷留之誠。蓋以老成謀國,多識舊章,不可不重惜也。近來户部尚書孫交、刑部尚書林俊,引疾乞骸,章疏屢上。陛下温旨慰留,此固惜老成、重典刑之盛心也。臣方擬有几杖之賜,以爲聖世之光,不意頃因太監崔文家人之故,謂俊廢格詔旨,令其回話。其與陛下起廢之初心、④慰留之温旨大不侔矣。萬一俊執奏大臣"以道事君、不可則止"之義,⑤挂冠玄武,祖帳東都,陛下雖無簡棄老成之心,亦抑何以自解於天下之口,而祈免於萬世之非議哉?

臣觀陛下在内所寵信者,多藩邸久侍之人也,非先朝寡過之人也。使此數臣者果皆忠於陛下,豈肯令陛下因崔文一家奴之故而簡棄老成體國之臣乎?⑥又豈肯令陛下加拾遺搏過之忠以廢格詔旨之罪乎? 又豈肯令陛下變勉留之温旨爲雷霆震擊之威乎?⑦

夫自古及今,君臣上下同心一德,未有不治者也;上下隔絶,中外疑阻,未

---

① "竭忠成全其君":《皇明嘉隆疏鈔》作"竭忠攄誠全其君"。
② "且":《皇明嘉隆疏鈔》作"切"。
③ "仲虺":《皇明嘉隆疏鈔》作"伊尹"。
④ "心":底本脱,據《皇明嘉隆疏鈔》補。
⑤ "奏":《皇明嘉隆疏鈔》脱。
⑥ "棄":底本脱,《皇明嘉隆疏鈔》同,據《文章辨體彙選》卷一百十一補。
⑦ "勉":底本作"免",據《皇明嘉隆疏鈔》改。"震擊",《皇明嘉隆疏鈔》作"擊搏"。

有不亂者也。陛下即位二年於茲，雖無武宗以來危亂之形，而有正德以後災變之大，其機甚可畏也。① 伏願憲聖祖之言，舉先朝之典，虛顧問輔臣之襟，隆體貌大臣之禮，養聖主遷善之勇，全老成執法之忠，鑒憸邪兆亂之由，②消近習保奸之禍。務使君臣如一人之身，宮府內外如一家之勢，則政以道成，氣以和召。諸福之物、可致之祥，莫不畢至，而我聖祖降鑒效靈之訓，可驗於今日矣。

嘉靖二年閏四月二十四日奉聖旨：該衙門知道。③

出處：明賈三近《皇明兩朝疏抄》卷五，明萬曆刻本。參校以明張鹵《皇明嘉隆疏鈔》卷五，明萬曆刻本。

編年：《世宗實錄》記此次上疏事於嘉靖二年閏四月二十七日丁卯，又據張鹵《皇明嘉隆疏鈔》卷五"嘉靖二年閏四月二十四日奉聖旨"，知作於嘉靖二年閏四月。

舉曠典以備大禮疏（請行慶成宴疏）

嘉靖二年十二月

翰林院修撰唐皋奏爲舉曠典以備大禮事：

臣聞：祭祀之禮，莫重於郊丘；君臣之情，必通於燕享。古之帝王，所以大本始之報，而篤慈惠之恩，於此乎在，則大祀慶成，④誠禮之不可廢者。切照嘉靖三年正月十二日大祀天地，⑤次日例該慶成賜宴，皇上因禮部之請，念災傷之故，特賜罷免，此誠懼災恤民之盛心也。

臣竊以爲，郊則尊祖以配天，孝之至也；宴則受釐而介福，仁之至也。一舉而仁孝之道備，此帝王之所貴，祖宗之所詳定而垂世守也。⑥ 豈可偶因水旱之故，例以他宴，遂廢而不舉哉？自武宗末年，巡幸在外，或曠而不郊，或郊而不宴，神人乖隔，災變頻仍，可追睹也。皇上升潛繼統，百度維新，敬天

---

① "機"：底本作"幾"，據《皇明嘉隆疏鈔》改。
② "兆"：底本作"非"，《皇明嘉隆疏鈔》作"作"，據《世宗實錄》改。
③ "嘉靖"至"知道"，底本無，據《皇明嘉隆疏鈔》補。
④ "慶成"：《皇明經濟文錄》同，《皇明兩朝疏抄》作"郊成"。
⑤ "嘉靖三年正月十二日"：底本作"嘉靖二年正月"，據《皇明兩朝疏抄》改。《明史·世宗本紀》載三年春正月"丁丑，大祀天地於南郊"，是年正月十二日爲丁丑日。
⑥ "垂"，底本脱，據《皇明經濟文錄》《皇明兩朝疏抄》補。

事神，靈貺響答。今臨御已及三年之久，而君臣尚不能同一日之歡，①非缺典歟？前此妨於國恤，②今則諉於歲凶。議者必曰：③日食正朝，前代曾以受賀見訾；④災傷迭報，⑤今日當以省禮爲宜。夫禮有大有小，"大者不可損，小者不可益"也。郊祀，祀之大者；⑥慶成，宴之大者。今此特從罷免，損報甚焉。⑦ 禮，猶體也。體不備，⑧君子謂之不成人。郊丘之祭，欽天監擇日，禮之始也；光禄寺設宴，禮之終也。終始具備，是謂大成。今損郊而廢宴，有始而罔終，謂之備禮，可乎？

臣誠寡陋，無所知識。⑨ 考之周公制禮，尊后稷以配天，而《行葦》之詩則因祭畢而宴，⑩被之聲歌，是知郊之必有宴也。唐張九齡告其君曰：天者，百神之君，而王者之所受命。自古繼統之君，⑪敬天之命，⑫以報所受，故於郊義，⑬不以德澤未洽、年穀不登而缺其禮，又知災傷之不可廢郊也。宋朝因郊肆赦，蔭補賞賚，爲費不貲。郊祀禮畢，⑭必宴紫宸，廢郊則廢宴矣。然景祐不以淮汴之溢、澶河之決而廢郊，乾道不以一府八州軍之飢而廢郊。景祐猶夷簡柄用之時，乾道則朱熹召對垂拱之後，未聞其以爲非，則又知災傷之不可省郊而廢宴也。

切見江淮告災，陛下惻然憫恤，發公帑，⑮遣重臣往賑濟之，其爲民亦至矣！要在大臣委任得人，處置得宜，使民沾實惠，以不負簡命爾。況禮行於郊，而百神受職，則風雨調、寒暑時，而休徵應之，⑯亦轉災爲祥之一端也。⑰ 顧可

---

① "不"：《皇明兩朝疏抄》同，《皇明經濟文録》作"末"。
② "國恤"：《明史・裴紹宗傳》作"國戚"。
③ "者"：底本脱，據《皇明經濟文録》《皇明兩朝疏抄》補。
④ "以"：《皇明經濟文録》同，《皇明兩朝疏抄》作"已"，誤。
⑤ "報"：《皇明經濟文録》同，《皇明兩朝疏抄》作"服"。
⑥ "祀"：《皇明兩朝疏抄》同，《皇明經濟文録》作"禮"。
⑦ "報"：《皇明經濟文録》《皇明兩朝疏抄》皆作"埶"。
⑧ "體"：底本脱，據《皇明經濟文録》《皇明兩朝疏抄》補。
⑨ "知識"：《皇明兩朝疏抄》同，《皇明經濟文録》作"識見"。
⑩ "因"：《皇明經濟文録》同，《皇明兩朝疏抄》作"囚"，誤。
⑪ "而王者之所受命。自古繼統之君"：底本脱前一"之"字，據《皇明經濟文録》補。《皇明兩朝疏抄》作"而王者受命之所自。故繼統之君"。
⑫ "命"：底本作"君"，《皇明經濟文録》同，據《皇明兩朝疏抄》改。
⑬ "於"：底本脱，據《皇明經濟文録》《皇明兩朝疏抄》補。
⑭ "祀"：底本脱，《皇明經濟文録》同，據《皇明兩朝疏抄》補。
⑮ "發公帑"：《皇明經濟文録》同，《皇明兩朝疏抄》作"發去帑銀"。
⑯ "而"：底本脱，據《皇明經濟文録》《皇明兩朝疏抄》補。
⑰ "亦轉災爲祥之一端也"：底本作"亦轉禍爲祥一端也"，據《皇明經濟文録》《皇明兩朝疏抄》改。

惜一日之樂,而不克承百靈之覬哉?①

　　伏望皇上,深惟大報之禮,光昭大備之儀。俯察愚言,特賜俞允。敕下有司,照例舉行,則數年曠典,一朝載睹。神人介胥悦之休,②而君臣慶同游之盛矣。

　　　　二年十二月初七日奉聖旨:該衙門知道,欽此。③

　　出處:明黄訓《名臣經濟録》卷三十一《慶成筵宴雖遇災傷不免事例》,明嘉靖三十年刻本,現藏日本内閣文庫。參校以明萬表《皇明經濟文録》,明嘉靖刻本;明賈三近《皇明兩朝疏抄》卷十七,明萬曆刻本。原題"禮部題爲筵宴事,精膳清吏司案呈奉本部送禮科抄出,翰林院修撰唐皋奏爲舉曠典以備大禮事"。

　　編年:據《皇明嘉隆疏抄》卷十八"二年十二月初七日奉聖旨:該衙門知道,欽此",知作於嘉靖二年十二月。

議大禮疏(殘闕)

嘉靖三年三月

　　請於本生備其尊稱,以伸隆孝之道;繫其始封,以遠二統之嫌。

　　出處:《世宗實録》卷三十七。該疏僅存此句,無篇題,謹擬題爲"議大禮疏"。

　　編年:《世宗實録》記此事於嘉靖三年三月四日己巳。《實録》云:"己巳,翰林院修撰唐皋、編修鄒守益等,禮科都給事中張翀等,御史鄭本公等,具上疏極論……上覽奏不悦,以守益等出位妄言,姑置不問,而責皋阿意二説、翀及本公等朋言亂政,各奪俸三月。"萬曆《歙志》則云:"得旨:'這本持兩端,姑令回籍。'"宸按:回籍之説顯誤。公於是年秋冬間作《休寧縣修學記》云:"庠友汪子明,嘗爲前守拔入紫陽書院,相麗澤最久。適貢上京師詣廣文,介之求記。"知其仍在京師,絶無回籍之事也。

---

　　①　"百靈",《皇明經濟文録》同,《皇明兩朝疏抄》作"天靈"。
　　②　"介胥悦之休",《皇明經濟文録》同,《皇明兩朝疏抄》作"胥介悦之休",誤。
　　③　"二年"至"欽此":底本作"奉聖旨:該衙門知道,欽此",據《皇明嘉隆疏抄》卷十八補。

書

與胡松書

正德十六年九月

睽別垂一載，懷仰不能以日計也。屢承翰教，多失裁答，慚負實深。緬惟年兄，青年銳志，持節東藩，風裁凛然，既足以振臺憲之綱而動山嶽矣；論建大議，恢張治圖，又所謂身江湖而心廟堂也。敬羨。外教果否，未知不敢妄對。以理推之，宜不果行也。

生碌碌朝署，殊無寸補。近方承乏經筵執事，晨夕兢惕，恐孤任使。不知有以教我否也？此月内外，恐又備使朝鮮，取道遼陽按治，可得一會否，所未知也。餘惟珍攝，萬萬。

出處：明胡松《承庵先生集》附録《同心集》“名公簡書”，明刻本，臺北“中研院”歷史語言研究所傅斯年圖書館藏。

編年：公兼經筵在正德十六年七月，八月受命爲朝鮮正使，次月啓程，此信當作於九月間。

經眼録：是書中國大陸地區藏本皆非全帙。2015 年 12 月 11 日，訪臺北“中研院”歷史語言研究所傅斯年圖書館，讀《承庵先生集》明刊本膠片。是書七卷，附《同心集》四卷，半葉九行，行十八字，四周雙邊，版心下端有“歙邑黄鋒刊”字樣，當爲隆慶、萬曆間刻本。

文集卷三

記 一

邱氏祠堂記
正德八年秋冬間

蘇州嘉定菱門里邱氏，起家壟畝，而世篤純誠，有聞邑中。其五世之彥名鉞，字允德，卓行雄才，益弘厥緒，乃喟然嘆曰："吾幸有田廬，以食以居，而吾之先人安靈無所，甚闕典也。"遂爲祠於沙岡墓所。

正德癸酉二月初，落成，刲羊釁之，而奉其高祖有元遺民諱貴五府君、妣丁氏諱富乙夫人居初室，曾祖考力田處士錫一府君諱子明、妣楊夫人諱妙倩居次室，祖考沙岡處士祚一府君諱震字宗震、妣李夫人、繼妣葛夫人諱妙蓮居三室，考樸庵處士允一府君諱剛字以仁、妣蔣夫人諱淑清居東室，皆以西爲向。旁親三殤，各以班祔。四時藏事，位列有序，拜奠有儀，焄蒿悽愴，若將見之。允德不爲訓詁口耳之學，惟精求乃心，直與先王制作之意吻合無間，非賢德能若是乎？

既立祠堂，欲傳示久遠，命其子峻取文於皋，以刻麗牲之石。皋與峻同舉應天鄉試，有兄弟之義，千里辱命，惡乎辭？乃按事狀作祠記。

出處：嘉慶《方泰志》卷一《宗祠》，舊抄本，上海圖書館藏。題注"歙縣唐皋"。

編年："正德癸酉"爲正德八年，即"皋與峻同舉應天鄉試"之年。鄉試在秋季，故此文作於當年秋冬間。據《正德八年應天府鄉試錄》，"峻"即丘峻，"邱"爲避諱字，今仍其舊。

績溪縣重修廟學記
正德九年秋

徽績溪縣儒學創自宋紹興間，中更兵燹，屢廢屢興。入國朝來，以漸完葺，而貫多仍舊址，猶隘也。故入廟展禮則籩豆累几，升堂命講則生途跂足，不有改闢，奚以崇教？正德壬申，教諭敖君鉞以白郡守豫章熊公。公親往相之，曰："匪異人任。"則以請於巡撫都憲東莞王公，巡按侍御巴江張公、崇仁吳公、陽曲張公，提學侍御莆田黃公，清戎侍御貴谿徐公，而皆報可，退與同知王君、通判劉君、節推張君協其謀。費不及民，曰供億僅紓也；役不煩衆，曰調發甫停也。乃稽厥帑，有羨有權。乃市厥基，以閑以亢。乃中厥方，惟坎惟離。乃鳩厥工，簡勤爾良。乃集厥材，於陶於林。僉謀孔臧，大役斯舉。維熊公實主之，而奔走群力則敖君與縣令林君錞咸禀受焉。首遷講堂於左，中建大成殿，右以文公祠附之。尊經有閣，饌設有堂，觀德有圃，泮池有橋，與凡齋廡、庖湢、厨庫、門垣之類，靡不畢具。經始於壬申九月，落成於甲戌六月。工訖告竣，敖君以書托大行戴君應和，屬予爲記。辭謝不敏，而君促之甚力，則爲之説以告曰：

先王興學造士之意，其以爲民，匪徒然也。學之建，擇里巷之俊彦而聚教之，養之於定所，而肄之以恒業，使不遷於聞見之紛挐，以流於好尚之差，而日孳孳焉於天理民彝之懿，則養之專而習之素，積之久而藝之成。語學而至於通儒，語道德而至於賢哲，語功業而至於經綸。參贊之大，隨其所在而用各不同、施無不可。拔俗而趾前，範今而垂後，兹固學校之所養，而非徒然者。顧士在所養，而尤不可忘其所以自養。養之之要，敬義而已。敬勝而驕惰衰，義勝而貪鄙黜，然後此心湛然虛明。而所謂天理民彝之懿，誦説於口，會晤於心，踐履於身，固皆近裏即實，而非飾外崇名之具。是二者，又當以孔子直內方外之訓、程子敬義夾持之説，與吾朱子工夫不可偏廢之論，爲之據依，庶幾養得其要，駸駸乎有徑造之勢矣。先王所以待士之意如此。

肆我祖宗憲古圖治以來，[①]首務興學，而備其所以養之之道，則既收其效矣。今乃群公諸賢咸以職莅兹土，各殫厥心，以興舉頹弊爲己任。蓋匪直展禮致虔之圖，而講業論德於是乎資之。孟子謂豪傑之興，不以文王。矧風教乎其上者如此，而可弗知有所感發、以副其厚望也哉！此無他，亦惟主敬以握操存之要，秉義以決取捨之幾，求無背乎孔子、程朱之教，則將來所謂學、所謂道德、所謂功業有可觀者，我朝列聖教養之心，有司今日作興之意，皆可以無負矣。否則，殆見名存而實乖，半途而廢程，未見其學校之重輕也。諸君子游歌是間，多昔所執業，而相上下其論説，以期於遠且大者，故不厭覼縷而盡忠告之義云。

---

①　"祖"：底本不清，據文意補。

是爲記。

出處：萬曆《續溪縣志》卷十一，明萬曆九年刻本。原題"重修廟學記"，現加"續溪縣"三字。

編年：記云"落成於甲戌六月。工訖告竣，敖君以書托大行戴君應和，屬予爲記"，則當作於同年秋間。

潛德堂記
正德十二年

京兆汪子之父竹山先生畜從事於學，不好章句口耳，習前言往行，務多識以蓄德。人曰："養預者健趨，積深者厚發。先生積學於素，庶幾其有見歟？見則天下蒙其澤矣！"先生曰："學求己知，匪求人知。己知，蘊於內也，不必其能見也。人知，徵諸外也，見可也。見，因乎時者也；不見，亦因乎時者也：通塞之義也，蓋學則不因時而異守也。君子所以進於成也，見奚加？而不見奚損也？"人又曰："不見則潛，先生其將隱德以徇時邪？是故隱而未見者，未見乎世也；行而未成者，未成乎人也。先生其於《易》有所妙悟耶？"

先生喜曰："是知我者。"爲堂而居之，以潛德乎其中。左圖右書，朝耕暮讀。不知宇宙之爲大也，山林之爲隘也，軒冕之爲重也，韋布之爲輕也。乃課其子，學成而選於膠序，進而舉與鄉，又進而薦南宮，擢進士高第，出知永嘉，入佐京兆，所至有風績，則潛德之餘波也。京兆既謝事於是，先生捐館若干年矣。深懼幽光久而益閟，謀新其堂以發之。先生蓋自是益彰矣。

嗟夫！潛、見之不同者，勢也；其所同者，道也。道苟光歟，雖潛亦見；道苟污歟，雖見而潛之不若也。世之仕而見於世者，不爲少矣，問其職業之所修舉，如浮雲之影，而螢火之光，雖不謂之見，可也；今夫人棲迹山林，希踪古昔，其家庭則之，鄉黨化之，胤嗣顯揚之，月旦且推評之，而名與草木同朽者顧弗逮，且有愧焉。雖不謂之潛，亦可也。先生非夫人之徒歟？

雖然，京兆之仕也，擊奸之疏不避時忌，勇退之節不擇急流，則又見而能潛，得先生之家法也。此堂之所以愈久而愈光也。堂既新，後若干年而史皋爲之記。

出處：明汪循《汪仁峰先生文集》之《外集》卷三，清康熙刻本。題注"古歙唐皋"。

編年：汪循《與唐殿元》云："狀元及第、畫錦還鄉，此大丈夫之能事，而古今常情以爲榮者⋯⋯榮歸聞久，阻遠衰病，不能預燕賀之末。小兒向在制中，今起復，令上謁求教外堂扁，用于制作，謹具別楮，統希鑒在。"所謂"外堂"即其父之潛德堂。公狀元及第後兩度"榮歸"，即正德十二年、十四年。汪循卒於十四年，故此文當作於十二年。

北察院題名記

正德十二年秋冬間

我太祖高皇帝，以神武定天下。天戈所指，席土來歸。既撫慰其民，又選其強壯者以備行伍、從戰伐，大統克集，海內底平，乃休兵息民，與之更始。凡昔之役行陣者，分屬諸衛，而其舊貫弗易也。歲久弊生，卒伍虛耗。兵之冊籍，莫可稽考。廷議委監察御史清理之，每三歲一遣，著爲令則，自宣德間始。湖南，故楚地，爲天下大藩，民籍爲兵視他省較多，故清戎之設，尤重且專。異時建察院於貢院之東，御史至則居之。自宣德抵今，奉命而往者凡若干人。

正德丁丑，廣西道監察御史高君晋卿實受清戎之寄，既下車，搜檢往牘，考論前人，得其氏名之先後，而其所行事之宜否，亦可得而稽焉。懼其積久湮沒無聞也，爰命有司伐石題名。自正德丁丑以前，凡有事於清戎者，靡不登載。時予宗弟濂刷卷湖南，實相之成，因托以徵予記。

夫名非君子所恃也，而亦不可無也。循名責實，或美或惡，莫之能遁。名果足恃耶？然疾没世之不稱、戒無聞之不足畏者，聖訓蓋昭昭矣。況循是名、有是實，而其人之善者，固足以永没世之稱而獲有聞之畏。名又烏可已乎？且其人未必賢也，法守弗戾。施於昔者，可宜於今，舉而行之，有濟於事，有神於國也。顧可因其人而廢之耶？其人固賢者也，畫一之法宜守也，久大之業有傳也，又可靳一時之名而掩其人耶？若夫職隳而行黷，欲蓋而彌彰，存乎其人焉耳，此亦高君之意也。

然則嗣是而往，奉是職者，觀其名、思其人，其善者與可以爲法，未善者與可以爲戒。因往躅之臧否，为永世之鑒觀。是雖一事之小而有無窮之益，而可廢乎？遂書以爲記。

出處：嘉靖《湖廣圖經志書》卷一，江蘇廣陵古籍刻印社影印嘉靖初刻本，1991 年 4 月版。題注"唐皋，歙縣人，狀元"。

編年：文中云"正德丁丑""宗弟濂刷卷湖南"，事在正德十二年。公於是年七月二十四日乞假歸省，詔許之。檢公所撰《唐氏三先生集跋》云："正德丁丑，霈之(宸注：唐澤)以表賀赴京，景之(宸注：唐濂)奉命刷卷湖南。"又唐澤

《高祖梧岡先生墓表》云："正德丁丑，而澤以考績，幸自閩臬便道歸省，獲與修撰兄皋、御史弟濂同上冢。"公會晤唐濂而受托爲記，當在秋冬之間。

池州府磚城記①

正德十三年

井田分而國都制，封建壞而郡邑興，其法殊，其勢一也。故圭土以設治，必樹之君長以統馭之，爲之城郭以捍蔽之。城也者，所以盛民也。民之所限以無越，所恃以無恐者，其猶在此。城固不可無也。

《周官》大司馬"掌固"之職，掌修城郭、溝池、樹渠之固，頒其士庶子及其衆庶之守，若造都邑則治其固與其守法。其以九州之圖，周知山林、川澤之阻，而達其道路，設國之溝涂而樹之林以爲阻，則"司險"實掌之。夫建邦土地與其人民，凡地域廣輪之數，亦以圖而周知。辨其名物而制其畿疆，大司徒之職也。掌固、司險之官，城守、藩塞之事，不屬之司徒而列之司馬，非以甲兵之藏、②寇敵之禦有弗藉此者乎？故城不可得而廢也明矣！

池之爲郡，在江南實要會地，控引荆襄，襟帶吳越。雖有石城可據、長江可憑，九華、大雄、天門、金城諸山，西洪、大遷、龍口諸嶺，可因以爲阻，以遏衝流，以壯畿輔，然非有城郭，其奚以堅保聚、永康逸耶？郡舊有城，或曰肇於南唐，疑非也，蓋中和癸卯刺史竇滔所造也。黃巢虐池之二年，滔始蒞郡，越明年而城成。謂城始於滔則可，猶非也。滔之言曰："自永泰至乾符戊戌歲，是城也，以李僕射爲祖。③ 自乾符至於今，是城也，滔不敢讓勞。"由此觀之，謂城始於李僕射，其可也。城初易土以甓，得堅久之圖。由唐歷宋，④完好弗異。元伯顏下江南，毀焉。迄今垂三百年，⑤無能舉廢者。

正德甲戌，太守何侯繼宗竭來領郡，值供億之甫休，幸瘡痍之未瘥，慨睹城壁弗備，惕然有動於中，而始事未遑及之。惟是訪求民瘼，警策吏偷，剔抉奸蠹，疏滌枉滯，興學繕武，掩骼救莩。纔及期月，民用洽和。爰以完城之役爲己任，乃略址經費，程工選能，揆事大定，詢謀僉同，遂上其議於部使。已畫可，則

---

① "池州府"：底本無，據乾隆《池州府志》補。
② "甲兵"：乾隆《池州府志》作"兵甲"。
③ "祖"：乾隆《池州府志》作"始"。
④ "歷"：乾隆《池州府志》作"逮"。
⑤ "今"：底本脫，萬曆《池州府志》同，據乾隆《池州府志》補。

首撤俸資爲之倡，①而部民之富者佐其費，閑民之貧者任其力，賓佐屬吏之賢勞者又多其人，鼓勇作怠，爲費滋省，而言言仡仡，功用告成，事弗愆素。廣以步計者如干，崇以丈計者如干，工以人計者如干，金以兩計者如干。前後共計工料費二萬三千兩。② 經始於正德丁丑夏五，明年戊寅某月率衆而落之，得壯觀焉。郡人侍郎汪君德聲，進士李君時望、陳君功錫，以狀來徵記。

夫天下之事，涉於重且大者，而有其廢之卒莫之舉，其故何哉？凡以當夫事者，安故常而忘遠慮，難於改作而慎於舉重也。安故常者，樂因循而不肯爲；忘遠慮者，限才智而不能爲；其難慎者，亦懷小嫌、惜小費，而不敢爲。以此親政，政胡以乂？③ 以此臨民，民胡以安？國家所倚任我者謂何？而甘娓娓齪齪、④鮮克自效也哉！侯司是郡而成是舉，⑤其體國愛民之道於是乎在，亦過人遠甚矣！⑥ 後之來者，嗣侯之職，坐享其成，於以展布其所蘊蓄於指顧之下，尋常則固内外、⑦時啓閉而消未萌之患，警急則嚴保障、假折衝而收無窮之利。⑧ 兹侯之功，視賓與李不既多歟？

雖然，設險以守國，城郭溝池以爲固，有國者之所謹也。要之，增修德政、固結人心，而俾斯民親之信之、赴之衛之，有相保而無相捐，是則無形之險、不阻之固，司民牧者所宜加之意焉。不然，怙坎之勢，無以壹渙之情；崇莒之墉，無以遏楚之軼。幾何不速吳起之諷切也哉！侯名紹正，浙江淳安人，由壬戌進士官大行，歷司諫，擢任今職，綽有風績，而在郡善政尤多。賓佐同知張君菜、通判喻君珪、推官許君濟時、知縣謝君瑞，贊詡之勞，皆得牽聯書之。⑨ 是爲記。

出處：正德《池州府志》卷十一，明正德十三年刻本。題注"唐皋，歙縣人，狀元，翰林修撰"。參校以萬曆《池州府志》卷八，明萬曆四十年刊本；乾隆《池州府志》卷十四，乾隆四十三年刻本。

① "資"：底本作"貿"，據萬曆、乾隆《池州府志》改。
② "前後"至"千兩"：底本脱，萬曆《池州府志》同，據乾隆《池州府志》補。
③ "乂"：底本作"人"，據萬曆《池州府志》改。乾隆《池州府志》作"安"。
④ "齪齪"：底本作"焉齪"，據萬曆、乾隆《池州府志》改。
⑤ "郡"：萬曆《池州府志》同，乾隆《池州府志》作"都"。
⑥ "甚"：乾隆《池州府志》脱。
⑦ "固"：底本作"國"，據萬曆、乾隆《池州府志》改。
⑧ "假"：底本作"暇"，據萬曆、乾隆《池州府志》改。
⑨ "侯名"至"書之"：乾隆《池州府志》刪節。

編年：公云“經始於正德丁丑夏五，明年戊寅某月率衆而落之”，“以狀來徵記”，知作於正德十三年戊寅。侍郎汪德聲即汪册，進士李時望即公之同年李崧祥，陳功錫即陳鈇。

紫陽書院記

正德十四年八月

徽紫陽、建武夷，皆名山也。紫陽之有書院，武夷之有精舍，同一尊儒重道、棲徒講學之地也。學，所以明道也；道，所以植世也。世之治忽，道之晦明，聖賢者道之攸寓也。聚而業之，存乎地；作而倡之，存乎人。是烏可不加重乎？

紫陽山在徽城南門外五里許，崇岡内抱，清流外襟。屏山、練水之獻奇，風泉、雲壑之成趣，誠爲是邦勝概。我徽國文公與父韋齋先生，昔常游此。後已去閩，猶不忘故土。韋齋之刻示印章，文公之繫稱後學，其增重兹山久矣。書院之建，肇自宋守韓公補，院有理宗賜額，亦其所請。積今垂四百祀，兵燹屢變，遷置靡常。自郡徙歙庠，又亦有年。前守熊公世芳，嘗市浮屠地，①以廣宮墻。拔七校士，居業於此。議者謂不便六邑來學之士。今守新淦張公文林，爲之較正。簿書之暇，挈賓佐餞客兹山。山爲老氏宫，最後有憑虛閣，肖韋齋泊文公二像於其中。公睹位置弗稱，且寄焚修於異端之徒，毅然正邪之辨，遂銳志於改創，隨以其議上之行臺。時林侍御以吉董學南畿，還報曰：“兹山兹院，名斯稱，神斯妥，盍遂圖之？”公爲市地貿材，鳩徒舉役。凡經畫之宜、工食之費，悉自己出。爲堂若干楹，中肖文公像，列配食，從祀遺愛、企德之賢，舉循其舊。旁爲兩齋，東曰“求志”，西曰“懷德”，以居學徒。其後爲文會堂，使昕夕講肄其間。又其後即憑虛故址，易重屋爲堂，以別祀韋齋。復以“崇正”“仰高”樹二坊，豎於從入之途，以揭示後學之趨。不數閱月，輪奂一新。老氏之宫，易而爲崇祀儒先、倡明學術之地。異端者流，去而他托。而吾人得專其業，可以不遷異物矣。事竣，公率賓佐泊師生，相與往落之，間屬予記。

嗚呼！天之生聖賢也，爲道與世計爾。所謂道者，不越人倫日用之常、修身齊家治國平天下之要。廓而充之，可以位天地、育萬物，其用至廣而效至巨也。顧後世多溺於功利辭章之末，進取是資，去道邈遠，而世則奚賴耶？韋齋以深造之得開於前，文公以諸儒之集繼於後。家庭父子師友之傳，真足爲天地

---

① “嘗”：底本作“常”，徑改。

立心，爲生民立命，爲往聖繼絶學，爲萬世開太平者也。其桑梓之故，游歌之遺，俎豆烝嘗於斯，詎無起其高山仰止之思者乎？即有之，學其學也，道其道也。以之修身，以之治人，其道德之懿、勛業之隆，有不昭然其可睹哉？此公崇先哲、期後學之盛心，士之生斯土者，在深察而仰體之也。予邦人也，敢默而不以相告乎？

是舉也，佐其成者，貳守王君仲仁、通守何君景章、節推楊君天茂、知縣魏君謐也；董其役者，義民詹以祺、江廷秀、方彥民、程景貴也，皆得牽連書之。抑公治徽，善政爲多。其大者，興利除弊，鋤奸輯惡，市田備荒，樹祠表節；頃者，承檄戎務，動合機宜；而子諒之心、廉慎之操，尤不可及云。正德己卯秋八月吉旦。

出處：清施璜《紫陽書院志》卷十八，清雍正三年刻本。題注"翰林修撰唐皋，歙縣"。

編年：落款"正德己卯秋八月吉旦"即正德十四年八月一日，時公在京師。同月十一日，武宗南巡，公乞假歸省。

雪亭記

正德十四年冬

休陽黃宗佑氏，闢地於所居之旁，結亭其間，而日圖書於此，觴咏於此，彈琴鬥弈復於此。[①] 當夫玄冥司律，封夷佐威，微霰先集，密雪時作，江山於焉改色，人境爲之一清。飲有餘興，吟有餘韻，顧而樂之，因名其亭曰"雪亭"，而自號"雪亭主人"。給諫汪君得之與之爲婚姻，間過新庵，爲徵予記。

方握筆抽思，染毫命詞，客有過者見而問之曰："子所記非雪亭乎？"予曰："然。"曰："亭之有雪，將合四時皆爾乎？"予曰："否。"曰："雪之爲質，非至陰之所凝乎？"予曰："然。"曰："其迎日也即有不融者乎？"予曰："否。"客呀然笑曰："雪不宜於三時則非恒久之性也，結於至陰則鮮溫粹之氣也，迎日而消則無堅貞之守也。君子常以立德，和以處物，貞以保業，非此三者，所弗貴也。茲亭於雪舉無況焉，主人何取以名亭而子又爲之記耶？"

予曰："嘻！客之論雪，淺矣！客未見雙崖之記雪庵乎？請爲子略舉之。夫謂其出處之道、含弘之德、文藻之思、捍患之功、願治之志，有合於君子。此誠有得於雪之性情也。故夫應時三白、閉固初陽、抑塵掩壤、含垢藏疾，雪則有

---

① "弈"：底本作"奕"，徑改。

也，而趨炎自附、狹中自守者爲之色沮；屑瓊糝玉、封條綴花、消壓瘴氛、凌彌災害，雪則有也，而崇怪僻、避艱險者爲之心怍；若其平施膏澤、呈瑞豐年，雪有之也，其視仰高而絶物、墨守而仰成者何如耶？雪之性情如此，謂非君子之所貴，豈論確乎？主人之心，或其有見於此矣。况人之顯晦不同，然其有潔己之行而不愆於素，未可以爲不恒；無逐時之態而亦不絶乎俗，未可謂其不和。出入起居，與時消息，其有也以成物，其無也以始物。非有道之君子其孰能與於此？此何病乎堅貞？然則宗佑氏之亭有取於雪，又何迴乎？"客恍然若有失也，作而謝曰："吾過矣！吾過矣！"因述此以爲之記。

出處：明黄積瑜《新安左田黄氏正宗譜》卷二"文獻"，明嘉靖刻本。題注"新庵唐皋"。

編年：考《明實録》，汪思（字得之）爲正德十二年進士，改翰林院庶吉士，正德十四年八月二十日任兵科給事中，嘉靖二年三月升工科右給事中，次月升刑科左給事中，十二月升廣東布政使司右參議，嘉靖八年授雲南按察使副使，乞致仕歸。文中稱汪思爲"給諫汪君得之"，應作於正德十四年八月至嘉靖二年十二月之間。又"間過新庵"，知作於返里時，即十四年秋至次年春間。又多言雪，姑置於冬季。

黄宗佑，名佐，字宗佑，號雪亭居士，汪思有《雪亭主人傳》《雪亭居士黄公行狀》，見《方塘汪先生文粹》，可參看。

祁門奇峰鄭氏祠堂記

正德十五年春

正德丁丑進士鄭君一中奉例歸展，間過予新庵，請爲其祠堂記。君之言曰："予家舊有家廟在地曰花堆者，毁於元季兵燹之餘。頃者建與長沙判晃，太學生笏，庠生蘭、杲、敏、第、岳、禴諸宗英謀所以興復之者。於是吾宗之老□等各鼓義聚金，相與殫力經營之。至是祠堂成，祠之主以唐司徒公傳爲始祖，公當逆巢之亂，有保障八州功，鄉人德之，殁祀之於社，與越國公華比，主不遷焉，祖有功也。以公次子殿中侍御史延辛公配，蓋自公始遷祁南之奇峰，而吾奇峰子姓之所從出者，大報本也。諸有勞於家廟，洎應祀之主，得從祀焉，廣孝思也。祀之基拓地於奇水之西者凡四畝，其制增於其舊。祠之前爲一本堂，堂有規，大率視義門鄭氏之舊而損益焉。祭畢有燕，燕有訓，訓諸族人，各唯唯而退。此其大較也，願有以詔吾後之人。"

予惟祠堂之制、宗廟之變也。廟制之出於三代，天子七，諸侯五，大夫三，適士二，官師一，雖有上下等殺之分，而所以享先序族之心則一。宗廟之法行，而仁孝之俗成矣！自秦罷侯置守，而宗法於是乎廢。宗法廢而廟制不可興，廟制不可興，而仁孝之風衰於天下。故家文獻，知先祖之不可忘，而萃渙之不可以無所也，於是仿廟制而爲祠堂，則奉先之孝、合族之仁未斬，其如綫之緒者，不在兹耶？吾觀鄭氏祠堂之建，豈惟廣仁孝之道，抑又有崇禮教之端焉。歲時奉祀之時，長幼燕集之際，布其家規而聆其訓詞，有不洞洞然、屬屬然，若先祖之臨乎其上、質之在傍，以興起其念祖之心，而無忝所生者哉！禮教之崇，族不益振而祖不益有光耶？一中，予禮闈所取士，有爲之才已於文乎占之。鄭氏諸賢，其出者才自他見，而其處者有隱德焉。予不得而泯也，是爲記。

正德庚辰，翰林院國史修撰、儒林郎，歙人新庵唐皋著。

出處：明鄭岳《奇峰鄭氏本宗譜》卷四"文徵"，明嘉靖四十五年刻本，國家圖書館藏。

編年：末署"正德庚辰"爲正德十五年。正德十四年八月公乞假歸里，次年三月初啓程返京，此文當作於公居家時。文中"進士鄭君一中"爲鄭建，字一中，祁門人，正德十二年丁丑進士。

致謝：2020 年 10 月，學生黃漢全北京國圖代爲複製此文，特此致謝。

文集卷四

記 二

齊雲巖净樂善聖宫記

正德十五年春

齊雲巖去休邑西三十里，舊名白嶽山，吾徽勝地也。□□□□□□□□奇怪之峰、清冷之泉、峭特之□，□□出於天成。磴之梯於雲級者，不知視武當之勝何如也。□□□□□□山形勝聞天下，而佑聖之神載祀□□□國典久矣。若兹山與神弗獲并聞者，僻在江南，舟車□□□□□□□□□之哉。真君之號，其尊爲“玄天上帝”，又或稱曰“真武之神”。神在兹山，莫知歲年，有□□□□□□□□祈禱最爲靈驗。近歙溪南吳稷□□□之，逾年而生二子，長曰巖吉，次曰巖富，因感神之賜也，遂□神□之□□爲一祠，奉聖父聖母之像，以隆神之□□。爲之禱者，道紀方隆相、道會朱素和也。至是來請予記。

少時聞長老言神修行就道之迹甚習，不能無疑。□□□□北方水神，“北”，坎位也；“水”，天一之所生也；“玄天”者，天有五方，震曰“□□”，兑曰“□天”，離曰“朱天”，中曰“黔天”，則“玄”其坎□□號也，如曰“昊天上帝”云爾。五方各有神，東曰“蒼龍”，西曰“白虎”，南曰“朱□”，北曰“玄武”。“真武”者，坎位之神也。不曰“玄”，□□諱而襲稱之爾。由是觀之，則自開闢之初，固已分方定位而有神以司之，烏有所謂父母，如生人之比耶？他日□□之圖閱之，名公先達考索精詳，有據道家言者：龍漢之年，虚危之精降而爲人，修行此山，久之道成，乘龍飛天。□唐貞觀益顯，歷宋及元，以迄我朝，封祀不一，而崇禮之心篤於文皇，顯化之妙形於天語，千古所共睹也。神之父曰“净樂天君”，母曰“善聖天后”，亦先代所褒封者，似又真有其人矣。意者天一儲精，降□異人，

歸神而奠位於北，□□以配之玄天，若古句芒、蓐收之神之類。然則神有父母
誕生孕秀，如水之有原，事固有然。□靈而益妙，感□之民故有所禱也，宜其應
之之疾也。應之於前而□所以答之於後，人亦有篤敬之心哉！吳稷□氏從事
美觀，猶夫他人之爲；獨能推本神之所自生，而爲祠以祀之，則又非人所能及
者。兹可紀也。或謂："□□有□□之不婚，誣耶？"曰："是則然矣，且高禖之祀
著於經，尼丘之禱載於史，何爲者哉？"是爲記。

賜進士及第、翰林院國史修撰、儒林郎，歙人唐皋。

正德庚辰中元節，本山道會徐秘元、朱素和，道士楊玄相。

休邑後學汪潤書。

祁東吳浩篆。

出處：碑立於齊雲山三天門，爲詹景鳳碑之碑陰。碑額篆書"净樂宫記"，
正文楷書。落款"歙人唐皋"下有"新庵""守之""古太史氏"印。

編年：公於正德十四年秋乞假歸里，次年三月初啓程返京，期間遂有齊雲
山之游。其登山所作《天門》詩云"雨後瑶山青似髮"，知在春季。"中元節"當
爲立石時間。

致謝：2022 年 7 月，鍾曉君博士惠賜拓片照片。2024 年 4 月，學生戴欣萌
游齊雲山，訪得碑處。

文昌坊重建世忠祠堂記
正德十五年春

生有爵，没有廟，古也。廟之制，天子七，諸侯五，循是而下，降殺以兩，所
以明貴賤也。庶人無廟，祭於其寢，因其情以廣愛敬者也。[①] 宗廟廢而祠堂之
制興矣。祠堂非古也，所以行乎愛敬則無古今之異矣。天子之祖有廟，諸王之
祖有廟，禘祫之禮以時舉之，則國之同姓。[②] 苟異姓，雖上公列侯、有大勛勞於
國，廟不可得而立。廟不立，則報本反始之心不洽於天下，非闕典歟？是故祠
堂之制，君子變而之古也。何則？愛敬之心，[③]仁義之道也。仁與義達之天
下，而治道立矣。

---

① "其"：《程典》作"乎"。
② "則國之同姓"：《程典》作"則固國之同姓也"。
③ "心"：《程典》作"施"。

　　予嘗過休邑，未至邑治二里許，①見有巨室翼然竦、奐然麗、周而且廣、靚
而深也，問之，曰程氏之祠。僕夫匆匆，未暇考其合古與否。他日，其宗之老曰
景達等過予請曰："是祠也，②因回禄而復也，蓋吾文昌之族所獨經營者爾。中
爲堂三間，以我新安之程始於晋太守公元譚而顯於梁開府忠壯公靈洗，③元譚
世遠，則以靈洗公爲始祖，肖像其中祀之。子忠護侯文季，世濟忠烈，④亦肖像
祀之於左。至周顯德中，東密巖將秔公有捍寇之功，與後曰秦、曰可績、曰顯祐
公者，⑤屢遷而居文昌，至吾宗之長景達五世矣，⑥此四代者皆設主而祀之於
右。其後爲堂，殺於前之制。左以藏群考之主，曰"享嚴"；右以藏群妣之主，曰
"享慈"；⑦稍廣其中，以合祭畢之宴，曰"燕私之堂"。其外爲門屋五間，室其左
右，⑧以藏祭器。祠之大略如此。敢乞一言以詔諸後！"

　　予謂仁義之心人皆有之也，位有貴賤，質有智愚、賢不肖，而是理之根於
性，未始有異。古之聖王，匪以仁義不足以化天下而成治功。仁主愛，義主敬，
愛敬之施，必於其身之所尊親者而先焉。故制禮以祀，詳於内也；⑨同俗以德，
昉於家也。而後仁義之化，駸駸乎其洽矣。今程氏之子若孫興其仁義之心，⑩
於尊祖愛親之間惓惓焉。祠之興復，爲不朽計，充其道也。仁義之化，有不洽
於天下者乎！況開府父子存樹忠貞之節，没昭靈感之機，默相國家，載在祀典，
邦人念德，尸祝不忘，而況其子若孫，⑪可不思一展祼獻之誠也哉？⑫故禮雖未
之有而可以義起者，其或此類也夫！敢并以告後之問者。是爲記。

　　出處：明程一枝《程氏貽範集補》卷二，明隆慶刻本。參校以明程一枝《程
典》，明萬曆二十七年刻本。前者題注"新庵唐臯"，後者題爲"明唐太史臯文昌
程氏祠堂記"。

────────────

① "未至邑"：底本脱，據《程典》補。
② "也"：底本脱，據《程典》補。
③ "太守公"："公"字底本脱，據《程典》補。
④ "忠烈"：《程典》作"勛烈"。
⑤ "顯祐"：《程典》作"顯佑"。
⑥ "吾宗之長"：底本脱，據《程典》補。
⑦ "享慈"：《程典》此後有"祀焉"二字。
⑧ "其"：底本作"之"，據《程典》改。
⑨ "制"：底本作"祭"，據《程典》改。
⑩ "之子若孫"：底本作"子孫"，據《程典》改。
⑪ "若"：底本脱，據《程典》補。
⑫ "可"：《程典》作"可以"。

編年： 當作於正德十五年登休寧縣齊雲山前後，即是年春間。

新建宋張烈文侯祠記

正德十五年三月

賜進士及第、翰林院國史修撰，新安唐皋撰文。

賜進士第、承德郎、刑部清吏司主事，武林張應祺書丹。

賜進士第、江西按察司提學副使、前翰林院庶吉士，武林邵鋭篆額。①

宋有天下三百年，忠義之士載史籍者多矣。其以忠義得禍，千古之下，人所共冤，則未有如岳武穆王之死於權奸之陷害者也。同時而受害者，亦有張烈文侯，其奇冤與武穆等，②人莫不知之。

侯名憲，蜀之閬州人，武穆之愛將，或曰其婿也，驍勇絶倫。從武穆爲部將，武穆信任之，每有攻戰，與其子雲率先諸將。而侯之立功視諸將獨多，若破曹成、擒郝政、平荆襄、復隨鄧、戰臨潁，皆有奇捷，以功授閬州觀察使、御前前軍統制、宣撫司副都統。郾城之役，屢戰皆捷。金人奪氣，中原大振。進軍朱仙鎮，去汴京四十五里，刻期恢復。而賊檜倡和，矯詔班師，遂隳垂成之績。又陰納兀尤之説，以武穆不死，和議終爲之梗，乃與張俊謀陷武穆，誣奏憲與雲等營還飛兵，遣使捕飛父子就大理獄，又執憲於鎮江，捞掠無完膚，卒無可證者。歲終，獄不成，檜以手書付吏，即報飛死，③侯與雲等皆棄市。嗚呼！不亦冤甚矣哉！

武穆之死，與其子雲俱葬棲霞嶺下。侯之墓去武穆不遠百步許。地曰東山弄口。檜死，冤始白。武穆既追封贈謚，建祠墓側，且得我朝賜額秩祀。侯亦謚“烈文”，里人立廟祀之，④廟在委巷中，人無所瞻仰。而墓臺荒穢，莫爲修治。元杭州路總管夏思忠嘗立石標識其處，歷歲滋久，石斷伏榛莽，漫無可考。迄今百數十年，莫詳墓所在，⑤其隙地又多爲居人所侵，⑥業將遂湮没，不復知有忠義體魄之藏者矣。

---

① “學副使”：碑殘，據丁亞政論文補。
② “奇”：底本作“可”，據丁亞政論文改。
③ “飛”：底本脱，據丁亞政論文補。
④ “廟”：底本作“祠”，據丁亞政論文改。
⑤ “莫詳墓所在”：底本作“墓莫詳所在”，據丁亞政論文改。
⑥ “人”：底本作“民”，據丁亞政論文改。

正德丁丑，杭有布衣王天祐，①一日過棲霞嶺，從俗謂東山弄草莽中見斷碑焉，②題曰"宋張烈文侯墓"，秘而不敢發，久乃白諸藩臬。左布政使何公天衢、按察使梁公材相與驚嘆，謂此風化事也，語諸提學副使劉公瑞，③以告巡按監察御史張公縉。公曰："此非勸忠之舉邪，盍圖諸？"乃檄杭州府。知府留侯志淑躬履墓所，悉復其地之侵於豪右者，而還其故。起斷碑之仆於草莽而植之，繚之以周垣，爲之門而扃鐍之，以限其出入。蓋已偉然改觀矣。未幾，公復偕清鹽御史劉公樂謁武穆祠，因過侯墓，相與嗟惋，謂侯於武穆，生而立功爲諸將之冠，死而就義同一時之冤，而有墓無祠，無以揭虔妥靈，誠非所以答忠義、昭激勸也。且此盈尺之碑寧必其不泐，數雉之垣寧保其不圮，豈得爲悠久計耶？因遂以鼎創廟宇爲己責。維時都察院右僉都御史許公庭光承上簡命，巡視浙省，二公與之議，公亦以表揚忠烈爲第一事。既又謀之鎮守太監浦公智，與其同官太監趙公榮、晁公進、廖公宣，無不允協。時刑部尚書洪公鐘、大理寺卿陳公珂，杭人也，養疴林下，聞之踴躍，各以書贊其成。乃進藩臬長貳右布政使徐公蕃，左參政閔公楷，右參政潘公鐸、劉公文莊，左參議胡公鎮，副使于公鋆、張公淮、丁公沂、李公昆，僉事胡公訓、朱公廷聲、劉公大謨、陳公言、周公用、盛公端明，泊浙都閫秦公玉，同知郭公琮、韓公平，僉事張公奎、白公文、王公間、楊公輅、江公洪、傅公銘、張公浩、劉公鼎，都轉運使董公天錫等，定所以建祠之議。諸君莫不翕然一以爲宜。則又語諸户部主事陳公良珍、王公舜漁，□□□二公曰："斯巨役也，必經畫之有方、委任之得人，然後可。"既而刑部主事方君豪便道過浙，復從臾之。於是二公首捐己俸爲之倡，諸公相率而踵承之。不給，則稽括羨財之在公者以充其費。乃命杭州府同知丁君儀，轉運副使林君堂，④通判孔君廷訓、喬君遷、熊君欽，運判應君其詳，推官曹君山，錢塘知縣承君天秀，經紀其事，而以嗣留新守張侯芹、運使同知王侯公大往來督視，以考其成。⑤

其外爲門屋四楹，中爲堂四楹，其後爲寢堂六楹，復爲廊以翼之，左右各七楹。又樹石坊於通衢，榜曰"宋張烈文侯祠"。祠之制，視武穆雖殺，而像設之

---

① "杭有"：底本脱，據丁亞政論文補。
② "俗"：底本作"所"，據丁亞政論文改。
③ "提"：底本作"董"，據丁亞政論文改。
④ "轉運"：原缺，據萬曆《杭州府志》卷十二轉運副使職名補。
⑤ "維時都察院右僉都御史"至"以考其成"：底本刪去，據丁亞政論文補。

宜、矩度之精,固則不異焉。蓋經始於庚辰二月,而落成於是歲三月。適皋促裝還京,①舟抵於杭,守張侯以徽舊守之雅,偕運貳王侯來致二公之命,屬皋爲之記。皋之讔劣,何能爲役,顧得因此竊附其名,又何幸耶!

嗟夫!君親,大倫也;忠義,大閑也。大倫篤而後三綱爲之振,大閑立而後四維爲之張。有天下國家者,未有不恃此而能享安順之福也。② 當徽、欽北狩之時,宋之臣子,③有戴天不共之仇、中原不洒之耻,何時而可忘,又何人而不痛憤耶?高宗有飛以將,而飛有憲等桓桓虎臣爲之爪牙,④恃此以摧强敵、樹大勛,復仇雪耻而恢中興之業,固無難者。奈何忘寢閣之命,受逆檜之奸,使飛父子與憲等皆死非其罪,卒無一人能任恢復之責。宋自是偏安一隅,⑤日益不競,以淪於亡。檜之罪上通於天,不言可知矣。高宗視父兄之仇、播遷之辰恬不爲念,萬里長城忍於自壞,何爲者哉?

當是時,以飛之雄武蓋世、憲等之驍勇莫敵,士卒素附,河洛傾心,使其蓄臨淮之疑,蹈鷹拳之脅,則高宗未必不梟檜之首以謝諸將,都人未必不臠檜之肉以快衆心。然飛與憲等深知君臣之義無所逃於天地之間,寧下理獄而委其心於皇天后土之照臨。人訊之者,裂裳而示之背,"盡忠報國"之文昭乎凛然。憲亦就執於鎮江,百煉不回,視死如飴。君臣之大倫、忠義之大閑,若二臣者,至是無遺恨矣。侯之大節如此,人固冤其死而仰其忠,顧體魄之藏,久鬱弗彰,而卒藉手於一介韋布之士,以闡其幽。一時中外諸公又皆協謀同志,以成表忠揚烈之舉。鑒已往之簡略,而爲今日之周詳。發既死之幽潜,而示生者之激勸。所以挈綱維、植名教、淑人心、扶世道,功不甚巨矣乎?雖然,侯固忠黨也,遭誣而卒以冤死,身後數百年,人猶葺其墓而崇以廟祀,⑥爲之興廢而舉缺,振舊而圖新。此倡彼和,如出一口。則雖抱一時之冤,而垂萬代之光,⑦死又奚恨耶?⑧ 彼權奸之黨,陰謀詭計,以虐陷忠良,貽禍宗社,雖幸得死牖下,而未

---

① "促":底本前衍一"從"字,據丁亞政論文刪。
② "能":底本脱,據丁亞政論文補。
③ "子":底本脱,據丁亞政論文補。
④ "之":底本脱,據丁亞政論文補。
⑤ "偏":底本作"偷",據丁亞政論文改。
⑥ "以":底本脱,據丁亞政論文補。
⑦ "之":底本脱,據丁亞政論文補。
⑧ "耶":底本作"也",據丁亞政論文改。

免後世之誅戮,①如万俟卨、王雕兒、姚政輩,穢宗遺臭,終古弗滅,奚啻霄壤哉! 是爲記。

大明正德十五年歲次庚辰春三月吉旦立石。

出處: 萬曆《杭州府志》卷四十七,明萬曆刻本。參校以丁亞政《明〈新建宋張烈文侯祠記〉碑考述》,《東方博物》2006 年第 4 期。

編年: 末署"正德十五年歲次庚辰春三月吉旦"爲正德十五年三月。

經眼錄: 2014 年 11 月 10 日,至杭州西湖北山路 80 號宋烈文侯張憲墓址,訪得此碑。

重修户部分司公堂記

正德十五年四月

惟户部之分職,其分署臨清□□□在□□□□□□□□□□□倒,秩堂陋頹,今之至也,入門而改觀矣。予□其事,以同年林子德敷爲予道,故以莅厥職者,□□□□□□□□□□□於部使□御史其□□□□□□於部使,蓋久而後定。然率歲易其人,更代爲□□□□□□□始於宣德間,主事劉君澄所創,閱歲既遠,春澤莅堂,日就頹敝,將新焉,詘於□。

今年春,度時少□□□□□有,堂之舊者新之。移□□□其前與闢其左右各若干廡,足以容衆。凡吏庶之趨而立者、伏而聽者,進之可進,退之可退也。址之洼陷,實之土而加崇焉。堂之前爲廉,稍遠地□□。堂成,匾之曰"經國"。左右翼以廊序,以棲胥卒之在公者。其東有堂,以便退公以款過賓,則仍趙君文載之舊,而增□□柱耳。加之匾曰"浣心"。其西則新爲公帑,設重門,案牘之庋藏、泉布之委頓咸於斯,而匾曰"敬事",而又置爐,以司煅□□疵物。門垣馳道,斥於其舊。緊亚藻飾,奐然一新。堂之費,弗以煩民,弗病於有司,一匿稅之罰所取資焉。堂之構,始事於□夕之後,而落成於袯襫之前。役不患巨,民不告勞。將垂之久,不可以弗識也。

予惟天下之事成於志,而廢於志之弗□恒也。況事有非可以已者,而興之廢之,又可以覘志也。是舉,他人視之,若迂緩兩可,已而不知經□□□□□□□蕭使容,昭號令、剔奸蠹,咸於堂乎莅焉。而況兹堂之新,地增而高,座廠而明,庭闊而廣,道砥而直,則其功又不徒飾□。□以馭下,德之崇也;明以

---

① "末":底本作"不",據丁亞政論文改。

燭幽，知之用也；廣以容物，仁之裕也；直以履正，禮之經也。兹堂之新，子之志益可覘矣！《周書》：“功崇惟志。”先王之所以明飾百工者先焉。余聞德敷之政，舟者悦，賈者懷，遠邇歸頌焉，則兹可驗之一節，推而廣之，又大焉者矣！書此以俟。

正德庚辰夏四月吉旦，賜進士及第、翰林院國史修撰、儒林郎，新安唐皋著。

□□主事林春澤立石。

出處：碑立於山東臨清鈔關舊址内，1988 年出土。碑陰題名從略。

編年：落款“正德庚辰夏四月吉旦”，知作於正德十五年四月。

經眼録：2018 年 7 月 20 日，隨簡錦松師考察大運河，途經鈔關，親見此碑，并據以録文。

大名縣學科貢題名記
正德十六年夏

科貢者，士所入之途也。三代以還，育才於學，而取之是途。自公卿大夫以至一命之士，職有大小，位有崇卑，皆由此其選也，故其途正途也，而世獨加重焉。匪由是途，亦有守官從事者矣，弗重也。均之爲仕進之途，然而有重、不重焉者，其所肄之業殊也。用是而知學之大也。大名縣爲畿輔屬邑，士之養於學校而胥由是途以出。蓋自洪武以迄於今，若張亞參如宗而下，凡若干人，舊未有題名於石者。

乃正德戊寅，予休邑吳君濟民銓授知大名縣事，既下車，進吏民於庭，而講求其有裨於治與其所以爲治之蠹者，以次而罷行之，不急近功，不辭重勞，有所布令，咸宜於民。民既尊信之。一日，奉董學侍御周君彦通、巡按侍御宋君德威、兵備僉憲劉君遵教檄，舉鄉賢、名宦而祠於學宫。時太守任君原孝、同守王君用章皆以風教爲首務，莫不協詞以堅其成。於是考之故牒，詢之耆宿，得凡鄉賢、名宦之表然者，爲之建祠祀之。既又慨念鄉賢之中有在於本朝、咸出科貢而顯名無石，久而澤以斬、迹以熄，不惟鄉人泯於無聞，雖并其後之人亦有不能述其先德者矣，乃命工伐石，而以其人之姓名里居與夫賓興之年、宦歷之迹，盡取而鐫之，徵予爲記。

予謂：名，賓乎實者也。題其名，而其實因可考。善不可得而辭譽，不善亦不可得而逃訾也。孔子“疾没世而名不稱”者，懼學者之不以善聞也。然問其名則有，求其實則無，非予之所可知也。邵子不云乎"立身必以名，衆人則以身徇名，故有實喪焉"？夫名之不稱，與其徇名喪實，其爲失一矣。士之養於學校而出以正途者，誠不可忽焉而不之講也。濟民其有望於是邑之士哉！濟民名拯，登弘治十四年南畿鄉薦，在邑多所興廢，此直其一端耳。兹來登最，已列上考，所樹立尤未量云。

出處：嘉靖《大名縣志》卷二十八，明嘉靖刻、萬曆修補本。題注"修撰唐皋"。參校以乾隆《大名縣志》卷六，清乾隆五十四年刻本。乾隆志有刪節，不贅出校記。

編年：同書有陳沂《名宦鄉賢祠記》云："肇營於正德十五年庚辰歲秋，迄次年辛巳夏工告成。"則此文當作於正德十六年夏。

練光亭記

正德十六年十二月廿一日

平壤城在朝鮮，爲箕子故都。兹予與兵科給事中鹿峰史先生來奉頒朔之命，過焉欲訪遺迹，以愜所懷。使事方殷，卒未暇也。詰朝，踏冰過淇江，抵藩京，竣事而還，復至平壤。時江冰已解，挽舟而渡。適參贊李君擇之以館伴偕行，平安觀察柳君聃年逆予生陽，相與小酌舟中。酒一再行，參贊使譯指城上亭相告曰："此練光亭者，去城門不遠。盍一登之，以俟騎從畢渡，然後就館，可乎？許之。乃與鹿峰肩輿登城，一轉間即至亭。

亭四面虛，其前爲德巖。巖倚江，可以捍衝流。城中居民咸德之，故名。其左三四里許爲錦綉山，山之巔有乙密臺，甚平敞，上有四虛亭在山，①復有峰嶴然，①號牡丹峰。山椒有浮碧樓，亦憑江。下有麒麟窟，東明王養馬處。又有朝天石，世傳王於此乘馬朝天。前有綾羅島，島連白銀灘。東北又十餘里，有酒巖，謂嘗有酒從巖中流出。皆聚於亭之左也。其右爲挹灝樓，在城東門上。又南去五里許，有井田之制存焉，則亭之右也。其後有風月樓，樓前有荷池，池内有小島，圭峰董公使東國時爲之作記。又其後爲快哉亭，亭在大同館中。又自錦綉山發一支壟，蜿蜒而西，伏而再起，有墓在焉，箕子藏冠佩之所也。此皆亭之所有，而獨以"練光"名者，蓋有取於淇水焉耳。

坐少選，參贊復使邀予偕鹿峰游浮碧樓，相與小酌盡興，間命譯跽告予曰：

---

① "在"：疑當作"左"。

“風月樓，董公記之。兹亭，前此未有賞者。賞之，自兩公始。請記諸！”予以不文辭。越二日，過定州納清亭。亭，予始過時所爲名也。參贊復請曰：“然則記納清亭，可乎？”予笑曰：“己名之，而己文之。辭彼允此，不嫌於擇乎？無已，則猶練光可也。”參贊喜甚。

夫天下之物，可以况道者，莫水若也。水固道之寓也。故動也者，水之性也；虛也者，水之體也；練也者，水之形也；光也者，水之用也。形合於性，不可離焉者也。用根於體，不可歧焉者也。水非動而不息，則練之爲色，有時而盡；非虛而有受，則光之爲用，有時而滅。而何水之足貴哉？君子之志於道，盍亦於水焉求之？故踐形所以盡性，而達用者必歸諸體也。苟捨性而言形，語用而遺體，則耳目口鼻之欲或梏於私，富貴利達之厚者足以戕吾生也。

孔子曰：“水哉！水哉！”有取於水也。東國多文學士，練光之以名亭，謂非有見於吾孔子之遺意也哉？不然，泯泯汶汶，莫知其渾；瀹瀹淪淪，莫知其澄。與没俱入，與泪與出，而自謂樂乎山水之間、俯清流激湍於觴咏之餘者，兹固非名亭之初意，而亦豈吾人今日奇觀之一快也哉，亭之名，未詢其所始。姑記來游之歲月，與參贊見屬之意云耳。

正德辛巳冬十有二月己亥，賜進士及第、翰林院修撰兼經筵國史官、欽差正使，紫陽山人唐臯記。

出處：辛巳《皇華集》卷下，明朝鮮活字本。

編年：末署“正德辛巳冬十有二月己亥”，知作於正德十六年十二月廿一日。

褒功祠碑記①

正德十六年十二月末

遼陽城西去未五里許，有祠曰“褒功”，故鎮國將軍、遼東副總兵韓公斌之祠也。②公以武蔭，自指揮使膺受鉞分閫之寄，屢樹邊功，有遺澤於遼人。卒凡若干年，遼人不能忘，乃述公所建立之功，陳之當道，疏之於朝。下禮官議，遂檄實以聞，乃敕有司建祠，賜額“褒功”。春秋胙饗，蓋至於今又十越暑寒矣。乃正德辛巳冬，今上皇帝嗣位改元，詔告海内及諸藩國。予因備使朝鮮，③取

---

①　“褒功祠碑記”：《全遼志》作“褒功祠記”。
②　“斌”：《全遼志》無。
③　“予”：底本作“余”，據《全遼志》改。

道遼左，晉謁祠下，顧瞻屋壁，皆繪公戰伐之事，徘徊嗟嘆，安得起公九原，與之上下邊議，爲柄兵者之一助也。①

弨節間，公之子建昌守轍過予，請爲褒功祠記，且曰："先人之功具載信史，藏之秘府，猝不可得而考也。報功享祀，恩至渥矣。非假一言以鑱諸石，以詔後人，②不將寖遠寖微，而迹幾於熄矣乎？③轍抱此志久而未遂，兹幸使過吾土，此天與之便也。其敢以煩執事！"予謝不敏。畢使，還至遼，建昌復申前請。時予同年侍御湯泉楊子按治東土，風節凜然，而獨於鄉賢每加之意以昭激勸，爲之贊説甚力，遂不果辭。

按傳：公之先，山後興州人。祖福原，國初猶隸尺籍。考春，始事文廟以從征伐，累官至東勝衛指揮使。公生三歲而失所怙。年十有六而補蔭，視衛篆，藉藉有聲。既而充裨將，提偏師，衝鋒破陣，④所至克捷。若解團山之圍，奏八塔之俘，潰定邊之重圍，奮清河之搗巢，連長營興中之勝，至於臥古城之雪，懸清河之賞，逸灄陽之騎，趨二舍之急，納管尺八之降，壁黑松林之守，蓋皆畫奇制變，⑤冒危履險，出萬死於一生，以造此汗馬之勞，⑥其行陳之功如此。及受備禦之寄，⑦持副將之節，若守寧遠，守義州，分延綏、遼陽之閫，以謀則審，以守則固，以撫則順，以戰則剋，金帛不足賞其勞，⑧鐃歌不足頌其美，其邊鎮之功如此。而又能相地勢之厄塞，迹胡寇之出没，長顧遠慮，爲之奏設東州以至灄陽、湯站以至甜水諸營堡，凡千餘里，斬伐林木，修築墻垣，增立墩臺，填實軍伍，平斥道路，⑨勸督屯種，使黠虜無所施其謀，邊人得以享其利，其開拓之功又如此。

夫人臣之事功，固先定其志，以自樹立，凡以求盡職業而已，初豈邀目前之譽，而希身後之寵哉？然功懋於身而加於民者甚衆，迹著於今而垂於後者無窮，則人心若何而不積其感，國典又若何而不崇其報也耶？若公之功，予以爲得於行

① "柄"：《全遼志》作"本"。
② "後"：《全遼志》作"諸"。
③ "矣"：底本脱，據《全遼志》補。
④ "陣"：《全遼志》作"敵"。
⑤ "奇"：底本作"出"，據《全遼志》改。
⑥ "造"：《全遼志》作"召"。
⑦ "及"：底本作"又"，據《全遼志》改。
⑧ "金帛不足賞其勞"：《全遼志》句前有一"有"字。
⑨ "路"：《全遼志》作"途"。

陣者,猶曰一時之勞也;其成於開拓,以遺後來之利,雖謂之百世可也。今夫士者之行繫重一鄉,猶獲祭於其社,而況近者有功於一時、遠者有功於百世如公者所宜深念而嘉録之也!此人心之所歆動,而享祀典於弗替者歟?雖然,往者來之轍也,後者前之續也,上者下之表也。公之功,固足昭往轍以固來者之守,使非真能利今而善後,亦奚感人之深?而國家之令典,尤未有不本之群情而濫及之也。

公雖謝世,而遺德在人,合口陳詞爲崇報之舉者無間遠邇。① 廷議因俯從之,而公之大名遂以不朽。② 文緫武弁,所以立身,斯其律令也。後來者居公之位、膺公之任,豈可不勵公之志、③戀公之功,以圖榮譽於無窮也哉!④ 兹固先朝樹祠賜額之深恩,⑤勸功賞善之微意已,⑥故曰下之表也。是爲記。

出處:民國《遼陽縣志》六編"藝文",民國十七年鉛印本。題注"明翰林學士唐臯"。參校以嘉靖《全遼志》卷五(板片模糊),明嘉靖四十五年刻本;民國《義縣志》中卷,民國十九年鉛印本。

編年:公於正德十六年出使朝鮮,返程過鴨綠江在十二月廿二日,抵遼陽當在當月内。文中"同年侍御湯泉楊子"爲楊百之。

---

① "者":底本脱,據《全遼志》補。
② "大":《全遼志》無。
③ "可不":《全遼志》作"不得"。
④ "榮譽":《全遼志》作"榮耀"。"也":《全遼志》作"者"。
⑤ "深恩":《全遼志》作"殊恩"。
⑥ "微意":《全遼志》作"深意"。

文集卷五

記　三

涿州題名記

嘉靖元年

涿州爲畿輔内地，當車馬之衝，嬰紛舛之務。州號煩劇，銓部必擇有吏才者居之。正德丁丑，咸寧陳君禄以倅郡有聲，擢守是州。始下車，求其病於民與其利於民者，以次罷行之，民用康乂，譽由是興。乃於政暇，披閲州志，見所載名宦，入國朝以來得凡若干人，而其爲政之迹，莫可於考。甚者，僅存其姓名，他無見焉。且自天順而上，逾百年，守所可見者五人；自天順而下，僅而六紀，守至二十人。其疏數之夐絶如此，必有并其名姓而逸之者。因喟然興嘆，以爲前政之無稱，非後人之責邪？矧賢否具存，鑒戒斯寓，尤襲居其位者所當究心焉者也。於是循志之舊列，疏其人題名於石，而虚其後，以俟來者。以給諫史君克弘，其州人也，介之徵予記。時予被使朝鮮，獲與給諫偕，則同事且同年也，誼不能辭。

夫名之在人，固不朽之具已。本諸身而善焉，没世猶稱之，其爲善也固不可朽。苟不善焉，没世猶訾之，則其爲不善也亦不可朽。[①] 是名，己得之以爲慘舒，人視之以爲勸沮，則又豈非閑善遠惡之機、磨鈍斯世之礪石歟？陳君而能用心於此，亦見其所趨正矣。雖然，名不可使之泯，亦不可得而飾也。夫民至愚而神，善，雖欲泯焉，或不能扼其公是之趨；不善，雖飾焉，卒不能勝其公非之守。此不大可畏哉！此又陳君惓惓之心也。并書以爲記。

出處：嘉靖《涿州志》卷十，明嘉靖四十三年刻本。題注"唐皋，國朝，歙人"。

---

① "不善"：底本作"善"，據康熙《涿州志》改。

編年：記云"時予被使朝鮮"，事在正德十六年八月末至嘉靖元年三月初。史道於嘉靖元年十二月因疏劾大學士楊廷和下獄，罷給事中，則此記之作當在嘉靖元年三月至十二月間。

晚翠堂記
嘉靖元年

晚者，遲暮之境也。人之韶齔者非晚，而耄耋者晚也；事之謀始者非晚，而末節者晚也；日之昧爽者非晚，而下舂者晚也；歲之履端者非晚，而閉蟄者晚也。故晚者，皆境之入於遲暮者也。少之達不若亨於老，初之篤不若全於終，朝之晞不若霽於夕，嬉游於首春者亦不若卒歲無世家之憂者之爲樂也。人情物理，鮮不其然。此堂之以"晚翠"名者，其殆有見於遲暮之福者與？是堂構於歙西十里許，地曰潭渡，蓋黃氏子天爵、天偉所經營，以奉其父休庵翁，而章縫士所爲命名者爾。翁爲歙著姓，唐孝子芮之裔，元紫陽直學儒壽之雲孫，人以其蓄未止之志而内有所勉，抱有爲之才而不屑於仕進，勵可表之行而不求聲聞於人，人因目之曰隱君。張龍山爲之作傳，言可徵也。今年二月既望五日，翁壽八十。予宗弟汝州守君錫子世勳伯仲，前期寓書徵予記。書未達，而適予有頒詔朝鮮之行，四越月而始旋，則予憲使弟沛之已記之矣，予又何言？勳等復申前請曰："翁壽期畢乃遇皇上覃恩，有冠服之被，鄉邦益以爲榮。願終一言以侈大之，何如？"予奚可以他辭！

翁之初年雖奉有世業，尚未籍甚，及其年益壯盛，志益銳，才益練，行益篤，夫然後財日益豐，産日益拓，子姓日益藩，壽考日益增，恩寵日益固，而介福於桑榆之境如此。此"晚翠"之名堂，其正稱情者與？昔范魯公之詩曰："遲遲澗畔松，鬱鬱含晚翠。"堂之命名，義取諸此。嗟乎！松之所以晚而猶翠者，豈以其淹遲與在澗之故哉？有本焉耳。其幹直，其節正，其膚理，不外飾，故能臨雪霜而不變，保歲寒猶存也。翁之志行，吾不得而縷數。配汪孺人，長興令溶之女，其弟早卒，遺一孤女，爲擇族子之端愨者，撤己女奩具嫁之。初，君錫試春官不利，南歸，舟中染時疫，同舟之人悉棄去。至錫山，翁以子婿故，躬爲療食之，不爲浮議所疑沮。即此二事，謂非直且正而不外飾者能之乎？是宜晚而益翠，無異鬱鬱之松也。予之記斯堂者，雖以爲翁慶，使欲以直見醜、以正見黷、以惘惘無華見鄙薄者，因翁而益堅其素而享其成也。是爲記。

賜進士及第、翰林院修撰、儒林郎兼經筵官、同修國史、充朝鮮使賜一品服，巖溪唐皋著。

出處：清黄隱南等《潭渡孝里黄氏族譜》卷十，清雍正刻本。

編年：此文作於使朝鮮還京後，即嘉靖元年三月後。黄訓《黄潭先生文集》（明嘉靖三十八年新安黄氏家刊本）卷七《從父羅峰翁行狀》：“翁諱天爵，字一貴，考休庵翁實府君季子也……正德辛巳，今天子登大寶，賜大老冠帶。休翁適八十，與翁復前構一堂，顏‘晚翠’以壽。新庵唐學士、三汀陸司成有序有記，鄉人榮之。”可互爲參證。汝州守君錫，即唐誥，字君錫，號心園。憲使弟沛之，即唐澤，字沛之。世勳，即唐世勳，字崇德，號樂泉。

山海衛重修儒學記

約嘉靖二年

山海隸京師，爲瀕海際邊之地。連引長城，控制夷虜，蓋東北重鎮也，故設重關以限内外，列戎衛以嚴捍禦。其所任者將領，所臨者卒伍，所閑習者戎武之備，黌序初未有設也。正統間，奉明詔始建廟學於城之東北隅，①聚武胄之子弟，游肄其中。不數年間，蜚英揚輝，掇科目，賓貢途，代相望也。顧營建之始，規制未備，久而圮，圮而葺者屢矣。

皇上起自潛藩，入纘鴻緒。是歲冬，予同年黄君德和以夏官主事來董關守，躬謁廟學，諦瞻庭宇，制之自昔頽者弗振、缺者弗完也。慨然曰：“是烏足以振士風、弘化理乎？”乃謀經費，量工，銳意修葺。殿廡堂齋、欞星戟門，以次具舉。復移泮池於欞星門之内，而甃石橋其上。别創神庫以庋祭器，神厨以潔庖宰。習肄有室，都養有餼。昔所無者，咸加備焉。其材用則撤淫祠之在境内者而充之，規費則皆行旅之冒禁而薄其罪者所樂輸以佐巨役者也。已迄工，學之諸生張伯鎮、詹榮等，偕萬進士義，謁予請記。

始，予奉使朝鮮，竣事還，弭節山海，嘗偕君詣學，目睹敝陋，爲之興嘆。乃今獲聞增新其舊，豈無恔然於心乎？顧謭劣無能爲役。竊惟祖宗以武功定天下，而興道致治，必先文教。士之養於學宫而取諸科目者，類以明體適用爲學、通經博古爲賢。經非孔孟、程朱之説，例擯弗用，蓋以孔孟推明帝王之道，歷萬世而無弊；程朱折衷儒先之論，俟百聖而不惑。故學者能究程朱之旨，可以探

---

① “明”：底本作“目”，顯誤，據康熙《山海關志》改。“東北”：康熙《山海關志》作“西北”。

孔孟之心；能探孔孟之心，可以語帝王之治。我朝百五六十餘年，治平之效卓然與唐虞三代比隆，用是故也。程朱之教人內外本末之論、知行先後輕重之訓，蓋深有益於學者。故不求諸內而以文爲主，不求諸本而徒以考詳略、采異同爲務者，是誠無益於德，而君子弗之學也。且入德有序，以知爲先；成德有等，以行爲重。故足必資目以有見，而足之不履，雖見，無所用之。二者不可偏廢，乃可以入德，而造成功之地矣。故學者篤信程朱之説，而加之沉潛玩索之功、允蹈實踐之力，內外交修、知行并進，則固不惑於異説之入、流於曲學之歸。以之治心，以之修身，以之事主，以之澤民，無所施而不得矣，非益之大者乎？

然近時學士大夫，或小程朱之説，離而去之，至欲奪其壁而樹之幟。徐而考之，高論有餘，而直內之功不足。富貴爲累，而道德之念何存？其於學者非徒無益，而又害之，則固不若主敬以固聚德之基，定志以端趨途之始，可以要成功而資實用矣。黃君務宣德意而新是學，所以期望諸生之意，將不在是乎？新學未幾，萬君以穎脱舉進士，諸生其有繼踵而奮起者矣！於是乎書。

出處： 嘉靖《山海關志》卷三，明嘉靖十四年葛守禮刻本。題注“修撰唐皋重修記”。參校以清康熙《山海關志》，清康熙九年刻本。原題“重修儒學記”，現加“山海衛”三字。

編年： 黃君德和即黃景夔，正德九年進士，十六年任山海關兵部分司主事。記云“新學未幾，萬君以穎脱舉進士”，而萬義爲嘉靖二年進士，故置於此。

休寧縣修學記

嘉靖三年秋冬間

休寧縣學，其始在邑之東街。宋紹興間，遷南門外。地與僧寺鄰，又接壤民田，且有官渠限之，湫隘弗敞也。議者咸欲易寺地以拓之。成化間，首倡於同守黃用宣，功未及成而沮。易小寺地以恢講堂，則董學憲臣浮梁戴君之令也。弘治間，諭重購寺地而新其制，則撫治都憲安成彭公之令，知縣三山李燁之規。[①] 圖寺猶據其廣墣，而捐之學者僅僅爾。

正德丙子，監察御史張君汝立亦安成人，來董南畿學政，所至毀淫祠、寺舍、道宮以數百計。寺僧聞之懼，聚其徒相與謀曰：“是剎邇學宮，商價屢矣。盍從其議爲便安之圖？”衆曰：“諾。”學諸生一啓齒而議遂定。太守新淦張侯文

---

① “燁”：道光《休寧縣志》作“煜”。

林乃以商符羨金爲償其値,并市前民地以通壅塞。於是知縣沈君子京、通守馬君景文相與先後佐其成。未幾而張若沈皆遷擢以去,廟廡堂齋,事多草創,聖賢像設,猶在露棲。

　　既而縉雲李君順之揭來代沈爲政,①下車視學,睹成績之未登也,毅然以完美爲己任。既日與父老講求民瘼,②釐革弊政。旬月之間,百廢興舉。遂以政暇殫志廟學,程力庀材,鳩工命日,畫一而動。遴能而使,右勤而勸。晨省而夕督之,勿亟以令,求厥成以訓之,未始一日以簿書之勞而少間也。首文廟,次賢祠,次號舍。連甍累棟,③縱閎曲檻。偃佹而雲起,軒轟而翬飛。其結構之崇、規矩之詳,有倍蓰於昔而不啻者矣。經始於正德辛巳六月,迄嘉靖甲申八月,凡三閱寒暑,乃始獲睹成,聚師生而落之。庠友汪子明,嘗爲前守拔入紫陽書院,相麗澤最久,適貢上京師詣廣文,④介之求記。

　　予惟帝王之治天下,莫急於求賢,莫要於興學。蓋賢才者,治道之本也;學校者,賢才之藪也。植其本而治功可圖,藩其藪而賢才可萃,養之者有素,而用之有權,帝王所以高拱穆清,而化洽於四海,職此之由耳,歷代以來,鮮不務此。建學造士,領之有司,嚴有廟貌,王祀孔子,示之以尊正道、禮先師,所以端士之趨也。⑤孔子之道,具載六經。誦孔子之經,乃所以求其道,而其道則沿古帝王之道也。本諸民彝物則之常,而通諸鬼神造化之妙,迹其日用常行之實,而極其彌綸參贊之功,帝之所以帝、王之所以王者,皆不外此。而學者之所以窮而修己,達而治人,循之則吉,悖之則凶,由之則理,反之則亂,蓋斷斷乎其不可易也。世或有資其説以媒利禄、幸其獲而忘筌蹄者,此豈聖賢之所能必,而國家之所可賴焉者哉!

　　吾新安自朱子鍾靈婺邑,紹統聖傳,集諸儒之大成,而孔道賴之以不終晦。厥後郡之儒者,接踵而起,持守師説,羽翼聖經,莫不有裨於世。若程勿齋、陳定宇、倪道川、趙東山諸子,皆休人之尤顯然者。去今百數十年,人誦其書,世資其用,夫豈無自而然歟?乃今李君當治教休明之日,而爲此振作學校之舉。異時章逢之士,詎無傑出而勃興者乎?繼自今必有如諸子者炳靈而秀發乎其

① "揭來":道光《休寧縣志》脱。
② "既日與":底本脱,據道光《休寧縣志》補。
③ "累":底本作"旅",據道光《休寧縣志》改。
④ "詣":底本作"諸",道光《休寧縣志》同,徑改。
⑤ "也":底本作"已",據道光《休寧縣志》改。

後,遠有聞於孔子,近有紹於群賢,於以翊經而衛道,掃異而適同,以爲吾聖門之助。蓋匪直修文詞以名家,樹勛業以蓋世,爲足以增山川邑里之光而已。至是,李君興學之功,去他作邑者果孰多邪?李君,文學史,廉静自持,治多善政,不可枚舉,興學第其一爾。以記學故,不遑他及云。

出處: 萬曆《休寧縣志》卷三,明萬曆刻本。題注"唐修撰皋"。參校以道光《休寧縣志》卷二十一,清嘉慶二十年刊本。

編年: 記云休寧縣學訖工於"嘉靖甲申八月","庠友汪子明適貢上京師詣廣文,介之求記",則作記在當年秋冬間。汪子明,應即《新安名族志》所記巖鎮汪氏之汪道行,字子明。縣令"縉雲李君順之"即李升,字順之。

黃霽峰記
嘉靖四年秋至五年春間

吾徽之地多名山,環列於郡城者,皆山之最名者也。東則有玉屏、問政,南則有石鼓、紫陽,西則有黃羅、披雲,北則有鳳凰、飛布。其他若烏聊、石峋、紫金、龍井、孔靈、鐵釜之屬,不一而足。然皆峰巒高聳,上出九霄,形勢峻危,下臨萬壑。故人生其間者,禀山川之精,務爲高行可節,而安土重遷之志,適有以起其樂山樂水之情。

城下之西著里曰虬邨,黃氏世居之。有時聚者,黃之翹楚也。少知學,隱居不仕,交納一時之名儒貴客,於勢利紛華略不介意。每當霖雨初晴,風景清淑,則偕二三朋儕遨游郊野,指名山之巔,釀酒豪歌,觀物發興。但見雲斂日光,山青峰見,而時聚怡然自得,若山於形迹之外,殊非物累之所能化者。故人以時聚之志在於山,使陰霧障蔽,雨雪晦冥,則無以暢其樂山之懷,因以"霽峰"號之,實期以古人之光風霽月,不欲其玩物喪志已也。積今三十餘年,時聚年益高,守益篤,而霽峰之自况殆不覺其物我之相忘矣!士大夫多爲詩以贈之,而請記於予。

予以山之奇觀者莫如峰,然雲雨昏迷,固無以見其本體之貞;雖日月照臨,亦無以察其真機之妙。惟天既雨既處,而浮雲新收,則太虛清明,斯有以見諸峰之列翠呈彩、獻麗出奇,而始知天昏迷於雲雨者,初不失其常,而照臨於日月者,亦適得其體耳。正如人心蔽錮於旦晝之餘,而夜氣之所息遂有以反其天真之良,則本心瑩徹,信有莫見莫顯,而非夫人之所及見者。時聚亦嘗觸類於是乎?時聚果能由夜氣所息者以致夫吾心之良知,其卓越也確乎不移,其昭融也炯乎不昧，則霽峰將其於吾心，而四山之環列不過形色貌象之粗而已也。時聚勉乎哉！

時聚名錠，質厚而氣和，意良而行篤，可與言者也。故記其事而因以進之。

出處：清黃開簇《虬川黃氏重修宗譜》，清道光十年刻本，國家圖書館藏。文末有修譜者注云"學士新庵唐皋書記"。參校以同書舊油印本。

編年：應作於嘉靖四年六月升侍講學士後、嘉靖五年三月殁前。同書黃錠傳云："字時聚，號霽峰，生於弘治乙卯年正月二十二日午時，殁於隆慶丁卯二月十六日……有《壽序》《霽峰記》。"則黃錠時年三十一二歲，與記云"積今三十餘年"相合。同書又有方勉《明教諭黃立山先生傳》，末有修譜者注："立山文孫霽峰者，諱錠，淹洽群籍，築室林皋，從唐新庵學士游，曾作《霽峰書屋記》以贈。"

慕庵記

約嘉靖四年

慕緣於愛，愛發於情，情根於性，①性統於心，故"慕"於字訓"思"，謂心之所繫戀，文從心、慕聲。而"慕"亦"模"也，謂愛而習玩模範之也。然則非心有所愛，其能繫戀而思慕之不置邪？是故慕有不緣於思而生於心者，其有善、有不善，存乎其事焉耳矣。《孟子》曰"人少則慕父母"，良知動之也；"知好色則慕少艾"，情欲誘之也；"仕則慕君"，好爵縻之也。② 雖理欲殊途而善否異趣，其爲因心之愛而有所繫戀，一而已。黃川有隱君子曰黃君守厚，以其二親謝世久，爲之構屋以安其主，歲時奉祀，致哀思焉，乃扁之曰"慕庵"。其子鉉，因事游京師，介兄歷城少尹請予記。

予作而嘆曰：黃君之心之所繫戀，其發於愛親之心，有不容自已者乎！何其命名之深切也！君生垂九齡而母洪早世，比壯而父思藩翁復棄養，亦既營窀穸、安體魄有年矣。然慕春雨而生惕，履秋露而興愴，積歲如一日，其構屋崇祀、命名見志，所以昭繫戀之深情，以達於習玩模範之趨者，勃勃也。此其心果安從其生哉？夫亦愛親之誠之所致耳。且其失恃而銜恤，當髫齔之時；追遠而崇祀，實耆英之境。孺慕於昔，而終慕於今。非誠於愛親，而親之所繫戀者久

---

① "情根於性"："情"字底本脱，據文意徑補。
② "也"：底本脱，據文意徑補。

而益篤，未必其能若是也。孟子推親親之仁，達之天下，此非仁之性之所發，而本然之天有不能自已者乎！雖然，黃君是庵之建，不獨惟其二親致居處笑語、志意樂嗜之思而已，復廓大之，庋載籍其中，令子弟之秀者肄習而期用世焉。蓋將俾之念祖而修德，錫類而則孝，又於是乎在已。固并記之。

出處：明佚名《新安文獻志續編》卷七，明刻本，黃山學院圖書館藏，孤本，僅存卷七、卷八。題注"唐新庵"。

編年：當與前篇《黃霽峰記》接近，二記皆公晚年調和朱王之證也。傳主黃守厚，黃川人。黃川即休寧黃村。檢萬曆《休寧縣志》卷五"舍選"於"正德年"下有黃文卓，"黃村人，授歷城縣丞，升福山知縣"，應即文中所謂"歷城少尹"者。查崇禎《歷城縣志》，於正德、嘉靖間縣丞僅列二人，其餘竟失載。又《嘉靖四年山東鄉試錄》供給官職名曰"濟南府歷城縣縣丞黃文卓，（字）應顏，直隸休寧縣人，監生"。此文當作於是年前後。

致謝：此記承黃山學院馮劍輝教授賜示。馮教授有《〈新安文獻志續編〉考》，刊於《文獻》2016 年第 5 期，可參看。

會川衛遷修儒學碑記
嘉靖四年冬至五年春間

惟我皇明，誕受天命，奄有九有，稽古右文。凡郡邑罔有大小，建學設官，用敷文教。薄海內外，咸尊儒術。百餘年來，治隆俗美，上媲唐虞三代之盛，而非漢唐宋所可逮者。

會川，古邛都國，至漢爲越嶲郡，屬西南彝。地在荒徼，民彝錯居，俗習頑獷。① 勝國以前，學校未之設也。迨我國朝統一華夷，悉入版圖。至折越嶲地置衛，控制西番，乃建學立師，選軍民子弟之俊秀者，聚而教之，文教即振。譽髦之出類，②科目之揚聲者，不無其人。次之則履貢途、業胄監，③登銓授職、布列庶位，不可枚舉。作人之效，於是爲大。歲月滋久，學舍侵弊。弘治年間，有司嘗亦新之。迄今餘三紀，官廢於缺銓，道衰於寡師，以致學之殿廉堂齋，類非往昔之舊矣。

仰惟皇上升潛統紹，百度維新，崇學育材，尤切加意。有司承德尚風，靡間

① "獷"：同治《會理州志》作"樸"。
② "類"：底本脱，據同治《會理州志》補。
③ "途""胄"：同治《會理州志》脱。

迤邐。惟時姚江胡君汝登擢行司，抵會川，瞻視文廟，大有弗稱，況地墊溢淖濕，惻然謂："茲歌弦俎豆之地，生徒之所藏修，民夷之所觀化。① 政經理本，首務莫先，而顧若此，非闕典歟？"乃相度學之左距三舍地有神祠，②高明爽塏，堪以遷移。簡委經始，肇工於嘉靖甲申，逾年落成。若殿廉，若堂齋，若樓士之舍，③若貯器之庫，及庖溜之所，規制咸備，而又命朵有加，崇廣視舊學倍於三之一。蓋至是而煥然一新矣。衛之長貳謀諸鄉大夫曰："惟茲學宮之遷，一方壯觀。匪我監司公之作興，烏能有此？宜記其事，用垂不朽。"僉唯唯，乃悉事之始末，付歲進士高翀，不遠數千里，持予同年黃職方書束請記。④

　　夫士之養於學校，猶材木養於山林也。求材木者，必之山林，以山林材木所萃也。養士而不於學校，假官借師，⑤苟簡文具，而俾教化不行，⑥譬則木之所生，蓄諸盆，徒供清玩耳，何能望其拱把而合抱，拔原地而摩青天，可以柱明堂而棟大廈，⑦以充匠氏之用也哉！胡君司風化之柄於蜀，⑧而急急以是為首務，其用志亦勤矣！會川之士，其容不惕然有動於中乎？游歌其地，宜有感觸之機；探索其本，思為培植之計。必也非《詩》《書》《禮》《樂》《春秋》、羲、文、孔、孟之書不習，非仁、義、禮、智、孝、弟、忠、信之道不由，非濂、洛、關、閩周、程、張、朱之説不崇。修辭以立誠為本，檢身以務實為要，居官以舉職為能，用智以集衆為長。庶乎處則志行修篤，出則德業光明，有以揚休簡册，增重家邦，為時名士，於我祖宗列聖興學作養之至意，與監司今日遷修之盛舉，良不負矣！是為記。

　　出處：乾隆《會理州志》卷四，清乾隆六十年刻本。題注"明唐皋"。參校以同治《會理州志》卷十一，清同治九年刊本。原題"遷修儒學碑記"，現加"會川衛"三字。

　　編年：記云"肇工於嘉靖甲申，逾年落成"，則落成在嘉靖四年。"同年黃

---

①　"夷"：同治《會理州志》作"人"。
②　"左"：底本作"尤"，據同治《會理州志》改。
③　"若"：底本脱，同治《會理州志》同，據文意補。
④　"職方"：底本作"職芳"，同治《會理州志》同，徑改。
⑤　"假官借師"：原作"假館借師"，典出宋李覯《袁州州學記》，據改。
⑥　"化"：底本作"泥"，據同治《會理州志》改。
⑦　"棟"：底本作"動"，據同治《會理州志》改。
⑧　"胡君司風化之柄於蜀"：底本作"明君二風紀之司於蜀"，據同治《會理州志》改。

職方”，疑爲黄景夔。“歲進士高珅”以歲貢起送入京，抵京當在歲末或次年初。

去思碑記<small>(存目)</small>

出處：民國《台州府志》卷一百零八：“范吉，字以貞，天台人⋯⋯三院交薦，擢寧國知府⋯⋯去郡二十餘年，民思之不忘，爲立去思碑，修撰唐皋爲之記。”又萬曆《寧國府志》卷十三：“去思碑，知府范吉。侍講唐皋記。”今未見，存目待考。

紫金山記<small>(存目)</small>

出處：康熙《徽州府志》卷二：“東三十五里曰紫金山⋯⋯唐太史皋、潘太學之恒有記。”乾隆《歙縣志》卷一：“紫金山曰琲泉，飛流九派，鳴球發籟，如浥百斛明珠。明唐皋、潘之恒有記。”今未見，存目待考。

榮老堂記<small>(存目)</small>

出處：明戴廷明等撰，朱萬曙點校《新安名族志》(黄山書社 2004 年版)前卷“方”：“(方)先保，字仲賢，榮膺壽官，内翰唐心庵爲作《榮老堂記》。”①今未見，存目待考。

---

① “内翰”：底本作“内幹”，徑改。“心庵”：當作“新庵”。

文集卷六

序 一

傷寒類證便覽序
弘治十二年九月九日

古今擅名醫業，亡慮數百家。而傷寒一證，漢張仲景獨得其要，嘗著《金匱玉函經》，首論傷寒。後建安初，以宗族多死於是疾，復著《傷寒論》二十二篇，爲法三百九十有七，爲方百一十有三。醫往往熟複其辭，而究極其理，治傷寒輒取效。書雖王叔和爲之撰次，成無己爲之注釋，黄仲理爲之類證，錯綜訛舛，遑多有之，鮮克釐正。

同邑陸氏世以醫鳴，至彦功甫益工所業，諸科雜證罔不究心。至於傷寒，闖仲景之室而盡其奥。人之有疾而造焉者，絡澤不絕，其門如市。彦功未嘗幸其劇而規之利，養其成而多之勞，宣通虛實、輕重、澀滑、燥濕，各以其證，用是全活甚衆，遐邇德之。暇日，出其手正仲理類證張氏書，授乃子厚載，暨甥張政鴻、吳以順輩，俾三複校讎，釐爲十一卷，目之曰"傷寒類證便覽"，間示予求序，且曰："是先世之志也。"

因取視之，門分類析，臚列條貫，且以無己之論冠置各類之首，仲理之説圈別舊注之外。又布運氣諸圖於前，以效用乎今；備經驗諸方於後，以增多乎昔。學醫者得是編而閲之，因門尋證，而證不眩於尋；因注繹理，而理不棼於繹；因法治病，而病不難於治；因方製藥，而藥不忒於制。其所謂升高而睇遠、宅中而觀隅，誠有便於覽者。元翰學復初有言，[①]李明之《傷寒會要》"見證得藥，見藥識證。以類相從，指掌具見。倉猝之際，粗工用之，如載司南以適四方，無問津

---

① "復初"：當爲"遺山"之誤。元翰學遺山，即元好問，有《傷寒會要序》，見《遺山集》。

之惑”，是編之輒不啻過之。嗚呼！亦仁矣！雖然，五方異習，①五氣異感，五行異稟，則五性易便，蓋有同疾而殊治者。醫惟不離其類，而亦不遺其類；不翳其法，而亦不泥其法；不失其方，而亦不執其方：斯可矣。膠柱調瑟，而不能以言消息，而曰醫師之良也，吾惑焉。

　　弘治己未秋九月菊節日，同邑新庵唐高仁序。

　　出處：明陸彥功《傷寒類證便覽》卷首，明弘治十二年陸氏保和堂刻本，日本內閣文庫藏。篇末有鐫刻鈐印“乾陽子”（朱文）、“守之”（朱文）、“白雲後裔”（白文）。

　　編年：據落款。“唐高仁”爲公之本名，說詳本書附錄《唐皋本名考》。

静軒先生文集後序
正德六年十月下旬

　　《静軒先生文集》若干卷，留守中丞汪公所作也。公著作甚富，是編遺稿舊多傳錄，爲人所匿，其僅存者，乃子愈謙之所哀集也。公既没之二年，節推西蜀張公見之，愛重不置，命皋重加選拔，校刊以傳。已竣事，皋當有言於末簡。

　　於戲！文豈徒爲哉！古今作者言人人殊，歸之辭達而道明耳。辭之弗達，信不工矣；非以明道，雖工弗傳也。故語道則文以理爲主，語辭則文以氣爲主。氣也者，天地之精而山川之靈也。泄精炳靈，人得之以有生，畀之者同養而充之，存乎其人焉耳。世之文人，得諸天分，類皆山川異氣。然利趨而欲徵，徒自斫喪，往往刻意古作，能不支離於道者幾希。

　　公爲吾新安婺源人，大好山水，發爲清淑，而公實鍾之。自幼端靜開敏，博洽善記。十歲通《毛詩》，後從皋族父別駕希元先生業《春秋》，未數月間，悉究肯綮。遂領鄉書，登甲科，拜大行，擢監察御史。抗疏執法，不避權貴。謫官滇南，九死不屈。隨起僉憲，薦長藩臬，以至中丞。出入朝野，夷險一致。生平不私俸入，不蓄女侍，寡玩好，節食飲。雖政務倥傯，手不釋卷。其所培養之者，厚矣。故凡興致所發，或應酬所需，若不經意，而機軸渾成，蓋氣充而理自到，辭達而道明也。竊嘗評公之文，莊重縝密，如端人正士，衣冠儼肅，容止異常，無間庸賢，自生敬畏；其詩明快閑雅，如良將治軍，號令嚴明，紀律整齊，開合奇正，鮮不如意。

---

　　① “方”：底本作“万”，徑改。

嗟夫！文章，公之餘事也，而其養氣乃至於此，則其遠且大者，從可知矣！奈何留臺命下，而蓉峰星殞！舟尾電光，弗克究竟所施。俾文章與德業相輝，增重山川於悠久也。惜哉！公之遺稿，得謙之以永存，是謂能子矣！節推公惓惓爲斯文不朽計，誠吏而儒者也。獨愧臯之庸劣，無能爲役，竊有見於公之制作，其得養氣之功爲多，故特於此三嘆而致意焉，以告夫同志者。

皇明正德辛未十月下浣，同郡後學生新庵唐臯頓首拜書。

出處： 明汪舜民《静軒先生文集》卷末，明正德六年張鵬刻本，上海圖書館藏。

編年： 末署"正德辛未十月下浣"爲正德六年十月下旬。

上源程君永珖壽圖序

正德七年十一月中旬

夫壽，世所謂景福也。晞於華封之祝，叙於箕子之疇，而侈大於詩人之頌禱者，不一也。夫以其願之者衆，而獲之也難。修德於己者厚，然後食報於天，而享有遐算，非可幸而致也，則壽考鍾於其身，而人慶之也固宜。矧七十古稀，不尤可慶耶?

休陽上源有程處士永珖者，今年壽七十矣，仲冬十有五日，其始生之辰，宗弟程存仁來請文以慶，爲予言曰："處士之貌甚樸，其行甚篤，其言甚簡重而無支誕。自其以恩禮刑於家，而家之人則之，少無有干其長，而尊無有虐其俾者矣。自其以信義行於鄉，而鄉之人悦之，暴慢者效其恭，而狡僞作其誠矣。是蓋有德而隱者也。方其五十，學士篁墩程先生有文以慶之，幸甚一言爲賓延之華!"

予曰："嘻！是真可慶也已！君子居世，其仕焉，則行其道以澤國，而推之天下；其隱焉，則修其行於家，而孚之一鄉：均之有德焉耳。德而獲壽，非幸致者，獨不可慶乎！處士以德臻壽於雍熙太和之世，而大義輩之稱慶至一再不已，又匪獨親親之私也。"或曰："德有大小，概以是爲壽徵，非矣。華祝之壽，以有聖人之德；箕壽之壽，以有攸好之德；《詩》之萬壽，以有不已之德音也。處士雖賢，豈必能與於此哉!"曰："非也！德之小大，而壽爲之多寡，則信然矣。夫豈以位有窮達、澤有遠近爲限量哉！處士修身刑家而孚於鄉，其可歆艷於人人若此。使其出户庭、寄民社，達之於國而推之天下，宜亦若此焉耳。故當考其德之劭而驗其年之永不永，斯可矣，烏可以窮達異分，遽謂德有小大，而論壽之多寡、福之景薄也哉！”或曰：“若子之言，則羞毫期頤而度百歲以往，於德不於位，仕與隱者皆可馴至矣！”予曰：“然。”遂書以爲序。

正德壬申年仲冬中浣之吉，鄉生紫陽書院唐皋守之書。

出處： 明程巖護、程永珖等《新安休寧長壟程氏本宗譜》之“文翰”，明正德十一年刻本，國家圖書館藏。

編年： 末署“正德壬申年仲冬中浣之吉”爲正德七年十一月中旬。是年三月，公爲郡守熊桂拔入紫陽書院，故自稱“鄉生、紫陽書院唐皋守之”。序云“學士篁墩程先生有文以慶之”，即同卷所錄同題之作，末署“弘治五年歲次壬子冬十一月十二日，賜進士及第、中順大夫、詹事府少詹事兼翰林院侍講學士兼修國史、經筵官、致事同宗程敏政書”，與敏政生平仕履相合，《篁墩集》失收。

沖山吳氏宗譜序
正德九年三月末

吳自周章受姓封國，都平江，至唐良公來歙，因家焉。孫少微，爲左臺御史，徙休石舌山，五徙而至沖山，以門户甲郡中。元時，子瑛父子以儒名，不仕，延其師鄭師山修世譜，詳且明矣；永樂初，可篤先生徵聘不出：卓乎節義之士，皆沖山産也。世有顯人，炳炳大節，視耳貂七葉又何讓焉？

御史清甫以家譜示予，予閲之。烏聊之支爲沖山，峙郡城中，七斗聯絡，五溪練帶，對紫陽而倚飛布，黄山聳其北，問政居其東，山川之秀，爲一大觀，乃朱子外家祝氏之遺址也。夫尊祖敬宗，然後收族。清甫帥宗人建祠於沖山之上，祖廟立矣。收族有譜，其文直，其事核，文獻徵矣。然積善之家有餘慶，藉令族不嚮善，有忝先人，焉用譜？譜之作也，以敦本睦姻，率宗人而善之，則譜之良也。清甫抗疏論逆瑾，免歸，瑾誅，復職，歷任烏臺，有聲，其忠節足重新安。乃今聚族而訓之，使其達則尚忠義而黜諂諛，窮則務孝弟而革浮靡。士不必卿相，要之賢良；農不必千頃，要之力本；商不必巨萬，要之良賈。及其久也，翕然嚮化，爲前人光孰大焉。嘗聞百年之計樹人，亦顧自樹何如耳。古云“樹德務滋”，又曰“百世樹名”，清甫灑然曰：“太史之德言，世世誦之勿替。”乃述以告宗人。

正德九年三月，翰林院修撰，同邑唐皋序。

出處： 清吳文誘《沖山家乘》，清嘉慶三年刻本，安徽省博物館藏。

編年： 末署“正德九年三月”。據《武宗實錄》，公授翰林院修撰在是月廿九日壬辰。時吳漳(字清甫)爲直隸巡按御史,在京。又吳漳正德元年八月爲徽州知府作《郡侯何公德政碑陰叙》,述及公名,知二人確有交誼。

致謝: 此序由安徽省博物館汪慶元先生賜示。先生有《徽州的家族文獻與宗族文化——以歙縣吳氏〈沖山家乘〉爲中心》,載《安徽史學》2006 年第 1 期,可參看。

都門別意詩序

正德九年末

戴君應和與予同郡,素相知也。君以辛未舉進士,拜大行人。甲戌春,予始偕計來京師,則君奉諭祭之命,使長垣王府,歲餘始還。予往拜之,出示一卷,語予曰:"始出京時,諸同官及同年若同鄉者,載酒崇殽,餞於都亭,兼以言贈,歡然而別。遂由潞河發棹,道青、濟,歷徐、淮、沂、揚子,泊舟龍江,阻風未發,朋舊之官留都者訪於舟中,亦贈言以別。比抵藩府,將命周旋,竣事而返,王及賓相偕群寓公,又辱侈贈以言。既而念嚴君致政家居,定省之久曠也,圖便道拜慶,以攄將父不遑之情。濱行,鄉士夫之贈別復有言焉,因潢寶之,成此卧軸。始,予辭衡陽王,王手書'都門別意'四字弁其端。夫別者非一時,贈者非一手,而統名之曰'都門',以其去君爲近,示不忘也。幸子一言引之!"

惟昔先王行使四方,采詩以觀民風,蓋因言之美刺以驗政治之失得也。去古益遠,雅道日離,暢情範禮之言,代不恒有。君一奉使之頃,連篇累帙,蔚乎炳然。展閱之餘,有以見藩府崇學而鬱文、縉紳觀志而勸忠、鄉國景行而興孝。無所事乎他采,而知吳楚之風囿於王化深矣!謂雅道終不可復,豈定論哉?

抑念昔與君同事,知君宏雅篤實,邈不可及,蓋量之雅者。謙益而虛受,於謀何所不臧?積誠無僞,叐久不渝。匪直人信之,神且聽之矣!與矜衒而屢困、勞拙而罔功者何如哉!予因序君之卷而并述君之爲人,庶幾觀者不獨以克舉使職概君也。君之子嘉猷,與予同舉於鄉,今卒業太學,其遠到又未易量云。

出處: 明戴祥《績溪戴氏族譜》卷三,明嘉靖刻本。題注"唐皋,學士"。

編年: 序云"甲戌春"爲正德九年,"歲餘"即年末。戴祥,字應和,徽州績溪人,正德六年先公一科及第。譜爲戴祥自編,可信。

送張封君公佐還婺序

正德十年七月十六日

孟夫子之論尚友，自一鄉善士，推而至於國與天下。以進取乎古，始可謂之盡道。夫古一鄉之聚，萬有二千五百家焉。廬於野，廛於市，居於肆，而履於朝，衆不可勝窮也。朝求一人焉，暮復求一人焉，以投分而納交，將取其言行，律吾聲而度吾身，則有卒歲遑遑不能酬其志者。一鄉且然，而況國與天下之大、古今之遼邈哉！夫友之所取義，言乎其行之合、志之同也。行合志同，雖聲欬不及，情已逾於膠漆之相投。行不合，志不同，雖朝夕與居，亦面而不心者。故夫友於己，取之而已矣。取諸己，而天下古今之衆且大者歸焉。理同而術要也。

嗚呼！友道之不明久矣。安得若人與之語尚友哉！婺東陽張君公佐，予同年用載之父。爲人篤志尚行，力修古道。凡其鄉邦之人在旦評所收者，咸敬仰焉。固一鄉善士也。茲來京師，匪謂用載登甲科、服官守，享有祿養之爲榮，其以京師聚天下之士，所以爲吾言行之則者，又有進吾一鄉一國之人，而異乎前所友者。予其有以謂之。昔人之好游者，意天下之山川人物，必有異乎其鄉郡也。裹糧涉遠，冀歷覽而遍觀之，倦極然後歸，則天下之山川人物，未始有異焉耳。

夫京師，信衣冠文物之所都會，類皆郡國士萃止於斯。其鄉之人昔所見也，故取友者有待於他求哉？取諸其鄉斯可矣。鄉之人所以得盡者，亦吾志行有契焉。使志行之存乎吾者果善耶，情雖不狎，勢雖寡也，不失其爲同；果未善耶，雖比且周，不失其爲異。予所謂於己取之者此爾。君居家，其孝親也，備養而永慕；其悌兄也，侍其疾，禮其室，撫其孤；其叶比姻鄰也，輕貨利而重信義。蓋其篤志尚行，力修古道，有足取重於人者，則以天下士無能外此者矣。是故取友宜廣，而其術則甚要。人貴知所以操其要爾。

用載近拜留都工部主事，君將偕之以南。同年馮宗魯輩素雅重君，爲詩以道別，屬予爲序。予因述其志而廣之。然予聞君先世有沖素先生，力學砥行，絕意仕進；①有愚庵處士，喜爲義舉，惠澤所被甚衆，鄉人至今美談不衰。君如論世，前古即此是已。何者？取則無古今、無疏戚、無衆寡，惟其良而已矣。君

---

① "仕進"：底本作"士進"，徑改。

信以爲何如?

時正德乙亥秋七月既望,賜進士及第、翰林院國史修撰、承務郎,新安唐皋序。

出處:清《托塘張氏宗譜》卷十二,清嘉慶木活字本,上海圖書館藏。題注"仁九十封君"。譜名也。文末注云:"都給事中潘希曾、御史唐龍、兵部主事陸震贈。"

編年:據落款。"予同年用載",即張大輪,字用載,號夏山,浙江金華府東陽縣人,正德九年進士,授南京工部主事,故序云"用載近拜留都工部主事"。"同年馮宗魯",即馮洙,字宗魯,浙江金華府金華縣人,正德九年進士。

重修孫氏族譜序

正德十年十月

新安孫氏爲江南著姓久矣。在春秋時,齊大夫書伐莒有功,因得賜氏,此其受姓之始。由秦漢及唐,史傳所載,歷歷可考。咸通中,有萬登公,爲金吾上將,征南交還,留家之休寧唐田。新安於是始有孫姓。其後族大支分,派別流遠,寖久寖盛,而相見益疏、視爲途人者不能無也。大德丙午,有芝田翁廷瑞者,始譜而合之。洪武中,安卿甫復嗣其志。正統辛酉,永忠甫續爲之。成化乙酉,士祥、士榮甫兄弟叔侄輩又續成焉。迄今幾五十載,有彥曰明、曰玄玘、曰玄、曰岩富、曰芳、曰佛賜、曰祖相、①曰永林,以後來者未及登載,又一再世,將復蹈芝田前日之憂,乃合族而議,僉謀而同,求更定其所未善,而并入其所未登者。前期走書幣京師,介余姻家鑑請余序,以予嘗及考見舊譜之得失,屬舉凡以相告。

夫譜學之難,前輩論之詳矣。家之譜,國之史也。史非三長不可,而譜可以易爲哉?自唐以前,官有簿狀,家有譜系,貴賤親疏不相淆亂,則甚重也,而今不可考矣。歐蘇諸家,各有明例。而近世重譜牒之作者,互爲從違,卒亦莫能一也。學士篁墩程先生嘗修譜以統其宗,捨蘇而歐之從,其殆有見歟?今觀孫氏之譜,如序圖,如事文,其詳其簡,或完或缺,亦有待矣。曷嘗捨歐蘇而弗之遠宗哉!則夫其族諸君子之志,將并入其後,而遂更定其前者,抑亦宜矣。蓋必首之以諸序,次之以衆圖,中之以實紀,而終之以辭翰,使序從序見、圖從

---

① "曰":底本脱,據文意補。

圖列、世從世紀、文從文類,則斯譜也庶幾其可傳歟!

雖然,譜也有匪直專記載、飾具文而已,所以序昭穆、會異同、敦禮義、興孝弟,於是乎在,其所當急而不可緩也明矣。昭穆之所以序、同異之所以會,不過曰凡幾世第、幾支親者不使爲途人,否者不容其妄附爾,蓋易易焉,抑不知禮義奚由敦,而孝弟之心孰從而生也。世之人其厚族者,遇諸途而一揖、望其門而一過,不啻足矣,其心果能推而上之,彼與我若干世爲同祖也,祖同則本同,本同則分同,某也遵行,某也輩行,某也幼行,仁讓之行由中而達外,慶恤之典嚴始而令終,而又貧窶不能存者則周之,婚喪弗克舉者則助之,有相成而無相嫉,有相下而無相傲,有相援而無胥戕胥害之私,蓋敬其人所以敬吾祖也,愛其人所以愛吾祖也。尊尊而親親,厚本而善俗,則禮義所由敦,而孝弟之心所由生矣!於乎!道污俗漓,頹俗靡靡,障而迴之,存乎其人。是爲序。

正德乙亥冬十月吉,賜進士及第、翰林院國史修撰、承務郎,姻生歙新庵唐皋書。

出處: 明孫璉《孫氏世系》卷首,明刻本。底本題爲"重修族譜序",姓氏按例省略,茲據補。

編年: 末署"正德乙亥冬十月吉"爲正德十年十月。記稱孫鑑爲公之姻家,查《新安唐氏宗譜》,公長子伯綺"娶孫氏",相合。又黃訓《黃潭先生文集》卷四《雙瑞堂記》稱巖鎮人孫仕寬,字有容,"建宗祠,延唐太史修宗譜",可參看。

送同年邵宗周之任建陽序

正德十一年三月

正德丙子春三月,同年邵宗周以選補建陽令,將行,祝憲部公叙、應職方天彝聯騎過予,徵文爲贈。

世所謂論者,夷險之途,必投步而始諳;巨細之事,必試身而始達。學者之入仕也,脫幘而冠有式,釋褐而服有章,繙所呫嗶文字間,而付之以官守之任,而責之以吏事之能,疑非特古人糟粕所能辨也,是不諳善治者,因乎故而已矣。夫梓匠不能捨規矩而製器,津人不能捐柂楫而操舟,閉戶造車,出門合轍者,其故可因也。傳曰:"爲高必因丘陵,①爲下必因川澤。"爲政不因先王之道,可謂

---

① "丘":底本作"邱",徑改。

智乎？故善治者，擇其善而因之，譬之器由規矩，舟資柁楫，車有輗軏，隨用隨可，焉往而弗利哉！昔晦庵夫子假守臨漳，嘗薦龍溪令之賢，至察其行之可稱，則不過刑獄、詞訟、財賦而已。夫小大庶獄，躬親難問，必盡詞情，以體國家哀矜之意；諜訴俓偬，崇朝畢決，使人心服；賦入浩煩，從容應辦，有樂輸而無追督，能以足用裕民：是三者皆令長之所難也，而龍溪能行之，信治行之庶幾乎！故晦庵夫子舉之爲吏勸也。

　　建陽，宋之嘉禾，晦庵在焉。宗周持其講明之學，以守其居業之鄉。九曲之水，達於交芹，考亭之址，據乎雲谷者固在也。既知所以寓目而究心焉，則於夫子樂取諸人而用昭激勸者，有不知所以自擇，因之以起聲譽、著風績也哉！宗周識明而志剛，深蓄而淺發，固不待循途練事而始能矣。予之瞽説，越樽俎而代庖，亦其樂聞言而自益，意終不可孤也。

　　時正德丙子春三月吉旦，賜進士及第、翰林院國史修撰、承務郎、年生，新安唐皋序。

　　出處：清邵煜源等《紫溪邵氏宗譜》卷一，清木活字本。

　　編年：據落款編年。邵宗周，即邵齒，字宗周，浙江金華府東陽縣紫溪人，正德九年進士。祝憲部公叙，即祝品，字公叙，浙江衢州府龍游縣人，正德九年進士，授刑部主事，故稱之“祝憲部”。應職方天彝，即應典，字天彝，浙江金華府永康縣人，王陽明弟子，正德九年進士，授兵部職方司主事，故稱之“應職方”。邵齒、祝品、應典三人皆公同年也。又同年探花蔡昂有《送邵宗周令建陽》詩，首聯云：“霏霏車下塵，嫋嫋道傍柳。”時令與此序相合。詩載《鶴江先生頤貞堂稿》(明刻孤本，臺灣圖書館藏)卷二，可參看。

文集卷七

序 二

送楊君師文升陝西按察僉事序

正德十一年秋

侍御楊君師文舉戊辰進士，釋褐授大行人，升監察御史，歷升陝西按察僉事，將拜命而往。同時臺察諸君，若有不忍其遽別者，徵予言以爲贈。時予從弟濂亦忝同官，爲申其請，且曰："兹楊君之意也。"予不能辭。

始君昉有陝西之命，或謂："原君始仕以抵於今，僅六七載，三遷而至大夫，秩五品，不爲不驟，驟則責熙績之效微矣。"又謂："今藩省遷轉莫滯於僉事，往往垂及兩考。使君內臺稍久，將弗被斯擢，而超遷可望，故陝西之命非君所甚利也。"又有謂："官莫要於臺諫，皆有言責係焉。若可以言與行，惟臺憲則然。故論劾而紀綱肅，巡行而山嶽搖。丈夫得行所志則斯其職。君自此而外遷，志無少鬱邪？"是皆抬手亨衢、蹙額畏途，親昵者之所耳語，恐未足爲君告也。

夫苟以是爲罄所告，取諸其所親昵足矣，奚必予？予自承乏史館，獲侍同朝幾三載，雖還往不數數，然不可謂不知君。君始拜大行，凡三領使節，而渙汗之大、彝章之重，咸賴之以昭宣。且所至咨訪，遑遑如不及，議者多其得奉使之體。比官大察，不激不詭，務持憲體，有所論列，皆鑿鑿可行。至其嚴都城之巡徼、理河東之鹽課，黠猾無所肆，而權貴無所撓，蓋凜乎其有風節也，如是而可疑其驟？君之筮仕，當逆瑾煽禍之秋，縉紳多被燔灼，而揚帆順流，驚濤不入，則遲疾利鈍，禍福相倚，固自有不可懸度者，如是何可疑其滯？國家之設臺憲，所以寄言責、察吏治也。其在藩省，則以臬司當之，故名之以按察，而爲之寮寀皆與有風紀之責。監臨久則情僞易知，按治頻則貪墨多戢。夫以方嶽之重，而志足有爲，如此又可疑其鬱耶？予故曰未足爲君告也。

抑予所以告君者，其奚以進此也？陝西，秦隴之地，西通巴蜀，北控胡虜，東連魏晋，以屏翰京師。我朝署省以統州郡，又於此建藩封以固盤石之宗，列營衛以壯戎武之備，置節鎮以重經略之寄，其視他蕃蓋不侔矣。君自臺察往佐臬司，可但察吏治而已耶？所以篤宗親、贊戎武而佐經略者，舉得以展其謀而預其力也。計所先務，大要不出乎裕民而已。苟一方屬吏，職思法守，有以浚民衣食之源，而節其流，使之咸履於康阜之境，則財賦給而不專仰於遠輸，民志壹而不易遷於舊守。國家所以强宗威遠、固本寧邊之道，又將有賴焉，故曰要不出裕民而已。若夫積勞而遞遷，累階而躋崇，以荐登於卿貳公孤之位，殆必由此基之也。君尚勿棄卑近之説哉！

　　出處：萬曆《故城縣志》卷五，明萬曆四十二年遞修本。文末有修志者注云"翰林院修撰新安唐皋序"。

　　編年：楊君師文即楊時周，字師文，故城人，正德三年進士。據《明實録》，正德十一年七月"升監察御史楊時周爲陝西按察司僉事"。此序當作於同年秋，上距公正德九年三月授官翰林近三年，故云"獲侍同朝幾三載"。

汪啓明挽册序
正德十二年三月上旬

　　予處汪啓明久而號知己有年矣！弱冠在予宗抗顔爲弟子師，因獲識面，心竊喜其志勤而業專，成立之勢駸駸也。未幾，補郡庠生，日相與鼓篋，麗澤文字間。啓明之進有日異而月不同者，復訝其取友之篤也。後乃聞啓明之父松坡居士賢，知所以教子而責其成，以故啓明之正業而肄、擇友而交，多自庭訓發之。正德癸酉，啓明與予同舉於鄉，明年計偕來，予幸捷禮闈，啓明乃竟失利去。卒業南雍，圖惟再舉。大以啓明之才美，[①]炳炳外見，宜無所俟折閲兢市之矣。今而再戰再北，爲之慨惜久之。予時謬承校文之乏，撤棘歸。啓明過予，其於得失利鈍略不見辭色。予是以知啓明所養，不既深矣乎！間語予曰："先人謝世久，終天之恨，没身之思，固自有不容已者。方予寢處苫塊，鄉之士夫悼先人之壽弗稱厥德，多爲歌些以挽。頃因饒寇蔓延至徽，册毁不復存。此在南雍，留都士夫若監友之能言者，復爲之挽章，積以成册，比舊加巨焉。顧未有序之者，敢以是累！"

_____

　　① "大"：疑當作"夫"。

嗟夫！人子於其親也，所以致養之心孰有窮已哉！奈之何修短之靡齊，鐘①釜之弗待！木之受風也無寧枝，日之薄山也無遲影，夫非造物者爲之，抑孰主張是而綱維是耶？養不可乎必得則所以顯揚之，而圖厥宗有以義起者矣！砥行成名，寵榮及之，固顯揚之大者。其次則昭令聞於縉紳，發幽光於章什，亦足以不朽矣！此仁人孝子所以求盡其不已之至情也。啓明之有是册，意其在此歟！② 然其心則初不以是爲遂足。蓉峰綉水之間，精廬故在，展册而玩，悠悠我心，將於其親羨墻之有見，而著存之不忘也。然能不害其討昔之勤、伍聖之適，則振策重來，聚亨衢而賁泉壤，又其有可必者。兹固啓明之素，而知己者之深望，亦追挽之者之意也。於是乎言。

正德丁丑春三月上浣，賜進士及第、翰林院國史修撰、承務郎，新庵唐皋序。

出處： 清汪璣《汪氏通宗世譜》卷七十一，清乾隆刻本。宸按：底本題爲“挽册”，今擬題爲“汪啓明挽册序”。

編年： 末署“正德丁丑春三月上浣”，爲正德十二年三月上旬。汪啓明，即汪昉，字啓明，婺源人。《汪氏通宗世譜》雖有僞托唐皋之作（詳見附錄），然此文所述公行實可信，故不必牽連廢之也。

贈范世元知隰州序

正德十二年春

正德丁丑春，當天下諸司入覲之期，銓部舉行故典，黜陟賢否，以示勸懲。論始定，諸司缺員以次選補，又考貢士之需次者，而拔其尤以充。於是同郡范君世元試居優等，授知山西之隰州。世元爲予新安茂族，代有聞人，嘗以《詩》領弘治甲子南畿鄉薦，今其釋褐筮仕，同鄉仕京師者屬言以贈。

夫隰，大州也，屬平陽郡。平陽，堯故都，恭讓之風猶有存者，合桑嘗穀，有村有臺，則神農氏之遠澤也，而俗尚勤儉，居然如故。恭讓則不爭，故吏無鞫讞之勞；勤儉則不侈，故民無虛耗之弊：無以難於牧守者矣。何天下士曰“州邑事劇，更化難也，吾其深避”乎？夫固然矣。夫子有言：“齊一變至於魯，魯一變至於道。”治之所至決於“變”之一字，夫子豈欺我哉！卒未之能變，而齊而魯猶舊者，

---

① “鐘”：底本作“鍾”，徑改。後文如此不悉出校記。

② “歟”：底本作“款”，徑改。

有其機而無人耳。使夫子之於齊魯,苟得而用之,變而至於道也,則又何難焉? 今隰之易以化理,視諸齊魯之治無異也。世元仕於是也,以其才德而化理之,因其俗而利導之,則隰一變而齊可幾矣,①再變而道可幾矣,吾預爲世元慶也。

或者爲世元謀曰:"隰不可以易治稱也。俗悍民貧,獄訟煩而簿書勤,督責嚴而追胥擾。"曰: 不然。治有難易,在人,不在地也。考之志,杜畿守河東郡,治崇寬惠,陳大義以化囂訟;元淑之守河東,俗廢農桑,身親勸課,民以殷富。隰亦河東所轄也。隰當五代時,有侯仁矩、李謙溥者,或決滯訟而獄爲之空,或修武備而敵不敢犯,彼皆先後爲吏斯土,未始易人而治之,何最登而譽成也? 無亦當厥職者思有以修厥職歟? 今世元之隰州,吾無以贈之,亦曰修厥職焉耳。是爲序。

出處: 明范淶《休寧范氏族譜》卷八,明萬曆刻本,國家圖書館藏。文末注"修撰唐皋"。

編年: 記云"正德丁丑春"爲正德十二年春。范世元,即范初,字世元,休寧人。萬曆《平陽府志》卷三:"范初,直隸休寧人,舉人,十二年任。"

贈金南巖翁雙壽序
正德十三年十月

予與休陽汪子廷輝在郡校爲同舍,同堂而廩食者二十有餘載,得朝暮見也。後汪貢補國子生以去。正德癸酉,始與之同舉南畿鄉薦,而情好益篤。明年甲戌,予忝甲科,承乏史館,而汪子下第南歸。丁丑,得請歸展。戊寅夏,汪子過予新庵,遂如浙。其秋,汪子之子錡以世好來求見。予乃知汪子之有子也伯若仲,治先業,爲克家子;季也選邑校,爲博士弟子。世謂"是父是子",非此其人哉! 季之言曰:"伯曰鉉,有子景愷,猶弱齡,婿汪溪金氏女。女之父勇,猶盛年,而大父南巖,則皤然翁矣,今年壽周花甲。冬十月爲陽月,十有一日丁丑,其度辰。伯在婚姻,不可以無慶,慶必有言。非達官弗之貴。先生非家君同年友,②固不敢以干。尚其諾諾?"予交汪子有年,汪子未始以其子見。予觀其貌,居然汪子子也。予曰: 信夫! 翁則予未識其人,亦未聞其名也。聞之,始自汪子之子季,猶淺之其有聞焉耳。奚其言? 既汪子以書授其子,以授予,曰:"近返自浙,弗能徑造者,困未紓也。予季於子乎索之言,茲維其期,未可以言歟?"

---

① "齊": 疑當作"魯"。
② "先生": 底本作"先王",徑改。

夫翁，其爲人也，敦樸好義人也，恭儉拓業人也。雖有言焉，其無疵？且論其世，實宋東園公裔也。公完名全節，宋亡不仕，其流澤也遠矣。遠則微，而弗微者非德厚流光者歟？是宜金氏之有後也。後之人若翁者，其弗替祖澤者歟？敦樸者，仁之質也；好義者，仁之施也；恭儉者，仁之守也；拓業者，仁之發也。傳曰："仁者壽。"其蹈之有道者歟？壽其徵矣。雖然，未也。翁之子三，伯勇、仲顯，咸以良賈稱，與汪子之子伯若仲，皆名克家；季曰弘，與錡同游邑校，若予與汪子爲同舍，弘之進未已也，允宗名世，以延前人之澤，不將有望於斯矣乎！是故蹈之有道、奚止夫壽之云也。

錡又曰："翁之配朱氏，賢能善相其夫。是月也，亦履花甲，與翁後先臻壽期，不又可慶歟？"予曰：信彼蹈之有道也，此相之有道也。其德同，故其壽同，又奚疑哉！因書此以爲雙壽序。

正德戊寅冬十月吉日，賜進士及第、翰林院國史修撰、儒林郎，郡人新庵唐皋序。

出處：明金弁等《新安休寧汪溪金氏族譜》卷二，明嘉靖三十二年刻本，國家圖書館藏。

編年：末署"正德戊寅冬十月吉日"爲正德十三年十月。汪子廷輝，即汪如珍，字廷輝，休寧人。《正德八年癸酉科應大府鄉試錄》："汪如珍，休寧縣人，監生。"是公之鄉試同年也。楊琢《心遠先生存稿》附錄《四樓群玉》存其詩一首，落款"己巳冬十月朔旦""南京國子生"。"己巳"爲正德四年，上溯"二十有餘載"在成化末，與公生平相合。

重刊救荒補遺書序
正德十五年三月十六日

孟子謂人皆有不忍人之心，而以推之於政治，可達之天下。是心也固有之，非本無而責之有也。有是心而行是政，可以除民之害而全其生。小之惠一方，大之澤天下，被後世，與天地所以生物之心無異施焉。斯不謂之仁矣乎？

予舟之過浙也，方伯徐公偕其寮佐閔公、潘公、劉公辱左顧，予語及民隱："浙與歙病甚也，財匱於供億也，粟傷於水旱也。不有賑之，轉溝壑者可勝計耶？"諸公曰："中丞許公方領巡視之命，悉心民瘼，察知其然，議舉荒政而修之。吾儕既遵行之，由浙及歙，民駸駸然生意久矣！"予喜曰："舟行浹旬，乃今始聞民獲蘇息於公。幸莫大焉！"

　　徐公曰："未也。公方以爲澤被於一方,孰與浹於天下;利盡於一時,孰與垂於無窮?《救荒》一書,活民之至要也,其猶醫經之《素》《難》矣乎?宋董煟之所編也,元張光大之所續也,我明朱熊氏之所補遺也。其刊布之四方,俾受民社之寄者獲睹是編,當夫災異之侵於歲、老稚之占於亡而爲之,司牧相與檢視之,講求其可行者而致之民,於以起之捐瘠之餘而納之生全之地,利不博且久哉?且近時廷議所行預荒之策、最吏之宜,蓋我孝宗皇帝洎今上皇帝所以字恤元元之仁於是乎在,皆可示有永之傳者也。因出是書所藏善本,命之校讎幷鋟梓焉。"予益喜曰:"此施藥不如施方之義。是編出,雖有水旱之災,民無菜色,野無飢殍矣!不大幸歟!"諸公因以序屬,辭不獲。

　　夫救荒之政與療疾之醫,同一起人於死而生之之術也。荒弗爲救,疾弗爲療,坐視吾人捐瘠以喪命、伏枕而待斃,所謂不忍人之心將安在哉?故荒政,仁政也;醫,仁術也。醫之救人,近在目前,雖不令之,而人多業之者。荒政足以活人多矣,而人往往忽焉不之講求。先事則視若不切而莫爲之備,臨事則漫無所措,卒付之無可奈何而已。心之用與不用,而仁澤之流塞隨之。比人之轉死也,可盡委之天邪?於乎!惻隱之心,仁之端也,人皆有之也。有是心,無是政,徒善爾。有人於此,以是心而寓之政,以是政而布之法,由是而垂無窮焉,其仁可勝用也哉?若中丞公慮民之轉乎溝壑,當其事既有以生之,而又爲之致深長之思、垂悠久之計,其用心之仁也爲何如?諸公之心,又皆心公之心,而相與圖濟厥美,非同善而必成者歟?異時被災之民,受有司賑恤之仁,以全垂亡未盡之命,固必有賴是書之流布者矣!譬之病者,藥而起之,曰醫之功也,信已,而謂注方書者無與焉,可乎哉?

　　正德庚辰三月既望,賜進士及第、翰林院國史修撰、儒林郎,新安唐皋序。

　　出處:宋董煟、元張光大、明朱熊《重刊救荒補遺書》,明萬曆刻本。

　　編年:末署"正德庚辰三月既望"爲正德十五年三月十六日。方伯徐公,即時任浙江右布政使之徐蕃,其名亦見於公同月所撰《新建宋張烈文侯祠記》。

贈梅軒之任序
正德十六年春

　　尚書地官郎葉子良器,以同年故,時過語,移日不厭也。間語予曰:"金君調元,予外姻氏也,非子之同學友乎?"予曰:"然。鼓篋升堂,卒業而退,以長少序先後久矣。"曰:"又非子之同經生乎?"予曰:"然。群居而義言,麗澤而道交,有相長之益焉。"曰："君來謁選銓部已一載，茲釋褐，丞光州之息縣，且與子別，子得無一言以壯其行，嗣回由處贈之遺音乎？"予曰："諾。"曰："君性愛梅，自號梅軒。茲來京師，將職史，親簿書，而梅之癖亦時時見辭色。朝士大夫知君者，多爲之賦咏，積而成卷。子有言，則爲之申其説，可乎？"予曰："諾。"

夫梅，植物也。薦幽芳於草木搖落之後，而不與桃李爭穠，此其清也；挺孤標於嚴霜積雪之餘，而直與松竹并操，此其貞也。清則不俗而汩没於埃壒間者讓品焉，貞則不苟變而約樂易以遷志者風斯下矣。故梅雖植物，而不可尋常視之。昔之高人逸士，往往於梅乎取而相忘於荒涼寂寞之濱者，豈直以其能增逸興、助吟思而玩好之哉？金君愛梅，而以名其軒，其必於梅之清且貞者而有得與？不然，華之富貴而穠艷者衆矣，胡不軒彼而軒此乎？名公巨卿爲之賦咏，不以爲異，固重君之好矣。雖然，君茲丞息邑也，挾是卷以往，則梅不在鄉園而在縣齋矣。簿書之紛紜，得復有園林之疏散耶？蓋丞在令、簿、尉間，職稍暇，雅與君之志酬可以不奪所好。昔崔斯立丞藍田，嚜不得施用，日對二松以哦。梅之視松，尤可咏，有至八百篇者。君居是官，佐政理民之隙，展卷而閲之，倚韻而和之，不千篇不止。知必有名筆如昌黎子者爲君引也。是爲序。

出處：明金瑶、金應宿《璜溪金氏族譜》卷十三，明隆慶二年刻本。題注"唐心庵"。

編年：金君調元，即金鼎。順治《息縣志》卷七"縣丞"："金鼎，直隸休寧人，恩生（嘉慶《息縣志》作"貢生"），嘉靖年任。"前任張守直"正德年任"，則金鼎任縣丞似在嘉靖初年。"葉子良器"即葉天球，婺源人，正德九年進士，公之同年、同鄉。據顧璘《四川參政葉公墓碑》（《顧璘詩文全集》之《息園存稿》文卷六），葉氏於正德九年任戶部雲南司主事，十四年任戶部江西司署員外郎，十五年任福建司署郎中，十六年升東昌府知府，其任"尚書地官郎"在正德十四年至十六年間。銓選在春季，知此文應撰於正德十六年初春，時天球尚爲戶部郎官，而金鼎得官後抵息縣任職必在當年三月武宗駕崩、四月世宗即位之後，故《息縣志》記"嘉靖年任"。

孝徵録序

嘉靖二年三月一日

孝有徵乎？曰：無徵弗信，幾於僞作之者。僞作之者，所以風乎人者，功亦微矣。孰徵？曰：徵於人，猶有喜名之弊。惟夫徵於神也，神不可得而欺也。神不可得而欺，人滋信之，善心萌焉，有不俟勸而趨於孝者，誠之致也。曰：薛徵諸人，宋徵諸鬼，仲幾之所以受戮也，神可恃以爲徵乎？曰：靡誠不通，有感斯應，神之妙用也。孝修於外，誠發於中，神之應之徵之，於事理蓋有或然者。人不可得而測也，此造化之幾，而有至妙者存焉。鬼神者，造化之迹也，而況於孝之克誠固足以動天地、感鬼神者乎！

中嶽太和山有佑聖真君之祠，其靈妙聞天下。予歙鮑氏子釗，因其父疾，致禱於神甚虔，與黔婁之稽顙北辰同一孝感之誠。已而父疾頓愈，釗即裹糧數千里躬詣太和山，昭答神貺。甫至山之半，風雨雷電陡然大作，頃之乃霽，仰視雲氣中，仿佛見神像。隨行者莫不駭異，聞諸人，人咸以爲非釗之孝修於己、誠通於神烏能徵之若是耶。與釗好者爲求能言之士聲諸詩歌，積若干首，録成巨帙，因名之曰"孝徵録"，介予宗弟、鄉進士節之求予序。因不辭而序以歸之。

竊疑人或有議之者曰："茲事徵於神而鄰於怪，皆子所不語者矣，奚以序爲？"則將應之曰："子不云乎'孝弟之至，通於神明'？夫通則徵，徵則信，信則傳，傳則勸。奚爲而不語？所不語者，蓋有之矣，我未之見也。"

嘉靖癸未三月朔，賜進士及第、翰林院修撰、儒林郎兼經筵國史官，新庵唐皐序。

出處：清鮑光純《棠樾鮑氏三族宗譜》卷一百九十，清乾隆三十一年刻本。題注"唐皐，守之，新庵"。

編年：末署"嘉靖癸未三月朔"，爲嘉靖二年三月初一日。"宗弟、鄉進士節之"即唐侃，字節之，歙縣槐塘人，正德五年鄉試舉人，後仕至崖州知州。公友人黄訓《壽方山鮑翁六十序》（《黄潭先生文集》卷三）云："見翁《孝徵録》，《録》序於太史唐先生。先生稱翁以父疾望於中嶽太和山玄武之神。"可對讀參證。

汪汝霖之任蠡縣少尹序

嘉靖二年六月

新安汪子汝霖，釋褐丞蠡吾，以嘉靖癸未夏六月拜除命，將以孟秋之任。史皐酌酒與之別，而告之曰："汪子行乎？子所職者，固馬政也。軍政有急於馬者乎？馬政有弊於今者乎？不可不加之意也！"汪子曰："唯唯。然則云何？"皐曰："《周官》馬政悉矣！辨其屬有校人也，掌其閑有廋人也，簡其節有趣馬也，治其疾有巫馬也，司其教有圉師也，職其養有圉人也。執駒攻特，①臧僕教駣，②游牝別群，班其政也。焚牧通淫，除蓐釁厩，茨墻剗闌，□其地也。③ 天子六種，諸侯四種，大夫二種，等其數也。馬祖有祭，原蠶有禁，舉數有籍，防其耗也。養於官，不爲費。牧於民，不爲害。此先王所以武備修而國威壯歟？而今則不然。養之政，大率有三：天子御馬，領之中貴，而養於衛卒；內地户馬，領之太僕，而養於畿民；外地茶馬，領之行寺，而養於邊軍。然皆草料之剋減、倒死之倍償、點視之隱蔽、帳籍之文飾。官民俱困，弊亦極矣，而內地爲甚。未有能爲補偏救弊之良策者，可慨也。子是之行，其務加之意矣乎？”

汪子曰：“吾何爲哉？願有以語我矣。”臯曰：“嗟嗟，汪子若抱有素矣，豈無惻然斯民之心者乎？不然，子所和予章謂‘風月款友賓，葩藻驅奴婢’，特末技爾。程朱家學，幾爲虛語矣！請以三言贈子行矣，子其試之：廉也，勤也，寬也。夫廉，非孤介之謂也，潔其守以律人也。勤，非瑣屑之謂也，振其惰以親事也。寬，非縱弛之謂也，簡其目以通法也。蓋吏胥之肆其狡黠，以爲民害，每視官守者何如爾也。己如淖之，彼則濁之。己如涅之，彼則墨之。守曰潔人，其有弗律乎？勞者，奸之察也。逸者，事之賊也。故親事則事舉，任人則人欺，其恒爾。惰曰振事，其有弗集乎？以縱爲寬，則法必弛，弛則玩，玩則廢。以簡爲寬，則法必平，平則信，信則從。故吏不得緣以爲奸，而民不至坐以受斃，是寬之效也。於乎！此三言者，或其有裨於事守矣！汪子於此弗加之意則已，如其欲加之意也，捨是吾無以效益於子矣。”汪子曰：“唯唯。”遂書以爲送行序。

出處：明汪道昆《汪氏十六族近屬家譜》“典籍”，明萬曆刻本。題注“唐臯，狀元”。

編年：首句“嘉靖癸未夏六月”爲嘉靖二年六月。汪汝霖，應即徽州人汪滋。嘉靖《蠡縣志》卷四“職官”之“縣丞”曰：“汪滋，直隸歙縣人，監生，嘉靖五年任，今升滿城縣知縣。”雖未載其表字，然仕履與本序合，知爲一人。又《蠡縣志》“五年”當爲“二年”之誤。

致謝：此文承歙縣博物館（徽州歷史博物館）館員王紅春博士賜示，特此致謝！

---

① “執”：底本作“埶”，據《周禮·夏官》改。
② “教”：底本脱，據《周禮·夏官》補。
③ “□”：此處疑脱一字。

文集卷八

序 三

送方雙洲知縉雲縣序

嘉靖二年八月一日

伏自憲廟以來，禮部會試天下士，特奉宸斷增額取士。至四百人，惟正德甲戌暨今嘉靖癸未兩科則然。蓋用言官論建，欲分寄民社者，咸甲科之士，所以固邦本而弘理道也。余既以鄉舉叨備甲科制額之數，而是科偕余舉於鄉者又十有三人，既分曹觀政未久而循資授官，以刺大州、令巨邑者各一人，領州者曰吳君德遠，作邑者曰方君雙洲。雙洲又余歙人，有桑梓之好，故偕合郡士夫釀餞之。僉屬余言以贈，義不得辭。

惟太上之理民也，化之以道，其次以德，其次以功，其次以言。夫以道化民者，民亦以道應之矣，故皇之世淳樸之風暉如也；以德教民者，民亦以德應之矣，故帝之世仁義之教廓如也；以功勸民者，民亦以功應之矣，故王之世樂利之澤溥如也；以言動民者，民亦以言應之矣，故自漢以還訓詞之辨紛如也。道德尚矣，功亦足以入人，乃若言之為弊，案牘紛挐而低昂其手，上之所以欺下也，謀訴倥傯，其下之所以罔上也，蓋至於茲而理道之壞極矣！孔子曰："大道之行，與三代之英，丘未之逮也，而有志焉。"無亦傷後世之煩文而寡要與！

雙洲釋褐，令浙之縉雲，分天子一同百里之治。曰道與德，惟所用之。過此功可也，如以言而不以功，則未免日趨於煩文寡要之弊，豈所以望雙洲哉！或曰：不如是，難其望縉雲之治矣。曰：不然。君子之治，患不在民，患乎無以治耳。子之難縉雲者，不以習尚詐乎、民恃頑乎、多宿案乎、易生謗乎？夫惟誠可以破偽，惟廉可以律頑，惟剛可以起懦，惟公可以消謗。植此之本，而繼之以樂利之功，吾見縉雲之舊日變，而治可期、譽可起，華躋峻陟，計日可得矣！雙洲乎，所以增賢科之光，而仰副聖天子溢額取士、爲元元之令圖，宜在於此。此同年莫助之愛也。

嘉靖癸未秋八月朔，賜進士及第、翰林院修撰，新庵唐皋序。

出處：清方善祖《歙淳方氏柳山真應廟會宗統譜》卷二十，清乾隆刻本。題注"柘田派。潤，號雙洲"。

編年：末署"嘉靖癸未秋八月朔"，爲嘉靖二年八月一日。方潤，字時雨，號雙洲，正德八年癸酉科舉人，嘉靖二年癸未科進士，公之鄉試同年也。康熙《緝雲縣志》（日本內閣文庫藏）卷一列其名於"明令""嘉靖"之首位。

送武義縣尹黃君伯元之任序

嘉靖二年

嘉靖改元之明年癸未，桐岡黃子慎卿有族兄伯元試弗利於春官，從選入例考，列優等，得授浙之武義令。黃子於其行，屬予一言贈之，且曰："彼將奉以朝夕焉者也。"予曰："黃子欺予哉？黃子以同年之雅，官史局。予每因之采過焉。予躁動以速悔也，黃子鎮之以靜；予煩詞招尤也，黃子規之以嘿；予疏慵而忘檢也，黃子約之以恭謹。夫躁動則失己，煩詞則失人，疏慵則失事，[①]三者皆守官之大戒，[②]而皆受益於黃子。苟與伯元□□抒□□□□□□□□□。"黃了曰：不然。□□之□未□□□者之□人□曰□□□□□□□□□□□精。伯元之先，由婺遷□文獻□□□□□京□□父以□□□□□而風節著□□□□而以牧愛稱。至於賓佐令長之□項背相望而□□□貞俱太□又皆法從之英而□來咸有□□君德□望。且其□翁團峰先生嘗簿吾歙而□丞合肥，[③]遺澤至今。吾歙父老猶能道之，其世德遠而□□□焉者矣！譬之老□□□之□良弓良冶之於舉其□聞習見者而□之未有不精其本□而坐收成效者矣。奚以予言之贅爲？

黃子曰："雖然，願終言之。"則復之曰："治民之道，其亦有類於稼圃之事、弓冶之藝乎！稼圃之事、弓冶之藝，夫人可得而知也。是故欲吾稌若蔬之善也，墾不違時，藝不違性，而去其所以害之者，斯可矣；欲吾弓與冶之善也，均和

---

①　"慵"：底本作"庸"，據前文改。
②　"戒"：底本作"武"，徑改。
③　"團峰先生"：底本"團""生"二字不清。同書卷四黃春《景賢亭記》云"春自垂髫時讀書，先人團峰翁授以東萊博議"，據補。

有節，□□□宜，而無薛暴不市、終緢非利之患，斯可矣。今夫撫字急於催科者，違時之墾也；刑罰先於德教者，違性之藝也。興革不以其序，寬猛不以相濟者，均和之失節而□□之，非宜也。若其□□□□□□滯於獄□□□□□□□□□□□之災，寇盜之禍者，□又稂莠、□賊之害之，薛暴、終緢之敝之也。"

伯元積學有素，泓□靜深，而又承之以世德。於是而用之武義，吾知其足以辦此，而無愧於世業者之家，蔚然爲子弟之良哉！是爲序。

出處：嘉靖《武義縣志》卷四，明正德十五年刻、嘉靖三年補刻增修本，日本宮內廳書陵部藏。

編年：序云"嘉靖改元之明年癸未"爲嘉靖二年。"桐岡黃子慎卿"，即黃初，字慎卿，正德九年榜眼，公同年。"族兄伯元"，即黃春，字伯元。

送金君澤民之任唐縣序

嘉靖三年春

昌黎韓子謂官無分職、署成案不省、以位高且逼、嫌不可否事、至嚜不得施用、人或"數謾"以相訾謷者，丞也。文所記藍田之廳壁，傳信於今不衰。以皋論之，豈其然哉？夫韓子其亦有爲言之也，不然，則固有唐一代之制爾。我太祖高皇帝奄有華夏，憲古圖治，無一制作非復唐虞三代之舊。雖郡縣天下，與藩封并行，然因事設官之意莫不有在。至於丞，雖貳令，不得以散職視之，所以事事而圖稱者，誠未易也。觀諸初年，例以進士補之，尤可見其職之重而不輕較然矣。韓子云云，豈其然哉？然韓子之言有曰："丞於一邑，無所不當問。"又曰："丞之設，豈端使然哉？"其非初制亦明矣。意者其言有所激乎？竊疑其爲斯立言之也。斯立種學績文，泓涵演迤，乃自大理出丞藍田，固枉其才矣。至謂對哦二松以爲公事，人有問者，謝之使去，果何所事事哉？世之重文名而輕吏事、養虛望以要幸成，殆此說啓之與？

予休金君澤民，釋褐爲丞於保定之唐縣。此國初進士之選，人不得以數謾，且今所專治者馬政，則有分職矣。若猶以高逼爲嫌，嚜不得施用，事不可否，姑托興於文詞之間，謂足以不朽，其有孤因事設官之意不淺，非所望於澤民者也。抑唐之爲縣，昔予族父侍御豆塢先生嘗尹茲土，頗宜於民，至今人猶樂道之。苟能考求其故，思與寅寀興舉一二，未爲無助。予終以此屬焉。

出處：明金瑤、金應宿《瑃溪金氏族譜》卷十三，明隆慶二年刻本。題注

"唐心庵"。

編年：光緒《唐縣志》卷六職官表"縣丞"："金霑，（嘉靖）三年任。"明制，銓選在春季，故置於此。序又稱公之"族父侍御豆塢先生嘗尹茲土"，豆塢先生即唐相，字希凱，號豆塢，成化乙未進士，歷任樂清、唐縣知縣，升山東道監察御史。

松澗詩卷序

嘉靖四年二月

夫松之爲植物昭昭矣，而性則殊於他木。蓋其蒼然之色，歷歲寒而不改；挺然之操，飽霜雪而益勁。而其夏雲之高姿，可以陵重氛；淪地之仙脂，可以制頹齡。又豈他木可得而擬耶！《禮》不云乎："其在人也，如松柏之有心也，貫四時而不改柯易葉。"《語》曰："歲寒，然後知松柏之後凋也。"言乎其色與操有然者矣。昔人又謂，其拔地千尺而枝摩青天，可柱明堂而棟大厦。《淮南子》云："千歲之松，上有兔絲，下有茯苓。"茯苓，上品仙藥，人餌之而長生。謂其陵重氛而制頹齡，不信然乎！松之所以殊於他木而見貴於君子者以此。

予徽介萬山，土人多植松，薪之材之，户莫不然。屬邑之休寧有彦曰汪引之氏，築室於兩山夾水之處，以事藏修，有松數百章爲之蔭覆，而日對之誦讀焉，因以"松澗"自號，能言之士多爲之聲詩，積成卷帙。虛其首簡，以需次銓部來京師，得授吉安郡幕，瀕行，過予請序。

夫號以輔名，亦以廣志，匪徒以崇夸示侈爲也。引之繫心於倚澗之松，而取以爲號，此其志殆有所指矣！夫豈以其能注露華、延靈曜、留鳴鶴而響流泉，爲足撫玩而已哉！亦將比清於晚翠而不以時遷，并操於歲寒而不爲物撓，瞻夏雲之姿而思弘其用，悟延齡之美而期壽其名，其容有契於是矣乎？若然，則輔名而廣志者爲有在，而非崇夸示侈者可同日而語也。且吾聞引之父尚友府君篤於訓子，失怙之後，母洪勖之以顯揚而終父志者諄諄焉。引之奉慈訓而思貽令名，日夕惟謹。又其兄弟六人怡愉一堂者，終始無間言，則所以顧名思義、圖貞其存者有足徵，於是乎言。

嘉靖四年歲次乙酉春仲之吉，賜進士及第、翰林院修撰、儒林郎、經筵講官兼修國史，同郡唐皋序。

出處：明唐皋《松澗詩卷序》册，許承堯舊藏，現藏歙縣博物館（徽州歷史博物館）。鈐印："乾陽子"（朱文）、"守之"（朱文）、"古太史氏"（白文）。

編年：末署"嘉靖四年歲次乙酉春仲之吉"，爲嘉靖四年二月。裱邊有許承堯手跋："守之、時夫二先生同年同里，同以文章節操著稱，遺墨猶存，珠聯璧合，允足爲吾此集之冠冕也。承堯記。"

西麓堂琴統序

嘉靖四年七月十六日

夫偃草弗鯁，走丸弗憩，執也。民之趨時，抑尤甚焉。趨也克復不居其恒，惟知者能之居。觀西麓氏，幾矣哉！

子髦丱摳趨章縫，頻仰鉛槧。弱冠，異業懷資，即次比於他邦，籌算泯夢，饔飧有弗逮焉。然篤學操縵，志將震起聲韻。及之標鹿，曰：土硎在薦，不登青黃；任姒正位，不婷施嬙。溺鄭衛而廢韶濩，昧也；羨魚兔而忘筌蹄，①罔也。昧與罔，君子奚取焉？乃探顧鉤深，搜奇彙精，蕪者治，舛者正，不遺餘晷，以有茲帙。比類麗辭，辨於黟壘。昭昭乎希音也，知哉！今夫百家所揥旅書有足拊髀，爲其知弗若與？秕糠眯目、天地易位，執則爾矣。固曰：西麓氏幾矣哉！

西麓名芝，字時瑞，世家邑西山汪氏，其編謂《琴統》云。

嘉靖乙酉秋七月既望，賜進士及第、翰林院侍講學士、奉訓大夫、經筵講官兼修國史、前充朝鮮正使賜一品服，歙人唐皋撰。

出處：明汪芝《西麓堂琴統》，舊抄本。

編年：末署"嘉靖乙酉秋七月既望"爲嘉靖四年七月十六日。

永豐新堨序（存目）

出處：民國《歙縣志》卷二："永豐新堨，明洪武二十七年，路口胡壽卿開浚，溉上路口吳干田三千餘畝，邑令李珊有記。成化間，壽卿侄孫永貴重浚，邑人唐學士皋有序。今堨久廢，上流成巖鎮民居。昔時受溉之田，分渥於官塘、長塘。"宸按：文未見，謹擬題爲"永豐新堨序"，存目待考。

竹巖序（存目）

出處：明林文俊《方齋存稿》卷四《竹巖後序》："今歲春，予北上過三山，拜侍御程君……袖出一卷見示，曰：'先方伯府君別號竹巖，今没且四十年。追

---

① "忘"：底本脱，據文意補。

想疇昔,百事已非,顧惟竹巖獨存耳。某與伯兄參政時昭宦游南北,欲登兹巖以撫吾先子手植之竹,不可得矣。每思至此,輒嗚咽不自勝,敢私布之? 執事幸爲我識之。'予謝不敏,既受卷,讀之終篇,見西涯、泉山二大老,唐太史守之、黄兵曹伯固所爲序記甚備,容予贊耶? 然侍御君之命,則有不可以終虛辱者……"宸按:李東陽所撰《竹巖記》見《程氏貽範集補》乙集卷九(明隆慶刻本),公所撰序文未見,存目待考。

葉氏重修宗譜序(存目)

出處:明葉天爵《葉氏宗譜》,明嘉靖活字本,國家圖書館藏。書况殘破,未予借閲。據"徽州善本家譜印刷資料數據庫"著録,該譜卷端有公所撰《葉氏重修宗譜序》,陽文方形鈐印"守之"。

致謝:2024 年 10 月,學生張琳越代爲赴館尋訪,特此致謝。

跋

唐氏三先生集跋
正德十三年春

　　皋先世有筠軒、白雲、梧岡三先生,父祖子孫皆以文章道德奕葉相承,人謂"小三蘇"。殁有文集藏於家,積久多逸,傳寫失真,觀者病焉。始,學士篁墩程先生官内翰時,考鄉邦之多彦,慮文獻之弗徵,志存表章,力加搜訪。族父别駕公希元、侍御公希愷、僉憲公希説以鄉好甚親洽,因出家藏舊本求先生是正。先生一見珍愛,留家久之,手自抄録,爲之校定。嘗過族父家,拜而贊之。集首爲序,評品精當。議將托梓,而稿毁回禄,惜哉! 所幸族父復菴封君希良篋藏副本,靈光獨存。其仲憲副霈之尹畿邑、掾秋臺、憲閩臬,皆携以自隨,伐訛補逸,積有年歲。其季侍御景之前官奉常,亦購有别本,爲之參校,漸爲完帙。

　　正德丁丑,霈之以表賀赴京,景之奉命刷卷湖南,胥會於家,謀鋟諸梓,則苦工費弗給。郡守新淦張公文林嘗謁賢祠、閲郡乘,知有三先生者,而未睹其文,及是見集,亟以板刻爲己任。爰取付梓,凡五閱月而工訖告成。至是三先生之文始傳,篁墩先生之願始畢,而諸族父之心亦良慰矣! 二弟之功詎云少哉!

嗟夫！三先生之文可以名家矣！家貧力綿，恪守儒業，研窮六籍，搜獵百氏，蓋本之天分之高，而熟之以人事之變，故其所爲詩文，根諸道德之懿、探諸義理之奧，而形諸制作之精如此。不惟當時名公碩儒雅重之，而後之知言者尤愛之也。顧遲回百餘年得篁墩先生而文藉以重，又三十餘年得張守而文藉以傳，不謂艱且久耶？後之爲子孫者，又惡可易視之也！

先是，侍御族父子誥以汝州守入覲京師，僉憲族父子侃、侄仕以鄉貢士赴試南宮，晤言京邸，語次及之，屬景之以圖永其傳，甚力。勾工之際，生員誨、詡、輅、綺、燁，監生冕，諸弟暨子侄，校對訛舛，以贊刻畫，與有勞焉，皆得牽聯書之。

賜進士及第、翰林院國史修撰、儒林郎，筠軒七世孫皋百拜謹識。

出處：明程敏政編《唐氏三先生集》卷末，明正德十三年徽州知府張芹刻本。

編年：《唐氏三先生集》之刻，起於正德十三年秋，畢工於次年初。唐澤《請抑之汪學士序先世文集事狀》：“正德丁丑，弟濂自內臺出按湖藩，順道歸省。郡守張公文林枉顧槐塘，憩於三峰精舍，因睹三先生遺像，而讀其遺書……作而言曰：‘崇儒先以淑後學，有司首務。是集梓行，芹何可後！’濂因敬奉以請，於是捐資興工。工將半，而兄皋自內翰以得旨歸，澤自閩臬以捧表歸，相與視其成焉。”跋云“爰取付梓，凡五閱月而工訖告成”，知作於正德十三年戊寅初。

汪立信書跋
嘉靖二年二月廿一日

宋籙迄終，時多國難之臣，若安豐汪公立信誠甫亦其一也。公世家婺源之大畈里，後徙居休寧。其大父智，以族兄澈宣諭湖北，從之宦所，因家安豐。公登淳祐六年進士，累官至光祿大夫、端明殿學士，卒贈太傅。是書，宦衡湘時寄其族翁玉軒者也，第未知其在荊湖幹辦、鄂州團解時耶，抑權兵部尚書、安撫制置日也。書言“來春六載，期會將臨”，辭緩意閑，似非戎務方殷、邊陲孔棘之際，親簡牘而暇豫如此。然其拜族掃塋之念，故里先業之思，獨惓惓不少置，可謂知所重矣。後來臨難不挫，扼腕以死，①要自其敦本之義概充之也。然則是

---

① “腕”：底本作“宛”，據文意改。

書須與上似道二策并傳於世可也。

嘉靖癸未仲春壬辰,郡後學唐臯跋。

出處:清汪璣《汪氏通宗世譜》卷五十五,清乾隆刻本。宸按:底本無題,謹擬題爲"汪立信書跋"。

編年:末署"嘉靖癸未仲春壬辰",爲嘉靖二年二月廿一日。同書又有嘉靖二年三月李廷相跋、十六年十月汪玄錫跋、十六年五月汪思跋。汪玄錫跋云:"正德間,予在青瑣,曾以此書求跋於蒲汀李學士、新庵唐學士二公。二公景仰公之忠義,嘆息不已。"可爲參證。

文集卷九

傳狀

明故處士廷懋謝公行狀
弘治九年四月

處士諱初芳，字廷懋，姓謝氏，世爲歙之巖鎮人，先隱翁文達公之冢嗣，太學君昭之伯父也。系自周申伯受封得姓，世居陳留。至晋，從元帝東渡，遂居江左，是爲安石公之後。隋有傑公者，任歙州教授，留家歙之中鵠鄉。宋興國二年，泌公由進士歷諫議大夫，子孫散處黄山。余里宋先達左史吕君有二女，選雋才贅之，余世祖與公世祖伯潤公皆辱屏選，謝、唐之居巖鎮所由始也。謝、唐昔爲婚媾，於今往來不衰，稱世講焉。公大父以前，俱隱德弗仕。父文達公善蓋一鄉，爲時推重，配母孺人胡，凡四乳子，公其長也。

公自垂髫輒知禮讓，事父母務中其歡，遇諸弟友愛彌篤。下逮藏獲諸曹，常味"此亦人子"之句，每加優恤。蓋公賦性坦夷，絶無城府，惟人有過則面斥之，未嘗少假辭色，故人樂公之寬而未始不憚公之嚴也。自公以嚴見憚，故憸壬匪人不得與晋接，其所交游悉一時名士大夫，若大宗伯襄毅程公篁墩，郎署吳君一清、汪君仲源，侍御鄭君君達，暨觀部政者、分校士者與名博士弟子，不啻數十餘人，頻錯讌集。公最喜飲，客至必豐治具，傾倒歡呼，飲醉乃已。郡牧中大夫周、奉大夫謝慕公高誼，造公第焉，而公名譽愈藉藉矣。襄毅文章功業橋梓相望，當代太史之翹楚。公交薦紳最廣，而獨習公者襄毅。公集先世遺文，襄毅序其首，題曰"諫議遺芳"。公習襄毅而名重，襄毅習公而名益重，則冠裳韋布果信相與以有成也。

公晚季他無注念，有志修譜，未竟而卒。嗚呼！公以一介編氓，日與貴倨相伍,豈戔戔者流而故蹈丘園與?抑不願以五斗折腰,①而希高尚之盛軌也?
余不佞,聆公緒論最久,今太學君以狀見屬,其何敢辭!第經生口吻,惡能闡公
之萬一?姑次行事如左,以俟作者志銘云爾。

公生宣德乙卯九月初三日,歿弘治丙辰閏三月二十五日,享年六十有二。
配孺人朱坊徐氏,先公卒者五年。子一人,㬢,娶洪坑洪氏,爲少師中孚公孫
女。女一人,適本里方天久,教諭公裔孫也。孫五人:珊、瑚、玠、璁、璛。珊聘
王,瑚聘程,玠聘項,璁聘汪,璛未聘。孫女三人,一適橙越鮑齊,一適本里丘
岩,一適石崗汪廷光。今嗣君㬢奉公柩藁葬坦頭破塘山,與孺人同室,則孟夏
十八日也,并書。

出處: 明謝廷諒等《古歙謝氏統宗志》卷四,明萬曆三十二年刻本。題下
有修譜者注"里人新庵唐皋撰"。

編年: 丙辰爲弘治九年。"太學君昭"即謝昭,監生,巖鎮人。廷懋之長孫
珊,同卷有小傳,稱其"更名文清,字世卿"。又同卷張瀚《故文學謝古愚先生
狀》曰:"先生姓謝氏,學名文清,字世卿,別號古愚……先生始師唐中丞澤,繼
師唐太史公皋,每修弟子儀禮,甲諸同塾。中丞公蚤對公車,撤帷就職。太史
公久淹黌序,先生步趨惟謹,麟經衣鉢,傳有自矣。"所述皆合。雖《古歙謝氏統
宗志》有偽托唐皋之作一篇(詳見附錄),然此文所述唐、謝二姓始遷巖鎮諸事
皆真實,故不必牽連廢之也。

徽州新修文廟門路事狀(殘闕)

約正德七年

徽學在郡城東北隅斗山之下,左并城,右迫天寧寺,寺乃習儀祝釐之所;文
廟堄垣南僅十武即阻民居,乃旁啓正門,西向達學門出;泮池鑿於育賢門内講
堂之前:非制非儀,人皆病之。正德庚午冬,郡守豫章熊公由大理寺正來領郡
符,下車即以興起斯文爲己任。每朔望視謁,覽觀徘徊,恒以居促遮隔爲不快。
及政稍有經,乃狀其措置之宜,聞於當路。時巡撫都憲王先生首可其請,巡按
御史廓、張二君,提學御史黃君咸無間言,公乃遷民居以就善地,直殿屋以建崇
扉,徑中門以闢廣路,高明爽朗,端直平修,百年幽鬱,一旦澄廓。其面陽諸峰,
奇形秀狀,犀顏羅列,更以大門舊址浚爲泮池,覆以石梁,樹以華表。工甫畢而

---

①　"折":底本作"拆",徑改。

寇起西鄙,公復躬擐甲胄,親履險阻,率勵義勇,亢禦逾時。公於徽人,可謂勤且厚矣!願述其事以刻於金石,庶以永公之名與徽人之思於無窮也……諸生唐皋等狀。

出處:明王鴻儒《王文莊公集》卷六,明崇禎元年王應修刻本。宸按:此狀為王鴻儒《徽州新修文廟門路記》所摘引,非全帙,《記》云:"先是,徽學士子嘗以其文廟闢門通路事為書以附胡公,見托為記。予以不能文力辭,公不許,予雖受其書,未嘗發封也。比公數以為言,乃啓而讀之,其署曰'諸生唐皋等狀',則是時唐君猶未貢於鄉也。其言曰……"謹擬題為"徽州新修文廟門路事狀"。

編年:據明羅玘《重建紫陽書院記》,知府熊桂重建紫陽書院,落成於正德七年三月,此狀當作於是年。

月波鄭先生行狀略

正德十五年二月十六日

正德丁丑,予得請歸,①行次姑蘇,聞鄭秋官父月波先生已捐館舍,予痛悼曰:"老成凋喪,典刑孰歸!"甫抵家,匍匐而拜於先生几筵之下,嗚咽不自勝,已乃慰。秋官於喪次收淚告予曰:"先人不幸,至於大故。惟道德有銘可垂不朽,然匪行有狀,則銘無所於考,敢以煩執事!"予不敢辭。

先生諱廣,字汝大,姓鄭氏,別號月波,居歙巖鎮之洪橋。先世居官塘,去洪橋五里。自元吉公遷,居今。祖諱仁德,性資耿介,嚴於嫉惡,人無疏戚咸敬憚之。考諱永福,仁厚通敏,以詞翰鳴於時。先生生而英悟,器識不凡。稍長,即知自力於聖賢之學,日挾書造先達之門,請益問業,久而忘歸。父憂其致疾,勉之使治生業。先生重違親意,混迹商賈間,而業猶不廢也。

比父母没,益肆力於學,親賢友善,無間遐邇。嘗挾資西游巴蜀間,士人有何姓者,家貧勵學,先生與之莫逆,每相翼之。後何登科甲,官新蔡。忽一日,遣使賷部札,奉恩例冠帶訪先生於家。歸焉,且迎先生之任,以慰渴思。久之乃往,相見甚歡。咨以政務,多新裨益。由是何之声譽益彰,隨以薦起。先生知人之鑒、成人之美類如此。由蜀順流東下,抵大江之西,以自告稱多賢,因留久之,所交多名流,人亦樂與之親。又嘗慕太史公之為人,②而恒誦其言,於是

---

① "得":原作"淂",逕改。

② "嘗":原作"常",逕改。

足迹所至，東盡於海，西抵川蜀，北至幽燕，南逾甌越，内而河洛齊魯荆吳徐揚之地，①無不遍及。凡山川人物、民情土俗、聖賢丘墓、帝王國都、遺城故址，與夫戰争治亂之所，皆至其地，詢父老以窮往迹。蓋三致意焉。

平生輕利重義，施予無所吝。嘗客浮梁，見有鬻豕者，豕死財竭，無以歸，哭於道左，先生解囊濟之。凡匱乏而稱貸者，必應其求，不索其券。或有負者，亦不問也。先生雖篤志問學，然素履韜晦，絶意於仕進。間以其所得發之文章，咏之詩詞，每有製作，人争誦之。適情托興，耻存稿以自衒，故鮮有傳者。晚喜讀《易》，吉凶悔吝之道，知所以通其微。苞桑之戒，括囊之慎，見幾之明，皆身體之。旁通軒岐之術，脉理藥性，靡不精到。人以病告者，即與治之，全活甚衆。有饋謝者，曰：“吾之醫，豈利計耶？何不吾諒也！”嘗泛舟於河，舟人之子婦病且死，已付之不治矣。先生爲之市藥，朝夕不倦，病遂愈，尋育子。先生施恩於不報者如此。性尤喜爲人解紛，雖從容開諭之，②人或不察，形諸辭色，徐而思之，幡然悔悟，始愧謝之。有遺金於道者，先生見而守之數日，遺金者至，舉以還之，不責其報，亦不問其姓名。有張采壽者，爲其主所逐，先生憐而養之數年，知其能自立矣，遷歸故主。至則張氏訝其得不死而復來也，詢其故，因嘆息曰：“人之有恩於汝如是，乃汝之主也。”先生不得已，厚酬其主而受之，字若己子，委之經營，多得其力。

先生生景泰辛未十二月二十有八日，卒於正德丁丑九月二十有五日，壽六十七。配夫人胡氏，槐坑處士銘祖翁之女，静專柔嘉，可爲閨閫師，綜理内政，綽有能声。側室梁氏，亳之巨宗女。子男一，佐，字時夫，以《春秋》領癸酉南畿鄉薦，登甲戌進士，拜南京刑部主事，予同年也，娶方氏，同里方君恕安女。女二：③長適胡萼芳，卒；次亦早卒。孫男一，玄撫。孫女二。

先生事親極其孝，處兄弟極其友愛，視兄弟之子猶己之子，視人之急猶己之急也。在父母之側，隆冬盛暑，終日侍膝下，不命之退不敢退，病則謹視湯藥，晝夜不怠，必體平乃已。親没，哀毀不任，喪祭一以禮。兄弟怡怡，篤之以恩，而加之以敬。兄之子弼，性開敏，勉之就學，時或資給，學因以成，籍籍起時譽。又嘗與從子杲客於姑蘇，杲疫幾殆，僕從咸病不能興，或諷之使去。先生

---

① “河洛”：原作“河落”，徑改。
② “雖”：疑當作“惟”。
③ “女二”：原脱“女”字，據文意補。

謝曰："死生禍福，有數存焉。侄輩俱病，吾幸無恙，忍爲一身而棄侄等於不救?"醫治不怠，卒以無他。人以是多先生之爲人。先生數遭危險，嘗客汴，覆車壓脊幾折，賴同行者舉車出之，得不死。時無嗣，既而娶側室，生時夫，以大其閭，人咸以爲陰德之相也。至於教子，愛不忘誨。甫四齡，口授以古詩。七歲，使就傅。及長，遣從明師，業學於外。胡夫人謂曰："止一子，尔奚忍遠離?"語之曰："子豫教則易成，天下事，孰与讀書之愈耶?"初，開右馬君令吾歙，時夫以民秀爲令所奇，因欲見先生。先生性恬退，絶迹城府，至是始不得已往見。令君因索其詩，先生口占四韻，大見稱賞，語人曰："信是父是子也。"晚築室於洪橋之傍，溪繞東北，景象幽閑。先生因以"月波"自號，而日吟咏其中，蓋將終身焉。

此先生生平行實之概，其大而可見者如此。謹詮次爲狀，以俟秉史筆者得有所考，而爲之銘。

正德庚辰仲春既望，賜進士及第、翰林院國史修撰、儒林郎，新庵唐皋謹狀。

出處： 歙縣《鄭氏族譜》，清抄本。

編年： 末署"正德庚辰仲春既望"爲正德十五年二月十六日。同卷有賈詠《月波處士鄭君墓志銘》云："以同年翰林修撰郡人唐君守之所次狀諸銘。"可爲參證。鄭秋官，即公同里鄭佐，字時夫，與公同年及第。

處士黃公崇敬行狀

嘉靖三年

公諱崇敬，字用禮，別號竹窗，姓黃氏。先世德望詳於家乘，曾大父仕衡公、大父叔智公，皆潛德弗耀。父廷黻公，爲郡諸生，聲稱籍籍，少有盛才，文章宏富，娶汪氏，生子二，竹窗公其仲也。

公生沖襟玉粹，岐嶷不群，雖在孩提，孝友天性。廷黻公悦之，嘗夜燭讀古人書，顧見汪孺人抱公立，嘆曰："昔歐陽觀夜讀時，妻抱永叔立旁。觀自以身多行德，知永叔必達。吾自束髮從學，砥行累善，雖歷試弗偶，不少怨尤。夫力行弗怠者，天將終相之。此兒不貴固當富吾家也。"稍長，就學家塾，循循雅飭，誦讀聲氣，琅琅漸會，屬文瞻麗，時咸以遠大期公。

無何，廷黻公不禄，哀毁逾禮。已而家政叢委，孺人泣曰："父教兒讀書，爲實耶? 名耶? 吾今望於兒，其禄耶? 抑善耶? 兒固當畢而志如歐陽永叔，第吾瘁矣！”公聞言泣失聲，曰：“昔謂之莪，今乃蒿耳！”即抑志從商業。初游齊魯燕趙之間，既而止淮陽，效猗頓氏治鹺。能擇人任時，取與有義，不效世俗沾沾然競錐刀微末利，義入而儉出，資大饒裕。公曰：“積而能散，《禮》經明訓。”於是時時灑沫潤槁、①輸粟繼匱，自里閈至客邸，蓋多沾被云。晏子曰“三族待以舉火”，如竹窗公者非耶？屬歲大饑，人且相食。有携子鬻者，公詢知其無他出也，謂曰：“汝鬻是，誰後汝？”鬻者泣曰：“姑活旦夕耳！”公畀之直而還其子。其人謝曰：“聞昔江夏馮商還妾，越州黃汝楫金帛贖士女命，子孫并登科第。今君與汝楫姓同而行誼如楫。我無以報君，願君子孫如商如楫子孫焉。”嘗經箸嶺，有牽牛過者，牛作觳觫狀，蒲伏公前。訊之，則將入屠肆也。公憫然出厚值易以歸。旅人嘖嘖曰：“隋侯療蛇、楊寶救雀、②宋郊渡蟻之後，僅見有此君爾。”又鄉民有甲者遭乙橫誣，將成大獄，若對吏議，則甲乙并僨然。公素行孚於鄉間，力爲解紛。甲乙心服，兩全其家。甲貧寠甚，有山名水竹塢葬瘞其先，爲雷所發，久貸不售，數踵公門求售於公，公憐而售之。初，公售時，但如柳子厚售唐氏棄地意耳，不意爲吉阡。得地後，堪輿家謂雖陶侃牛眠、裴俠桑東不是過，公乃奉母以葬。始知神物自有鬼神呵護，留遺善人，豈偶然哉！公見義必爲多類此。尤篤友愛，歲當里役，與兄崇德公共之。公曰：“是可以煩吾兄？”乃身肩之，義聲翕然振鄉間。鄉評評義者必曰竹窗公云。

公襟懷沖澹，遠避名勢，佩服老子深藏若虛、盛德若愚之訓，乃鏟迹銷聲，高尚寡欲。生平不喜嫵阿軟媚，事當利害，抗髒侃侃，而周窮恤匱，慕義如渴，至老不倦，真可爲齊民法。若公者，古之人歟，古之人也！今年五月九日遘疾卒維陽，卒之日，賈者罷市坌擁哭公，皆曰：“義士云亡乎，吾人疇依！”距生成化辛卯十一月八日亥時，享年五十有四。年不怠德，爲世所悼。配溪南吳氏，閨壼稱賢。子二：長岩澤，蚤卒；次岩濡，娶溪南吳氏。女一，潛川汪田瓚其婿也。孫極始生，餘繩繩未艾。濡質敏好學，從游余僚友呂涇野子門，涇野嘉其篤信。遵公治命從商，然心有未安，質於涇野子。涇野子曰：“《三輔黃圖》言辟雍諸生集槐貿易，膠鬲、太公嘗事魚鹽。子果心存仁義而身服商賈，何妨於學？即圓冠方屨、褒衣綏步而有利心，何名爲儒？”濡於是乃修膠鬲之業，商名儒行，以繼公志。濡奉公柩歸新安，權厝大莊之陽，前期哀號請狀於余。余與公父子

①　“槁”：底本作“稿”，逕改。
②　“楊寶”：底本作“毛寶”，逕改。楊寶救雀，典出《後漢書·楊震傳》李賢注引《續齊諧記》。

友善，其忍狀之辭？ 謹書其章章者，受濡乞銘於當世鴻筆焉。①

　　出處：明黃積瑜《新安左田黃氏正宗譜派系圖》卷三，明嘉靖间刻本。題注"唐新庵"。

　　編年：狀主黃崇敬"今年五月九日遘疾卒"，"距生成化辛卯十一月八日亥時，享年五十有四"，知其卒於嘉靖三年。公曾爲黃氏族人作《雪亭記》，可參看。

雙節傳

嘉靖四年春夏間

　　節婦姓胡氏，諱蕭容，休寧百壽充胡添亮女也。② 爲女性順，不與他女伍，嫺姆訓、習女紅而已。③ 年十九，適我里汪仲和侃先生。先生之先，派出時揚公第六子金，世以孝節稱於鄉，傳十世爲先生。先生美姿神，賦性警敏，□□□□□□□□□□□□□□□□□□□□□□□□□□□□□□□。先生當弘治癸卯以《春秋》中南畿文魁，時年廿七歲也。越丁未，再試春官，遂登費鵝湖榜進士，授行人。考績銓曹，將擢臺□，未下，而先生以父艱去。先生前妻柯氏病卒，既釋服，乃擇聘，得節婦歸焉。

　　先，柯氏存時，先生以艱嗣故，娶姑蘇盤門民家劉氏女爲側室，舉一子一女。節婦歸，遇之有《樛木》之風，而劉氏亦謙謙執卑下禮，朝夕侍之唯謹。乃節婦歸先生期未滿百日，先生北上，以病卒於道。節婦固年少，而劉氏時亦僅二十一歲耳。先生家素貧，歷仕姑發軔而即歿，無以爲斂。乃節婦倒囊罄衣飾，買棺衾以斂之，偕劉氏携幼子扶櫬歸葬。三年哀毀骨見，時節奠墓下成禮，夜臥淚下，席未乾也。

　　先生家無田畝，亦無服賈，計所居僅有敝盧，既没之後，乃所舉子亦歿死，二氏煢煢，形影相弔。一日，節婦謂劉氏曰："若夫妾也少而貧，恐難堪，且與我俱無後，若殆不能終志也。"劉氏泣對曰："有死而已。妾雖賤，寧忍爲巇行乎！"因剪髮以自矢。節婦笑之曰："止！ 吾試若耳。若然，我夫之幸也。"無何，復遭回禄之變，室盧灰燼，乃傲他氏舍以自居，饔飧之給，易以績纴。衆咸難之，而

---

① "受"：疑當作"岩"，或作"授"。
② "百壽充"：同書同卷汪侃傳作"百壽沖"。
③ "嫺"，底本作"閑"，據文意改。

二氏恬如也。節婦平居見周親，倉卒不逾閫域，迄老，鄰婦有與之不相識者。吁！斯亦完節也已！

節婦卒時，享年五十有二，而劉氏之壽尚駸駸未艾也。鄉之薦紳名流嘉其節者，相率以聞於郡邑。郡侯鎸其名於本鎮節孝坊，仍表揚其門"雙節"云。傳曰："孟氏云：'身不行道，不行於妻子。'"先生甫仕貧，死而夭嗣，居食靡他資，其妻與妾乃能甘之，没齒無玷節，當以古共姜目之。① 德政未施，徵之刑於之化矣。噫！微二氏，先生其何見歟？

賜進士及第、翰林院國史修撰，新庵唐皋撰。

出處：清汪璣《汪氏通宗世譜》卷十四，清乾隆四十年刻本。

編年：同書同卷汪侃傳云："侃字仲和，號豫庵……生天順丁丑九月二十九日，卒弘治壬子四月十三日。"知汪侃卒於弘治五年。《雙節傳》稱胡氏"年十九，適我里汪仲和侃先生"，"歸先生期未滿百日，先生北上，以病卒於道"，知胡氏弘治五年十九歲，則當生於成化十年。又稱"節婦卒時，享年五十有二"，知胡氏卒於嘉靖四年，《雙節傳》之作不得早於此年。傳末自署"翰林院國史修撰"，知作於嘉靖四年六月升侍講學士之前。萬曆《歙志》"國朝汪氏雙節婦"條："唐編修皋題其墓。"清佘華瑞《巖鎮志草》"汪門雙節婦"條："唐修撰皋題其墓。"即謂此傳也。

德俠方公傳

叙云：古有以神醫名者，莫盧扁若也，卒迷於欲而變遷其術。然淡於利者，自古難之。近世若恒齋公者，見垣一方，以醫行世，以俠著聞。術固不讓盧扁，德則超而上之矣。恐世以族醫目之，故爲傳生平云。

方恒齋公者，名音，字舜和，歙之巖鎮人也。先出漢黟侯，爲閭右族。父榮翁，幼孤，孽丁家變，委曲全身，遂冒吳姓，卒歸方氏，蓋傑士哉。母時氏，生三子，公其季也。居常喜醫方術。予未爲庠生時，待予最善，有無相往，緩急相供，爲管鮑交。公性孝友，樂義好施，恩不責報。嘗賈淮陰，道見書生亡資憊甚，情狀悽然。公憐之，不問名姓，與錢若干。書生叩謝曰："小子越人，孫姓，名一松，辱君全活，敢叩君世族而銘諸心！"公默默。孫固請，公竟默默。既而得於從者，因書名歸奉家廟。異日者，公適過越，孫遇諸塗，忽呼公名，塵泥跪

① "目"：底本作"日"，據文意改。

拜,公愕然。孫言往事,公乃知之。於是迎於家廟,張席以燕,奉金帛稱謝。公愧甚,曰:"何事令君感激乃爾。"辭弗受。孫再拜請曰:"即不敢以不腆瀆長者。小子受有節庵陶師諸禁方書,敢以爲壽,可乎?"因授以調呼吸、診六脉、揆度陰陽外變。公悉神領,去故術,更以禁方,起度量,立規矩,稱權衡,合色脉,期人死生,決無不驗。四方迓治就治者,屢滿戶外。公無貧賤輒與善藥,所起奇症不可勝紀。嘗謂予曰:"病無大小,重之者生之徒也,輕之者死之徒也。未病而治,病易瘳也;已病而治,病難理也。"此非有道者之言乎!而醫名日駸駸上矣。孺人陳氏,能佐公之志,生三子:傳、健、俊。健從予受《春秋》,性純謹而穎異,予大奇之。初試即廩紫陽,卒以父喪病阽,棄儒就醫,篤承先志,有父風。公之澤可不斬於今日,德之所綿延遠矣!德豈負人也乎!特爲之傳,使知公不獨以醫著云。

太史氏曰:舜和性喜醫藥,而竟以陰德得濟人術,豈非天假孫甲以授公耶?公得其術,主於濟人,利無問,名無矜,其所全活多矣!於公之活人也何足言乎?公其有德行者哉!公其有俠骨者哉!

出處:明潘之恒《亘史鈔·內紀》"友誼"卷之八,明萬曆刻本,浙江圖書館藏。清桐城劉大櫆讀此傳,作《書唐學士德俠傳後》感其事,已著録。

朱節婦傳(存目)

出處:道光《歙縣志》卷八之十一"吳漳妻朱氏"條:"憲副吳漳病篤,朱籲天請代,刲股和糜以進。學士唐皋序其事,時修《武宗實録》,采入貞烈傳。"今未見,存目待考。

三孝友傳(存目)

出處:道光《徽州府志》卷十二之四:"戴廷鉅,字富之,桂巖人。與兄給事銑、弟景陵令錬,深究性學。父卒,盧墓三年。友恭皓首無間,排解紛難,表率鄉間,贈義官。狀元唐公皋撰《三孝友傳》,鑴諸石。"又清王佩蘭《松翠小菀裒詩集》卷一云:"三孝友亭,瑶山三戴別墅也。玳峰銑售得之,亦以兄弟三人,顏曰'續三孝友亭',唐皋爲之記。今幾易主矣。"今未見,存目待考。

文集卷十

碑銘

贈太子少保刑部尚書張泰神道碑銘

正德九年

賜進士及第、翰林院國史修撰、承務郎，新安唐皋撰文。

賜進士及第、翰林院侍講學士、奉訓大夫，崑山朱希周書丹。

賜進士第、奉訓大夫、右春坊右諭德兼翰林院侍講，任丘李時篆額。①

惟我皇上嗣服以來，式先文化，申飭武備。思患而防以預，有警則赫斯怒。雄邊重鎮，內外大臣，必擇人而任之，期以肅清邊塵、奠安民庶，以基宗社無疆之福。時有若右都御史張公總制陝西，亦其一人焉。乃正德癸酉季冬月朏，公在陝卒。有司馳訃於朝。上悼念公勞終王事，乃命輿柩還鄉，加賜葬祭，贈公太子少保、刑部尚書。恩典稠疊，光照泉壤。今少師、華蓋殿大學士厚齋梁公既以年好銘諸幽竁，其孤復謀樹石神道，乃介侍御賈君啓之請皋銘。辭不獲，乃次其事而銘之。

謹按：公諱泰，字世亨，其先河南尉氏人，後遷祥符，再遷河間之肅寧。高祖諱潛，祥符其始遷也。曾祖諱真，祖諱敬。考諱喜，始自祥符徙家肅寧，後以公貴累贈刑部左侍郎。妣馬氏，贈淑人。公始娠，妣夢神人謂其夫婦陰有積德，抱一兒與之，覺而生公。天資英邁，長就學問，治毛氏《詩》，深究肯綮。成化丁酉，領順天鄉薦。明年戊戌，舉進士，試政兵曹。又明年己亥，授知鄒縣。鄒號難理，公雅持悃愊，務先惠愛，在任五載，治最有聞。乃召補臺察，適丁內外艱去。

---

① "賜進士及第、翰林院國史修撰"至"任丘李時篆額"：乾隆志脱。

服闋，拜陝西道監察御史，首巡河東鹽課。有豪猾十數輩，怙勢撓法，爲劾奏去之，商人稱快。繼巡蘇、松、常、鎮四郡，風裁泠然。時有漕堤爲居民蟻聚其上者五六百家，歲久漕漸淤塞，廉知其害，奏徙而之他，漕運始通。洎巡視内庫、巡按山西，益著風節。越十年，升陝西按察司副使，奉敕整飭洮、泯、河州等處兵備。將士練習，威武振揚，疆場以寧，文教亦舉。歷四年，升按察使，臺省肅清。逾年，升山東右布政，尋轉陝西左布政使。提綱舉要，動存大體，衆論歸之。未幾，擢都察院右副都御史，奉敕巡撫陝西地方。蓄儲勵武，除殘剪貪，時雖多故，衆賴以靖。復取官民弊困數十事，嚴示條約，刊布郡邑，吏謹率從，民咸悦服。逾年，改大理寺卿。以忤逆瑾意，致仕家居。

瑾誅，起爲刑部左侍郎。會延綏、寧夏、甘肅總制始缺，邊報方殷，衆以屬公，上亦簡在，乃命公爲右都御史，往開制府，經略邊鎮。公感上知遇，矢竭心力，至則討軍實、任武材，遠斥堠、葺城堡，塹易壁險，伐謀備預，巨細不捐，動合機變。疏凡百數十上，皆見采納。奏捷者十有二次，并受璽書褒勞。

公以久勞於外，劬瘁成疾，具疏乞休。上方倚重之，不允其請。竟卒於陝，距生景泰壬申四月九日，享年六十有二。配李氏，封淑人。子男三：長炤，錦衣衛千户；次炯，國子生，李淑人出；次燁，側室丁氏出。女二，李宗周、尹孟暘其婿也，皆國子生。孫女一，尚幼。

公質性疏敏，志行端愨。自少力學，即慨然有天下之志。居□□□□□□□與人，不立崖岸。臨事不擇蹈。□爲兵備時，邊人思愛，爲立生祠、樹豐碑以紀德。及□□累遷都臺，執法廷尉，歷揚中外，聲望偉然。起廢後，簡任益隆，而勛勞益茂。衆方倚公奠安西土，而天不憖遺，溘然長逝。於乎！[①]惜哉！

銘曰：

惟天生才，惟才翼主。乃豐厥壽，乃貞厥輔。

學成於家，登之天府。令最於邑，史麗於柱。

居策其驄，出持其斧。暨擢外臺，風紀維矩。

以岳以牧，於齊於魯。乃復於秦，乃肅爾部。

假以憲節，膏之陰雨。洎遷廷尉，文孰敢舞。

---

① "乎"：乾隆志作"戲"。本段自"慨然有天下之志"以下，底本多模糊不清，兹參考乾隆志録文，不一一出校。

倏廢而興，公論焉取。聿佐秋鄉，邦刑用補。

天子遄顧，遂兹西土。疇其行也，帝曰山甫。

爰被綸言，①思振威武。宣我德音，招厥贊普。

曰惟宥順，曰惟禦侮。執訊獲醜，可勒鼎釜。

茂烈垂竟，隕星走寇。有丘孔阜，維兹瀛澦。

冠佩斯臧，譽赫千古。

出處：清康熙《肅寧縣志》卷一，清康熙十一年刻本。參校以乾隆《肅寧縣志》卷十，清乾隆二十一年刻本。

編年：銘云："正德癸酉季冬月朏，公在陝卒。"是正德八年十二月，則歸葬故里應在正德九年。"侍御賈君啓之"即賈啓，字啓之，監察御史。

明故恩授義官鄉飲大賓鮑以潛君墓志銘
正德十二年春

皋之宗盟汝州守君錫弟，有女適棠樾鮑生學。學以《春秋》補校官弟子，今年卒業冑監，僑居密邇，恒相覯也。一日過見，齊衰累然，詢知其大父以潛處士疾終於家，是歲正德乙亥十月四日也。皋曰："嘻！耆德也！不可作已！"又明年丁丑，學卒業，例升之冢宰，以需銓次，將謁告南還，間致其父指揮使君之命，并奉狀以告："孤不天，先子奄忽棄養，號呼莫及，苦痛奈何！襄事且有期，宜有志石，納諸幽隧。伏惟哀其情衷而惠之志且銘，兹不朽矣！"時汝州挾計簿入覲，爲申其請，誼不容辭。

按狀：處士諱光庭，字以潛，姓鮑氏，歙棠樾人。世以孝弟承家。曾大父諱汪如，字思齊，博洽多聞，長於吟咏。大父諱萬善，字文芳。父諱倫，字時憲，號樂静，咸以行義重鄉曲。母鄭氏，賢淑有壼儀。處士幼警悟嗜學，拉族同志相講肄無倦。書史通大義，不拘拘訓詁。愛護典籍，有濟陽江録風，略見污損，輒忿愵動詞色。少弟觸禁，獨不致讓。母鄭氏問故，則舉大舜誅凶愛弟之説以對，母爲之喜。弟夭卒，樂静不欲勞以舉業，甫冠，携之商邸，以經史自隨。聲色玩好泊如也。樂静喜，即命之視事焉。②審量廢舉，經紀貨殖器使，疏戚咸適可。如是者將五十年，資益雄，業益擴，凡同事者亦各振於舊也。晚歸，筑室

---

①　"被"：底本作"破"，據乾隆志改。"綸"：乾隆志作"論"。

②　"視事"：底本作"事事"，後夾注"疑視"二字，據之改。

橫塘，號曰“潛庵”，期終老焉。樂静習針砭之術，有利濟於人。處士日夕侍左右，盡得其精，以治疾，亦往往應手愈。未始責報，尤急人之急，憂人之憂。有窘乏者，每爲之賙恤。其有忿爭者質之，爲陳是非利害甚悉，事多賴之以寢。歲癸酉，饒賊流劫郡境，太守熊公召募義勇爲捍禦計。處士率族子弟赴之，時出所見以佐師。及議給軍餉，備見采納。賊平，郡邑賴以安。迨壽七十，仁峰汪君進之、崆峒李君獻吉雅重處士，皆爲之記頌。又一年季夏，疾作，醫療卒不起，距生正統乙丑八月十二日，①享年七十有一。

　　處士家殷富，自奉甚儉約。至養其親，則極滋味。終事葬祭皆以禮。初，婚時，爲門帖以自警，惟恐奪於情而衰於孝也。復以“保身須寡欲，養志敢辭勞”亦箴戒焉。又嘗裒集先世善行遺文爲《傳家錄》，求學士篁墩程先生、中丞静庵汪先生爲之序，壽梓以藏。修造先塋，躬冒雨雪不少避。延名師以教子若孫，庭訓先之以勤儉，曰“不勤無以自立，不儉無以自守”，又勉之以“見一善行思體於身，聞一善言思記於心”，皆格論也。歲修陂堰、浚溝澮，以時蓄泄，爲鄉人之利。郡守學宮梓《皇明文衡》書，每捐囊佐其費。值歲再祲，出粟賑濟，有司義之，奉例予冠帶，尤重其行，郡邑延鄉飲賓。

　　配方氏，有淑行。子男二：長松，例授指揮僉事；次梅，邑庠生。女三，西溪汪鎬、潭渡庠生黃誥、岑山經元程默其婿也。孫男三：長即可學，太學生；次可久，次可教，俱幼。孫女二：長適予族子鼐；次幼，未字。

　　銘曰：

　　孝慈碩宗，胤維厥良。學以蓄德，匪吏而商。

　　仁施義趨，於家於鄉。實繁爾祉，澤引以長。

　　猗蔚崇岡，鑱兹石章。歷於百霜，弗磨耿光。

　　出處：清鮑光純等《棠樾鮑氏三族宗譜》卷一百八十六，清乾隆二十五年刻本。題注“唐皋，守之，新庵”。

　　編年：銘云“又明年丁丑”，爲正德十二年。君錫，即唐誥，時任汝州知州。公所撰《唐氏三先生集跋》曰：“侍御族父子誥以汝州守入覲京師，僉憲族父子侃、侄仕以鄉貢士赴試南宮，晤言京邸。”事在十二年春，可爲參證。

---

　　①　“正統”：底本作“正德”，誤，徑改。

明故鄉賢嘉義大夫都察院右副都御史致仕
進階中奉大夫汪公神道碑文

正德十二年八月

正德辛未春二月十有一日，嘉議大夫、都察院右副都御史致仕汪公以疾終里第。有司以聞，天子爲之震悼，下禮部議，遣官營葬，①諭祭於家。鄉國士夫哀公之逝而榮公之寵者人人也。丙子，公之子鎛不遠數千里走京師，持其宗人司諫天啓所爲狀，屬予以道之銘。維公豐功茂績，宜勒鼎彝，必有宗工揚確盛美，晚生末學，奚能爲役，久之未有復也。近司諫册封藩府，便道還，以書來曰："公之勳伐，固視豐碑礱石以候久矣，幸無讓。"皋不敢辭，按狀而序之曰：

公諱奎，字文燦，姓汪氏，號綱軒，徽之婺源人，唐越國公華之裔。華十三世孫都虞侯道安，持節鎮婺源。子濆，領三吾鎮，官至御史大夫，死巢寇之難。子中元，家鱅溪。六世孫紹，私淑伊洛之傳。子存繼之，力以師道自任，人稱"四友先生"。存生貢元全，全生國諭牴。牴與朱子爲中表，往復遺翰，迄今具存。牴生欽，遷浯溪。四世孫德閏，號南山，二子：叡、同。同當元季，集義保障鄉土，表授樞密院判、淮南左丞，後死僞吳。叡字仲魯，入國朝，徵拜春坊左司直，時稱三老，高廟終始禮遇，學者尊爲"貞一先生"，公高祖也。曾祖淵、祖櫨，皆隱弗耀。父叔泰，以公貴累贈中憲大夫、成都府知府。母江氏，累贈恭人。公始生，恭人恍惚若儀衛擁一貴人入室，已而誕公，識者占其不凡。

公生而俊穎，不伍群兒。六歲，提學吉豐彭公選充邑校弟子，從游文公裔孫、都運伯承先生之門，肆力於學。成化乙酉，以《詩經》領鄉薦。丙戌，第羅倫榜進士，觀政兵部。庚寅，除浙江知秀水縣。縣附郭，時知府楊公繼芳馭吏甚嚴，公以清慎勤恪見優禮。癸巳，試監察御史。甲午，實授湖廣道。乙未，按治淮陽，風裁泠然。丁內外艱，服闋，改授浙江道，按治福建，聲稱有加。三載考稱，受敕推封，尋掌本道，兼山東、四川道印及三法司事。紀綱振肅，彈劾無所避。

丙午，四方災異，率同官上言修德政以回天意，條陳十事，曰開言路、曰止造作、曰重名器、曰嚴考察、曰遵舊典、曰修武備、曰清鹽法、曰蘇民困、曰抑奔兢、曰救饑荒，皆切時弊，多見采納。用事者惡其切直，以他事誣致公等，左遷

---

① "遣"：底本作"遺"，徑改。

四川夔州府判。公曰："諫行言聽，吾責盡矣！"怡然就道，輿論壯之。既抵任，廉以表屬，公以肅下，惠以撫民，威以戢卒，郡內晏然。時蜀將士懲石寇殲師之禍，一有外警，往往褫魄。至是，雲陽賊發，焚劫城府，逼近屬邑。公親提兵固圉，與賊對境，凡三閱月而賊就擒。鎮撫諸司咸加賞異。夔與施洞接壤，子女被掠賣，事發，得幸脫；又習尚勇悍，民有兵鬥至死，輒以和議。公曰："姑息政也，縱法長奸，此不可之大者。"有犯輒坐之，其患遂息。往時中貴入貢蜀產，所過驛傳，需索慘酷。有宋姓者，箠一站卒死。公爲移文當道，坐以法。是後驛傳始免於患。籾義儲，繕公宇，治堡舍，輯舊增新，民不知費。及代，爲立德政碑以繫去思。

弘治戊申，孝廟嗣位。諸言事被責者，以次進用。三原王公起任太宰，雅知公，適公以薦改敘州府同知，未抵任，擢知成都府。值歲侵，公爲設策賑濟飢殍，招撫流移。民之飢寒迫爲盜者，化喻而散遣之。民獲安時。庚戌，春夏亢旱。暴身烈日，爲民祈禱。屬縣有都江堰，灌田連十邑。堰爲巨石所徹，善崩，民歲苦修築。公臨視，得其故，議鑿石而以石固其堤。有中貴蓄私憤於公，數梗之。公屹不爲動，卒底成績。堰至今以爲利，人擬蘇公堤。成都轄州縣三十二，值監司之會，文移倥傯，驛遞弗給。公言奸櫛弊不遺力。三載以最聞，進階中憲大夫，制辭有曰："以直言盡職而不改初心，以惠政撫民而不廢劇務。"司書其考曰："昔改官，擅敢言之美；今作守，馳□牧之名。①情慎之節不渝，公勤之譽亦著。"時論以爲確。民上章請留，弗克。

癸丑，升陝西右參政。奉璽書總督糧賦，完積逋，集常課，清省鹽法，民無虛納之害。又以餘力重建正學書院，以祀橫渠張先生。丙辰，轉廣東按察使，執法不撓，境內肅然。廷議舉公都察院、順天府尹，已而中止。戊午，述職京師。己未，南郊，以方面重臣與陪祀列。②竣事還，便道過家，省覲先壟，又構宸翰樓以重先春坊而下所得制敕。是冬，升廣東左布政使。公深達政體，精究法律。事有盤錯，舉以屬公，皆迎刃而解。宗藩護衛倚勢爲奸，③公悉裁抑之。

辛酉，貴州邊夷弗靖，衆謂宜得厚重廉能、諳曉夷情，撫往治之。上採廷議，轉公都察院右副都御史，敕委巡撫地方，督理軍務，事得便宜施行。公年已

---

① "□"：此處必脫去一字，故加闕字符，疑當作"良"。
② "陪"：底本作"培"，徑改。
③ "護"：底本作"獲"，徑改。

七十，奉命即行。時都匀地方普安、南俄等處苗賊福祐、米魯、阿方車等方熾，官軍禦之失利，俘止內使，戕害重臣。公方至，與總戎豐潤伯曹公愷、提督軍務王公軾等定謀，調本鎮及湖南北、三川、兩廣官軍土兵，合十二萬，分四道以進，而以雲南兵扼賊歸路，區畫糧餉，深壓敵境。賊勢窮迫，始垂涎丐命，送回所止內使。三月十八日，大軍覆賊巢穴，米魯就戮，餘黨以次就平。擒斬賊衆五千五百級，俘其屬千三百人，還所掠男婦五百餘人，破其寨壁，①毀其倉庾千餘區，獲其牲畜無算。先是，公任岳牧，屢章乞休，未允。至是以高年躬冒險阻，出入烟瘴，因感風眩，疏乞骸骨，情詞懇切。上矜而許之。大功甫成，奏捷使遣，弗俟而歸，歲壬戌四月也。

公歸，杜門絶客，訓子弄孫，情愛篤於昆弟，足迹鮮及城府。有勸以平苗功援例乞恩者，公笑曰："吾以一介書生，致位通顯。老荷聖恩，歸休林下，榮幸大矣！敢復過望哉！"乙丑，今上御極，進階中奉大夫。庚午，倡率族人建奉先祠，以寓孝思。辛未春，躬行奠禮，晨興感寒疾，旋即勿藥。逾月，疾復作，伏枕未竟夕而薨。距生宣德壬子七月十有三日，得壽八十。先是，浯溪中有白波如練泛湧，識者爲公憂，至是驗。

公娶浉源江氏，屢贈恭人；繼闕里朱氏，封主事宗源公女，伯承先生妹；三倪氏，新安衛指揮女，封恭人；側室王氏。男三：錫，娶永川俞氏，先公卒；銽，娶西源李氏；鐶，國子生，娶鏡川程氏。二女：長適儒學生孫格；次適錦衣千户程壎，少保襄毅公孫，學士篁墩先生子。孫男四：泮、漆、湛、濚；女三，俱幼。

公器局峻整，儀度清遠，鐵面戟髯，雙瞳炯炯，而凝重簡默，人莫能窺其際。刻志學問，遠大自期，持敬主靜，始終弗替。服有官守，多著善最。喜怒不形於色，寵辱不驚於心。不伐己勞，不掩人善。寡嗜欲，薄滋味。雖位通顯，不改儒素。嘗以"綱軒"自號，又號"冰蘗"，以見其志，而律己之嚴、守身之固，有確乎不可拔者。篁墩先生嘗贊其畫像有曰："公之爲貌，無苟訾笑。公之自處，不妄取與。公之事君，以道屈伸。公之誓己，以敬終始。"論者謂得公平生云。至其先幾引年，完名全節，尤人所難及者。公性篤孝，榮養備至。親喪哀毁，悲慟左右。伏臘忌辰，極誠追慕，至老弗渝也。高年重望，自處益謙，雖遇童稚，未嘗失禮。於文不苟作，字書遒勁，筆畫端楷，類其爲人。所著有《綱軒小稿》《憲臺

---

① "壁"：底本作"壁"，徑改。

奏議》《平苗奏稿》，謫官赴蜀有《和文山〈指南集〉》；續修《汪氏家乘》《垂範集》，重集春坊遺稿，總若干卷，藏於家。葬期□□年□月□日，地在三梧嶺小容坦之源。銘曰：

　　新安之汪舊巨宗，烈土開國侯王封。[①]世篤忠棐嘉靖共，毅武衛國如羆熊。文章華國疑夔龍，代有勳伐垂鼎鐘。[②]綱軒間氣收芙蓉，經史足用嚴三冬。虹霓喉吻錦綉胸，盛年科甲時登庸。循良政績聞九重，微揚繩糾主信從。歷變履險貞如松，守相岳牧昭恪恭。旬宣南甸熄寇烽，撫摩瘡痍鋤奸凶。布德化盜歸堯農，詔許請老恩鴻溶。導和引恬樂時雍，大耄臻壽奐龍鐘。吾溪白波徵福凶，騎箕跨鶴游無踪。千秋冠佩藏小容，石詞不泐金爾熔。

　　正德丁丑秋八月吉旦，賜進士及第、翰林院國史修撰、儒林郎，同郡新庵唐皋撰文。

　　出處：清汪璣《汪氏通宗世譜》卷六十三，清乾隆四十年刻本。

　　編年：末署"正德丁丑秋八月吉旦"，爲正德十二年八月一日。司諫天啓，即汪玄錫，字天啓。

處士東園胡公墓志銘

約正德十五年

　　胡公諱有明者，立夫公之子，今陝西道監察御史承庵君之祖父也。字克誠，別號東園。先世居吳興，當宋時，有諱清者，遷績溪之胡村，始爲績人。元季間，有諱日嚴、字仁卿者，遷邑東隅。

　　處士幼孤，賴母汪孺居撫育，克遵慈訓，習守勤儉，弗納游惰。交公庭，自趨賦外不一造。崇謙抑，務韜晦，室無追胥，晏如也。弘治間，有例輸粟公庾，榮以冠帶。處士曰："賑饑策也。"欣然赴令。或難之曰："急病勇義，志則美矣。如後侵漁抑配，緣名速戾何？"曰："積而能散，古訓具存。予薄守財虜不爲，遑計其他？"卒成之。績舊有朱文公祠，歲久頹甚。正德丁卯，邑令王君育英偕學師生創義鼎新，工徒既具，董役者難其廉，得處士名，召至，委任之勞，不逾時而集，士論多之。比者鄰郡寇竊延蔓，封境戒嚴，郡守豫章熊公議設險隘爲防守計，績有叢山關險可憑也，建策修築，僉舉處士督其工役，未幾告成，勢甚雄壯，

---

①　"烈"：疑當作"列"，或作"裂"。
②　"勳伐"：底本作"勳代"，徑改。

郡可無束顧憂矣。

平居自念讀書爲第一好事，擇諸孫中，得聰俊如茂卿，使業舉，弘治甲子補弟子員，正德癸酉果舉於鄉。屬當偕計春官，乃語之曰："汝父母未老，無憂也，第吾夫婦暨吾母老耳。科場發少年，尚勉圖之，爲老景光。汝性躁急，脱入仕途，莅政臨民，貴在和緩，毋勞百姓爲也。懼不復見，尚憶吾言！"扶杖出門，揮淚而别。茂卿會闈捷報，未幾而處士已捐館矣，時甲戌四月十有二日丑時也。距生景泰辛未正月二十有四日子時，享年六十有四。配孺人馮氏，同邑永亨翁女。生子男三：長淳，娶方氏；次漢，娶汪氏；次瀚，娶許氏。女一，適同邑余瑾，早卒。孫男三：長松，即茂卿，甲戌進士，觀大司馬政，娶汪氏；次柏，娶周氏；次楠，聘張氏。處士改葬外塘岱，從先兆也。

銘曰：孤而富穀，隱而仕服。以孝以義，卓越里族。有學其崇，有鎮其雄。屈策在公，敦事奏功。一廛爲氓，名隸天府。有此聞孫，宜光爾祖。峰縈川回，宅兆於兹。陵谷靡恒，堅珉勒辭。

出處：清末胡位咸等《（績溪）遵義胡氏宗譜》卷九，民國二十四年印本。題注"翰林院侍講，唐臯"。

編年："陝西道監察御史承庵君"即胡松，徽州績溪人，公同年也。查《武宗實錄》，松授陝西道監察御史在正德十五年五月，次年爲山東道監察御史。知此文約撰於十五年。

明故武陵縣尹謝公墓志銘
正德十六年春

祁邑謝君希賢就銓選來京師，持狀過予曰："賢父母俱即世，抱終天之恨，與兄贊謀得吉兆襄事，而墓石猶虚，無以垂永久，敢籍執事少逭不孝之罪！"予未屬筆也。明年辛巳，君授麗水丞，再過予邸，戚然其爲容也，徐告予曰："兄贊又不幸矣，兹賢獨任其責，敢申前日之請！"遂諾而爲之銘。

按狀：公諱傑，字文英，姓謝氏，別號鋭齋，徽之祁門人。先世在南唐時有諱詮者，仕至銀青光禄大夫、金吾大將軍。江南既附宋，棄官不仕，挈家隱祁之王源。數傳有諱俊民，字章甫，號適齋，隱居耕讀，與環谷汪先生相友善，以詩名於鄉。適齋生贛州知事景旦，贛州生顯先，即公父也。母胡氏，以宣德庚戌二月十有四日生公。少英邁，早失所怙，母胡字教之。九歲補邑校生，從學少宗伯康公用和，康公甚奇之，名籍籍起。年十八，補廩員。成化戊子，舉京闈鄉試第四人。彭文安公愛其文,梓以式後學。屢不利於春官,乃謁選銓部,授湖廣武陵尹。以當官三事矢心自誓。① 嘗曰:"吾先祖治贛以清白著聲,吾其可墜厥先志?"自奉益清約,毫末無苟取。莅事精勤,無分寒暑晝夜。職業修舉,部使者才之,疑獄多委平焉。有羅紹祖者,得死獄,當道委之鞫。羅托鄉人葉姓者,致百金求免。公峻拒之,召羅諭曰:"汝罪不應死,何得以賄爲解?我若遠嫌自明,汝永無生路矣!我是以不忍也,宜亟返,而金毋爲人得。"衆由是益賢公。邑有巨姓曰華,爭訟數十年,終不能決。公承委而析其曲直,諭之禍福,不俟刑撲②而各輸情以退。同事者嘆服焉。武陵路當要衝,使節旁午,靡費不訾,民不堪命。公多裁之,且爲之法程,上之臺寮,俾式旁縣。當衝暑,檢旱傷,感熱疾。醫療弗效,以弘治庚戌二月二十九日終於宦邸,享年六十有一。民哀號若喪所親,相率徒跣扶柩至徽境,又爲建祠祀之。

　　配汪氏,同邑舍彰翁之女,勤儉多内助,養姑以孝聞,生宣德戊申冬十二月四日,歿弘治甲子夏六月十有七日,享年七十有七。側室胡氏。子男三:長贊,亦以《春秋》魁京闈,知進賢縣,有治聲;次即賢,浙之麗水丞;又次貞。女一,名惠真,陳濱其婿也。貞,胡出,弱齡而失恃,鞠於母汪,撫若己所生,亦以早世。孫泗、弼、弘、漠、淑。公爲人孝友篤至,剛介少容。人有不善,不敢使之聞。學成譽起,從游者衆,黄大參宗器、從子廷獻其尤著稱者。大司馬金川張公亦禮事之。其之武陵任也,文安公贈之言,期以遠到。大學士遼庵楊公鄉闈同榜,見其政績,稱嘆之不置。公墓在□子坑,與汪氏合窆。銘曰:

　　　膴□王源,蔚乎舊宗。贛幕揚芬,孫躡其踪。魁京之闈,乃試花封。乃礪厥操,乃淬厥鋒。獄無留滯,野無惰農。無困催科,無病要衝。溘然長終,珉號以從。③ 邑有嚴祠,其昂其顒。鄉有完璧,配合其窆。我製銘章,過者改容。

　　賜進士及第、翰林院國史修撰、儒林郎,歙邑唐皋撰。

　　出處: 明謝顯等《王源謝氏孟宗譜》卷十,明嘉靖十六年刻本。

　　編年: 銘云"明年辛巳,君授麗水丞,再過予邸","辛巳"爲正德十六年。此文之作,應與《送謝少尹之任德清》(作於正德十六年春)相近。同治《麗水縣

---

①　"自":底本作"目",徑改。

②　"撲":底本作"朴",蓋先訛"撲"爲"樸",又簡寫爲"朴"。《尚書》:"撲作教刑。"徑改。

③　"珉":底本作"珢",徑改。

志》卷八"縣丞"："謝賢,歙縣人。"

教諭楊宣和墓志銘_(殘闕)

約正德間

洪都茂族推諸楊,簪紱焜耀代相望。亢宗有彦吁其良,發硎霜刃無鈍鋩。
屈而弗伸胡彼蒼,淑艾髦譽化已滂。壽弗稱德盡可傷,佳城鬱鬱牛眠岡。
川回峰抱靈且長,雄雌采鳳雙翔翔。千百祀兮永厥藏,我銘竁道流耿光。

出處：嘉靖《進賢縣志》卷七,明嘉靖刻本。原題："教諭楊宣和墓,修撰唐
皋銘。"

編年：同書卷六："楊宣和,樂甫,正隅人,歷寧國、涿州訓導,終固安。"復
查崇禎《固安縣志》卷四"教諭"："楊宣和,江西進賢縣,監生,正德七年任。胡
士元,山東章丘縣,舉人,正德十一年任。"知楊宣和終官於正德十一年。銘云
"洪都茂族推諸楊",既云"諸楊",似與公交誼者尚有他人。考公同年進士有楊
林,江西進賢縣人,必其一也。

贈奉政大夫姚公墓志銘_(殘闕)

嘉靖元年

予同年姚子明瑞過予京邸,①泣告之曰："先子以二月望疾終里第,待一言
以垂不朽,於吾子有望焉。"予不敢辭。

按狀：先生諱庚,字應□,姓姚氏,號吉庵。其先浙之崇德人。高祖真,洪
武中徙鳳陽之懷遠,因家焉;曾祖華,俱隱德弗耀。祖壽,始以官鳴崇德,將復
任,丁艱□止,再□□陵縣,以廉謹著稱。父達韜,志弗售,敦崇行義,爲鄉軌
範。配龔氏,生先生。

先生生而穎異,□□讀書,人服其開明。從經師治《詩》,得毛氏肯綮。補
邑校弟子,翹然出等。倫司訓、黃三山雅器重之,謂其敦本飭行,匪直文藝峻拔
爲可喜。屢試有司,弗利。弘治庚戌,貢上京師,就選銓部,分教山東即墨縣
學。丙辰,丁母龔憂。服闋,升趙府教授。時宗室有弗率祖訓者,動以禮正之,
靡不悅從,知自遠於愆□。在藩國二十年,甚見禮遇。正德甲戌,因子鳳舉進
士,慨然有懸車之志,諸王子固留不得,請歲戊寅乃老。是冬,鳳一考秩滿,貤

---

①　"同"：底本作"司",徑改。

封户部主事,階承德郎。壬午嘉靖改元春二月望,起命諸子,正冠服,危坐,頃之而逝。距生正統庚申一月十有四日,享年八十有三。没後逾月,天子恭上聖母徽號,推恩群臣,得贈奉政大夫、户部郎中。配石氏,賢能内助,累封太宜人。子男三:長璽,娶吳氏;次璧,娶張氏,俱輸粟義官;次鳳,即明瑞,由甲戌進士,累官户部郎中。娶趙氏,累封宜人。女一,適邑人曹振。孫男五:一中、一元、一經、一本,其一尚幼;女四:一適黃紀,一適房良,餘并在室。先生爲人孝友恭儉,出於天性。□□□□奉母,弗違其志。勤撫諸弟□……

出處: 萬曆《懷遠縣志》卷十,明萬曆三十三年刻本。題注"翰林院修撰唐皋撰"。原書有脱頁,"撫諸弟"以下原文殘缺。

編年: 當作於姚庚去世之年,即嘉靖元年二月後。

明封給事中樂善張先生羽墓志銘(殘闕)

約嘉靖初

匪學弗庸,惟孝是崇。蓄焉乃發,庭訓之功。

爾訓則嚴,爾胤則賢。揚於王廷,躋華是瞻。

報受厥施,祥視厥履。神之相之,曰錫繁祉。

繁兹塋域,封之若堂。過者式虔,潛德載光。

出處: 嘉靖《廣平府志》卷八,明嘉靖刻本。原注:"明封給事中樂善張先生羽墓,在成安縣。翰林修撰唐皋撰志銘。"

編年: 同書卷十四:"張羽,成安人,嘉靖元年以子潤身貴贈户科給事中,妻劉氏封太孺人。潤身妻封孺人。羽積德好施,鄉稱善士。"潤身,即張潤身,字佩德,成安人,正德九年進士,公之同年也。

文集卷十一

祭文

祭朱楓林先生文

正德十三年九月二日

維正德十三年歲次戊寅秋九月戊戌朔越二日己亥，翰林修撰唐皋謹爲文而致奠於故翰林學士楓林老先生朱公之前曰：

惟公之學，以定宇、資中爲之師，以東山、道川爲之友，而紫陽衣鉢世緒猶存，則其以列聖傳心爲主、踐履致用爲先，豈無自耶？當其未遇也，在群經有翼儒先之力；及其既遇也，以三言遂結聖主之知。辛勤注釋，澤遺後學；贊畫帷幄，①功被生民。蓋炳炳乎不可掩者。然退身之計，明而且哲；故請老之志，堅不可留。而未能大顯於世、盡究所用，爲可慨也。

皋自髫年知所敬止，恨生也晚，弗獲摳趨，以窺紫陽之涘。今幸承乏詞垣，顧位卑望淺，而於鄉邦名賢無能爲役。青山白雲，劍佩斯藏。瓣香厄酒，少罄微忱。伏惟尚饗！

出處： 明朱升《朱楓林集》卷十附錄，明萬曆刻本。原題"唐翰林祭文"，今擬題爲"祭朱楓林先生文"。

編年： "正德十三年歲次戊寅秋九月戊戌朔越二日己亥"爲正德十三年九月二日。朱升與公五世祖白雲先生唐桂芳（字仲實）友善。清許楚《青巖文集》卷十《清故前翰林院編修天石吳公行狀》云："故太常鮑公應鰲，在光廟以王事盡瘁，給賜葬地。胤子貧窶，爲舊室誤購。公（宸注：狀主吳孔嘉）訟理於郡，歸櫬故地，仍樹石表題曰'明太常寺卿衷素鮑公之墓'。士民誦公風

---

① "帷"：底本作"維"，徑改。

義，與唐心庵太史復朱楓林學士塚事并傳千古。"①公恢復朱升塚墓事，他書未見載。

祭汪仁峰先生文

正德十五年三月十八日

維明正德庚辰春三月十有八日，翰林院修撰、鄉後生唐皋，謹以香帛遥奠於故京兆仁峰汪先生之靈曰：

先生之學識，精深博洽，不在於魁鄉闈、第科甲，而在於上以聖賢爲師、下以儒先爲法；先生之文藝，疲神苦思，不在於急應酬、工裁製，而在於籀金石之鑱刻、闡鬼神之幽秘；先生之宦業，廉明公恕，不在於勤簿書、餙文具，而在於平不能平之獄，抗不敢抗之疏。此皆屬人之耳，耀人之目，後輩之所景仰、鄉邦之所敬服。夫其勇退於急流，遐心於中谷，守令至未嘗見其面，城市初未嘗納其足，可以廉不介之夫、勵將靡之俗者也。

皋於先生托在桑梓，一長無足取，而辱示之誨。一第胡足榮，而過爲之喜？乃者得告歸展山林，方欲遵休陽而命凤駕，邇仁峰而聆好音。嗟徑造之弗遂，乃凶訃之忽臨。痛乎！典型之凋謝，而仙舟之陸沉。吾安得而不涕泗之沾襟！然先生有子克世家學，書香一脉，知不落莫。他日收故篋之遺稿，圖綉梓之深托，皋雖無能爲役，其敢辭季札之諾？

瓣香尺帛，聊寫哀悰。諒九原之有作，感我涕之無從！於乎！尚享！

出處：明汪循《汪仁峰先生文集》之《外集》卷二"祭文"，清康熙刻本。

編年：祭文云"正德庚辰春三月十有八日"，知作於正德十五年三月十八日。汪循卒於正德十四年二月二十日。

祭銀杏文(存目)

正德十年

出處：道光《歙縣志》卷十之二："黄屯園銀杏當孔道。唐學士皋應舉過此，目見花發。是年大魁天下。正德十年，學士撰文祭之，捐金保護。崇禎十一年，②中丞暉又祭之。樹世爲唐氏祥徵矣。乾隆三十二年，唐霈又感夢，釀

---

① "心庵"：當作"新庵"。
② "崇禎"：底本作"崇正"，徑改。

金購樹，永爲世守。又籍之斗山文社中，而郡司馬李公并檄封禁焉。"

編年：據前引《歙縣志》。黄屯園，今名黄潭源，在邑西，陶行知故里也。

贊頌

汪郡博龍興字舜卿贊

語君之才，足以長吏；語君之學，足以科第。其弗克顯庸也，斯賦命之所致。峨儒冠以坐廣文之氈，横聖經以闡宣尼之志，固有傳其業以發身，資其餘以行志者矣！則夫道之行也不於其身，而澤之被也兹有其地。然未老而歸，有介石之決；得正而終，其首丘之志歟？

賜進士及第、翰林院國史修撰、儒林郎，眷生新安唐皋書。

出處：清汪璣《汪氏通宗世譜》卷三十三，清乾隆四十年刻本。宸按：底本題爲"郡博龍興字舜卿贊"，姓氏按例省略，兹據補。

編年：正德十二年四月升儒林郎後、嘉靖四年六月升侍講學士前。嘉靖《徽州府志》卷十二："汪龍，字舜卿，歙人，金華訓導。""汪龍興"蓋譜名也。

宋處士億四公像贊

回也多財，尼山欲宰。賜之連鑣，門人莫逮。易亦有稱，如賈三倍。公妙化居，運無定在。三致千金，君子樂愷。富而好禮，令名以載。盛德若愚，虛容鼎彝。琉璃一座，四映風采。瞻仰在昔，克光有待。五世其昌，寢昌不改。

鄉後學、翰林修撰、經筵國史官，唐皋敬贊。

出處：清鮑光純等《棠樾鮑氏三族宗譜》卷二，清乾隆二十五年刻本。末有刊刻鈐印二方："守/之""賜甲戌榜/進士及第"。

編年：正德十六年七月兼經筵講官後、嘉靖四年六月升侍講學士前。

陳孝子斗龍傳贊

生天地間，盡天地理。純孝一心，斃而後已。

搜古及今，①如公有幾？饗祀鄉賢，作式人子。

---

① "古"：底本作"石"，據乾隆志改。

出處：康熙《昌化縣志》卷十，抄本。參校以乾隆《昌化縣志》卷二十，清乾隆十三年刊本。

朱重全贊(存目)

出處：明程尚寬《新安名族志》(明嘉靖刻本)休寧楊沖朱氏條：“如道生六子，俱克紹先志。其三曰重全，輸粟，冠帶。內翰唐新庵贊之。”今未見，存目待考。

寒士歡頌(存目)

出處：康熙《豐城縣志》卷十：“李彥，字邦直，湖茫人，正德戊辰進士，授歙縣令。革靡侈，均徭役，興學校。有生員柳姓者，鬻兒事母，捐俸構室周之。唐公皋爲作《寒士歡誦》。”道光《豐城縣志》卷十一作《寒士歡頌》。今未見，存目待考。

編年：據乾隆《歙縣志》，李彥任歙縣令在正德五年至八年，此文當作於正德間。

批語

正德十二年會試批語 四則
正德十二年二月
其　一

同考試官、修撰唐批：此題作者非拂於經則戾於傳，求其順而當、完而整，無如是篇，宜錄以示。（歐陽必進會試卷）

其　二

同考試官、修撰唐批：管仲、子産之心，子能發之，如其可作，當不爲之一快矣乎！（江暉會試卷）

其　三

同考試官、修撰唐批：兩胡《傳》意本明白，人多失之。此作體認清切，而詞足以發之，是用錄出。（葉應驄會試卷）

其　四

同考試官、修撰唐批：通天地人曰儒，觀子是策，豈子所謂其人耶！他策

亦詳整，有議論，有考據。取冠本房，允愜輿論。（江暉會試卷）

　　出處：《正德十二年會試録》，明正德刻本。寧波天一閣藏。

　　編年：靳貴《會試録序》："皇上御極之十有二年，爲正德丁丑，復當會試之期。春二月，禮部尚書臣李遜學、侍郎臣石珤、臣王瓚以考試官請。上命臣貴、臣清往主校文之任……"

詩集卷十二

皇華集詩 一

宸按：本卷皆正德十六年赴使朝鮮之作，輯自辛巳《皇華集》，北京大學圖書館藏明朝鮮活字本，參校以日本國立公文書館內閣文庫藏明朝鮮活字本。間有《皇華集》失收、從他書補入者，加按語說明。其餘諸作，不再贅加按語。

登迎薰樓有感次韻

雲山千里海茫茫，回首璇杓月一陽。佳句偶來樓上見，旅懷祇嚮客邊傷。龍飛有詔頌高麗，鳳去何人嘆楚狂。徙倚迎薰悲舊景，誤疑新綫共愁長。

正德辛巳長至後十日，紫陽山人唐皐書。

迎薰樓再次前韻奉答

海國東西路渺茫，相逢喜得近遼陽。邊儀有踐勞供宴，酒量無多恐受傷。往事自應生感慨，留題豈欲放疏狂。爭知華表來明月，不使人言鶴脛長。

自定州午憩加麻河亭上問其名未有也請予命之予以是亭臨水且四圍皆山足以擅清趣爲亭有因名之曰納清而繫以詩

加麻河接曉星山，誰構閑亭嚮此間。蘿月浸波宵有伴，松風度嶺晝無關。浮檐許客留蒼靄，淪茗呼童俯碧灣。納得滿前清意足，好將新扁爲亭顏。

過石門嶺 二首

其　一

轉磴回岡幾曲盤，卒徒旋磨蟻團團。崖多翳草春應苗，路有流泉午未乾。依石擬門雲鎖鑰，植松成髮雨衣冠。東行得此充吟料，薏苡明珠一笑看。

其　二

百人齊力語□嘈，應是同聲戒嶺高。挽卒豈於推卒勇，下山還比上山勞。驅馳尚自閑雙足，負戴寧當病二毛。薄暮新安初就館，此心懸疢正忉忉。

出處：《其二》輯自朝鮮魚叔權《稗官雜記》卷四，《韓國文集叢刊》本。《皇華集》僅錄其一，未收其二。

飲　酪

飲酪因詢製酪由，譯師爲我説從頭。雲鐺煮腹糜炊稻，雪碗分胸乳割牛。二味相和矜濟美，一匙新啜快吟喉。何須更憶姑蘇過，索取調酥滿盞油。①

紫陽山人唐皋拜。

次嘉平館韻

石門驅車來，有驛臨路口。競侈遍施繪，通暗每設牖。席地蒲擁面，褥榻虎伏首。暮憩甫畢膳，夜宴仍舉酒。享儀館伴篤，諧語國譯走。前山多松檜，禿髮殊培塿。相錯如引類，相嚮如拱手。行行過江皋，日日觸氛垢。得此欲投塊，因之獲報玖。染毫徒靦顏，捉衿衹露肘。

紫陽山人唐皋拜。

納清亭和韻

我行鴨江數百里，四日纔到加麻水。有亭臨水虛四面，遠近清趣歸盼指。強顏充賓尊亭名，復欲索言當詩史。我詩豈足增亭重，聊爲斯亭備經始。

唐皋拜。

---

① “滿”：內閣文庫本作“蒲”。

迎薰樓和史韻奉答 二首

其 一

迎薰携伴驛前樓,暑思寒情兩謬悠。不欲題詩縈西壁,董圍王壘在高頭。

其 二

誰遣詩豪入夢來,夢中雙眼爲全開。分明有個蛇驚草,何處尋蛇認草堆。
唐皋拜。

安興遇雪 二首

其 一

昨日陰雲昨夜風,曉來忽見雪漫空。貂皮狐腋勛方策,縞帶銀杯句亦工。
候卒戰牙蟲唧唧,征夫爭笠蜜翁翁。平生未慣朝鮮景,況復迷茫一望中。
唐皋拜。

其 二

野無飢啄只長風,林有樛枝脱苦空。應是兩間霏凍屑,故教六出絢春工。
三韓水面勻於粉,一夜山頭老似翁。却笑唐庚真落莫,只將詩課付中中。

出處:《其二》輯自朝鮮魚叔權《稗官雜記》卷四,《韓國文集叢刊》本。《皇
華集》僅録其一,未收其二。

飲酪偶成一絶

氣體能因得酪和,人肥犢瘦奈吾何? 他時進講前朝史,敢諱燒羊殺
物多?

再用韻一絶

書生抱簡説中和,適口充腸效幾何? 爭似道傍牛喘問,爕調功業濟時多。
唐皋拜。

再用韻奉答 二首

其 一

東海偏能毓秀和,五常知不讓三何。滿前珍錯俱堪厭,最喜珠璣滿紙多。

其　二

知君爲我養沖和，不惜充筵費幾何。看取他年顏色好，劑投真效爲君多。
唐皋拜。

題郭山金孝女以孝女金四月之門七字爲韻 七首

其　一

女郎爲母能行孝，罔極深恩圖所報。金刀落指痛連心，但得母身成速效。

其　二

莫怪生男不如女，幾人嘗藥能懲許？繡衾鴛帳領春風，親舍荒凉如逆旅。

其　三

孝女埋山骨已金，芳名耿耿到如今。當時若愛全歸體，衰草寒烟何處尋？

其　四

大塊委形肢有四，誰無十指能供事？休憐一指毀傷多，更有佳人連節棄。

其　五

夜拜璇穹還拜月，如何子母堪離別。肉糜必須熊掌多，便合忙將雙足刖。

其　六

百川誰障使東之，國有褒章客有詩。爲問雲興盈尺板，何如黃絹色絲碑。

其　七

奉使東來一過門，新詩何處可招魂？藩邦定有《朝鮮志》，留取貞名與史存。
正德辛巳仲冬下浣，欽差朝鮮正使、紫陽山人唐皋書。

題金孝女再用前韻 七首

其　一

聖主龍飛思勸孝，明敕有司勤奏報。采詩我且帶還朝，贏得咨詢無寸效。

其　二

金娥未婦猶稱女，方寸幾何作如許。卉裳笄緫競來觀，東舍西鄰夥於旅。

其　三

郭山山下有兼金，視昔那非後視今。埋質黃泉多宰木，凌雲知到若干尋。

其　四

五指無端留取四，却問駢枝何所事。試看棄指入親咽，病在親身如盡棄。

其　五

郭山午夜流明月,過客悠悠驚遠別。爲言山麓閟奇珍,未許輕將山足刖。

其　六

憑誰有酒一中之,飲得沉酣好寫詩。寫出不虞翻作笑,强班諛墓得金碑。

其　七

夜半誰來叩寢門,女郎應有未消魂。春風一破元無意,爲報詩存迹亦存。

　　　拙詩間非韻語,何勞寵和? 雅意不可孤,再疊前韻,録奉國相館伴大人并都監諸君,同博一粲。

臘月朔日,紫陽山人唐皋書於龍泉館。

郭山孝女

郭山孝女孝如何,斷指炊糜療母疴。入口一匙令疾愈,折肱三度讓功多。風聲舊説藩王樹,霜押榮隨詔使過。歇馬雲興徒感慨,末由殘碣爲重摩。

出處:《郭山孝女》一詩,輯自朝鮮魚叔權《稗官雜記》卷四,《韓國文集叢刊》本。《皇華集》未載。

過葱秀嶺

驅車黄海道,值兹玄冬景。蕭蕭木脱葉,漠漠鳥逝影。三日過龍泉,早發氣尚冷。微雨戒垂簾,如以雙目屏。行行安城東,忽到葱秀嶺。仰見草樹合,俯瞰泉石并。中復啓巖洞,豁然擅幽静。謂當春光濃,群葩吐焕炳。更值氣鬱蒸,煩襟滌以净。問此名所始,董仙踐斯境。改觀興彌遠,作記才復騁。從此東方人,珍重金百鋌。云胡三紀餘,相隔未遼逈。殘碑剥風雨,字畫漫不省。惟餘贔屭存,怒氣自伸頸。回車遵前途,戒力徒卒猛。無勞重徘徊,此意良已領。往事靡不然,所恃有耿耿。彌節寶山館,烟樹生夕暝。

臘月既朔,紫陽山人唐皋書。

開城館 二首

其　一

一舍開城霽色新,展迎仙詔謹藩臣。尊前有酒賓諧主,席上無詩我愧人。崇尺豆籩皆秩秩,成行冠履亦彬彬。三韓自昔敦文教,始信皇風際海垠。

其　二

主獻賓酬禮數全，謾勞備樂到初筵。情因已去參書達，詩有曾來舊史傳。絳蠟照人堪坐久，紫髯愛客亦忘眠。酒闌不禁餘醺縛，暫倚長檠賦短篇。

紫陽山人唐皋書。

次開城館圭峰韻 二首

其　一

落日媚山家，明霞净浦沙。壘巢無社燕，棲樹有寒鴉。肥雨芩參斫，窺春笋蕨芽。兒童徵地利，歲歲采松花。

其　二

城郭依喬嶽，溪山抱舊都。誰將摩詰手，寫作輞川圖。乘傳轺初過，澆愁酒欲呼。東風憐客况，回首换神荼。

紫陽山人唐皋書。

次東坡館壁間韻

祇識城名鰈，寧知館號坡。一簾風水涣，百個長公多。此地非全蜀，何時着醉魔。颶風猶有賦，①我欲問蘇過。

紫陽山人唐皋書。

過臨津江

倚蓋臨津岸，樓船徑渡江。靮行牽巨纜，過從備他艭。壓水三間架，看山四面窗。主人歡客意，漁艇復雙雙。

正德辛巳臘月甲申，紫陽山人唐皋書。

夜宿太平館醉起口占 六首

其　一

賓館有華樓，高可挹蒼翠。欲乘酒興登，翻成酩酊醉。

其　二

有詩樓上頭，我來卧樓下。落日無前期，頹然負深夜。

---

① “風”：内閣文庫本作“雲”。

其　三

高燭照綺筵，貪飲成醉歸。此夜不當睡，就枕還連衣。

其　四

夜寢何寥寥，蟲聲寒歸壁。如何江南人，歲晚遠爲客。

其　五

擁衾打坐起，一室忘東西。東窗尚未曙，咿喔聞晨鷄。

其　六

我幸太平人，館就太平宿。太平寫未盡，醉起自燒燭。

紫陽山人唐皋拜館伴兩大人并示都監諸君。

有月登太平館樓

乘月登樓思浩然，憑闌凝佇欲忘眠。隔墻燈火依稀在，繞郭人家遠近連。檜柏受風微弄影，峰巒攢首共迎天。未須更鼓催歸去，已戒袪寒盞莫傳。

正德辛巳臘月八日夜，紫陽山人唐皋書。

登太平館樓和壁間韻

登樓不覺到更深，真比觀求遠自臨。花未着枝春滿眼，樹還添影月知心。景收不盡孤清賞，興寫初來奇短吟。傳語東人休作笑，舊圖堪續棹山陰。

　　余與史君克弘奉命來使朝鮮，荷藩王禮遇甚至，援留諄切。以歲事忽忽，未克盡其雅情。因寓館有樓，可遂登眺，與史君日再三至樓。入夜有月，更一登之，并和壁間韻，以寄一時之興云耳。

嘉靖紀元前一月九日，欽差朝鮮正使、翰林院修撰、紫陽山人唐皋書。

登漢江樓 二首

其　一

百尺危樓俯碧潯，肩輿出郭共登臨。明霞極浦繽紛綺，落日驚湍細碎金。冠嶽送青來席次，楊花浮白隔城陰。同游列相能邀客，聯舫移尊興亦深。

其　二

高樓臨水面青溪山名，一日同游酒亦携。漁子歡悰占效獻，詩人豪興見留題。光乘列炬歸途晚，響遏清笳入院迷。醉卧未由消渴吻，直從獨鹿覓仙梨。

右詩奉柬同游諸君子。紫陽山人唐皋拜。

藩王遣人饋菜

菜甲經寒少，徂春始有臺。如何初蠟到，忽訝一盤來。玉筯逢脂炉，金芽帶倩開。晨飧新入吻，山蔌敢争魁。

欽差朝鮮正使唐皋書。

皋以菲才奉天子簡命來使朝鮮獲睹賢王謹禮效忠之誠又荷賓待勤渠援留諄切徒以歲聿云暮歸興方濃莫克勉承至意因賦此律以寫衷曲并致展謝之私云

聖主優東國，賢王仰北辰。雲隨丹詔日，①雨霽碧蹄春。笳鼓聲交奏，魚龍戲雜陳。鰲山高結彩，鯨浪遠噴銀。争觀填街道，歡迎動鬼神。傳宣偕墨敕，拜舞擬楓宸。晋錫聯端幣，光逾在笥珍。馨儀纔易服，展拜遂迎賓。列坐懷瞻久，臨門候送親。太平延別館，私睹遣諸臣。華宴開還數，雕輿出亦頻。參差邐實踐，獻酢酒漿醇。物已多儀享，杯仍上佐巡。德容兼肅肅，禮問益諄諄。取義《詩》章斷，謙光《易》象真。書能詳馭馬，經亦舉蹄麟。飲德心遄醉，揚休氣自淳。留時雖沮意，去後但懷仁。遠送玄菟目，常飛白嶽身。此情元不朽，何啻在貞珉。

正德辛巳臘月十日，賜進士及第、翰林院修撰兼經筵國史官、欽差朝鮮正使，紫陽山人唐皋拜書。

却　妓

仙詔新從海上頒，從容樽俎禮筵間。耳聞鳳曲徒增感，心切龍髯未就攀。青水莫教風引調，斷雲宜與月歸山。芳樽少盡西來意，肯使桃花笑面顔。

出處：《却妓》一詩，輯自朝鮮魚叔權《稗官雜記》卷四，《韓國文集叢刊》本。《皇華集》失收。

---

①　"隨"：《李朝實録》卷四十三引作"收"。

詩集卷十三

皇華集詩 二

宸按：本卷皆正德十六年赴使朝鮮之作，輯自辛巳《皇華集》，北京大學圖書館藏明朝鮮活字本，參校以日本國立公文書館內閣文庫藏明朝鮮活字本。間有《皇華集》失收、從他書補入者，加按語說明。其餘諸作，不再贅加按語。

洪濟院與李刑曹別後道中口占奉柬碧蹄餞送諸國相

君從東去我西歸，離思紛紛逐旆飛。萍水多緣三日會，江樓勝賞百年稀。通情寫就藩王啓，改敞歌殘使客衣。此夜碧蹄相憶處，前山烟雨正霏霏。

唐皋拜。

雨中赴碧蹄館諸公來餞請改明日詩以見意

碧蹄候館雨中來，祖宴無勞徹夜開。燒燭廳堂仍布席，沾泥襪屨可擎杯。客懷寧妬檐花落，使節正隨行李回。爲報于干諸顯相，明朝還許倒尊罍。

右拙詩奉柬列位國相大人。

紫陽山人唐皋拜。

坡州館東十數里有石將軍二生道傍之山椒戲成此律

將軍若個國朝人，駢首青山幾百春。曾否金牛通隴蜀，有無風鶴駭苻秦？心腸堅硬何如鐵，文字鐫磨可類瑉。攻得他山玉多少，我將飾瓚助明禋。

唐皋拜。

臨津舟中用史韻

江水繞山清，江流抵掌平。月光沉委鏡，雲影亂游旌。白斫纖鱗美，紅燒束葦明。歸心違石壁，不盡放舟情。

聞有石壁不能一游悵然作

兩涯石壁水中流，祇合臨津一放舟。明月照舷方皎皎，微風吹鬢亦颼颼。若爲嘉靖玄菟使，不作東坡赤壁游。借問同來髯李相，有詩笑我未仙不？

唐皋拜。

開城太平館和祁公韻 十首

其　一

平壤開城共海天，堞樓遥見起荒烟。故宮最是箕封久，殷到炎劉九百年。

其　二

倚山臺殿插天峨，埋草沉烟瓦礫多。五百年來經武地，洗兵今見挽天河。

其　三

松嶽山前土一區，春來烟雨長麋蕪。天寒日晏南頭路，上馬行人又過都。

其　四

壁文奎畫玉函新，使節朝來踏素塵。藩國候賓迎詔士，清修盡讀賜書人。

其　五

夜雪飛飛已破昏，曉檐凍鵲噤爭喧。山松枝上玄雲濕，應帶高皇御墨痕。

其　六

疊嶂重巒正鬱嶢，玉瀾何處枉星軺。叮嚀莫伐亭前竹，留與仙人截洞簫。

其　七

海上三山點點青，海門遥見碧烟橫。圖經自撰前朝使，祇與錢唐寫水程。

其　八

松風不動露華清，曉起披衣坐到明。欲問溪山今古事，溪山那有古今情。

其　九

名區七十境皆佳，大士區區覆石崖。自是尋聲能救苦，雲仍終坐廢關齋。

其　十

祁仙久住博羅春，海水何年見有塵。我自後來翻舊案，他時更有後來人。

紫陽山人唐皋書。

金郊步月

金郊候館傍山椒，月色宜人倍此宵。三匝繞枝烏鵲過，一庭弄影檜松搖。墻頭縱步詩應索，簾底分光燭更燒，千里雲山何似遠，五更清夢漏迢迢。

唐皋拜都監三君子道契。

牛　峰

此地是牛峰，曾來宿下春。有粳輸過使，無暇問耕農。埋足疑眠草，昂頭類觸松。許多田地曠，膏雨正春濃。

紫陽山人唐皋書。

吾助川

吾助有川名，茲名何自生？踏沙羸馬涉，榷木小橋橫。已足人家汲，猶便使客行。牛峰元此地，牧唱且深更。

唐皋再拜。

豬灘過橋

渺渺江流一鏡寒，通行略彴跨豬灘。斧松護圮仍連葉，畚土填平可走丸。一雨來時沾暮濕，雙旌去日送晴乾。此程不在金巖宿，爲謝平山郡縣官。

臘月十又三日，紫陽山人唐皋書。①

途中馬蹶

正據吟鞍自想詩，忽驚馬蹶此心危。控銜但見雙兵仆，執御惟憑兩鐙支。賀監乘船中酒困，杜陵病足出門遲。我今且喜無他事，恐累奚官覓獸醫。

辛巳臘月十又三日，紫陽山人唐皋拜。

再用前韻

偶然蹶馬强成詩，館伴多情爲我危。途啓三韓猶可畏，阪馳九折若爲支。

---

① “十”：底本脱，據下文《途中馬蹶》詩補。

勞人豈信因人誤，臨事惟應見事遲。終坐累身兼累物，獨慚良相與良醫。

史君見和馬蹶之作再用韻奉答

與君馬上共尋詩，君自安然我自危。史局未親牛兀刺，諫垣寧怯馬燕支。口攻到處機鋒警，心戰逾時筆陣遲。智淺從教隨蹶長，怪來肱折始知醫。

唐皋拜。

暮投寶山與參贊李相觀察李使小酌東軒酒闌朴通事
誦天寒滿酌舊句予知其意因足成二絕云 二首

其 一

天寒滿酌不須辭，我且因君盡此巵。只恐明朝寒尚在，苦寒又到酒醒時。

其 二

天寒滿酌不須辭，李相尤能引滿巵。觀察遠來供地主，相逢不飲定何時？

紫陽山人唐皋書。

付釋雪翁

天興有寺在山中，偶爾逢僧説異同。花玉三生何起滅，性原二字但真空。①行雲杖錫泥沙印，了月因緣頭腦翁。獨有烟霞憑舊物，菩提枝葉恁西東。

紫陽山人詩，付釋雪翁。

東坡館次韻

朝鮮未有藩籬隔，偶附綸章寄鴻迹。開城夜半微雪飛，明發遵途還霽色。東來候館銜山陰，名繫東坡傳到今。何嘗山門留玉帶，亦未赤壁來仙禽。圭峰到時山雨濕，馬上從人假蓑笠。黃昏投館感慨多，一曲長歌似垂泣。山頭杲杲升朝暾，道上鳴驥催出門。回頭重顧東坡地，豈與他山虛土墩。

紫陽山人唐皋。

葱秀嶺

冰雪巖前景更奇，主人留客倒金巵。將融寒磵銀鋪面，未放春花玉着枝。

---

① “二字”：原作“二子”，據朝鮮魚叔權《稗官雜記》卷四改。

破冷暫勞三洗盞，寫懷聊付七言詩。久知此嶺名東國，猶有圭峰載記碑。

再用與僧韻强成一律

路臨葱秀水流中，悵我初來景不同。俯礀觀魚瀨岸凍，傍花尋壑着枝空。龜龍底用悲羊子，禽鳥猶能樂醉翁。回首已成今視昔，啼烏飛上海桑東。

紫陽山人唐皋書。

葱秀嶺觀董公碑史君失足索然興盡詩以解之

葱秀觀碑處，停車近路隅。道非忘視履，步偶犯嶔嶇。樂正庭傷足，韓公火燎鬚。請君休作惡，此事未差殊。

唐皋拜。

晚赴劍水

劍水何曾宿去軺，歸途新自寶山遙。黃金閃背鴉尋樹，碧玉翻蹄馬過橋。夜意津津枝上見，寒威忽忽澗邊消。玄菟翹首雙龍闕，袍笏心違紫殿朝。

正德辛巳臘月望前一日，紫陽山人唐皋書。

午憩鳳山次倪文僖公韻 二首

其　一

環翠樓前暫駐鞍，無端詩思繞江干。前人景物都看遍，只我窮冬有底看。

其　二

莫怪吟身懶據鞍，不禁俗累每相干。鳳山亭榭猶環翠，那得詩人帶笑看。

紫陽山人唐皋書。

次倪文僖公韻 二首

其　一

欲收風物入詩家，眼力於人苦不加。自是坡仙詩句好，光搖銀海眩生花。

其　二

客邊殘臘苦思家，策馬登途力倍加。猶恐雪泥行未得，逢人愁聽杜鵑花。

紫陽山人唐皋書。

宿黃州館

黃海趨程日未斜，東人來往候皇華。松低就路多驚馬，柳密成林好宿鴉。頗憶董生能古賦，浪疑漢使是仙槎。明朝平壤經過地，不盡長江送落霞。

紫陽唐皋。

平壤登眺

我過鴨綠江，十日到平壤。朝鮮此西京，箕子有遺響。城南臨浿水，亭臺足幽賞。快哉亭名時一登，餘者歸指掌。詰朝踏冰過，兼旬迄來往。館伴政府寮，襟度本開爽。爲我卜游期，預戒勿喧攘。察使勞將迎，小酌同畫舫。須臾就彼岸，入城駕復枉。① 始登練光亭，撫榻坐弘敞。德巖在其下，緣厓多灌莽。斯亭據高顚，跬步俯深廣。飄飄曳飛練，詎可計尋丈。寒冰未全融，耀日增炫晃。漁舟鞋底小，三三復兩兩。游鱗出深潛，巨細或罹網。登臨興方濃，浮碧動選想浮碧，樓名。② 驅車出東門，銳意極搜訪。朝天有巨石，昕夕水蕩漾。行行梯乙密臺名，高樓見標榜。北枕錦繡山，茲山獨雄長。一洲界雙溪，燕尾頗相仿即所謂綾羅島也，在白銀灘下。茅屋依莎汀，漁歌聲慨慷。主人戒匏尊，我因留半餉。薄暮下山去，心目俱融朗。茲游得奇觀，歸以詑吾黨。

正德辛巳臘月越既望，欽差正使、翰林院修撰，紫陽山人唐皋書。

弔箕子詞③

山高高兮白雲深，樹藹藹兮氣蕭森。封若堂兮俯城陰，石獸危兮古猶今。嗟我家兮大江南叶，渺三韓兮辰與參。乘使軺兮忽東游，絕鴨綠兮江之潯。逾重山兮複嶺，豈曰勞兮匪任。近平壤兮數里，譯指予以墓林。曰箕子兮化鶴，藏於是乎冠簪。回我車兮欲往，奠椒酒兮躬斟。路崎嶇以盤紆，橫涕泗兮浪淋。嗟有商之末造兮，胡獨夫之荒淫。豈無器之可抱兮，與可剖維此心。奈象箸之不可諫兮，又何有乎王之箴。明夷於火之伏地兮，道始顯於周王之虛。衿裂朝鮮以啓封兮，均日月之照臨。蓋爲賓而不臣兮，又豈乏

---

① “枉”：底本作“柱”，誤。李荇次韻作“入城路非枉”，據改。
② “選”：疑當作“退”。
③ “詞”：一本作“辭”。

毛革之與璆琳。冒東土之有恩兮，潤草木其如霖。宜東人之享祀兮，粉松花而糕山參。駕蒼虬而倏降兮，神洋洋其來歆。願福此東之人兮，靖惡氛與妖祲。東人世世守墓祀兮，牛羊勿其來侵。國與皇明相終始兮，賜有篚而貢有琛！

賜進士及第、翰林院修撰兼經筵國史官、欽差朝鮮正使，紫陽山人唐皋書。

拜箕子墓 二首

其　一

一拜堂封思不任，三千年裏幾知心。韓公山斗人皆仰，直以雄文耀古今。

其　二

謾道歸周未齒任，一篇《洪範》已傳心。不臣自是周王禮，虛被頑名直至今。
紫陽山人唐皋書。

平壤勝迹 二十首

其　一

布帛已足貴，文采歸錦綉。東風作春妍，郊行亦明畫。右錦綉山。

其　二

牡丹有仙峰，雄峙此邦鎮。我來浮碧樓，凌顛興未盡。右牡丹峰。

其　三

浿江夫如何？一帶浮紺碧。舟車輕往來，鱗介未多識。右大同江。

其　四

可是巖納水，要使水迴石。城郭無憂虞，居民盡歸德。右德巖。

其　五

酒池覆商宗，遺恨此中泄。所貴相君正，傅巖有麯蘗。右酒巖。

其　六

芳洲十餘里，綾羅爛成島。豈無父母心，爲民作襁褓。右綾羅島。

其　七

江水浩浩去，茲灘浮白銀。無乃守國禁，棄捐嚮通津。右白銀灘。

其　八

東明有良馬，云是行天麟。麟趾尚有迹，公族今幾人？右麒麟窟。

其　九

人仙馬亦仙，水去石不去。至今馬迹存，父老指遺處。右朝天石。

其　十

曉出城南門，九一見形制。秦令如牛毛，阡陌猶不廢。右井田遺制。

其十一

崔嵬錦綉山，有臺名乙密。俯瞰深巖中，疑是電黿室。右乙密臺。

其十二

一川净如練，斯亭涵川光。往來放舟人，都在水雲鄉。右練光亭。

其十三

幽亭候賓館，清風有時來。試看滌煩暑，此景殊快哉。右快哉亭。

其十四

樓前開蓮池，尋常足風月。我當雪霽來，景致復奇絶。右風月樓。

其十五

高樓俯晴碧，正據乙密臺。閑時少輪蹄，明月自去來。右浮碧樓。

其十六

一徑入松林，歇馬拜墓臺。高山夙仰止，使節今初來。右箕子墓。

其十七

東方重文教，遥遥洙泗波。王祀擬中華，崇報諒亦多。右文廟。

其十八

開國何茫然，朝鮮此鼻祖。荆棘非剪除，伊誰樂東土。右檀君祠。

其十九

崇祀近檀君，春秋擊牛豕。八條今幾存，東國尊化理。右箕子祠。

其二十

東明雄三韓，仙逝世代久。叢祠在西京，有人酹雞酒。右東明王祠。
正德辛巳臘月望後三日，欽差正使，紫陽山人唐皋書。

百祥樓

百祥登眺此回初，偶值歸程暫歇車。一帶冰川光皎潔，千林烟樹影蕭疏。
多情館伴能延賞，何處仙人獨好居。飲罷茶甌共歸去，雪風尖利入窗虛。
　　紫陽山人唐皋書。

奉次史右使韻

路出安興近帶川，層樓倚郭正歸然。冰光浮棟迷銀海，日色映山生紫烟。遙憶漢江宵載酒，謾同浿水午開船。東來隨處酬登眺，不負星軺際海天。

紫陽山人唐皋書。

參贊李相和史右使天寒滿酌不須辭之
律有醉約因用韻一首博笑

天寒滿酌不須辭，萍海相逢偶此時。那得語音通好會，祇憑詩句托交知。客途每荷酬仙玖，使節深懷捧漏卮。明日江頭宜盡醉，季方自是竇家儀。

唐皋拜。

嘉平館用壁間韻有懷祁公

翼翼嘉平館，歸程午過驂。冶容山傅粉，學字水拖藍。寄迹仍天末，懷人更嶺南。我詩災蜆紙，應愧女供鹽。

紫陽山人唐皋。

與定州儒學諸生

衿佩雍雍見定州，已占王國重儒流。衣冠未及藩京盛，儀度終於俚俗優。孔席戒嚴干祿仕，軻書道在放心求。若疑此語無深益，李相如今適贊猷。

欽差正使，紫陽山人唐皋書。

金孝女事歲久迹荒其綽楔在故址者
賢王爲一新之賦此志喜 二首

其　一

往事看看八十年，旌門綽楔故依然。藩王自是敦倫理，要使淳風浹里廛。

其　二

使軺來往值殘年，訪迹雲興思惘然。蠲復事荒基業改，家人那更避夫廛。

正德辛巳臘月望後五日，紫陽山人唐皋書。

蟠松聯句

怪松産車輦，蟠虬見枝柯。鞠曲事天謹，周匝蓋地多唐。翠葉雨露滋，清
飆笙竽和。霜皮齒檜柏，烟蔓辭薜蘿史。螻蟻有穴室，鸛鵲無巢窠唐。捍禦墙
垣遮，愛護磚石羅史。合放韋偃筆，空負崔立哦唐。樗櫟類疏散，歲月甘蹉跎
史。巨幹斤斧尋，直節雲霄摩唐。桃李絢春華，芙蓉老秋波史。孰與鬱鬱姿，嚮
此遥遥坡唐。明堂未動念，萬牛其如何史。

　　予與史君克弘過車輦館，見道傍蟠松，各有篇什。歸日欲檢出書之，
顧匆匆有未暇及，因相與對坐，聯一短章以紀歲月云。

　　正德辛巳臘月廿有一日，①紫陽山人唐皋識。

---

① "廿"：底本作"卅"，逕改。

詩集卷十四

皇華集詩　三

　　宸按：本卷皆正德十六年赴使朝鮮時留別陪臣之作，輯自辛巳《皇華集》，北京大學圖書館藏明朝鮮活字本，參校以日本國立公文書館內閣文庫藏明朝鮮活字本。不再贅加按語。

鴨綠江憶藩京諸君子

駐節藩京日，衣冠集故家。朝飛木密旆，夜泛漢江槎。遠墅明蒼雪，深杯醉紫霞。離游今鴨水，回首不勝嗟。

留別餞送諸君子

朝鮮今日使，去路是還家。飲且鴨綠酒，慚非漢使槎。離情驚節序，回首隔烟霞。聚散摶沙比，浮生自感嗟。

　　予宿鞍山，偶見秋官方思道懷侍御楊允成壁間詩，因就枕口占二律。明日，以告史君。史君亦和一律。後會方、楊於遼城，各出所倡和相示，競酬互答。至數十章，方集爲冊，名以"槎集"。朝鮮使還，至鴨綠，有懷藩京諸君子，及與李參贊、俞承旨、曹參判、李節使別，亦以前韻釘餖二律，并寄藩京諸君子。吾恐藩京之有《槎集》也。紫陽山人唐皋識，時辛巳臘月辛丑也。

　　木密，樹名，即所謂南山之杞也。疑山以有此木名，不知是否？若作"木覓"，亦於詩句無碍，但恐此山不肯爲我受名耳。故妄意正之，如何如何？

別李參贊國相

鴨水相逢始識荆，秋風瀟灑潤松清。藩邦列相好寮友，溟海幾家賢弟兄。詩句夜敲山月冷，馬蹄朝踏野雲平。往回千里勞迎送，遠思悠悠別後生。

和答李判書韻并寄藩京諸君子附此録似

漢江元未卜游期，尊酒衣冠此會奇。風月留人三日住，溪山償我廿年思。正憐歲轂推坡下，那得星軺載道遲。回首藩京卿月皎，我行山路雪離披。

紫陽山人唐皋拜。

青鶴洞書屋

朝鮮城裏青鶴洞，誰鄕此間起雲棟。我隨使節始得聞，青鶴仙人作書甕。仙人偶爾寄市廛，有時騎鶴游海天。問渠服食者何物？紫雲裳衣玉澗泉。洞門正在雲深處，案上瑤篇不知數。邇來踪迹有人知，携入玉門葆真去。仙居不與塵凡同，青鶴有聲常唳空。夜深猶來山月白，春歸未改巖花紅。我懷仙洞不得往，聊以新詩托心賞。回首黃山六六峰黃山在我徽，有三十六峰，軒轅有煉丹迹，白鶴蒼松動遐想。

正德辛巳冬十有二月庚子，欽差正使，紫陽山人唐皋爲參贊李國相題。

忍　齋

鄭都監士龍以“忍”名其齋，其自警亦切矣。予來朝鮮，鄭有事於館伴。瀕行，求予詩。爲之賦此。

利害關頭要認真，刃懸心下聽經綸。請看談笑成功者，多是尋常耐事人。字疏百言驚世主，醴嘗三斗許鄰臣。直須忍得無餘恨，更好軻書去説仁。

十玩堂

鄭都監有十玩堂。所謂“十玩”者，竹、梅、松、菊、水、石，并文房四友而十也。兹求予詩。予不能盡發其美，爲賦短章。

十玩華軒傍鼎津，個中那得着閑人。六君四友應相狎，醉裏吟邊想更親。佳境只容魚鳥共，交情爭比漆膠真。眼前誰少游心地，獨愛斯堂避俗塵。

正德辛巳臘月下浣,賜進士及第、翰林院修撰兼經筵國史官、欽差正使,紫陽山人唐皋書。

題安分堂

大塊分形自不齊,直從賦畀識端倪。塞翁得失但憑馬,市儈行藏徒聽鷄。那有閑情求援助,更無盈志棄筌蹄。傍人若問循徒處,素位由來未塞蹊。

> 都監李子從館伴逆予鴨江上,往來逾一月。瀕行,求予題安分堂,書此以酬其志。

正德辛巳臘月乙未,紫陽山人唐皋識。

清心堂

> 蘇廣文世讓以其所新堂求予名。堂有松檜巖泉之美,因以"清心堂"名之,而述之以詩。

廣文有新構,輪奐何渠渠。雖然近城市,何異山林居。松檜靄蒼翠,巖瀑琮琤如。塵襟至此滌,煩囂亦以祛。繇我求堂名,我適回使車。念當到官舍,繫馬循階除。抗顏領徒衆,趨鏘來巾裾。道義日刮劘,占畢仍相於。卒業各退省,人事有卷舒。下馬步至堂,仿佛游近墟。此心爲之清,飄飄凌空虛。"清心"顏斯堂,於子可否歟?他時究所始,此語其權輿。

正德辛巳除夕前七日,賜進士及第、翰林院修撰兼經筵國史官、欽差朝鮮正使,紫陽山人唐皋守之書。

贈鄭內資用太平館韻 二首

其 一

美人抱瑤瑟,淡素捐珠翠。彈此太古音,令我心自醉。

其 二

鄭子有詩才,豈在鸕鶿下。燈前見雲錦,把玩到深夜。

贈李禮賓用太平館韻 二首

其 一

君從海東去,我嚮遼西歸。回看山中雲,忽變成白衣。

其　二

我與李子言，莫好粘素壁。世事轉旴殊，光陰一過客。

贈蘇司成用太平館韻 二首

其　一

昔我偕子東，今子送我西。聚散何匆匆，歲事棲塒鷄。

其　二

朝鮮三十館，處處共子宿。隔窗見燈影，莫燒舊蓮燭。

匆匆不及盡章和答，聊此見意耳。

紫陽山人唐皋拜。

贈詩留護軍李生

李譯東國士，秩已遷護軍。領彼藩王命，逆予鴨江濱。雖云華言習，況復典禮聞。使節始焉至，彼此通殷勤。禮成儀有加，先當策其勛。兹復導予歸，明發首遂分。作詩付汝去，汝子秀且文。他時或把玩，吾言亦云云。

護軍李和宗，東國美士也。藩王以其能華言，命兼司譯，逆予鴨綠江上。賓主通情，多得其力。兹復送予，臨別求言，賦此貽之。

欽差正使，紫陽山人唐皋書，贈詩留護軍李生。

贈詩留司譯院判官金生

譯士金山海，淳篤人也。以其藩王命，逆予鴨綠江上。往返逾月，未嘗有失。瀕行，求予詩，爲賦此貽之。

我愛金譯士，淳樸無他腸。華言夙所習，預觀上國光。鴨水始相見，敬慎多周詳。往返一月餘，未見有愆常。勿謂鼠性黠，有狸伺其旁。勿謂鳩性拙，鵲巢爲之荒。願爾保終始，積久志自償。爾君喜忠樸，勿謂吾言狂。

正德辛巳季冬，欽差正使，紫陽山人唐皋守之書，贈詩留司譯院判官金生。

贈詩留朴譯士

藩邦得子亦瓊琚，慣習華言解《晋書》。憑舌轉關賓禮處，着頭濡墨酒酣餘。溪山歷歷供詩料，雨雪霏霏擁使車。別嶠江干指歸路，翺翔知不仗吹噓。

　　朴譯士址，在東國以能書名。予使過定州，所名納清亭者，其手筆也。然以能華言，往返從予者逾一月。瀕行請詩，賦此贈之。

　　正德辛巳冬十有二月，欽差正使，紫陽山人唐皋守之書。

與史右使乘月登樓朴金二譯士送酒至
因賞其意而宣之以詩

　　二子知人意，樓間送酒來。量非能五斗，我且強三杯。不獨詩篇就，還教暖氣回。他時留故事，疑坐麴生媒。

　　紫陽山人唐皋書，贈朴、金。

典醫沈淪始逆予鴨江蓋藩王之所遣也
茲復送予至江瀕行詩以贈之

　　分支莫是沈存中，術業流傳到海東。藩國典醫宜受俸，藥方循古更收功。腹心痼疾參苓緩，螻螘微軀性命同。但得活人登上考，底須官秩計卑崇。

　　正德辛巳季冬庚子，欽差正使，紫陽山人唐皋書。

義州節制使李君文仲以敬齋自號
因予使還便求予詩賦此歸之

　　義州節使敬名齋，直欲全身咏聖涯。周道從來如砥矢，孔門由此作梯階。斂心終日惺惺法，臨事常時慄慄懷。茲意幾年成寂寞，雞鳴風雨忽喈喈。

　　正德辛巳季冬，欽差正使，紫陽山人唐皋書。

希樂堂

　　聖賢有樂處，學者迷天機。燈火窮鑽研，口誦心則違。戚戚嘆篳屋，揚揚挂朝衣。豈知聖賢心，皎日同光輝。藜藿不能瘠，膏粱不能肥。孔肱逾高枕，顏巷榮彤闈。千載仰遺範，微斯誰與歸？東藩有佳士，此樂知所希。希顏即顏徒，稟賦奚盈虧。勿謂禹則聖，而我途人非。國相有銘辭，豈云藩籬窺。

正德辛巳冬十有二月己亥,紫陽山人唐皋書。

題曹伸詩軸用圭峰韻

客邸何由見夜光,董公詩句抵琳琅。豈將信手機中錦,聊用酬人肘後方。
當日一揮登蜆素,而今十襲付緗囊。悠悠往事餘三紀,我亦乘軺過樂浪。

予使朝鮮,館伴李相近一月。曹托之求詩,書此答之。

辛巳臘月望日,欽差正使、翰林院修撰兼經筵國史官,紫陽山人唐皋書。

詩集卷十五

樂府

鼓吹曲送李君赴山東按察兵備僉事 八首

嘉靖三年春

嘉靖甲申春，李子時望推擇爲山東按察僉事，理兵備於武定州。維正德癸酉，李子偕予同舉於鄉，時吾師南塢賈公先生實柄文衡，則皆爲門下士。李子已拜命，諸同年請先生文贈之，復欲予有言。予何敢擬先生計？李子職兵備，軍旅事也。漢以來，樂府有鐃歌、鼓吹曲，多用之軍旅，乃撮戎事比之大者，擬作鼓吹曲八篇，爲李子贈。若“所從神且武，焉用久勞師”，從軍行也，憲臣親戎務，從者夥矣，斯戢用光，匪神武不可，作《耆神武》第一。惟德惟義，時乃大訓，保釐東土，無此爲要，作《訓德義》第二。信賞必罰，軍志有之，賞不移時，罰不遷列，士卒所以用命也，作《信賞罰》第三。刁斗所以示宵警，慎外防，自非李廣，孰能廢刁斗而遠斥候哉？① 作《嚴刁斗》第四。② 勁弩長戟，射疏及遠，材官蹶張，矢道同的，所以用長技却勍敵，兵之至要，其可忽諸？作《利器械》第五。峙厥糗糧，以開東郊，給軍聚衆，儲積有賴，倉廩虛盈，安危乃判，作《峙糗糧》第六。去莠以養嘉穀，除惡以安良善，禍有所本，機有所伏，拔其本，過其機，斯杜患矣，作《養嘉穀》第七。事以材濟，材以器使，隨其小大，咸利其用，故懸重而責負，誣人也，掩明而矜視，自誣也，戒哉！作《收美材》第八。此八曲者，雖莫能審其音，顧其詞甚簡淺，可謠可咢。士卒休暇，習而歌之，或者猶足動其說以犯難忘勞之心乎！脫有精於

---

① “斥候”：底本作“斥候”，徑改。
② “嚴”：底本作“巖”，徑改，下同。

音律者,調其詞於徵角,短簫吹之,鳴笳以和,則又庶幾《朱鷺》《擁離》《石流》《芳樹》《艾如張》《君馬黃》《聖人》《遠如期》之遺也。李子其無意乎!

耆神武,宣皇威。命之錫,龍光輝。茲東土,邇邦畿。戎備弛,損化機。咨憲臣,責所歸。茂實騰,英聲蓳。海波平,烟塵稀,歡白叟,歌垂衣。右《耆神武》一章十六句。

訓德義,斯遠猶。宣忠信,教以修。軍之情,旦暮求。卒苦寒,緩索裘。士未舍,靡即休。衆心一,百慮周。昔重耳,合諸侯。觀有莘,遂以搜。少與長,禮無尤。戰城濮,伯業優。可即戎,尊聖邱。右《訓德義》一章二十二句。

信賞罰,立勸懲。確然守,士氣增。命之捐,在金繒。樹駿功,茲所憑。犯卒戮,衆競匕。千金捐,城可崩。卒徒盛,紛如蠅。法無章,渙釋冰。苴與起,將靡能。右《信賞罰》一章十八句。

嚴刁斗,宵徹明。嗟卒邏,呼且行。爾居人,晝治生。日入息,掩柴荆。偶近墟,嘩然驚。猛獸來,攖其牲。爾則起,操利兵。擊響鐵,佐其聲。猛獸逃,犬豕寧。爾無駭,夢亦清。剗奸宄,敢螫虹。右《嚴刁斗》一章二十二句。

利器械,師之紀。積武庫,設蘭錡。甲與胄,宜堅止。矢穿札,辦剸兕。譬農田,有良耜。耕乃獲,固其理。剗五兵,繫生死。卒予敵,戒在史。右《利器械》一章十六句。

峙糗糧,計早定。三軍托,此爲命。倉廩實,室家慶。軍食足,士趨令。先務去,食之病。計吏賢,最爾政。盜之從,凍餒并。驅而往,納之阱。剗伊人,執其柄。右《峙糗糧》一章十八句。

養嘉穀,務去草。稂稗榮,黍稌槁。莠之去,苗則好。彼凶醜,殊素抱。比匪人,履不道。一夫倡,百就燥。竟何爲,禍則造。緊除奸,忌不早。蔓馬圖,塗肝腦。詩所嫉,投有昊。右《養嘉穀》一章二十句。

收美材,用乃足。所貴能,具□目。譬匠石,過林麓。彼森蔚,眩吾矚。若梗梓,爾惟屋。若樹檀,爾惟轂。孰榱棟,孰轈輻。惟斤斧,所采録。匪無士,處困辱。匪無才,托潜伏。求之廣,迹乃暴。集衆智,勵群屬。策茂功,曰予督。右《收美材》一章二十六句。

出處:清《源頭李氏宗譜》卷二十七,清刻本(美國猶他家譜協會影印)。題注"唐皋,侍講"。

編年：據自序。李時望即公之同年李崧祥，詳見《池州府磚城記》。

公莫舞

公莫舞，公莫舞，劍光飛，觀如堵。亞父誠有見，沛公不擊吾屬虜。豈知帝王自有真，誰能陰謀肆輕侮。君不見，三章易秦法，何如一炬成焦土！爾謀非不精，爾黨自相捐。[①] 壯士擁盾入，怒髮衝青天。立飲盡卮酒，生啖盡彘肩。須臾間行去霸上，鴻門玉斗徒紛然。

出處：清錢謙益《列朝詩集》丙集第十六，清順治九年毛氏汲古閣刻本。參校以明王寅《新都秀運集》，清康熙二十七年刻本。

楊白花

楊白花，飄飄落誰家。渡江江水闊，江岸多泥沙。歸來舊時樹，不妨舊棲鴉。楊花不來楊葉愁，江水晝夜隨東流。

出處：清錢謙益《列朝詩集》丙集第十六。亦見於《新都秀運集》卷上、《徽郡詩》卷一、《明詩紀事》戊籤卷十二、《四朝詩》卷九。

明妃曲 二首
其　一

黃金不買畫圖中，從此春花閉漢宮。到得君王識傾國，無人主議罷和戎。

出處：同上。亦見於《明詩綜》卷四十。參校以明王寅《新都秀運集》，清康熙二十七年刻本。

其　二

自昔嬋娟解誤人，風沙萬里去和親。琵琶盡譜胡兒曲，塚草猶含漢國春。

出處：明陳有守等《徽郡詩》卷一，明嘉靖三十九年江氏刻本，參校以明王寅《新都秀運集》。首句"自昔嬋娟解誤人"典出《西廂記》。

---

① "捐"：底本作"拒"，且有手書校語："拒：稿'拍'，疑'捐'字之誤。"明王寅《新都秀運集》作"捐"，據改。

古體

題臨清樓

約弘治、正德間

獨愛臨流一賦詩,陶翁風味許誰知。却金廉吏生賢嗣,接武柴桑出盛時。鑿沼當樓開酒社,把竿終日坐漁磯。豪吟清夜邀明月,毛骨瀟瀟冷透衣。

出處： 明楊琢《心遠先生存稿》附錄《四樓群玉》,明抄本。

編年： 題後原注"郡庠生唐皋　甲戌狀元",知作於中舉前,亦即弘、正之際。此樓非山東臨清城樓。

納山樓爲程廷直題

市野喧家味,匪直相珉玒。幽人事真隱,卜築遺紛龐。青山屏前峙,拖雲入軒囱。日夕對佳氣,浩歌酒盈缸。凌巔廢躡屐,陟砠空瘏駹。何如此静坐,一覽歸吟腔。

出處. 明程一枝《程氏貽範集補》卷一,明隆慶刻本,題注"歙邑唐皋"。

獨善園 六首

其 一

君家牽溪濱,近闢溪上園。花竹亦秀冶,善身意獨存。

其 二

草堂依竹間,圖史堪竟日。叩門何人來,清談到月夕。

其 三

溪石鋒棱棱,囓足未可涉。臨流暫回頭,微風響松葉。

其 四

心貴獲所安,事貴慎所以。君非學老圃,治圃有妙理。

其 五

我隱隱未遂,君隱隱便成。不知忙與閑,所得孰重輕。

其 六

除荒數畝園,此中有真趣。欲問趣幾何,宜味湖山句。

出處：明程一枝《程氏貽範集補》巳集卷三，明隆慶刻本。題注"契生唐皋"。同書有彭澤《獨善園詩序》，見附錄。

贈竹泉公詩

棲鳥戀叢林，游魚樂深水。所以高尚人，一心遠廛市。愛此玉几幽，結廬在其趾。庭前修竹多，户外流泉瀰。翠色蔭階除，清光漾窗几。聲繁夜雨餘，節宂青雲裏。滴瀝漱瓊瑶，颯爽諧宫徵。清音來坐隅，塵襟净以洗。咏詩寫琅玕，濯纓鑒清泚。棲遲良自娱，此樂誰能比。

出處：明王宗本《休寧宣仁王氏譜》卷九，明萬曆三十八年刻本。題注"狀元新庵唐皋"（宸按："狀元"當爲編譜者所加）。同書云："竹泉公琛，字伯獻。"

潘節婦詩

兒昔垂髫時，陟岵興嘆早。傷哉母氂居，節苦貞自保。顧復恩私重，春暉被芳草。兒今年長大，母固日衰老。渺渺東流波，胡能更西倒？惟有棠棣心，使母顔色好。

出處：明潘之恒《亘史鈔》之《内紀》"貞壽"卷五，明刻本。原詩無題，題注"里人唐太史皋紀詩"。考同卷潘旦《紀凌秋集叙》曰"巖鎮有貞節婦曰潘孺人程氏……既卒，狀其行者，少司馬莘墟吴公；記其事者，學士新庵唐公；表其墓者，大參吕濱鄭公"，據此擬題。

近體

挽梁繼（殘闕）
約正德二年

練水無聲存舊澤，桐江有恨入驚湍。

出處：正德《瓊臺志》卷三十八，明正德十六年刻本。

編年：同書梁繼傳："梁繼，瓊山上那邕人，經之從弟。初有聲太學，及授徽州推官，改嚴州，俱有政譽。後卒於官。狀元唐皋挽詞有'練水無聲存舊澤，桐江有恨入驚湍'之句。性磊落，多交海内名士，所著有《竹溪集》。"據萬曆《續修嚴州府志》卷九，梁繼任嚴州推官在弘治十六年至正德二年，其卒約在正德二年。祝允明《懷星堂集》卷二十三有《梁推郡善政記》,可參看。

送歐陽霽夫倅廬陵^①

正德九年五月十六日

都門送客倅廬陵,一曲驪歌思不勝。枳棘棲鸞當日有,管陶除虎昔人曾。
農耕偏要肥春犢,市誦何妨破夜燈。只此自堪書薦剡,名駒千里快驤騰。

正德九年歲次甲戌五月既望,賜進士及第、翰林院國史修撰,郡人唐皋
書。^②

出處: 民國《黟縣四志》卷十五,民國十二年刻本。題注"明翰林院國史修
撰歙唐皋"。參校以《黟南歐村歐陽氏族譜》,抄本,上海圖書館藏。

編年: 末署"正德九年歲次甲戌五月既望"爲正德九年五月十六日。"歐
陽霽夫"即歐陽暉,字霽夫,《黟南歐村歐陽氏族譜》有傳,稱其"以《春秋》,由南
京監授吉安府廬陵縣□(丞)"。

送程先生^{鳴時}司教連江

約正德九年

筆鋒曾說學城降,可信牙旗屢赴杠。裘色衝風辭潞水,鐸聲帶月起連江。
青氈未厭終年冷,白髮寧移舊日腔。閩洛真傳宜世講,鐘懸植虡聽人撞。

出處: 明程一枝《程氏貽範集補》巳集卷四,明隆慶刻本。題注"新庵唐皋"。

編年: 嘉靖《徽州府志》卷十二載正德間績溪縣學歲貢生員"程文,仁里
人,連江訓導"。嘉慶《連江縣志》卷五"訓導"亦云"程文,績溪人","正德間
任"。正德計十六年,而該志所列訓導六人,程文居第三,則此詩似應作於正德
八九年間。公正德九年春曾作《送歐陽霽夫倅廬陵》,故置於此。

拜尚書宋公祠 ^{二首}

正德十二年九月十九日

其　一

千里漕河蓄水深,兩堤官柳綠成陰。恭襄坐受司空策,建議崇祠始自今。

---

①　"送歐陽霽夫倅廬陵":《黟南歐村歐陽氏族譜》作"送歐陽先生倅廬陵詩"。
②　"正德九年"至"唐皋書":底本無,據《黟南歐村歐陽氏族譜》補。

其　二

瞻拜遺容感慨深，疏檐落照轉秋陰。春秋史斷瓊山筆，留得公評説至今。

正德丁丑菊節後十日，舟過南旺作。新安唐皋拜書。

出處：碑在山東汶上縣南旺分水樞紐遺址内。參校以《宋康惠公祠志》卷上，明萬曆刻本。

經眼録：2015 年 1 月 19 日，隨簡錦松師考察大運河，途經南旺分水樞紐遺址，親見此碑於墙上，并據以録文。

編年：落款"正德丁丑菊節後十日"，即正德十二年丁丑重陽節（九月九日）後十日，爲九月十九日。

楊水部移祠
正德十二年九月十九日

廟貌恭襄歲月深，安平崇祀并淮陰。① 水曹據禮仍遵制，誰復他年敢議今。

正德丁丑菊節後十日，舟過南旺作。新安唐皋拜書。

出處：同上。

經眼録：同上。

編年：同上。

大悲寺
正德十四年秋

野色雲俱懶，林聲風自狂。座蒲誰挂壁，②經葉亂堆床。净業慚游宦，幽懷憶故鄉。曉驚雙鬢白，興欲累千觴。

出處：康熙《臨清州志》卷四，康熙十三年刻本。題注"唐皋，學士，歙縣人"。參校以民國《臨清縣志》之《藝文志》，民國二十三年鉛印本。

編年：大悲寺在臨清。據首、頸二聯，知此詩爲秋季南歸途中所作，即正德十二年秋或十四年秋。十四年秋正值武宗南巡，似於詩意較勝。

---

① "祀"：《宋康惠公祠志》作"祠"，平仄有誤。
② "座蒲"：民國《臨清縣志》作"座滿"。

齊雲山

正德十五年春

一徑盤旋度石扃，瓊樓十二倚雲屏。何年騎鶴棲霞洞，乞與王喬寫道經。

出處： 明王寅《齊雲山志》卷七，明嘉靖刻本。題注"唐皋，歙人，狀元"，無詩題，謹擬題爲"齊雲山"。

編年： 正德十五年春，公登齊雲山，爲淨樂宮作碑記，此詩當爲同時所作。

天 門

正德十五年春

望入天門接杳冥，①尋閑今日一登臨。置身霄漢千尋頂，快我乾坤萬里心。雨後瑤山青似髮，雲頭疏木小如針。南薰拂面涼如洗，携客凭欄一嘯吟。

出處： 明魯點《齊雲山志》卷五，明萬曆刻本。題注"唐皋，歙人，翰林修撰"。

編年： 同上。

過節婦橋

約正德十五年三月

春風馬上華陽道，綠柳橋邊何處村。媚節歌傳高士句，落成碑勒大參文。春餘草意空芊色，泉帶寒聲激石吞。過客留題悲乏嗣，觀風何日表喬門。

出處： 光緒《續纂句容縣志》卷二上，清光緒刊本。

編年： 志云："節婦橋，在句容鄉常城村東。前明何用太妻朱氏，夫故，守節五十一年。公姑遺産甚豐，朱淡於自奉，專行善舉，橋其所獨建也。邑人山東參政張紳撰有碑記。"據《憲宗實錄》，成化三年十月"復除陝西布政司右參政張紳於山東"。常城村在茅山下。此詩似是正德十五年三月下旬所作。時公自徽返京，途經丹陽，可便道游茅山。仍待考。

送謝少尹之任德清

正德十六年春

離思紛紛不可收，送君星夜攬衣裘。上車行李還將子，傍驛疏梅正逐輈。

---

① "望"：底本作"曌"，徑改。

南客北來蓬鬢改，十人九病芥軀留。西亭相見如相問，爲道依然折似鳩。西亭，施待聘之號，德清人。

出處：明謝廷諒等《古歙謝氏統宗志》卷四，明萬曆三十二年刻本。原注"新庵唐皋，修撰"。

編年：考康熙《德清縣志》卷五"縣丞"："謝昭，歙縣人，由監生，正德十六年任。""疏梅"爲早春之景。是年春公在京師，職爲修撰，此官職相合也。《統宗志》同卷有黃訓《送明仲謝先生謁選》、汪思《送謝明仲之官》、汪玄錫《送謝明仲之官》、葉天球《送謝明仲之任德清》、潘旦《送謝二尹明仲之任德清詩》、謝霖《贈宗兄明仲之任德清》諸詩。汪思詩曰："驛路梅花早，都城雪片深。"此節候相合也。汪玄錫詩序曰："謝君明仲，吾窗友也，兹以國子拜官，過予言別。"潘旦詩序曰："謝君明仲……以明經入黌宮……較藝南畿，未獲遂志，竟以例貢邇來銓冑，考選授以浙江德清縣二尹。"謝霖詩序曰："庚辰春，予叨薦禮闈，而宗兄明仲亦謁選於天官氏。京邸往還，情好甚篤。無何，以德清丞謁予告別。"又汪大有《贈雙溪謝先生之任德清叙》云："兹行也，又得鄉達太史唐公、郡伯潘公益之行。"此同作相合也。又詩注云："西亭，施待聘之號，德清人。"施待聘，即施儒，字聘之，德清人，正德六年進士，同年十二月選授監察御史，後以事入詔獄，十年十月黜爲民。嘉靖初，起復，以廣東僉事備兵惠、潮。正德十六年施儒尚在籍，而稱之爲"待聘"，此注文相合也。既有相合之處四，則《統宗志》內雖有僞托唐皋之作（詳見附錄），亦不必牽連廢之也。

贈謝泰玹翁雙泉丈

列嶂當門起畫屏，游來村曲有芳名。栽花庭院留分榻，活水池塘借濯纓。執手論交嗟往事，忘形痛飲見高情。黃山奇絕君家近，莫厭頻繁作主盟。

出處：明謝廷諒等《古歙謝氏統宗志》卷六，明萬曆三十二年刻本。題注"唐皋，狀元"。

編年：應與前詩相近，待考。

題槐溪書院

正德末

綠陰高樹蘸晴光，箇裏偏宜夏日長。却恐道人貪静好，花時催得子孫忙。

出處：明戴祥《績溪戴氏族譜》卷四，明嘉靖刻本。題注"新庵唐皋，狀元，學士”。

編年：譜云正德十五年戴祥（字應和）重建槐溪書院，“一時士夫贈詩若文無慮百餘篇”。詩云“夏日”，知作於夏季。

題槐溪書院贈户曹戴先生
正德末

白鶴觀前獅子潭，先生重葺舊時庵。高槐受日陰常緑，流水拖雲色更藍。墨妙新留藩府扁，山靈應識祖翁銜。經綸術業藏修稔，出納司存一笑談。

出處：同上。題注“唐皋，狀元”。

編年：同上。

題玩芳亭卷
正德間

除得園亭數畝荒，春來紅紫正芬芳。主人好客頻邀去，日日亭前笑舉觴。新庵唐皋。

出處：明汪承《玩芳亭记》长卷，正德間，纸本，现藏北京故宫博物院。有鈐印曰“進士及第/國史修撰”（朱文方印）。

編年：卷首汪承記文署正德九年甲戌秋九月，待考。

寧遠温泉 二首
嘉靖元年初
其　一

本爲觀泉到，非緣愛寺游。祇看珠湧躍，那有芥塵浮。鐘定香仍散，僧依境更幽。浴餘能愈疾，吾欲約吾儔。

其　二

出郭東行三四里，問村尋寺路登登。泉如爛手羹初覆，地不燃薪氣自騰。解衸却嫌譏裸體，①佩蘭深愧重修能。也知別有決爐妙，②莫謾歸功卓

---

① “衸”：《全遼志》作“社”，誤。
② “決”：《全遼志》作“洪”。

錫僧。①

　　出處：嘉靖《遼東志》卷一《地理志》，明嘉靖刻本。題注"新安唐皋，翰林院學士"。參校以李輔《全遼志》卷六，傳抄明嘉靖四十五年刊本。底本無題，置於"寧遠衛"之"溫泉"條之下。《全遼志》所收"出郭東行三四里"題爲"寧遠溫泉"，"本爲觀泉到"題爲"千山溫泉"，謹合并擬題"寧遠溫泉"。《全遼志》於公名下尚有一首（"石罅源泉湧"），據《遼東志》當爲徐文華詩，故刪去不録。

　　編年：當作於出使朝鮮期間。以使臣慣例推之，游覽之作應在返程時，即嘉靖元年初。

題行院薔薇②

嘉靖元年初

有刺如何不刺人，刺梅疑刺不逢春。祇應偏刺行臺使，不放丹芭改卜鄰。

　　出處：康熙《玉田縣志》卷七，清康熙二十年刻本。題注"唐皋，狀元，新安人"。參校以乾隆《玉田縣志》卷九。

　　編年：同上。玉田在唐山。

次韻拜諸葛武侯祠

約嘉靖初

誰復扶將漢業西，曹瞞墓石不堪題。草廬未顧龍方卧，③銅雀纔荒馬尚嘶。巾幗有人空畏虎，郊原無地解封鯢。獨憐憤絶荀文若，祠下經過首合低。

　　出處：萬曆《南陽府志》卷十二，明萬曆五年刻本。參校以明諸葛羲、諸葛倬編《漢丞相諸葛忠武侯全集》卷十二，清康熙刻本。此詩爲次韻彭澤之作，故加"次韻"以明之。

　　編年：《南陽府志》題作"翰林修撰唐皋和前韻詩"。同卷有兵部尚書彭澤原作："丞相祠堂盛楚西，千年香火重雕題。古湫雲暗神蛟宅，老木風生鐵馬

---

① "卓"：《全遼志》作"車"，誤。
② "行院"：底本脱，據光緒《玉田縣志》卷九補。
③ "未顧"：《漢丞相諸葛忠武侯全集》作"永固"。

嘶。威到七擒無棘緬,圖開八陣走鯨鯢。卧龍岡上高回首,陡覺江東鄴下低。"
彭澤任兵部尚書在正德十六年五月至嘉靖二年十月,公任修撰在嘉靖四年六
月前,則此詩應作於嘉靖初。

送李炤宰廣西臨桂縣

嘉靖四年春

未論真派一源通,喜得燕臺晤語同。仙李舊根盤地遠,甘棠新色映春融。
郡聯峒壑宜馴象,水接牂牁好寄鴻。見説獞猺蠻語雜,此回應有武城風。

出處: 道光《浮梁縣志》卷二十一,道光三年刻、道光十二年補刻本。題注
"唐臯,狀元"。"未論真派一源通",謂與炤或同屬三田李氏一脉。

編年: 據嘉慶《臨桂縣志》卷二十三:"李炤,字子明,浮梁人,舉人,嘉靖四
年任。"詩云"甘棠新色映春融",知作於嘉靖四年春。

次潘桃溪游黄山韻

嘉靖間

我憶黄山久,耽遟一徑賒。輸君寒命駕,到日雪開花。井臼留軒迹,池塘
問謝家。江南遺此境,雲樹未應遮。

出處: 清閔麟嗣《黄山志定本》卷六,清康熙刻本。

編年: 道光《歙縣志》卷九之三引許楚《黄山歷代圖經考》云:"萬曆九年辛
巳,續有鄉先達潘石泉(宸注:潘旦)、唐心庵嘉靖間唱和詩。"[①]則公此詩似作
於嘉靖初。

林處士墓和邵二泉韻

梅妻鶴子已無傳,遺像褒衣故儼然。如此湖山宜駐客,只誰雞犬果登仙。
詩存削草三千首,錦散棲霞幾百年。畫舫重來仍載酒,滿林空翠起茶烟。

出處: 宋林逋《宋林和靖先生詩集》附録,明萬曆四十一年刻本。宸按:原
詩無題,謹據同韻詩邵寶《林處士墓》、楊孟瑛《和邵二泉韻》擬題。

編年:《孝宗實録》:弘治十八年八月"升江西按察司副使邵寶爲浙江按察
使"。《武宗實録》:正德二年五月"升浙江按察使邵寶爲浙江右布政使",正德

---

① "心庵":當作"新庵"。

三年二月"以浙江右布政使邵寶爲湖廣左布政使"。邵詩作於弘治十八年八月至正德三年二月間,公尚未及第,知此詩必爲異時途經杭州時所作。

四賢堂用前韻①

孤山共約酒杯傳,坐對湖光思渺然。剖竹流芳懷列守,好梅成癖憶逋仙。勝游恰自逢今日,往事何人間隔年。俯仰忽驚陳迹遠,洞猿啼破碧蘿烟。

出處: 宋林逋《宋林和靖先生詩集》附録,明萬曆四十一年刻本。參校以清王復禮《御覽孤山志》,清光緒七年錢塘丁丙《武林掌故叢編》本。

編年: 同上。

梅　軒　福生翁別業

姑射仙人冰雪姿,暗香橫影月來時。儂家一覺羅浮夢,直與林逋倡和詩。

出處: 明戴祥《績溪戴氏族譜》卷五,明嘉靖刻本。

次韻壽弘齋先生

志願都如向子平,丹青端合寫耆英。祁奚請老芳仍襲,陽子居鄉俗已更。都月偏隨雲舍繞,壽星長并雪山明。贈言可但酬桑梓,史局他年憶重名。

出處: 明戴祥《績溪戴氏族譜》卷五,明嘉靖刻本。題注"唐皋,狀元"。原作爲楊易《壽弘齋先生時已致仕》。

隨寓行樂

丈夫心地廣,到處儘優游。吟弄江湖趣,乾坤春復秋。

出處: 明潘文炳等《婺源桃溪潘氏族譜》卷九,明崇禎刻本。題注"古歙唐皋,修撰"。宸按:同書卷十二有正德元年戴銑爲潘敔所作《隨寓行樂記》,末云:"君名敔,節之其字,世家桃溪,在邑北六十里。"

克己軒

陣雲幕幕戟棱棱,斬將搴旗許亦能。只有己私難盡克,孔壇高絕要君登。

出處: 明程一枝《程氏貽範集補》巳集卷二,明隆慶刻本。題注"新庵唐皋"。

---

① "四賢堂用前韻":《御覽孤山志》作"四賢祠和邵韻"。

北上奉酬月澗程先生

惜別杯深爲愛鍾，鄉情殊勝宦情濃。羨君不負山中鶴，愧我還騎水上龍。閣道天連遲散仗，禁城地切易聞鐘。不才何幸膺華幄，①誓竭忠忱答聖聰。

出處： 明程一枝《程氏貽範集補》巳集卷五，明隆慶刻本。題注"新庵唐皋"。"月澗程先生"即程正思，字用禮，號月澗，傳見《程氏貽範集補》乙集卷十二。

江湖適趣卷詩

卓犖襟懷羨丈夫，半生踪迹遍江湖。交游舉世皆兄弟，風景滿眸俱畫圖。巴蜀雲儔通七澤，荆揚烟樹接三吳。區區坐井觀天者，惆悵同生却異途。

出處： 明王宗本《休寧宣仁王氏譜》卷九，明萬曆三十八年刻本。題注"郡人狀元唐皋"。

編年： 譜傳云："寧，字存鎮，號練溪隱翁……恒游閩蜀秦楚齊魯燕吳之地，有《江湖適趣卷》。"同卷有李汛《贈隱翁漁樵耕讀序》云："正德己卯，輸忠報國，有司以義聞於朝，而以冠帶榮之。"則公此作似不應早於正德十四年己卯。

題咏

題　壁
弘治、正德間

愈讀愈不中，唐皋其如命何？愈不中愈讀，命其如唐皋何！

出處： 明蔣一葵《堯山堂外紀》卷九十五，明刻本。事見附錄。

題　扇
弘治、正德間

一網復一網，終有一網得。笑殺無網人，臨淵空嘆息。

出處： 同上。

---

① "華幄"：底本作"華渥"，徑改。魏應璩《與趙叔潛書》："入侍華幄，出典禁闈。"

題　窗

弘治、正德間

餂破紙窗容易補，損人陰德最難修。

出處：明劉宗周《人譜類記》，清刻本。事見附錄。

聯對

鬼　對

成化間

半夜二更半，中秋八月中。

出處：明王同軌《耳談類增》卷四十三，明萬曆三十一年唐氏世德堂刻本。事見附錄。

廣惠祠聯

正德、嘉靖間

六街燈火無雙鎮，十里笙歌第一橋。

出處：《黄山市徽州區志》（黄山書社 2012 年版）附錄"遺聞軼事"，第 1144 頁。志云："傳爲狀元唐皋咏贊巖鎮的一副楹聯，由其手書，紅漆描金。舊時每逢巖鎮元宵燈會，唐家便將此聯拿出，懸挂於廣惠祠廳柱之上，燈會結束仍由唐家收藏，成爲慣例。"今未見。

疑僞之作

汪孝子傳
舊題正德六年五月十五日

汪勝祖，字志旋，徽之祁門人。曾祖天俊，力學篤行，以《易》授徒於鄉。祖時中，尤邃於學，後學宗之，稱曰“楂山先生”。父季和，能吟咏，善書畫，自負智勇，傑然有投筆之志。洪武乙卯，永嘉侯召募豪傑置麾下，季和慨然應之。戊午，調守古浪，志旋從焉。累求代父，弗得。母葉氏家居，又弗得養。兩憂交憤，日夕皇皇。忽夢歸家，抱母大泣，覺而驚皇汗浹，曰：“吾母其疾乎？”告於父，父命歸省，即倍道馳還，母疾果篤，乃抱持大慟。自是衣不解帶，親嘗湯藥，時籲天求減己壽，以益母年。母疾少愈，欲爲畢姻事。泣曰：“母在病，父在戍，而婚姻，可乎？”自是不遑寧處，別結茆舍以居。以古浪在西也，乃西嚮以寓瞻思之意。父號雲崖，見雲起則悽然悵然。明年，母沒，哀毀逾禮，得疾幾殆。及葬，廬於墓，朝夕哭不置，聞者傷之。邑侯暨邑博士欲聞諸當道，志旋辭焉，乃爲立瞻雲坊，以表厥志。丁亥，父捍邊有功，功上，當得官，而感疾成痼，遂求歸，徒得給賞丁代而還。未幾，亦沒。復廬於墓側，烏巢其楹，[1]芝生其墓者十二本。時歲穀不登，獨廬之左右有秋。鄉人異之，以爲孝感所致，遂以姓名其地。有司復欲上其事，志旋曰：“子道之當然也，敢辭！”然名譽愈盛。邑大夫每延訪焉。從兄弟曰慶祖者，無嗣，嗣以侄宗華；曰椿祖者，出贅而卒，則歸其孤宗彦。孝友施於家者，皆可爲世法，且能表正鄉閒。配葉氏，有賢德。子三人：思道、思畊、思忠。孫十人：珪、瑢、珏、瑨、璋、琦、璁、珠、瑞。[2]瑨任新安掌教，年七十五而卒。

論曰：人子喘息呼吸，氣通於親。子而弗子，於親疏矣；孝弟之道，通於

---

① “烏”：底本作“鳥”，據後文“慈烏芝草”改。

② “珪”至“瑞”：前文云“孫十人”，此僅九人，疑脫去一字。

神明，人而弗孝，弗聽於神矣。汪氏子知母疾於千萬里之外，致慈烏芝草嘉禾於廬墓之側，豈不可謂之人也哉！豈不可謂之子也乎！孝子之曾孫潤字德充者，爲郡庠高弟子第，①與予同門，知孝事爲稔。獨念孝子之名未聞之天子，以來旌表之典，紀之太史，以爲世訓。② 姑因德充之請，傳之如右。他日尚議之於史館也。

正德六年五月望日，賜進士及第、翰林院修撰兼修國史，同郡新安唐皋書。

出處：清汪璣《汪氏通宗世譜》卷一百十一，清乾隆刻本。宸按：底本題爲"孝子傳"，姓氏承前省略，兹據補。

辨僞：傳云："孝子之曾孫潤字德充者，爲郡庠高弟子第，與予同門。"汪潤與公之名同見於《郡侯何公德政碑陰叙》所列"府學廩增生員"中，故此一節確屬實，然文末署"正德六年五月望日"，時公尚未及第，何來"賜進士及第、翰林院修撰兼修國史"之職乎？"他日尚議之於史館"云云，不甚得體。同書卷八十二有僞作《休寧汶溪汪氏族譜序》（考證見後），則此文亦頗可疑。

跋明宣宗御筆魚樂圖詩
舊題正德九年十月

禹門人道不凡才，咫尺烟波萬里猜。剛見赤鱗三十六，尚疑平地有風雷。清池玄鯽映霜空，鱗尾分明素浪中。顏色未能同赤鯉，似應呼作黑頭公。

正德九年歲在甲戌十月，翰林修撰臣唐皋拜書。

出處：舊題明宣宗朱瞻基御筆《魚樂圖》卷，東京中央拍賣香港有限公司 2019 春季拍賣"中國古代書畫"專場。

辨僞：此詩實爲李東陽《畫魚》二首，見《懷麓堂集》卷二十，明正德十一年刻本，日本早稻田大學藏。友人杜歡博士認爲此畫亦非宣宗手筆。

休寧汶溪汪氏族譜序
舊題正德十五年三月十六日

郡人越國公名華者，當隋之亂，保有六州，納土歸唐，誥授越國，没多靈應，歷世王封。是以神明之胄愈熾愈昌，而子孫衆多，遷徙無定。不有聯合，無別

---

①　"高弟子第"：疑當作"高第弟子"。
②　"世訓"：以下疑脱去二字。

途人。故雖小宗別派，莫不崇尚譜牒。是譜也者，所以聯疏爲親、合遠爲近，散之爲十百千萬，而本之則原於一人者也，其義不亦大哉！余謝事家居，休之汶溪汪君太鎮、宗相、鳳祖，以許君遜之與余雅，乃携其所輯本支譜，乞言於余。余嘉其敦睦之心而不辭也。

汪君乃告余曰：“潁川侯汪，吾受姓之祖也。龍驤將軍文和，吾江南之祖也。越國公華，起於歙，吾新安之祖也。御史端公望子三浯，吾大阪之祖也。端公季子曰高，吾回嶺之祖也。高九傳而曰晋臣，晋臣生迪功郎大才，大才生紹復。紹復生四子，次介、如介、如生、應臣。應臣生汝明。汝明由回嶺而遷汶溪，此吾汶溪始遷祖也。汝明生英，英生福，福生三子，列爲三房，是則汝明爲汶溪支之支祖也。今自汝明而下，又七世矣。故世久恐遺，胄遠恐謬，歐蘇詳其所自出，良有以也。鎮等慮世次之弗明而名實之俱紊，文獻之不足而禮義之寖衰，乃取世系，列之以圖，繫之以傳，俾先世之攸存而子孫之知本。庶乎家之有譜，猶國之有史也。先生幸有以詔之。”

余語之曰：“二三君子其作譜乎？其亦知譜之義乎？夫國之史以昭賞罰，家之譜以寓勸懲，此古先聖君賢臣維世之微意，仁人孝子閑家之至情也。若徒紀生死、載遷徙、別親疏、著遠近，則譜亦可以無作矣。惟爾汪氏也，源遠派藩；其人士也，亢宗足法。是故有匡弼以竭其忠，有承顔以盡其孝，有分符以宣其化，有敦行以修其倫，有振旅以捍其患，有明道以淑其身，有懷才抱德、高蹈而不渝，有抗節守貞、至死而不變者，爲不少也。若人者謂非亢宗而足法者耶？然是譜也，自二三君子修之，而族之人與夫後世之□子若孫，披而誦之，必將知先世之多士，蓋有懼其不肖之愆，而盡通追之孝，惕然而省，奮然而興，而凡先世之善行，務有以法而行之而不容已，則親疏遠近，藹然和氣，聚於一堂，肅然禮義明於一族，而是譜之作爲不徒矣。否則，亦一家之彌文耳，何取於譜哉！《詩》曰‘孝子不匱，永錫爾類’，二三君子有焉，又曰‘是則是效’，予於汪氏之子孫有望也。”鎮等再拜稽手曰：“吾何幸，得聞譜之義也！請書於首，以詔夫後之人。”

正德庚辰三月既望，賜進士及第第一人、奉訓大夫、翰林院侍講學士、同修國史、經筵官、前朝鮮國信使賜一品服，郡人唐皋撰。

出處：清汪璣《汪氏通宗世譜》卷八十二，清乾隆刻本。

辨偽：“正德庚辰”即正德十五年，時公官居修撰，尚未出使朝鮮。至於所署“侍講學士”，乃嘉靖四年所任也。序又云“余謝事家居”云云，亦與公生平行事不合。

竹窩序

舊題正德十六年二月

正德辛巳春仲，竹窩之居成，居士招予往落之。步自邑東，爰及問政，卷路崟嵙，摳衣躡磴，南折去約三數里，居士指予曰："彼疊翠重陰、盤旋維密者，竹窩也。"至則嵌樓四楹，植篔簹數千百本，清風震之，林響琅然。既布席坐，傾醪出脯。落且畢，復導予徐徐行。俯晰其前，澗一，碧玉飛流，汩瀨有聲。溯澗而東，塢一，通幽一徑，邃爾縈紆。轉塢以西，池二，石泉紺寒，魚數尾浮游甚適。臨池直北上，一峰插空，四望無際。凡紫陽、烏聊、天都諸山，練溪、玉泉、歙浦諸水，作我新安奇觀者，歷歷目睫間。

予謂："盡怡情勝概也，則何取於窩？"居士曰："維窩中虛有受也。而吾日與此君者，俱見其萌之生，仁也；節之勁，義也；林之整，禮也；中之□，①智也。將藉物理以完真性，然必虛心爲之地，則於窩似相發也。是之取爾。若夫隨居而植，隨植而造，如王子猷等輩，徒取結耳目之娛以蕩情滅禮者，吾則謂深有愧於此君，且萬萬非名教樂也。"予喟曰："性靜則情逸，居士真誠知本矣！"江姓，諱墡，字"竹窩"別號云。

新安唐皋撰。

出處：明江來岷、江中淮《重修濟陽江氏宗譜》"隱德"，明萬曆四十年刻本。

辨僞：序云："正德辛巳春仲，竹窩之居成，居士招予往落之。"正德辛巳春仲即正德十六年二月。考公於正德十四年八月乞假歸里，次年二月下旬啓行返京，三月在杭州作《新建宋張烈文侯祠記》。四月，過臨清，作《重修戶部分司公堂記》。五月二十二日抵北京，《武宗實錄》曰："翰林院修撰唐皋以給假歸葬至，復除原職。"十六年春正月，在京與楊慎、徐縉、郭維藩同登海印寺鏡光閣，絕無二月身在徽州、參觀江氏竹窩可能。

巖鎮大塘謝氏宗譜跋

舊題正德十六年八月一日

謝氏族譜作於宋寶祐年間，乃良璧所爲者也。自元季來間有續，至我明則

---

① "□"：此處疑脫一字。

世系莫有續者，深爲謝氏缺典。良璧之後，復得初芳字廷懋者，悉以未登者增之，蓋自始遷至二十三世，分爲七支，而懋之所承者，梓木坦一派爾。傳至巖鎮大塘，爲今族屬，而於彼六支，支各有譜，另爲一卷，故弗録於此。是譜也，仿歐陽氏例，其意可謂周矣！予時及第歸，廷馨氏復請予釐正，用心抑何勤哉！夫謝氏非無賢者也，特其用心之異爾。廷懋續其譜，而更餘其白，以俟來者。噫！來者有感於兹，吾知謝氏其源深、其流長，益溯其流以窮其源，是廷懋之所以增若譜也。尊祖敬宗之義，吾不於廷懋、廷馨是與乎？譜既成，復囑予跋諸後。予因篁墩翁詳述其故於前，予亦粗道數語以俟後來撰譜者。

　　時正德辛巳歲仲秋朔旦，賜進士及第、翰林院侍講學士、經筵講官，新庵唐皋跋。

　　出處：明謝廷諒等《古歙謝氏統宗志》卷四，明萬曆三十二年刻本。文末有鑴刻鈐印"守之"（朱文）、"甲戌狀元"（白文）。

　　辨僞："正德辛巳歲仲秋"即正德十六年八月，時公官居修撰。"侍講學士"乃嘉靖四年始任也。公及第後歸里在正德十二年、十四年，亦非十六年也。

朝鮮國王對

　　上聯：琴瑟琵琶八大王一般頭面（國王）

　　下聯：魑魅魍魎四小鬼各自肚腸（唐皋）

　　出處：查應光《靳史》卷二十九、蔣一葵《堯山堂外紀》卷九十五、馮夢龍《古今譚概》談資部卷二十九"唐狀元對"條、陳懋學《事言要玄》卷三、周亮工《字觸》卷五"唐殿元對"條、王同軌《耳談類增》卷十三《冥定篇》"唐殿元皋"條等。

　　辨僞：此事不見於《李朝實録》。清梁章鉅《巧對録》卷五引張誼《宦游記聞》云："安南使入朝，出一對云'琴瑟琵琶八大王一般頭面'，程篁墩對曰'魑魅魍魎四小鬼各樣肚腸'。"梁氏按："或以爲前明唐狀元皋出使朝鮮事也。"據此，此聯當是程敏政與安南使臣所對。朝鮮李睟光《芝峰類説》卷十四亦云："我國敬待王人，豈有出句以索對於詔使之理？小説所傳，其誣甚矣！"

歙西巖鎮洪氏家乘序

舊題嘉靖元年五月一日

　　巖鎮洪氏重修族譜，洪氏之彥曰時盛，倡其族而爲之也。洪本夏禹之後，其姓爲弘。於春秋時，曰演者，爲衛忠臣。於漢，成子，爲世通儒。於唐於宋，代有偉人。爲時名卿，爲文章巨士，載之史册可考也。周秦漢，江南《氏族志》未有洪氏。至唐德宗朝有諱經綸者，淮陽郡人也，爲宣歙觀察使，因家婺邑之官源。新安之有洪，蓋始此。其九世孫曰章，字惟煥，由官源始遷歙之巖鎮，世爲巖鎮洪氏。又由巖鎮而遷之他者。今名譜曰"巖鎮"，乃通巖鎮之族而譜之者也。

巖鎮初無譜乎？有之。抑奚據乎？其先世有曰達者，爲州學教授，嘗編巖鎮譜，以遺後嗣，許文正公門人曹晉爲之記。今考其源，觀察爲本系；稽其世，官源爲舊鄉。教授至今凡若干世，兵燹累經，譜牒散逸。時盛君孳孳以廢墜是懼，乃因遺譜重加葺之。自始祖而下，葬有墓，墓有志。志必紀其年，墓必稽其所。某也嗣，某也遷，某也昭，某也穆，支分派別，明若指掌。於是，族之渙者以萃，疏者以親，廢者以舉。俾嗣録繩乎數百載之前，舊迹昭於千百世之下。一譜修而衆美集，洪氏不可尚乎？

雖然，有其人譜隨以興，無其人譜隨以亡。今譜之修，時盛君之力也。爲時盛之後者，可不勉歟？時盛名昌，號誠齋，與予爲世雅，故序之，以俟觀譜者考焉。

時嘉靖壬午歲仲夏之吉，賜狀元及第、翰林院學士，新庵唐皋撰。

出處：明洪烈《新安洪氏統宗譜》，明嘉靖四十四年刻本。原題"歙西巖鎮家乘序"，姓氏按例省略，兹據補。

辨僞：末署"嘉靖壬午歲仲夏之吉""賜狀元及第、翰林院學士"，然嘉靖元年壬午五月時公尚爲翰林院修撰，升侍講學士在四年六月辛亥，且"賜狀元及第"非公慣用表述，知爲僞作。

草庵公墓志

舊題嘉靖三年九月中旬

嘉靖癸未十二月初六日，草庵邵老先生以無疾終於正寢。其四嗣柱史諱圖，衰絰踵余門，拜且泣曰："先君力以爲善，篤於教子，期大昌厥後。而不肖駑駘，不能樹立以光萬一，①負罪多矣。今不幸遭罹大故，攀號莫及。發引有期，而墓石未有志言，愈增不孝之罪，敢具狀以請。願賜名筆，以發其潛，垂示後世，則雖死不朽矣！惟年兄哀念之。"皋謝不文不足辱命，而柱史固請，不能卒

---

①　"不能"：底本作"能不"，據文意改。

辭，乃按狀而述。

公姓邵氏，諱英，字伯雄，行明二十，"草庵"其別號也。其先河南人，因宋季其祖安簡公隨駕南渡，隱至浙之婺、婺之屬邑吳寧居焉，卒御葬於邑南仁壽鄉，山名西色。後七世祖諱淇，同兄海赴蘭會修譜系，因訪九世祖安簡公墓，卜築紫溪，而公生焉。公之曾大父曰馮，大父曰緣，父曰義，母潘氏，皆有隱德。

公自幼穎敏，德性純粹，讀書務爲有用之學，十三歲以《戴禮》入邑庠，再一歲補廩。凡應試者九科，文藝奇絶，而不獲入轂。後柱史公連捷時，常自吟曰："老夫九科不第，如登天之難；小兒一舉成名，如拾芥之易！"公居父母喪，哀毀瘠甚，而經理喪事不怠，一遵《家禮》，不惑於佛老。事二兄如父，撫遺孤如子。幼弟伯明搆疫而亡，附葬於考墓上階尖之左，仍以其分内田殿口七十爲祀需，春秋附席於考妣，使子孫世守勿替，公之貽謀如此之厚且長也。家遭回禄，彼時公居通庠，諸侄以舊基分建，止留後圃於公。公回，亦不與之較，此其孝友之行於家者也。密友趙鑒，與穀百石，爲之納粟奏名，而不望其報。婿朱珊、甥邦弼，俱給以厚贈，而使其得就功名。弘治壬子，[①]貢於銓曹，擢北通庠訓導，時年五十有五。迨九年迹滿，致仕林下，歲在壬戌矣。公使子翁爲學，課責尤嚴，及其登第，常面命曰："汝既事君，當致身爲謀，鞠躬盡職，能有所樹立，光我多矣。毋以我年耄慮也。"既而赴任，則以書勉之曰："汝既宦食閩地，當思禄俸之奉是民之膏脂。汝宜保全名節，勿慕富貴。凡有所建作，須令後可傳述書之。"所云未嘗一及於私，此其愛子而教以義方者也。處宗族，恩禮周至。有不給者，濟之。死而無歸者，具棺殯之。族有匪類，則以大義正其曲直，衆皆警感。親戚鄉黨有不協者，巽言勸之，莫不釋然。此又其睦姻任恤之施於鄉黨者也。

後子翁爲山西道監察御史，公年已八旬有六矣。奉敕封公爲文林郎、建陽縣知縣。前娶高氏，生子曰崑。繼娶敕封孺人孔氏，生五子，曰嶔、崙、崳、巏、峻，一女適永康金城坑朱。公生正統戊午十二月廿六日。高氏生正統六年八月初六日，卒成化丙戌又三月初十日，先公卒，葬柿塘下。孔氏生景泰庚午八月十六日，卒嘉靖己丑正月十八日，享年八旬，與公合葬横塘。

狀之所述如是。余於公雖未獲面識而雅誼如柱史公者，世云"不知其父，視其子"，觀柱史之清剛勁節、飭躬勵行，非有得於義方之教而養之有素者不能，然則公之懿行淑德表著於鄉邑者，亦可推而知之矣。故爲表志之，以式後

---

① "弘"：底本避諱作"宏"，徑改。

人。若夫立身行道、流芳奕祀,以大顯乎公者,則在柱史公矣。而不文之言,曷足輕重哉!

時嘉靖甲申年菊月中浣之六日,賜進士狀元及第、翰林院國史修撰、承務郎,年生新安唐皋謹志。

出處: 清《東陽紫溪邵氏宗譜》卷十二,清道光五年木活字本,上海圖書館藏。題注"行明二十"。

辨僞: 末署嘉靖甲申三年九月。公及第後初授翰林院修撰、承務郎,正德十二年四月進階儒林郎,嘉靖四年升侍講學士、奉訓大夫,則甲申九月時品階應爲儒林郎。墓志作"承務郎",非也。"賜進士狀元及第",非公慣用表述。孔氏"卒嘉靖已丑",在公卒年之後。總此三事,此文應爲邵氏後人托名之作。

游杉山

雲出本無心,擇棲多奇巘。類予慕真勝,涉趣不知遠。初緣碧澗行,幾倚丹崖轉。林追去虎踪,磴躡飛猿巘。流泉遞淺深,巖谷變陰顯。遇瀑小留憩,石床時仰偃。花芳洞裏春,霞映山中晚。探異尋前期,入幽忘後反。神游力不頓,理愜情俱遣。當其意義開,豈復慮高騫。

出處: 乾隆《池州府志》卷十一,清乾隆四十四年刊本。

編年: 此詩與明王慎中《游麻姑山》詩雷同,後者見於嘉靖本《遵巖先生文集》卷二、隆慶本《盛明百家詩》之《王參政集》、萬曆本《清源文獻》卷二,年代均早於乾隆《池州府志》,作王詩是。

評瑞鹿賦

唐狀元新庵公評:响徹雲霄,詞霏玉屑。當今作賦手,捨衡仲其誰?(蔡昂《瑞鹿賦》)

出處: 舊題明王錫爵、沈一貫《增定國朝館課經世宏辭》,明萬曆刻本。

辨僞:《世宗實錄》嘉靖十二年正月二日乙巳:"河南巡撫都御史吳山獲白鹿於靈寶縣,以獻。禮部尚書夏言請告獻太廟、世廟,百官表賀。上諭令擇日告獻,并呈於兩宮皇太后,不必表賀。言固請,乃許之。"二月二十八日辛丑:"大學士李時、方獻夫、翟鑾,各以白鹿呈瑞奏獻鹿詩一章。吏部尚書汪鋐、修撰王用賓、編修童承叙各獻頌。禮部尚書夏言、左侍郎湛若水、右侍郎席春、學士蔡昂、修撰姚淶、編修張袞、祭酒林文俊各獻賦。掌詹事府事、吏部左侍郎顧鼎臣獻樂章。

吏部右侍郎張潮、侍讀王教各獻詩。上皆優答之。"是蔡昂獻賦在嘉靖十二年。檢蔡昂《鶴江先生頤貞堂稿》（明刻本）卷一所録《瑞鹿賦》曰："一紀興道，宵旰訏謨。""一紀"謂世宗御極十二年也。是時公已卒，不得有此評矣。

北京都察院雷御史覺軒墓表

出處：《新纂雲南通志》卷九十七《金石考》："北京都察院雷御史覺軒墓表，賜進士及第、翰林院編修、年弟唐皋撰。高四尺六寸，廣二尺四寸，二十一行，行四十四字，正書。永曆四年孟冬。在蒙化縣城東南二十里鷄鳴山。見拓片。覺軒，諱躍龍，明名御史也。王開周有跋。"

辨偽：雷御史名應龍，字孟升，正德九年進士，公同年也。應龍別號"覺軒"，見林俊《見素集》卷十二《覺軒記》。《新纂雲南通志》注"躍龍""永曆四年孟冬"云云，蓋誤作南明永曆朝大學士雷躍龍矣。又康熙《蒙化府志》卷六有謝丕《孟升雷公墓表》云："……卒於揚州之行臺。卒之日，群屬諸生莫不慟悼，實丁亥秋八月八日也，距生成化甲辰春二月六日，享年四十有四。"則應龍生成化二十年，卒嘉靖六年。公既生於成化五年，長應龍十餘歲，安得自稱"年弟"？公卒於嘉靖五年三月，早應龍十餘月，又豈能爲之題墓？"翰林院編修"云云，亦公生平未踐之階。此必偽製拓片以求射利者所爲也。

明故賜進士奉直大夫秦州知州菜庵張公墓表

舊題萬曆十七年

賜進士及第翰林院侍講學士奉訓大夫經筵講官兼修國史新安唐皋撰文。

賜進士第中順大夫南京通政使司前吏部考功司郎中聯弟三原馬理篆額。

賜進士第嘉議大夫南京都察院右副都御史提督操江垣曲晚生趙載書丹。

公諱環，字瑶夫，號菜庵，世爲晋之平陽絳縣人……公生於天順元年十二月初八日，卒於嘉靖十五年二月十七日，享年八十一矣。是年十二月十三日，公之子顔、曾、孟奉公柩葬於中條北涑水南神坡之新塋。宜人生於成化二年六月二十三日，卒於嘉靖二十四年閏正月初二日，享年八十二。是年二月十九日，三子奉柩而合奠。爲乞文久未得登記，萬曆十七年四月十五日，孫張九功、張餘風、張九漢謀於衆也，所藏遺文，命工勒石謹記，其餘子孫分枝備載於碑陰。

時萬曆十七年歲次己丑酉月己巳十五日辛卯之吉立石。

出處：李玉明、王雅安、柴廣勝《三晉石刻大全》運城市絳縣卷，三晉出版社 2014 年版，第 74 頁。限於篇幅，録文有删節。

辨僞：《三晉石刻大全》原書提要云："明萬曆十七年(1589)勒石。現存横水鎮柳莊村其後裔家中，碑文據柳莊《張氏族譜》。碑平首長方形，青石質，唐皋撰文，馬理篆額，趙載書丹。"傳主張環卒於嘉靖十五年，妻李氏卒於嘉靖二十四年，然公卒於嘉靖五年，何能爲二人作銘？僞托無疑。又據《明史》本傳，馬理於嘉靖六年任南京通政參議，十年起爲光禄寺卿。此文既署"南京通政使司……弟三原馬理"，當作於嘉靖六年至十年間，其時傳主張環尚在世，則馬理之名亦屬僞托矣。

諭世歌(勸世歌)

人生七十古來少，先除幼年後除老。中間光景不多時，又有炎凉與煩惱。中秋過了月不明，清明過了花不好。花前月下且高歌，急須滿把金尊倒。朝中官多做不盡，世上錢多賺不了。官大錢多憂轉深，落得自家頭白早。請君檢點眼前人，一年一度埋芳草。芳草高低新舊墳，清明寒食無人掃。

出處：明李春熙《道聽録》卷二"唐皋狀元《諭世歌》"，清抄本。

辨僞：明唐寅《唐伯虎集》(明萬曆四十年刻本)卷一有《一世歌》，與此詩雷同。唐寅詩集流傳有序，此詩亦與其心態相合，當無疑問也。

外　編
研究資料彙編

詩文資料彙編

詩

喜唐守之狀元及第

（汪循　正德九年）

兩京三傳盡專房，一策丹墀獨擅場。古率久當名海內，新安今已破天荒。
奪來宮錦夸君捷，舞破漁蓑笑老狂。此晉近來連大拜，無人傳語葉文莊。

出處：明汪循《汪仁峰先生文集》卷二十九，清康熙刻本。

編年：此詩作於公狀元及第時，即正德九年。

冬至日夕侍殿班和楊升庵韻柬同事
劉元隆唐守之三太史

（張璧　正德十一年十一月十九日）

其　一

華蓋東頭紫殿西，雙開紅燭曙光迷。玉鳧影動千官鳥，絳幘聲傳五夜雞。
綸制曉隨仙樂下，侍臣遙逐從班齊。六年三度陪駕侶，擬和新章續舊題。

其　二

御班分綴殿東西，面擁金蓮望不迷。黃繖再呈官廄馬，彤樓三唱海天雞。
九重春近龍顏喜，萬歲聲高虎拜齊。同是玉皇香案史，好傾忠悃待封題。

出處：明張璧《陽峰家藏集》卷七，明嘉靖二十四年世恩堂刻本。

編年：公與楊慎同作今未見。張璧集卷七同時所作詩有《遼翁少傅致政
歸鎮江》《臘日賜宴喜雪次中丞彭幸庵韻》，考《明實錄》，少傅楊一清（遼翁）致
仕在正德十一年八月，彭澤（幸庵）於同年九月以都御史（俗稱中丞）還京，次年
二月離京赴寧夏，則《冬至日夕》詩應作於正德十一年冬至。是年冬至在十一

月十九日。張璧、劉棟、楊慎俱正德六年及第，至此已六年，與詩中"六年三度陪鴛侶"之句吻合。

送新庵先生省墓南歸次留別韻
（汪思　正德十二年秋）

征旗裊裊馬秋秋，贏得西風滿素裘。丘隴情深悲久別，鶯坡恩重感同游。共看孔業存金櫃，尚擬虞音叶玉球。聞道綸言有嚴限，潞河明歲候仙舟。

出處：明汪思《方塘汪先生文粹》卷十九，明萬曆刻本，日本内閣文庫藏。

編年：汪思集爲編年體，此詩之前有《五月八日》詩，言及"學士葦川陳先生子雨"，陳霽任學士在正德十二年四月至八月間；此詩之後有《闈試京師二月見梅》詩，汪思散館在十四年：則此詩應作於十二年四月至十四年二月間。又《明實錄》載十二年七月戊戌"翰林院修撰唐皋乞假歸省，許之"，而此詩時令屬秋季，相合。是月正值武宗出塞巡邊，故有"征旗"之句。

重過姚氏園疊前韻同游者新庵唐先生戶曹葉良器金吾季朝顯及都諫兄東峰先生也
（汪思　正德十四年八月）

歇馬重尋柳下磯，午陰濃處散腰圍。幽人自是能開徑，生客何妨共款扉。同游五人，惟予兄弟爲舊客云。曲澗活通流水入，茂林深引野禽歸。但教公暇長來此，未用京塵嘆化衣。

出處：同上。

編年：汪思集爲編年體，此詩之前有《送席黃門才同出判夷陵》詩，云"九月霜寒塞雁哀"，之後爲《再疊韻奉酬新庵先生上時方南征》詩，南巡在是年八月末。

再疊韻奉酬新庵先生上時方南征
（汪思　正德十四年八月）

莫憶江南采石磯，離愁能減沈腰圍。且須郭外尋幽地，直嚮林間扣野扉。詩老曲江終日醉，美人湘水隔年歸。子瞻本是歐門士，樽酒相隨欲典衣。

出處：同上。

編年：詳上條。

齋宿璉公房次新庵唐太史先生韻贈之
（汪思　正德十四年八月）

竹几蒲團有夙緣，喜從信宿借雲眠。博罏薰起風生榻，清梵音來月滿天。茗事自添詩客思，齋心偏稱老僧禪。支公更解涓煩慮，夜夜高談似灑泉。

出處：同上。

編年：與前二首創作時間相近。汪集後一首《奉使淮府舟發潞河有作》云“長天雁影潞河秋”。

辛巳新正六日與徐子容郭价甫唐守之
登海印寺鏡光閣①徐名縉，郭名維藩，唐名皋②
（楊慎　正德十六年正月六日）

抱病強尋春，開愁是此辰。瑤峰初霽雪，鏡水不生塵。仙閣通青漢，皇圖望紫宸。城隅纖草出，宮路遠楊新。③ 麗藻留金馬，烟花對玉人。風光知漸好，搖蕩曲江濱。

出處：明楊慎《楊升庵詩》卷四，明寫刻本（黃裳謂嘉靖二年刻本，據楊慎自書詩卷刊刻）。參校以《太史升庵文集》卷二十，明萬曆十年刻本。

編年：“辛巳新正六日”爲正德十六年正月六日。郭維藩同作《正月六日登鏡光閣和用修韻》（《杏東先生文集》卷四，明嘉靖四十年刻本）自注云：“舊制，元日放百官假十日。”

送唐守之修撰使朝鮮
（毛紀　正德十六年九月）

科名昔日信無雙，奉使新看擁節幢。文帝德方升代邸，武丁治已肇殷邦。天恩遙布鸞臺詔，春色先添鴨綠江。見説遐方沾化久，采風珍重筆如杠。

出處：明毛紀《鰲峰類稿》卷二十四，明嘉靖刻本。

編年：公出使朝鮮在正德十六年九月下旬。

---

① “辛巳”：萬曆本脱。“與”：萬曆本作“隨”。“价”：萬曆本作“介”，誤。“海印寺”：萬曆本脱。“鏡光閣”：萬曆本其下有“一首”二字。

② “徐名縉”至“唐名皋”：底本無，據萬曆本補。

③ “宮”：萬曆本作“官”。

送唐守之奉使朝鮮

（許成名　正德十六年九月）

中原聖主膺昌運，北闕詞臣度海來。講幄曉辭文殿迥，使旌秋拂嶺雲開。千年聲教流荒服，萬里恩光被草萊。咫尺扶桑成壯觀，仙槎應傍日輪回。

出處：明許成名《龍石先生詩抄》，明萬曆三年聊城丁氏芝城刊本，臺灣圖書館藏。

編年：同上。

經眼錄：2015 年 12 月 23 日，訪臺灣圖書館善本書室。是書半葉十行、行二十字，白口，四周單欄，前有萬曆三年丁懋儒序，鈐有"莅圃收藏""陽湖陶氏涉園所有書籍之記"等印。

唐守之使朝鮮

（汪佃　正德十六年九月）

真主龍飛玉燭春，化流裨海遠人賓。十行札下綸音重，專對才遒翰苑珍。風俗謾傳箕子舊，威儀爭睹漢官新。遙知俯聽傳宣後，翹首天朝拱北辰。

出處：明汪佃《東麓遺稿》卷三，明刻本。

編年：同上。

唐守之翰撰使朝鮮

（張璧　正德十六年九月）

曉承天語下重霄，銀漢星槎度海遥。聲教載傳箕子國，使星初動漢官軺。熊花島静懸雙月，鴨緑江寒湧暮潮。莫爲壯游虚講幄，五雲回首望仙標。

出處：明張璧《陽峰家藏集》卷十一，嘉靖二十四年世恩堂刻本。

編年：同上。

送唐守之使朝鮮告即位也

（郭維藩　正德十六年九月）

聖人御極承昌運，法從乘軺使遠夷。龍詔輝光頒上國，天威咫尺在東陲。度山旌旆迷秋色，近海雲霞媚晚姿。最是句麗解文字，便從大狀乞新詩。守之，甲戌狀元也。

出處：明郭維藩《杏東集》卷四，明嘉靖四十年刻本。

編年：同上。

送唐修撰守之詔使高麗
（徐縉　正德十六年九月）

龍飛共仰離明日，鳳曆初開嘉靖年。恩詔曉頒天北極，使星秋傍海東躔。
周家聲教今猶在，唐制冠裳亦可憐。咨度正勞賢太史，玉堂青管欲同編。

出處：明徐縉《徐文敏公集》卷二，明隆慶二年吳郡徐氏刻本。

編年：同上。

唐守之修撰頒詔朝鮮
（尹襄　正德十六年九月）

東國猶聞箕子封，百年聲教正朝宗。皇華遣使從三島，紫鳳銜書出九重。
鴨綠波澄魚避鷁，碧蹄路迥馬如龍。遠人盡説倫魁至，夾道文身爲改容。

出處：明尹襄《巽峰集》卷五，明嘉靖刻本。

編年：同上。

送唐守之修撰使朝鮮[①]
（楊慎　正德十六年九月）

玉馬朝周封壤舊，青雲干呂瑞圖來。[②] 鳳皇樓上星辰動，鴨綠江邊霧雨
開。王會千年光簡竹，[③]皇恩萬里賚蒿萊。[④] 張騫謾作尋源使，陸賈虛當絶
國才。

出處：明楊慎《楊升庵詩》卷四，明寫刻本。參校以《升庵南中集》卷三，明
嘉靖二十四年譚少嵋刻本。

編年：同上。

---

① “修撰”：譚少嵋刻本脱。
② “干呂”：明嚴從簡《殊域周咨録》卷一作“一品”，似是。公時賜一品服。
③ “光”：譚少嵋刻本作“輝”。
④ “賚”：譚少嵋刻本作“被”。

過省孫從一興隆寺次唐守之韻留贈二首

（林時　嘉靖三年）

其　一

佛日焚香見汝時，炎天殿閣動幽思。僧從鳥外拈飛錫，客到簾陰有弈棋。① 俗遠尊罍留自好，風輕竹石坐偏宜。不愁昏黑迷歸騎，清梵沉沉聽已遲。

其　二

南歸舟楫渺相望，還憶江天路轉長。風雨幾年隨宦迹，雲霞竟日抱禪房。花陪妙躅含春麗，榻住虛空下晚涼。賓從儼然雙樹外，似聞龍象禮宮牆。

出處：林時《介立詩集》卷一，明刻本，上海圖書館藏。

編年：《介立詩集》此詩前有《奉和鵝湖費閣老進實錄喜晴之作》《升編修日汪有之以牙牌作詩貽之次韻奉答》《送余承業守鄧州》諸詩。考《明實錄》，費宏等進呈《武宗實錄》在嘉靖四年六月丙午，林時升編修在同月辛亥，則《過省孫從一》似當作於嘉靖四年。然考嘉靖《鄧州志》卷六，余承業守鄧州在嘉靖六年，《送余承業》既作於六年，原集順序必有錯亂，不可徑據。又"孫從一"爲孫交，湖北人，考《明實錄》嘉靖三年二月"編修孫元以病請告。詔：元方事纂修，令供職如故"，與本詩所云"南歸舟楫渺相望，還憶江天路轉長"正合，故定此詩於嘉靖三年。詩中有"炎天""含春"等語，當作於季春初夏間。

偕新庵訪從一太史於僧舍

（蔡昂　嘉靖三年五月）

瓊枝別後渺相望，曲水風烟引興長。短札幾隨江國使，妙香重話贊公房。石田雲暖三芝秀，金界風清五月涼。久戀芳尊度斜景，不知纖月上莓墻。

出處：明蔡昂《鶴江先生頤貞堂稿》卷五，明刻本。

編年：同上。詩中"五月涼"之語，知作於五月。

書杜隱翁屋壁次唐守之韻

（崔桐）

門對歌樵徑，舟橫帶月溪。風鳴花出犬，日下樹棲雞。開卷從諸子，分醅

---

① "弈"，底本作"奕"，徑改。

問老妻。偶添詩意緒,多嚮竹間題。

出處:明崔桐《崔東洲集》卷四,明嘉靖二十九年刻本。

河上逢唐守之學士旅櫬

(林春澤　嘉靖五年夏)

咄嗟唐學士,素幔忽東歸。逆旅驚回棹,傷心淚濕衣。龍頭一代選,鳳翮九霄飛。咫尺台衡近,經綸事業違。聖明耆彥失,吾榜故人稀。史館紹遺稿,文光照落暉。

出處:明林春澤《旗峰詩集》卷四,紅格抄本。

編年:公卒於嘉靖五年三月。考《旗峰詩集》此詩前有《渡淮》詩曰"長河五月南風健,挂帆欲出淮陰甸",又《田家行》曰"五月南風大麥黄,淮泗諸村生事忙",知此詩作於當年夏間。

舟中聞新庵先生之訃<small>潘禮部薦叔報也</small>

(汪思　嘉靖五年夏)

瘴雲故作傷心色,杜宇偏調墮淚聲。本擬北門瞻學士,豈知南海哭先生。丹墀禮樂頭將白<small>先生四十有六始及第</small>,金櫃《春秋》汗已青<small>先生與修武廟《實錄》已成,加官學士云</small>。寂寞當年草玄地,寒颸斜日動銘旌。

出處:明汪思《方塘汪先生文粹》卷十九,明萬曆刻本,日本內閣文庫藏。

編年:公卒於嘉靖五年三月。汪思集中於此詩後有《揚州重游汪時獻園亭次李工部鏡山韻》,自注"時酷暑",知此詩當作於夏季。潘禮部薦叔,即潘潢,字薦叔,婺源人,正德十六年進士。

狀元唐守之挽詞二首<small>其弟憲使沛之</small>

(王九思　嘉靖五年)

其　一

天邊雷雨龍頭去,塞上風雲雁影孤。東閣無人扶日月,外臺有淚灑江湖。

其　二

我別金門二十秋,美人恨不與同游。忽聞原上鶺鴒語,也動風前黄鳥愁。

出處:明王九思《渼陂集》卷六,明嘉靖十二年刻本。

編年:當作於公歿年。"憲使沛之""外臺",指公族弟唐澤。

唐氏孔懷詩卷

（康海　嘉靖五年）

脊令飛飛飛上天，願言思之摧肺肝。山可隕兮淚可乾，千秋萬歲徒永嘆。懿名令譽矢弗諼，麟脯鳳腊安足言。①

出處： 明康海《對山集》卷四，明嘉靖刻本，臺灣圖書館藏。

編年： 與王九思詩皆當作於公歿年，詳見張治道《唐氏孔懷卷後序》。

挽内翰新庵唐先生

（鄭崐　嘉靖五年）

天資穎拔見垂髫，古歆人才未寂寥。家學遠承筼篔澤，殿元高擢武宗朝。經筵講進身心切，實錄書成品位超。使節方看旋萬里，文星遽爾隕層霄。詞林大手銘須勒，京國游魂賦莫招。濮廟向來紛物議，九原遺憾若爲消。

出處： 明鄭崐《培庵集》，轉引自民國許承堯《歙事閑譚》卷三十一，黃山書社 2001 年版，第 1093 頁。

編年： 當作於公歿年。《培庵集》原書似已佚。許承堯云："鄭崐，字子西，號培庵，又號古岑居士，貞白里人。《鄭氏家乘·濟美錄》謂其年尊學富，謙讓謹畏，爲鄉里所信從，郡守、邑大夫禮重之。與彭好古先生澤極洽。時人思彭公德政，爲刻《守徽集》。彭曰：'必得培庵作序乃可。'舉鄉飲賓，享年七十有三。著有《培庵詩集》。其詩亦雅令。"

讀唐天使臯詩板

（朝鮮李荇　嘉靖十年）

鴨江珍重別時言，今日相思却惘然。泉下已埋天下士，壁間詩句尚新妍。

出處： 明朝鮮李荇《容齋集》卷八《和朱文公南嶽唱酬集》，《韓國文集叢刊》本。

編年： 此詩爲李荇《和朱文公南嶽唱酬集》作品之一。鄭士龍《和南嶽唱酬集跋》云："先生爲詩，勇脱畦徑，自成一家。至於應俗疾書，動合矩度，有非繩削鍛煉者所可窺其閫域。其儐接唐、史二使也，有唱即酬。使人操筆，聽其口號，累至十篇，未見語病疊字，真可謂多多益辦者矣。至今評詩者推爲國朝

---

① "麟脯"：底本訛作"鱗脯"。"麟脯"典出葛洪《神仙傳》，據改。

第一,信不過矣。公之詩文皆手自衷錄,此集即其一斑,乃避謗憂虞中紓悶之作也。未幾,公爲權倖排抿,拘殁謫籍,此殆其絕筆也。"考周世鵬所撰李芿行狀,其被謗在嘉靖十年辛卯,次年壬辰三月謫平安道咸從縣,又二年甲午卒於謫所,知此詩作於嘉靖十年。

良策館

唐天使皋有"天寒滿酌不須辭"之詩,諷誦之餘,有感於懷,因次其韻

（朝鮮蘇世讓　嘉靖十三年四月）

天寒滿酌不須辭,風雪侵凌夜宴時。從事謾勞隨遠接,拜塵猶幸許相知。金郊館裏投佳句,鴨綠江邊倒別卮。十四年來如一夢,九原何處覓丰儀。

出處：明朝鮮蘇世讓《陽谷集》卷四,《韓國文集叢刊》本。

編年：考《陽谷集》,知此詩作於使京返途中。檢蘇遂所撰蘇世讓墓志銘,世讓於嘉靖十二年癸巳冬"如京師,賀生皇太子"。集中有二月抵北京、三月十二日發北京、四月八日到鴨綠江諸作,當作於嘉靖十三年。由此推之,此詩作於同年四月,上距正德十六年皇華唱和已十四年,遂有"十四年來如一夢"之語。

迎薰樓 次唐、史兩使韻

（朝鮮蘇世讓　嘉靖十三年四月）

碧海青天共渺茫,高樓閑對晚山陽。詩仙杳杳今何在,塵世悠悠只自傷。地迥可堪人語鬧,草芳頻聽馬嘶狂。雕闌徙倚偏惆悵,往事回頭一夢長。

出處：明朝鮮蘇世讓《陽谷集》卷四,《韓國文集叢刊》本。

編年：同上。

納清亭 二首

唐詔使所扁,仍有詩在板上,用其韻

（朝鮮蘇世讓　嘉靖十三年四月）

其 一

半載星軺回帝里,亭下楊花覆溪水。景物留人人不留,搖搖雙旆還東指。當年詔使揭亭扁,勝事至今傳野史。菲才謾侍筆硯傍,亭廢亭新究終始。

其 二

亭下寒溪溪上山,閑雲時度翠屛間。林泉老去真成癖,俗累從來自不關。

愛把詩篇酬勝趣，羞將雙鬢照清灣。悲歌急管離亭晚，垂柳陰陰拂醉顏。

出處：明朝鮮蘇世讓《陽谷集》卷四，《韓國文集叢刊》本。

編年：同上。

平壤練光亭陪監司尚公震夜讌

（朝鮮李滉　嘉靖二十年）

縹緲城頭翼瓦齊，登臨唯覺遠山低。殘雲返照迎初席，玉笛瑤琴送早鷄。
檻外長江橫似練，空中明月近堪梯。唐公此意真先得，恰把亭名二字題。亭名
唐公皋所命，且書額。

出處：明朝鮮李滉《退溪集》卷一，《韓國文集叢刊》本。

編年：據集中編年，此詩作於辛丑，即嘉靖二十年。

巖鎮文筆峰詩

（夏言　嘉靖二十二年）

維歙有巖鎮，山水清且雄。閭閻撲地起，舊俗敦儒風。呂午官學士，勸講
宋理宗。我明唐狀元，崛起正德中。此地多生賢，允為靈秀鍾。人言鳳山臺，
水口宜增崇。庶幾關門壯，愈益風氣隆。參政鄭公佐，高誼啟深衷。里人方德
孚，倡議僉謀同。千金出富屋，萬杵興巨工。屹然建浮屠，號曰文筆峰。拔地
數百仞，遠近瞻嵸嵷。玉毫倚青天，砥柱溪流東。落成歲戊戌，甲科躍三龍。
信哉堪輿言，改命奪神功。壬寅予南歸，堂開丹桂叢。仗鉞中丞老，乃是汪東
翁。為予談盛事，索詩紀初終。聊揮舊彩毫，勒辭詔無窮。

是役也，德孚方翁贊鄭雙溪力居多。翁子上舍君鑾，力成翁志，而一
鄉之善士咸賴焉。然非中丞汪公樂道之，惡能顯哉！

嘉靖癸卯夏仲，特進、光祿大夫、上柱國、少師兼太子太師、吏部尚書、華蓋
殿大學士，貴溪夏言題。

出處：清佘華瑞《巖鎮志草》貞集，清乾隆刻本。

編年："嘉靖癸卯夏仲"即嘉靖二十二年五月。

唐氏世德詩（節選）

（唐溥　約嘉靖二十三年）

落魄困塵埃，文成錦繡腸。一朝占大魁，吾州破天荒。新庵弟。

出處：明唐仕《新安唐氏宗譜》卷上，明嘉靖二十三年刻本。

編年：此詩爲宗譜而作，姑定於宗譜刊竣之年。

嘉平館有懷唐太史仍用其韻
（朝鮮鄭士龍　嘉靖二十四年冬）

撫年餘二紀，尋舍稅羸驂。事往驚流電，詞高覺出藍。點班聯省北，化鶴返江南。舊業吳山下，條桑幾熟蠶。

出處：明朝鮮鄭士龍《湖陰雜稿》卷三《儐接日録》，《韓國文集叢刊》本。

編年：《儐接日録》標目曰："乙巳冬暨丙午春。"全卷編年，其後有《次汲古元日韻》詩，則此詩當作於嘉靖二十四年乙巳冬，去正德十六年皇華唱和已二十四年，遂有"撫年餘二紀"之語。

水口多古松坊前一株尤奇特相傳
唐新庵先生手植口吟一絶
（程襄龍　雍正十一年）

攫雲挐雨矯游龍，特出應緣秀所鍾。若向松林第高下，此松真是狀元松。

出處：清程襄龍《澄潭山房詩集》卷六，清嘉慶二年刻本。題注"先生明正德甲戌殿試第一人"。

編年：是集爲編年體，鄰頁有"癸丑生日"詩，知應作於雍正十一年癸丑。

市橋西舍雜感十五首 其十
（程襄龍　乾隆十六年）

豈有文章媲巨公，祇餘清白舊家風。軒車得得來相訪，人指先生巷口東。西舍數武有先生巷，相傳唐殿撰心庵先生館鄭氏舊迹也。

出處：清程襄龍《澄潭山房詩集》卷十四，清嘉慶二年刻本。

編年：是集爲編年體，前一年有五十初度、省闈報罷諸詩，查襄龍五十歲爲乾隆十五年庚午，爲鄉試之年，則本詩應作於十六年。

聞狀元第傾倒往視歸莊感而有作
（唐必桂　光緒二十三年）

狀元坊第一朝傾，勘罷歸莊感慨生。若不改爲基必失，唐家名迹定無名。

出處：清唐必桂《唐一林詩集》卷二十六，清抄本，重慶市圖書館藏。

編年：是集爲編年體，此詩列於光緒二十三年。公及第後，有司敕建"狀元會魁亞元"坊，見嘉靖《徽州府志》卷十八。

經眼錄：2015 年 7 月，訪友人金晶於四川外國語大學，遂於 21 日至重慶市圖書館閱《唐一林集》。是集分《文集》五卷、《詩集》三十二卷。

文

唐氏淵源録序

（王達善　永樂五年九月九日）

嘗觀古之文獻之家，其後裔問學文章必有傳，淵源其來有所本也。若漢之司馬談、司馬遷，父子相繼，世爲史官，然後《史》書成。班彪、班固亦父子相承，然後《西漢》書作。宋蘇老泉二子，長蘇子瞻，次蘇子由，父子兄弟來自西蜀，一旦隱然名動京師。此老泉文集、東坡文集、欒城文集并傳於世，豈非家學淵源有所本歟？予自玉堂告休，適趙府紀善新安唐子儀來訪，手挾《唐氏淵源録》三巨帙，徵予叙。

予閱筠軒先生長孺唐公詩文，辭理條暢，不假雕鏤，浩瀚滂沛，渾然天成，得臨邛衣鉢，有宋季諸儒之氣象。次讀白雲先生仲實唐公之詩文，清新俊逸，出語驚人，豪氣勃勃，有不可遏，殆如天馬脱銜，不受羈絡。日從天台丁復仲容游覽，坐檜亭，相與吟咏，仲容以爲類己，每出一篇，目之曰"小丁"。其文星光玉潔，瓜紋蠟色，温潤而縝密，峭拔而孤聳，有中州諸老之氣象。次觀夢鶴先生子儀唐公之詩文，詞順理明，鏗鏘瀏亮，聲戞金玉，讀之使人不厭。而其古文雜體，率皆雅馴純粹，亦可謂難能矣。雖其天資之美，亦家傳學問有本也，有在朝諸文士之氣象。

嗚呼！天之生才也不數，何唐氏之一家多賢也歟！夫天地一元之氣鍾於人，有清濁之分、純駁之異，得其粹而正者爲全才，亦罕矣。是故時有隆污，世有否泰，所謂八音與政通，文章與時高下，其信然歟。而唐氏之諸子侄，或文或詩，亦附於後，雖一句一言之可取，亦當不泯没也，所以知淵源之有在矣。予不讓，故叙以歸之，俾書於帙簡首云。

永樂五年龍集丁亥秋九月九日，翰林侍講學士，無錫王達善叙。

出處：明程敏政編《唐氏三先生集》卷末，明正德十三年徽州知府張芹刻本。

編年：據落款。

唐氏三先生集序

（程敏政　成化二十三年八月）

監察御史歙唐君希愷，嘗奉其先世三先生之集，請校而刊之。① 予蓋素慕鄉先達之爲人，謹爲之校已，且定著爲若干卷，而序其出處之大略，以告觀者。

大唐先生諱元，字長孺，少喜誦鶴山魏文靖公之書，因大有所悟入。② 同時若雲峰胡文通公、定宇陳先生、師山鄭待制、黟南程禮部，皆相友善。既老矣，始以文學起家，爲平江路學録，再調分水教諭，遷南軒書院山長，以徽州路教授致仕。學者稱爲“筠軒先生”。③ 筠軒之文，紆徐而典雅，④有汴宋前輩之風，故元名公張起巖、王士熙、吳師道諸君子皆盛稱之。詩則含蓄而雋永，不作近代人語。虛谷方公爲之序，美其格高，世以爲知言。

筠軒第五子曰桂芳，字仲實，少從學鄉先生杏庭洪公潛夫。筠軒在平江，再遣從龔公子敬。學成，受聘而起爲明道書院山長，調崇安教諭，清碧杜待制稱其清才懿德爲儒官第一。升南雄路學正，以母喪不赴。會元末兵起，避亂山中，不復仕。龍鳳丁酉秋，我高廟將兵下江南，駐蹕新安，⑤延訪耆舊，而衛國鄧公愈以先生及楓林朱學士二人名上。⑥ 召對稱旨，有尊酒束帛之賜。會駙馬王公克恭來鎮新安，強起教紫陽書院。⑦ 未幾，以疾喪明。學者稱“三峰先生”。三峰製作雖本之父師，而精采呈露，有脱穎出奇之態。⑧

三峰次子曰文鳳，⑨字子儀，以字行，其學得之家庭，以薦起爲歙學訓導，再用薦知贛之興國縣，有惠政及民。永樂初，文廟封建諸王，妙簡府僚，被親擢爲趙府紀善，以終。學者稱“梧岡先生”。梧岡製作專以上世爲法而克肖之，不

---

① “刊”：《篁墩程先生文集》作“刻”。
② “大”：《篁墩程先生文集》無。
③ “爲”：《篁墩程先生文集》無。
④ “紆徐”：《篁墩程先生文集》作“紆餘”，誤。
⑤ “蹕”：《篁墩程先生文集》無。
⑥ “楓林朱學士”：《篁墩程先生文集》作“風林朱學士允升”。
⑦ “強起教紫陽書院”：《篁墩程先生文集》作“強起爲紫陽書院山長”。
⑧ “態”：《篁墩程先生文集》作“意”。
⑨ “次子”：《篁墩程先生文集》作“長子”，誤。

復以高視闊步爲能。梧岡曾孫三人：曰佐，希元，成化戊子鄉貢進士，①同知寧波府事；曰相，希愷，乙未進士，今御史君也；②曰弼，希説，丁未進士。皆有文學世其家。

嗚呼！笏軒生於叔季，私淑考亭，仕不大顯。而三峰適際興運，其對高廟，率皆應天順人、不嗜殺人之語。今其集中每稱大丞相吳國公，乃高廟渡江時事，考之實録，皆合。宣廟之下樂安也，趙簡王亦在危疑之地，③其後卒以恭順孝友坐銷其變，則當時輔導之臣若梧岡者容有力焉，不可誣也。然則三先生秉德蹈義以勤其身，陰利人之國家而不食其報，天必大昌其後矣！矧希愷兄弟方繩其武，以發軔於功名之場，異日所至，必將增光前烈，而三先生之志益以伸、澤益以長、名益以顯，豈徒托之空言而已哉！

成化二十三年歲次丁未秋八月之吉，鄉後學程敏政謹序。④

出處：明程敏政編《唐氏三先生集》卷末，明正德十三年徽州知府張芹刻本。參校以明程敏政《篁墩程先生文集》卷二十三，明正德二年刻本，臺灣圖書館藏。

編年：據落款。

郡侯何公德政碑陰叙（節選）

（吳漳　正德元年八月）

府學廩增生員：許文達、汪潤、吳自明、羅度、汪渝、程定夫、程珦、王昺、汪懷、汪如玉、鄭朴、江涯、汪昉、程結、胡耀、汪繼、唐皋、汪龍、張清、朱寧、何澄、石釗、汪葉、吳滕、江淇、吳繼隆、胡璋、金□、徐□、汪源、汪□、胡錦、汪滋、方昱、許任、謝清、汪慶、曹深、汪□、程球……張倫、吳楫、于恩……吳浚、康錄、康聰、程玭……

出處：徽郡太守何君德政碑，原在歙縣新安碑園，後移入徽州府衙景區碑廊。參考李俊《徽州消防文獻發微》，載《徽學》2002 年第 2 卷。

編年：此碑正面爲林瀚《徽郡太守何君德政碑記》，末署"正德丙寅歲八月

---

①　"成化戊子鄉貢進士"：《篁墩程先生文集》作"成化辛卯貢士"，誤。檢弘治《徽州府志》卷六，唐佐名列"成化四年戊子科應天府鄉試"中式名單中。

②　"今"：底本脱，據《篁墩程先生文集》補。

③　"危疑"：《篁墩程先生文集》作"危難"。

④　"成化"至"謹序"：《篁墩程先生文集》脱。

既望立”，即正德元年八月十五日。吳漳《碑陰叙》曰：“乃請大司馬三山林公爲之記，構亭勒石，以垂永久。復以諸從事氏名列諸碑陰，而予不可無述焉。雖不敏，姑序其概以俟。”當爲同時所作。

文公忌日告文
（王舜臣、程曾、唐皋等　正德七年三月九日）

書院肄業生王舜臣、程曾、唐皋、方琚、吳邦祐、張欽、江淇、羅傅、何澄、汪晟、汪遵、畢珊、汪昉、吳沂、黃鳳、汪昱、程敏庸、戴鍊、黃約、方明顯、汪愈、程鏐、程旦、程容、王鋼、黃訓、程濂，敢昭告於太師、徽國文公朱先生曰：

嗚呼！吾人生先生桑梓之邦，受先生罔極之恩，於先生諱日，當倍悲痛。況諸摳趨祠下，[①]切磋講明先生之道學者耶？山嶽儀刑，無復心目。感時仰昔，芹藻揭虔。惟先生在天之靈不昧，庶其昭格也。以西山蔡先生、勉齋黃先生配，以定宇陳先生、雲峰胡先生、林隱程先生、道川倪先生、環谷汪先生、東山趙先生從祀。尚饗！

出處：清施璜《紫陽書院志》卷十八，清雍正三年刻本。參校以明戴銑《朱子實紀》，明正德八年刻本。後者刪節之處，不贅出校記。

編年：原書標目“正德七年”。朱熹卒於慶元六年三月九日。

紫陽書院集序
（王陽明　正德七年）

豫章熊君世芳之守徽也，既敷政其境内，乃大新紫陽書院，以明朱子之學，萃士之秀而躬教之。於是七校之士懼政之弗繼也，教之或湮也，而程生曾集書院之故，復弁以白鹿之規，遺後來者，使知所敦。刻成，畢生珊來，致其合語，請一言之益。

予惟爲學之方，白鹿之規盡矣；警勸之道，熊君之意勤矣；興廢之詳，程生之集備矣。又奚以予言爲乎？然吾聞之：德有本而學有要，不於其本而泛焉以從事，高之而虛寂，卑之而支離，流蕩失宗，勞而靡所得矣。是故君子之學，惟以求得其心，雖至於位天地，育萬物，未有出於是心之外也。孟氏所謂“學問之道無他，求其放心而已”者，一言以蔽之。故博學者，學此也；審問者，問此

---

① “況諸摳趨祠下”：底本作“況摳趨門下”，據《朱子實紀》改。

也；慎思者，思此也；明辨者，辨此也；篤行者，行此也。心外無事，心外無理，故心外無學也。是故於父子盡吾心之仁，於君臣盡吾心之義；言吾心之忠信，行吾心之篤敬；懲心忿，窒心欲，遷心善，改心過；處事接物，無所往而非求盡吾心以自慊也。譬之植焉，心，其根也；學也者，其培壅而灌溉之者也，扶衛而删鋤之者也，無非有事於根焉爾已。朱子白鹿之規，首之以五教之目，次之以爲學之叙，又次之以修身之要，又次之以處事之要、接物之要，若各爲一事而不相蒙者，斯殆朱子平日之意，所謂隨事精察而力行之，庶幾一旦貫通之妙也歟？然而世之學者，往往遂失之支離瑣屑，色莊外馳，而流入於口耳聲利之習。故吾因諸士之請，而特原其本以相勖，庶乎操存講習之有要，亦所以發明朱子未盡之意也。

　　出處：明戴銑《朱子實紀》卷十一，明正德八年刻本。

　　編年：據束景南師《王陽明年譜長編》。《王陽明全集》置此文於正德十年，實誤。

徽州新修文廟門路記

（王鴻儒　約正德九年）

　　正德癸酉春，予承乏亞旅於南京戶部，獲從大司徒績溪胡公游，每談時事，因及新安之故。予嘗請曰："徽州爲江南文獻之邦，而婺源又文公闕里，至我國朝，經術文章，號爲極盛。自朱楓林、①趙東山、汪環谷而下，以至於程篁墩，發揮屬構，殆無遺憾。而陳編往牒，人所未見者，又往往入梓以傳。雖其深山窮谷、後生小子，生長見聞，固已加於人數等矣。積醇累懿，宜有雄偉博大奇俊之士、以文名世者出於其間，而猶未之見，不知何也？豈山川之氣有所壅遏，以至是乎？"是秋南畿鄉試，徽之宿士有曰唐君皋者，以《春秋》冠本房，明年春會試禮部亦然。已而廷對，唐君遂魁天下。予因自喜所料之果然。然其久而不發之故，猶未得也。先是，徽學士子嘗以其文廟闢門通路事爲書以附胡公，見托爲記。予以不能文力辭，公不許，予雖受其書，未嘗發封也。比公數以爲言，乃啓而讀之，其署曰"諸生唐皋等狀"，則是時唐君猶未貢於鄉也。其言曰：

　　"徽學在郡城東北隅斗山之下，左并城，右迫天寧寺，寺乃習儀祝釐之所；文廟堧垣南僅十武即阻民居，乃旁啓正門，西向達學門出；泮池鑿於育賢

---

　　①　"楓"：底本作"風"，徑改。

門內講堂之前：非制非儀，人皆病之。正德庚午冬，郡守豫章熊公由大理寺正來領郡符，下車即以興起斯文爲己任。每朔望視謁，覽觀徘徊，恒以居促遮隔爲不快。及政稍有經，乃狀其措置之宜，聞於當路。時巡撫都憲王先生首可其請，巡按御史鄘、張二君，提學御史黃君咸無間言，公乃遷民居以就善地，直殿屋以建崇扉，徑中門以闢廣路，高明爽朗，端直平修，百年幽鬱，一旦澄廓。其面陽諸峰，奇形秀狀，屬顏羅列，更以大門舊址浚爲泮池，覆以石梁，樹以華表。工甫畢而寇起西鄙，公復躬擐甲胄，親履險阻，率勵義勇，兀禦逾時。公於徽人，可謂勤且厚矣！願述其事以刻於金石，庶以永公之名與徽人之思於無窮也。"

予惟《書》有澗東瀍西之卜，《禮》有辨方正位之言，故睹新宅之相而知産貴甥，見夷亭之水而定出龍首，古人所以察於地理、辨於土宜者，蓋有必至、固然之數，不可誣也。今太守公徙以門徑非制，非所以尊神祇，守令以時祀謁，非所以伸瞻敬，故有今舉。然而得風氣蓄泄之宜，開文運豐亨之兆，實在於此。予然後知久而不發、發而於此時者，由是役也。然則太守公之功德理行、在徽良厚，徽之人士其能忘之而又曷可以不書乎？若他日賦愷悌之詩、著循良之傳，使太守公之事業鏗鍧炳朗、震耀耳目，宣著竹帛，以繼周漢之盛，則狀元君有不得辭其任者矣！是役始於某年某月，成於某年某月，凡從事於其間者，官職姓名具於碑陰列之。

出處： 明王鴻儒《王文莊公集》卷六，明崇禎元年王應修刻本。

編年： 文中云"已而廷對，唐君遂魁天下"，當作於公及第之年。

南畿癸酉貢士同年會錄序

（賈詠　正德十年）

南畿貢士百三十有五人者，正德癸酉秋予承乏奉命之所校也。是科五魁，《書》爲之冠，故發解以王大化，《春秋》則唐皐，《易》則尹賢，《詩》則薛蕙，《禮》則程旦，下自王庭遞至李僑，爲一時解額之序。比上春官，奉廷對，皐復掄魁敓狀，薛蕙而下十有七人者連舉進士第，餘入國學；而王世祿者，六館私試亦爲第一：其駿發者又未有艾也。嗚呼！盛哉！時謂是科所選號多得人。予竊自慶焉。先是，諸貢士偕計上京聚首而議學踪前軌，卜正月□日，即崇文門外擇地之弘敞靜潔者，得文殊庵，爲同年會。是日和煦，予亦在坐。衆各以齒列，故自周恕、馬騏遞至王問，爲終身燕毛之序。宴酬，禮成，僉起而曰："是會嘉矣，而不可常，謹訂爲錄以紀其事，願請一言序之。"又明年乙亥，錄成，予因題諸首簡曰：

鄉舉之制，肇自成周，以迄於今。惟同年有會，則以義起，後世因之，往往有作。此敦本厚倫、裨益風教之端，士固以此爲美習也。顧復爲録以傳，并遺諸後，予聞前人之世講、近日之五戒，皆足爲訓。夫所貴乎同年者，在同志與道；而其所可戒者，在苟同焉耳。諸君不爲苟同，而惟志與道焉是勉。故今未仕則合志同方以力於學，其既仕也則同德比義以匡其主。過則規，善則揚，上不驕，下不抗，坐溺必拯，①暴棄必矜，毋豐其身而薄其後，如是而曰同年，信乎同也。謂是科之盛者以此，非獨藝焉而已。若夫年同矣，會同矣，叩其中而志與道固莫之同。自時厥後，崇卑異秩，升沉異數，幽顯異途。或驕或抗，視爲路人，漫不加親，過不規，善不揚，暴棄不矜，坐溺不拯，而反投之石焉者，斯豈所謂同也哉！故志道同而言論或訾者，不害其爲同；志道異而言面雖同者，未必同。傳曰“得志行乎中國，若合符節”，同之謂也。餘則義利公私之辨、善惡邪正之分，不啻薰蕕冰炭然，以是爲同，非予之所知矣。予於諸君有一日雅，嘗竊惡夫淺薄者之所爲，而賊夫前輩之所謂同年者，萬世之戒也。因其請，敢以是復，亦欲以是共勉云。

出處：明賈詠《南塢集》文集卷五，明嘉靖二十四年刻隆慶二年重修本。

編年：文中云“乙亥，録成，予因題諸首簡”，乙亥爲正德十年。

進士題名記

（楊廷和　正德九年甲戌科，嘉靖初補記）

特進、光禄大夫、左柱國、少師兼太子太師、吏部尚書、華蓋殿大學士臣楊廷和奉敕撰。②

通議大夫、太常寺卿臣劉榮奉敕書并篆額。③

武宗皇帝臨御之九年正德甲戌春，④實惟策試進士之期。先是，言官上疏謂賢才之用以進士爲重，請增取士之數，禮部覆議從之。既而大學士臣梁儲等奉命主會試事，取中式者四百人，尚書臣劉春等率之廷見。先帝親策之，賜唐皋等進士及第、出身有差。故事，刻石題名於太學，命臣廷和爲之記。

臣嘗考之，自洪武辛亥廷試進士，至甲戌，凡四十有五科矣。首科所取纔

---

① “坐溺”：疑當作“墊溺”，下同。《尚書·益稷》孔傳：“昏瞀墊溺。”
② “臣楊廷和奉敕撰”：底本作“楊廷和撰”，據拓片改。
③ “通議大夫、太常寺卿臣劉榮奉敕書并篆額”：底本脱，據拓片補。
④ “九”：拓片作“玖”。

百二十人,其後少或百人,或五六十人,多者亦不過三百五十人而止。惟洪武乙丑、永樂甲申兩科取至四百七十人。議者謂乙丑爲我太祖創業之十有八年,舊俗丕變,人文日新,正周詩人頌文王"譽髦斯士"之日;甲申則太宗繼治守文之始,其所甄拔,皆先朝造士,若周人豐芑之遺,是以如是其盛也。兩科之後,至於茲科,甲子且將再周,乃復見之。由京畿以達於四方,聞者罔不舉手相慶,以爲盛事。況諸士身際其盛,名成而致用有日,獨不自慶乎哉!夫諸士之名,其始録於鄉試,猶爲鄉國之士;再録於會試、廷試,則天下之士也;今録之太學,是又將進而上之,以有名於後世。其所爲自慶者,夫豈徒以今日之名而已乎?

我朝列聖相承,元臣碩輔弼成重熙累洽之洽者,多出自進士。傳之天下,載在國史,可考也。中間最著者,其里居氏族,雖遠方下士亦能知而誦之,考其素履,號爲名德,述其論著,號爲名言,舉其爵秩,必繫之姓,而不名號,爲名公卿。其有揚休内外而未究其用者,亦以名侍從、名守令稱之,將儕之於古名臣之列。此皆諸士平日之所習聞而景慕之者。其所爲自慶,以揚屬國家之盛者,固在於此,而不徒以一時之名也。況諸士之志,尤將尚友古人,①希踪唐虞三代之臣,若詩書所載,以仰副朝廷求賢圖治之盛心,抑豈待名而後勸、待人而後興哉!臣不佞,謹爲之記以俟。②

出處: 明郭盤、王材、高儀《皇明太學志》卷六,明嘉靖三十六年國子監刻隆慶萬曆遞修本。參校以原石拓片。

編年: 是科爲正德九年甲戌科,然題名碑之立實在嘉靖初,故有"武宗皇帝""先帝"等语。

紫陽書院集序
(顧清　正德十一年)

新安郡守熊侯重作紫陽書院成,院之諸生程君師魯言於其黨曰:"書院自宋來興替不常,遷改非一,考其規制未有如今日之備,其形勢未有如今日之勝。至於作新佑啓、崇教善俗之心,亦未有如侯之盛者。昔魯僖興學,邦人頌之,列於聖經。今誠不能及已。有如即侯之故,類而輯之,如南康、白鹿之例,使嗣而來者有述焉,以永於弗墜,斯豈非游於是者之責乎?"乃考諸紫陽遺文、《朱子實

---

① "尚":底本作"上",據拓片改。
② "以俟":底本脱,據拓片補。

紀》，以至金石之所刻、公牘之所具，凡關於斯院者，手編録之，分爲四卷。又取宋以來儒先奠享之文，與夫序啓銘詩之類，別爲附録，以次其後，總名之曰《紫陽書院集》。將刻梓院中，而告於翰林修撰唐君守之。守之自書院而登名者也，間以示予，且傳師魯意，屬爲之序。

惟聖賢之道，與天地相爲流通，其顯晦絶續，實關時之否泰。春秋戰國有仲尼、子輿而不用，秦人并與其書焚之。而過魯一祠，漢家四百年之命脉於是乎在。紫陽夫子亦宋之宣父、孟軻也，諸儒之學，至夫子集其大成，而學禁之嚴乃獨甚於嘉泰、開禧之際，放黜廢錮，殆無寧日，蓋直至我朝，而後始大行焉。將所謂聖賢者道固若是，而衰周之與炎漢，晚宋之與皇明，得失之效不亦昭哉其甚明邪？一山一水，文人墨客之所游歷，好事者猶或指而名之、歌咏而傳之，至累牘連編而不厭，況新安朱子之舊鄉，而紫陽之祠實南方之闕里，其廢與興關乎時運，而其爲道，與天地相爲流通者哉！

熊侯學有本源，故能知所先務。程君又能裒集其事，以風示於無窮。今而後，使俎豆之常新、弦歌之相續，誠明敬義之學不替而愈隆，夫庸知非此之助？而予因守之，以得挂名篇首，與諸賢齒，亦豈非平生之至幸哉！

熊侯名桂，字世芳，洪都新建人，今爲山東布政司左參政。程君名曾，其字曰師魯，力學慕古，不徇時名，所著述甚富，此蓋其一云。

出處：明顧清《東江家藏集》卷二十，明嘉靖刻本。

編年：《紫陽書院志》卷十六："明正德乙亥九月，大會於紫陽書院。陽明時爲南鴻臚，未嘗臨會，而尊之曰主教。陽明王先生附以問答，弁以《書院集序》。"事在正德十年乙亥。又同書卷十八有鄭佐《紫陽書院集書後》，亦署"正德乙亥孟秋既望"。然考舒芬《山東左參政熊公桂墓志銘》曰"丙子，升山東參政"，顧清云"今爲山東布政司左參政"，知作於正德十一年丙子。

與唐殿元

（汪循　正德十二年）

狀元及第、晝錦還鄉，此大丈夫之能事，而古今常情以爲榮者。某之所望於鄉兄，則不在於是也。有大丈夫之能事，而古今常情所不及知，惟天下後世之至人知重以爲榮者，此某之所望於鄉兄者也。吾兄能爲人之所難者，而顧不能爲人之所易者乎？在乎立志而已矣！士希賢，賢希聖，聖希天，皆立志也。

某竊惟吾徽近來士夫，聰明才辨，不爲無人。惟志不立，故不能與天下之士爭衡，成勛業於一時，流聲光於後世，良可慨也！某性資庸下，徒抱狂志，莫能自奮，然亦寡以語人。昔嘗與宗人從仁都憲一言之，從仁深以予言爲然，而惜未見其止也。

今復爲吾兄告：吾兄之於某，謹一面之識，無平生之交，得無以爲狂而犯言深之諱乎？某雖未稔吾兄之爲人，久得之於李彦夫，近得之汪謙之，乃天下士也，非吾徽士也。古人有神交於千里之外者，吾兄必以吾言爲是，而不以爲狂爲深而罪之也。

某之爲此言，亦非以諛吾兄也。爲人才計，爲名器計，爲鄉曲計，爲世道計也。惟吾兄其裁之！榮歸聞久，阻遠衰病，不能預燕賀之末。小兒向在制中，今起復，令上謁求教外堂扁，用干制作，謹具別楮，統希鑒在。

出處：明汪循《汪仁峰先生文集》卷五，清康熙刻本。

編年：末段云"榮歸聞久"，而公狀元及第後"榮歸"在正德十二年、十四年。汪循卒於正德十四年，故此文當作於十二年。

唐三先生文集序
（汪俊　正德十三年六月朔）

歙唐三先生爲筠軒、白雲、梧岡，三世皆以文鳴，有集藏於家。成化丁未，篁墩程先生爲校定，且叙其出處大略而歸之，俾刻以傳，未克就。迨今三十年，諸孫副使君澤、御史君濂以托郡守張君文林，乃獲梓行。嗚呼！文之傳世，固亦有幸不幸者耶？其亦有繫於其人而不專於語言之工耶？雖曰公器，亦必賴其子孫之多賢而後傳耶？

是集篁墩先生有評，王公達善有評，俊獲一披閱，未能改評也。竊觀筠軒之好學，老而不衰，白雲、梧岡當亂離倥偬，寶蓄遺文，無所失墜。其形諸論議，發諸聲詩，又一皆以鄉先正紫陽夫子爲宗。孝友之懿，恬靜之守，閱百有餘年，而家法不少易。其爲人蓋有不待文而傳者，而況其所著之炳炳琅琅又若是其不可揜哉！集未行，蓋嗇於力，而蓄志累世，乃今有成，非其子孫之繼繼有承，賢且顯，亦烏能保其遂不泯哉！是集之傳，論其世於前不可謂之幸，論其世於後亦不可不謂之幸也。

三先生後舉進士者五人，其一狀元及第，領鄉薦者四人，文學彬彬蓋其鄉。嗚呼！是可以觀君子之澤矣。太守張君表章郡哲，將以風勵後學，非有私於唐氏者，然謂非三先生之知己不可也。是爲序。

正德戊寅夏六月朔,賜進士出身、翰林院侍讀學士、奉訓大夫、經筵講官兼修玉牒國史,弋陽汪俊書。

出處: 明程敏政編《唐氏三先生集》卷末,明正德十三年徽州知府張芹刻本。

編年: 據落款。

唐氏三先生集跋
(唐佐　正德十三年)

佐自弱冠有志表章先世文獻。筠軒、白雲二像,後得之於族祖經歷永誠公之孫舜卿,篁墩程先生見之拜而爲之贊。白雲對高廟語,具載《五倫》諸書,特揭之於楣,以昭示我宗盟。既又得二先生及梧岡之文於族伯父本立翁,假録副本十襲珍藏。嗣是上春官、貳鄞郡,俱挈以行,謀欲綉梓,奈時值不偶,卒未有成,然用心亦苦矣。今幸成於副使佺以下諸賢,豈艱於前者天將有待於今日也歟! 佐今年七十有七,尚未即死,猶及見之,不亦榮且幸哉! 感慨之餘,謹贅數語於後。唐佐。

出處: 明程敏政編《唐氏三先生集》卷末,明正德十三年徽州知府張芹刻本。

編年: 作於《唐氏三先生集》刊竣時,即正德十三年。

唐氏三先生集跋
(唐濂　正德十三年七月朔)

三先生集,世藏於家,得學士篁墩先生序次之。又迨今若干年,乃得郡伯張侯以傳焉。始濂以奉使過家,侯來視之,見白雲先生對高廟"不嗜殺人"之語於先祠之壁,作而嘆曰:"此非大儒君子乎!"及讀是集,則又曰:"是世儒業者也,不可無傳。"時太史兄、副憲兄各以事抵家,聞言皆躍然喜,相與校勘,進之侯,侯以授之梓人。嗚呼! 侯之樂善而表先哲也如是夫! 記曰:"先祖有美而弗知,不明也;知而弗傳,不仁也。"然則微張侯,吾人之過大矣。

正德戊寅秋七月朔旦,嗣孫濂敬題。

出處: 明程敏政編《唐氏三先生集》卷末,明正德十三年徽州知府張芹刻本。

編年: 據落款。同卷唐澤《請抑之汪學士序先世文集事狀》:"正德丁丑,弟濂自内臺出按湖藩,順道歸省。郡守張公文林枉顧槐塘,憩於三峰精舍,因睹三先生遺像，而讀其遺書……作而言曰：'崇儒先以淑後學，有司首務。是集梓行，芹何可後！'濂因敬奉以請，於是捐資興工。工將半，而兄皋自內翰以得旨歸，澤自閩臬以捧表歸，相與視其成焉。"

唐氏三先生集跋
（王疇　正德十三年七月朔）

唐氏三先生世家於歙。筠軒生於宋，老於元，白雲其子也。白雲生於元，老於國朝，梧岡其子也。乃其出處固不盡同，若抱道秉志，不與俗諧，論議落落不少貶，則一而已。故當時皆坎軻不甚遇。雖嘗小試，已屬遲莫，泓施弗售。①於乎！豈富貴利達所能動者邪？亦黃山巨鎮三十六峰之秀鍾於斯人，故其氣節有如此者，而著爲詩文，皆足以爲教，理宜其然邪？三代而下氣節首東漢。程子謂東漢人物一變乃能至道，蓋少之也。新安，文公故里，其遺澤三先生實私淑之。大儒正學之奧，素講而力踐，言行出處，綽有法程，其人品豈東漢諸賢伍邪？父子祖孫媲泓濟美，世已難之，而雲仍諸英，揚芳駿聲，益蕃以顯，豈天之靳於昔者固被於今歟！詩文固其緒餘，君子因其以求其蘊，誦而讀之以尚友其人，詎可無也？剞陸海之光自呈，而干鏌之判復合，能泯而不傳邪？三先生各有集，中更兵燹，多散逸。成化間，梧岡之曾孫同府君希元、侍御君希愷、僉憲君希說謀購而刊之，不果。果之以卒三君之志者，今憲副君沛之、侍御君景之昆仲也。贊成之者，殿撰君守之也。參訂之者，汝州守君錫、鄉進士節之、信之也。工力之助，則徽守張君文林也。憲副諸君俱派自梧岡，殿撰派自梧岡之弟徵君子彰，於白雲皆六世孫。集凡若干卷，篁墩先生所校者，統而署之曰"唐氏三先生集"云。

正德戊寅七月朔，崇陽王疇謹跋。

出處： 明程敏政編《唐氏三先生集》卷末，明正德十三年徽州知府張芹刻本。

編年： 據落款。

徽州府廉惠倉記
（楊廉　正德十四年）

自古救荒之政，其略見於《周禮》；委積之法，其詳見於漢之常平、隋唐之義

---

① "售"：底本作"普"，誤，據文意改。

倉、宋朱子之社倉，皆有可得而考者焉。我朝預備倉之設，實兼常平、義倉而爲之，而亦委積社倉之意也。然預備之外，豈可不圖所以爲之補助其不足者哉？

張侯文林由内臺分符於徽，於荒政尤拳拳焉。顧爲之預備者盈縮不恒，歲云儉矣，而張頤之民每每失望，乃以給引鈔直所謂"堂食錢"者買田而收其租，爲倉以待其入，而俟時以出焉。蓋將以爲預備之別儲耳。其田則屬邑浮屠之質劑於民而無資以贖者，其爲倉有於邑者焉，有於郡者焉。郡縣之倉成，而民之耕者抃於野，販者抃於市，執藝者抃於肆，乃相謂曰："吾儕小人自今有常平之仰，而不憂乎無錢以爲糴也；有義倉之沾，而不憂乎出粟以應勸也；有委積社倉之被，而不憂乎抑末之或擾、弛息之靡定也，然豈可不知侯之所以爲惠者乎？是惠也，實出於廉也，願以'廉惠'誦侯之美。"於是，鄉宦唐殿元守之采"廉惠"之説，遍以題其倉。而義民方玉、田新、朱尚仁輩謁予請爲郡倉記。三人者，蓋嘗奉侯檄以董役於郡倉者也。侯爲人有古行，爲政有古意，予素重之，烏庸辭？

竊謂救荒之政，《周禮》遠矣，漢隋唐宋往矣，若此者雖不拘於成迹、泥於舊規，較昔量今，蓋實惠也，其所以補助乎今日之預備者豈小小哉！環天下郡邑，以堂食之錢爲囊中物者，固不足道，使一毫不取，而無以利於民焉。雖效昔人之懸魚留犢，謂其潔一己之名則可，求其爲民久遠之利則未也。若侯之舉，吾知田存則倉存，倉存則侯之廉惠亦存，田與倉豈有不存者哉！廉與惠豈有不存者哉！

侯今移守於杭，其在徽三年耳。其買田爲緡幾五千，爲畝幾三千，郡之倉爲堂凡五楹，爲廒凡十二楹，使侯得久於徽，殆不止於此也。侯之言曰："郡倉所以濟歙、休，而婺、祁、績之倉所以濟婺、祁、績。惟黟方且圖之，忽有此調。"則侯固有未滿意者。昔程子知扶溝爲溝洫之法，欲使境内之民凶年免於死亡。未幾，去邑，乃謂人曰："吾爲經畫十里之地以開其端，後之人知其利，必有繼之者。今幾成而廢，豈不有命？"嗚呼！若此者，古今同一慨也。雖然，程夫子"後之人知其利而繼之"之一言，誠有望於嗣是而至者。

出處：明楊廉《楊文恪公文集》卷三十四，明刻本。

編年：文中云"侯今移守於杭，其在徽三年耳"，考嘉靖《徽州府志》卷四："張芹，江西新淦人，由進士，正德十一年任。十四年，改知杭州府。十六年，復任本府。嘉靖元年，升浙江副使。歷布政使致仕。"則張芹任杭州知府在嘉靖十四年至十六年間。復考同書卷十："廉惠倉，在郡城北，正德十五年太守張芹建。""十五年"應爲"十四年"之誤。

新安唐氏永懷册序

（顧璘　約正德十六年九月）

璘聞顯姓茂族，有貽必先，豈惟基慶迓休，延及支裔，抑亦重統正方，得所似續云爾。新安唐氏，其茂且顯者乎？何其多賢也！初，璘爲廣平令，識今按察公於平鄉，愷悌宜民，通駿有譽。璘退然慚之，幾不敢履乎其位。繼又聞其季氏起進士，爲名御史。繼又聞其群從殿元公以多聞崛起，至動鬼神，多所見奇兆，竟魁天下，其他子姓彬彬繼起不絕，固心駭之。夫何唐氏得天之厚，稟性之良，萃兹一族也乎？非有道焉，不至是也。今獲讀乃祖槐川翁墓表，且表仇太君之節，然後信璘之善觀人之世矣。槐川翁孝而能思，弟而能儉，任而安，直而義，處隱約而能理人。視其先世，若教授公之道詣、山長公之篤行、紀善公之牧愛，雖所遇岡齊，亦謂不替其範矣。仇太君之爲節也，力貧躬苦，撫孤安氂，卒保其家而興其子孫，有下國貞臣托孤之烈、守國之艱焉。由是二道，以内外範諸唐氏，以家則子，以國則臣，譬之飲食，習調劑也，而奚多賢之駭？故福祿顯融，皇天所以應德厚善，亦若磁砥在側，金乃就之，有不能以釋焉者。天人相與之符，何其昭哉！是故觀唐氏之先，可以知人道矣。《詩》曰："貽厥孫謀，以燕翼子。"其先有焉。觀唐氏之後，可以知天道矣。《易》曰："積善之家，必有餘慶。"其後有焉。觀察公思述祖德，彙其銘誄之詞，附諸家乘，璘故得而序之。

出處：明顧璘《息園存稿》卷一，明嘉靖刻本，日本内閣文庫藏。

編年：序云："初，璘爲廣平令，識今按察公於平鄉。"按察公即唐澤，曾任平鄉縣知縣、福建按察司副使、浙江陝西按察使等職。唐澤"彙其銘誄之詞，附諸家乘"之作，應即《新安唐氏昭慶錄》，現存安徽省博物院，前有唐澤序，落款"正德辛巳仲秋下浣"，即正德十六年八月下旬。顧璘序創作時間應相近。

送翰林修撰唐君守之使朝鮮詩序

（董玘　正德十六年九月）

今天子嗣統，改元嘉靖，將頒詔令於朝鮮。故事，率以文學侍從之臣爲正使，於是翰林修撰唐君守之被簡命仍賜一品服以行。館閣元老而下，申以歌詩，俾玘爲之序。

惟昔漢文帝起自代邸，欲鎮撫諸侯四夷，而尉佗乘呂氏之諔，據南粵與中國抗。於時舉可使粵者，得陸賈以往。賈名有口辨，且嘗使其地，爲佗所敬禮，遂令去黃屋、稱臣奉貢職,皆如意指。後佗居國雖詭竊如故,而賈自是名聲在漢廷籍甚。《班史》傳其事,特侈言之。後之奉使遠外者,爭慕賈以爲賢。

天子龍飛藩邸,無異漢文之於代。君被使命,殆與賈類,而較其時與事,則有大相遠者。朝鮮自箕子啓封,衣冠禮義非南粵比。世修臣職、遵正朔,非若尉佗之鷔慠。聖神更化,不旬月而巨奸宿蠹翦剔亡遺,四方黎獻訢然,如夜而復旦、盲而復明。鴻休遠業,方將視法三五,超漢文而上之。而君以狀元及第,擢官侍從,老成重厚,富於文學,非必如賈之嘗使其地,而遠夷聞其名者已蹴然矣。茲之往也,宣布天子之威德,使知今代有聖人者出,奔走效順,益輸畏天之恛,其所以稱上旨、尊國體、揚文采於殊方者,又豈若賈之僅能以貌屈佗,而詭竊如故也哉!然則賈之事,未足慕也。夫與鼓瑟者游而語操刀,是失言矣。故玘於君之行不敢指異事以贈,而獨藉賈爲諭云。

出處: 明董玘《董中峰先生文選》卷三,明嘉靖刻本。

編年: 公出使朝鮮啓程在正德十六年九月下旬。

納清亭記

(史道　正德十六年十二月廿二日)

歲辛巳,天子登極,以明年改元,詔下藩國。太史唐公與余奉命來使朝鮮。渡鴨江,東行四日,過定州。越四十里,偶見一亭特立於山水之間。太史與余停車往就亭中,譯士從之以入。太史問曰:“山何名也?”譯士曰:“曉星。”再問曰:“水何名也?”譯士曰:“加麻。”余問曰:“亭何名也?”譯士茫無所指。余復曰:“我問亭名,而爾無以言。果自有斯亭而猶未之名,抑既有名而爾未之知?”譯士相顧莫對,乃以其言告諸參贊李君。少焉,譯士來以李君之言白於太史與余之前曰:“亭有舊矣,而尚未之名,若有待於今日。此而得名,豈特山川草木之光而已!”太史笑而不答。譯士去復來者數次,其辭益懇。

余見太史顧亭默默,若有所思,余曰:“爲斯亭者,理可以意會,非不能名也,而不之名。過斯亭者,興可以感生,非不欲名也,而不之名。爲之者與過之者,名不預焉,亦既久也,不有待於今日者乎? 使先生又從而不名,不有孤未名者之望與斯亭之遭遇也哉!”

太史輾然而笑,乃語余曰:“古之所謂亭者,亦多矣。不難於所名,而難於適義也。若醼薆、沉香、醉翁、豐樂、滄浪、山月,皆亭之名也,而義各有取,然必欲名斯亭者,寧無所取之義乎?”余曰:“何以言之?”太史曰:“子其視之,環斯亭者，何往而非亭之所有哉！曉星之峰，拱峙四面，明爽峭拔，而無陋險怪惡之狀；加麻之水，平瀾淺波，汩汩潺潺，而無淜湃怒號之聲。佳木秀於四時而遠陰繁，野芳發於方春而幽香嘉。水面之風來，而車馬之塵不飛；山肩之月明，而軒楹之影自吊。有時漁父逆舟而至，不疾不徐，抗流而過。有時樵子荷擔而來，趨趨蹌蹌，穿雲而去。有時玄鹿躑躅而游，青毳霜毫，或縢或侈；野鶴翩躚而下，挽頸睥睨，矯翅雪飄。有時片雲度嶺，倦鳥還飛，細浪風生，游魚出躍。以至氛昏夜歇，景物澄廓，星翻漢回，殘月西沉，寒雞早晨，霜雁遠漠，流光照灼，曉風蕭森。子其思之，亭之清，殆亦不止此也。何往而非亭之有哉！且是亭也，檐軒松護，四面豁敞，不構櫨、不節梲、不斫椽、不列墙，固無不清矣！然以清召清，衆清畢集。日徘徊於天光雲影之間，無一點塵俗之氣，而亭外之清，盡納於亭之中矣！余欲以‘納清’名之，子之心以爲何如？”

余曰：“噫嘻！先生之胸次其高矣乎！余嘗讀歐陽子有美堂之記有云：‘覽人物之盛麗、夸都邑之雄富者，必據乎四達之衝、舟車之會而後足；窮山水登臨之美者，必求之寬閑之野、寂寞之鄉而後得。蓋彼娛意於繁華，而此游心於物外，二者各有適焉。’由是觀之，先生之胸次，其過人不既遠乎？方亭之未有是名也，人止知以亭爲樂，而不知其可樂者在亭之清；止知亭外之景在亭之外，而不知其爲亭中之有。爲之亭者，亦不自知其有如是之清，而亭外之景皆其固有之物也。先生既名之，不惟人知重於亭，而亭亦自知所重，而且自加愛矣！由是以往，騷人墨客，自持筆紙，與夫風流瀟灑、蟬蛻於富貴利達之外者，時或從之，亭必喜其趨向有合，而亭中所有之清，必分而與之共矣！如庸人俗子，時或喧呼歌笑於其間，彼固自以爲樂，而亭之所以樂，亭必不使之預焉。”

太史曰：“然。”余復笑曰：“先生以中朝及第一人，且翰林之地，素號清華。余之備員，亦云清要。而參贊之在東國，爲王之相，亦官清高而地機密者也。今乃共集是亭，不亦爲亭之所納矣乎？”太史亦笑曰：“有是哉！果爲亭之所納，亦既清也。”譯士以其名往告李君。李君喜謝，并求詩焉。太史與余各留短句，置之亭中而去。

既抵藩京，李君參贊以其事啓之國王。王遣卿佐來謝。事竣西歸，復過是亭，而前日所加之名與所留之詩，已扁於亭之間矣。且國王預令治宴是亭，備而未設。李君以譯來請設，太史曰：“亭既云清矣，而復作此富貴之態，豈所以成就是亭也哉？”李君因是言，止以小豆供酌。太史與余亦頗盡歡，起而依亭四顧。山光水色，煥然如新，益覺神思爽然。李君復以記請，且云王之意也。太史曰："余名之,而子記之,不亦可乎?"義弗辭,乃以前日太史與余之言述之以記,時十二月廿有二日也。

賜進士出身、兵科給事中、侍經筵官、前翰林院庶吉士、欽差副使,鹿峰史道書於義順館。

出處: 明正德辛巳《皇華集》卷下,明嘉靖元年朝鮮官府銅活字本。

編年: 文中"時十二月廿有二日"即正德十六年十二月廿二日。

皇華集序
（朝鮮南衮　嘉靖元年二月下旬）

皇帝既受大寶,頒正朔於八荒。於是,翰林院修撰唐公、兵科給事中史公,實膺使朝鮮之命,乃於十二月乙酉抵王京,宣布德音。事甫已,便即旋車。自始入封內,比還出疆,僅浹三旬。紀行之作、登高之賦,崑玉狼藉,①遇鵠輒抵,所得詩文凡若干篇。殿下既令書局纂次以印,仍命臣若曰:"聖天子寵綏敝服,賚與便藩。將命之使,又必以經幄侍從之賢。風采文雅,足以儀範遠人,是惡可落莫而已乎?予令編輯其文,實無忘《角弓》之遺意也。爾宜叙之。"

臣竊惟天地間氣化有醇漓之不一,而人材之盛衰、文章之升降恒隨之。我皇朝混一區宇,再闢乾坤,光嶽氣全鍾而爲人物之秀,其文章事業之盛,固有軼轢宇宙者矣!姑就使吾邦者言之,則自倪侍講而下,有若陳內翰、張黃門、祁戶部、董侍講、王黃門及我兩先生,圭璋聞望,前後相輝。舉此數君子,可知中原氣化之盛。而斧藻黼黻,使海隅出日,同躋文明之域者,顧不在是歟?若乃紫陽道學,淵源有自;涿郡文雅,代不乏人。當休明之際,視草封駁,蔚爲邦家之光。乃今榮捧綸音,②使萬里外國,凡所以觸目感懷者,一寓於詩。聯璧交映,有唱斯和,雍雍乎如塤篪之迭奏。命筆立書,初不經意,而其爲詩,悉人情、該物理,春容紆餘,多而不厭。

噫!茲豈非所謂"治世之音安以樂"者乎?吾國雖僻小,然世被聲教之漸,人知讀書,粗曉嚮方。加以我殿下尚文愛禮,好賢樂善,封域之中,百度畢新。茲者靈承帝貺,禮迓王人,周旋於交接之際,易于於獻酬之間。賓主交歡,威儀卒度。及其去,而莫之留也,則收拾咳唾之餘,爲之入梓,圖永其傳。無非所以

---

①　"藉":北大本作"籍",內閣文庫本同,徑改。

②　"捧":內閣文庫本作"奉"。

感皇恩、歆使華之至意也！是編之出，而益有以知聖朝人才之衆多、文章之彬鬱。雖在謏聞寡見，亦知有所矜式，其爲賜不既大乎？吁！蔑以加矣！①

嘉靖元年蒼龍壬午仲春下浣，大匡輔國、崇禄大夫、議政府左議政、監春秋館事，臣南袞拜手稽首謹序。

出處：明正德辛巳《皇華集》卷下，明嘉靖元年朝鮮官府銅活字本。

編年：末署"嘉靖元年蒼龍壬午，仲春下浣"即嘉靖元年二月下旬。

皇華續集序

（朝鮮李荇　嘉靖元年二月）

聖皇帝既即位，大新厥度，分遣使者，誕告多方。翰林院修撰唐公皐、兵科給事中史公道，實來我邦。我殿下以天子詔命之重、兩使德望之尊，其迎迓之禮、館接之勤，罔有愆違。而至於揖讓辭語之間，動如儀度，至誠之發，②有以服人之心。兩使相竊語，嘖嘖不能自已。及其竣事而歸也，各製五言排律詩以進，用寓敬服不忍別去之意。殿下亦惜其去，而不可少留，③則命簡朝臣和其韻，又命臣荇序之，以毋忘皇帝之命，且以抒別後之思。其事大之誠、敬客之道，至矣，盡矣！

臣聞詩者所以言志，人之有志必於詩焉宣之，三百篇即其事也。孔子曰："詩可以觀。"觀此詩者，亦足以觀兩使敬服殿下之志，④何待於臣言之贅哉？雖然，言之重、辭之複，⑤咏嘆之、淫泆之者，⑥亦詩之道也，則言又不可已也。兩使之來，臣奉上命，逆於境上。其還，又送至境。過境之際，每言必稱賢王，曰"吾等將一一奏達於皇帝之前矣"，相與咨嘆眷戀，至掩淚而去。其志之見諸辭與色者又如是，⑦不獨其詩之爲然也。於戲！⑧非殿下誠敬之至，安能得人之心服若此哉！

嘉靖元年二月日，資憲大夫、議政府右參贊兼知義禁府事、弘文館大提學、

---

① "蔑"：北大本作"篾"，據内閣文庫本改。
② "至誠"：《容齋集》作"誠意"。
③ "少"：《容齋集》作"小"。
④ "亦"：底本脱，據《容齋集》補。
⑤ "複"：《容齋集》作"復"。
⑥ "泆"：《容齋集》作"佚"。
⑦ "者"：《容齋集》脱。
⑧ "於戲"：《容齋集》作"嗚呼"。

藝文館大提學、知成均館事、同知書筵春秋館事、世子左副賓客，臣李荇謹序。①

出處： 明正德辛巳《皇華集》續集，明朝鮮官府銅活字本。參校以明朝鮮李荇《容齋集》卷九，《韓國文集叢刊》本。後者題爲"皇華集附録序"。

編年： 據落款。

送郟令孫子序

（薛蕙　嘉靖二年）

郟令孫子將行，内史唐子會同舉於鄉者以餞之。衆復謂宜有言也，乃以屬蕙。初，孫子之得郟也，或謂郟其俗樂訟，綿蠻難治，雖喜事之吏猶厭之，孫子信厚者也，得此必戚矣。予嘗求訟之興，蓋興於下者什一，而興於吏者什九。興於下者，習惡之人也，然亦罕已。若夫教弗豫，治弗平，甚則利而賊下重罰，而不恤其民，皆吏之爲也。如此，而欲民之不訟，尤惑矣。故君子自反乎身，而不咎民之好訟。夫子曰："君子之德風，小人之德草。草上之風必偃。"言自反也。且吾聞郟之俗不如是之甚。今孫子以信厚而臨之，民將戴之，必且無訟矣。夫良師不易弦而調，良吏不易民而治，孫子爲弗戚矣。

然則孫子遂亡戚乎？曰：有。夫冉子之藝，當時第之曰"政事"，然僅可爲之宰。後世之君子，其心不以一宰爲不足爲者，或寡矣。冉子之藝，人必以爲不可能也；冉子之僅可爲者，人則以爲不足爲也。豈非不思之過耶！今之邑令，視有弗逮焉，而況於聖門之士哉！抑此邑令之難也。天下之爵，倍而上之，不啻一令而已；事倍而上之，不啻一邑而已。弗知難者，弗戚也；知其難者，有弗戚者乎？吾觀孫子，有天下之志者也，知其難者也，不能亡戚者也。

出處： 明薛蕙《薛考功集》卷十，明嘉靖刻本，台灣圖書館藏。

編年： 薛序自稱與"郟令孫子""内史唐子"同舉於鄉。薛蕙爲正德八年南直隸應天府鄉試舉人。檢《正德八年應天府鄉試録》，同年唐姓者僅二人：第二名唐皋，徽州府學生，即公也；第二十二名唐侃，鎮江府學增廣生。查唐侃仕履，未嘗一官翰林，則"内史唐子"必謂公也。是科孫姓者亦僅二人：第一百二十五名孫昺，太平府學生；第一百二十八名孫存，滁州學生。檢康熙《郟縣志》卷一職官，知縣有"孫昺，當塗，進士"者，當塗即太平府屬地。孫昺爲嘉靖二年

---

① "嘉靖"至"謹序"：《容齋集》脱。

進士，見《嘉靖二年進士登科錄》，其初授郟令當在是年，《郟縣志》卷一"嘉靖四年知縣孫㫤改創"云云，是其證。如此，則薛蕙此序之作亦當在嘉靖二年矣。

糾劾權奸疏（節選）

（鄭一鵬　嘉靖五年六月二十四日）

戶科右給事中臣鄭一鵬謹題爲糾劾事……郭勳受財囑事，徇私撓法，事既敗露，又不輸服，假捏事端，驕橫專恣，無大臣之節……且勳近又貪圖虎賁衛所官地，便好鄰近房屋，買囑本衛指揮劉勳、王琬等，具本捏奏窄狹不堪居住，隨買已故學士唐皋矮窄壞爛房屋抵換……且唐皋住房價止二百三十兩，而衛所地址寬敞，堂宇高大，奚翅拾倍！勳乃上下囑托，朦朧欺蔽，其惡復何所不至邪！

嘉靖五年六月二十四日，奉聖旨：該部知道。

出處： 明張鹵《皇明嘉隆疏鈔》卷二十，明萬曆刻本。

編年： 據原書編年。

獨善園詩序

（彭澤　嘉靖五年秋）

休寧率溪碻齋程君師魯，自澤守徽迄今已悉其學、其行、其著述，期以并美我侍講學士新庵唐君守之，將以追步我篁墩大宗伯、靜軒大中丞、仁峰大京兆諸老，累躓秋闈，方切嗟惜。俄聞以□尚古文，不諧舉業，置之閑散，尤嗟惜之。且近聞新庵以疾不祿，既爲文寄奠，且哭之以七絶矣。茲環溪朱君廷章以師魯教翰并獨善園□見示，展玩終卷，懌然而喜曰：若吾師魯，其大觀之達人乎？予所久嗟惜者，君顧陶然自放焉，且以"獨善"名園，其深有所造云。夫士君子立身天地間，自古聖帝明王，名臣良將相，及周、孔、思、孟，有宋、有元諸大聖大賢，性理之學，出處之正，勳烈言行之詳，能精思力踐而希踵之。其達而兼善天下，一歸之天。歸之人，窮而獨善其身。蓋將有用之不能盡者。先師孔子樂行憂違、用行捨藏，孟子仕止久速、兼善獨善之訓，惟在吾後生小子私淑服膺、體驗擴充之何如耳。況世變無窮，物情叵測，獨善有餘力，乃足以爲兼善之地。苟獨善未滿吾性之固有，期欲兼善，其何能泛應曲當，而成經世宰物、致君澤民之功也耶？蓋堯、舜尤以安民爲病，禹、湯、文、武、伊、周率以憂勤惕屬爲心，孔、孟、程、朱聖賢之學，咸未能一試於世，況其他乎？況人生修短之有數乎？

嗚呼！温公居洛十有六年，而以獨樂名其園。比再相宋室，海内方切傾仰，有一載厭世矣。吾士夫傳居敬窮理之學，而篤正心誠意之行，以爲治國平天下達而兼善之本。所謂獨善，非特烟霞泉石之勝、優悠觴咏之樂而已。況聖明御極，野無遺賢，獨善可樂，兼善能無地乎？此又吾師魯大觀中所洞見也。篁墩、静軒、仁峰、新庵九原有知，蓋將轉嗟惜爲慰忭，如區區之於師魯，且有望於後也。衰病益增，面晤無日，爰力疾書之楮尾，用請教於動静不失、其道光明之君子云。

嘉靖丙戌秋前，光禄大夫、柱國、少保兼太子太保、兵部尚書、侍經筵、提督十二團營軍務、都察院掌院事、左都御史、新安舊守，友生關中彭澤濟物父書。

出處：明程一枝《程氏貽範集補》已集卷三，明隆慶刻本。題注“契生唐皋”。

編年：據落款。

唐氏孔懷卷後序

（張治道　嘉靖五年）

“孔懷”云者，吾省憲長南岡唐先生思其兄新庵君守之而爲之也。新庵君爲秀才時，吾鄉幸庵彭先生爲徽州守，即重新庵君。比新庵君卒京師，幸庵悼焉，爲歌若干首，寄南岡先生。南岡手持其詩，嘆曰：“彭先生與吾新庵兄，東西南北之人也，而乃以吾兄之没，猶懷之不置，矧吾所謂兄弟者哉！”遂集其詩，題其卷曰“孔懷”，而吾鄉涇野吕先生爲之序，提學漁石唐先生爲之記，諸名公各爲歌詩以發其義，而南岡以余爲新庵君同年，復欲余序諸後。

余覽其卷，悲焉，曰：嗟乎！事固有徵諸古而實過、驗於今而名浮者。孔懷之説，得非取諸《棠棣》之詩？“死喪之威，兄弟孔懷。”余嘗三復《棠棣》之詩，未嘗不廢卷而嘆也，曰：嗟乎！其義哀，其情篤，其言懇切而有餘悲，蓋周公既誅管、蔡之後，傷手足之恩不終，痛兄弟之情靡盡，而爲之也。今南岡於新庵君之情，殆若是焉？曰：南岡之情誠是也，而新庵君之道之學，夫豈管、蔡儔哉！且管、蔡以流言卑侮王室，周公親爲之兄而刃之，既刃矣，又親爲之詩以懷之。在當時雖爲之忍可也，謂之懷亦可也，安有如所謂南岡之於新庵君者哉！新庵君以君子之學，舉甲戌進士第一。而治道爲之同年，見新庵君才高而義博，學純而節邁，未嘗不以爲古之人，而一時爲同年者，各自以爲得人，而謂王道之學將自此興矣。而乃卒終於翰林，俾不得大展其所蘊，則海内懷而嘆之者，豈止南岡兄弟哉！不然，南岡爲南邦巨族，所謂兄弟者亦衆矣，孔懷之意何獨於新庵君哉！使天假之年，俾得以盡其所學，而使其輔弼王室、霖雨天下，是又新庵君之能事,而南岡平日之所望於新庵君者。今乃奪之早没,而不得如其望,則南岡之所以懷而思之者,是烏能已耶?嗚呼!《棠棣》之所謂孔懷者,哀其罪而悔其亡。南岡之所謂孔懷者,痛其不得親見新庵君之道之行而使斯世被其澤,是又懷之不同也。

嗚呼!余前所謂徵諸古而實過者,南岡;之所謂懷驗於今而名浮者,《棠棣》之詩也。過與浮,在办之而已矣!

出處: 明張治道《張太微詩集》後集卷三,明嘉靖刻本。

編年: 據公之卒年。

東槎集序

(朝鮮李荇　嘉靖七年七月一日)

皇朝使翰林院修撰唐公皋、給事中史公道之奉詔敕來,予承朝命,往迓於境上,鄭君士龍雲卿、蘇君世讓彦謙、李君希輔伯益爲介。三君皆官經弘文館直提學,實一時所難也,且與予游從久,并有忘年之分。得與之同事,不尤幸也哉!自往其逆,又送至境,凡五閱月。其間與諸君唱酬之作,總若干首。蘇君編爲一帙,請余爲扁。

余曰:"唐公之臨別也,見示以用遼城倡和槎集韻之詩,曰:'吾恐藩京之有槎集也。'蓋取乘槎之義焉。今以'東槎'名之,可乎?亦無忘《角弓》之義也。"既還,諸君以次陛擢衣裦,而不才最蒙異恩。一行之榮,复古所未有。方相與爲慶,而數三年來,浮沉聚散,靡有定止。

夫槎,水中無根物也。其去來也,其下上也,任彼而不容吾力。理之所必然,則豈非名者爲之崇乎?雖然,物之終,必反其始。鄭、李兩君,相繼起廢,而蘇君雖爲親外補,豈久滯於百里者乎?且將相會於天津之上,然後盡槎之説。

嘉靖七年七月朔,德水某序。

出處: 明朝鮮李荇《容齋集》卷九,《韓國文集叢刊》本。

編年: 據落款。

東槎集後序

(朝鮮蘇世讓　嘉靖七年七月下旬)

辛巳歲,唐、史兩詔使來也。今右相容齋公爲遠接使。兩使喜文章,凡遇景興懷,輒把筆爲詩,夜以繼日,吟哦不輟。公怡然受之,左酬右答。初不似經意,而語益奇,兩使大加敬服。臨別,抆淚徘徊,戚戚然有兒女子之容。余與鄭雲卿、李伯益從傍目擊,若有所自負。其所著《皇華集》彙爲兩帙,家藏而人誦之。自初迎於鴨緑江上,既送別而還也,私相唱和之作,公目爲《東槎集》。爾後,公被擢入相。吾三人者,或罹家禍,或出在外,未相合并者數載。前年春,爲母求外,來刺是府。而雲卿、伯益聯翩赴朝,方會公於青鶴書屋。獨子子南涯,汩没簿領。回首舊游,已成陳迹。公之浮沉靡定之説,尤有以感余之懷矣! 於是命工鋟梓,以壽其傳。龍集戊子秋七月下浣,晋山蘇世讓書於完山之燕寢堂。

出處: 明朝鮮李荇《容齋集》卷末,《韓國文集叢刊》本。

編年: 據落款。

新安唐氏宗譜序
(唐仕　嘉靖十八年五月中旬)

嘗聞宗法不立,譜系不明,無以管攝天下人心,收宗族而厚風俗。是二者固在吾人所當講也。然立宗法,非有位者不能,勢也;而明譜系,則夫人皆得爲之,有理存焉,矧可以并行而不悖於其間邪? 蓋譜系明,則昭穆以之叙,尊卑以之辯,親疏以之分,遠近以之合,情與法爲兩盡,而宗法在是矣。先考文林石溪翁嘗謂仕曰:“譜系,所以補宗法之不及。”蓋有見也,予竊識之。故自吾祖宗一人之身,以至發而爲千萬人之身,其分殊也;自吾子孫千萬人之身,而實出於祖宗一人之身,其理一也。知其理之一,而又知其分之殊,則宗法不難於立,而譜系不難於明矣,何後世之弗之講也?

予宗本出唐昭宗之後,遠及於帝顓頊高陽氏,端緒相尋,歷歷可述,具見於《唐氏根源考》矣。其待補梅臞翁以前世系,載在婺源嚴田李《譜》者,有先世筼軒、白雲、梧岡三先生爲之序跋,讀其文如見其人焉。後梅臞之世又十有二傳矣,族益繁而居益遠,至有或不及相識如路人,豈祖宗之心哉? 原其失,不譜爲之也。故家文獻獨可少此乎? 我新安唐氏有譜,自郡幕仕勉翁始,顧惟詳於晋昌之奕葉,而木本水原之意殆泯焉。嗣是族祖邦大翁修之,堂伯奉政懿庵翁又修之,亦多執疑其間,或離或合,或異或同,泥於故而沮於勢,猶前志也。學士新庵、司徒南岡二兄蓋欲是正,乃以職守所拘,出入中外,更歷年所,迄未遑及。而邑庠生崇文俖復致意於斯,尋繹討論,深思默契,變故中起,莫克就編,惜哉!

仕無似,懼愈遠而愈失其真也,歸自景州,重取東園叔所藏舊編而閲之,沉潛反覆,若有所得。然猶不敢自是,命子世紳敦請諸宗,共出故實,參互考訂,伐其舛訛,補其缺漏,離者合之,異者同之,本末并舉,先後相因,以備一家之乘。蓋五逾年、四易稿,而後始成焉。勢非有所不可詰也,事非有所不可强也,昭穆尊卑之叙、親疏遠近之因,瞭然如指諸掌。分以正之,而推一本於萬殊;情以通之,而會萬殊於一本。人心有所繫,宗法有所寄,彝倫由是而明,風俗由是而厚,或不無少補焉,豈徒夸閥閱、侈觀美而已哉! 抑笋軒先生有云:"有可譜之譜,譜系是也;有不譜之譜,吾心是也。"誠能由可譜之義,以求不譜之心,尊祖敬宗焉,敦本睦族焉,祭祀有時,慶弔有禮,修治有道,勸懲有法,庶可爲吾唐氏之賢子孫,而於宗祖亦有光矣! 此固作譜者之意也。《詩》曰:"聿修厥德,毋忝爾所生。"又曰:"孝子不匱,永錫爾類。"凡我宗盟,盍共圖之!

　　嘉靖歲己亥夏五月中浣之吉,奉訓大夫、致河間府景州事,裔孫琴山唐仕頓首百拜謹序。

出處: 明唐仕《新安唐氏宗譜》卷首,明嘉靖二十三年刻本。

編年: 據落款。

瓊林宴歸圖記

(李濂　嘉靖二十一年閏五月下旬)

　　正德癸酉冬十月,濂以計偕上京師。明年甲戌春二月,會試南省中式。三月九日,禮部以廷試事聞,奉聖諭,三月十五日殿試。至日昧爽,上御奉天殿,策多士以宋儒真德秀所著《大學衍義》,意欲希古帝王之學,以增光祖宗之治,命多士敷陳化理,將親覽焉。其讀卷官自光禄大夫、柱國、少師兼太子太師、吏部尚書、華蓋殿大學士楊廷和而下十有四人,提調等官自資善大夫、禮部尚書劉春而下四十有八人,罔不精白一心,各慎厥事。是日,多士集丹陛下,各陳所蘊以對揚休命,晡投卷。明日,各詣太學,領進士巾袍履笏,始釋褐。又明日,文武臣工朝服侍班,廷設鹵簿,上衮冕御奉天殿。鴻臚寺官傳制唱名,維時歙縣唐皋舉第一甲第一人,而濂以讔薄叨第二甲、賜進士出身。明日,敕光禄寺具醴饌,賜宴南省,命太傅定國公徐光祚主宴,而讀卷等官咸在云。越二日,賜狀元朝服冠帶及諸進士楮鏹有差。明日,上表謝恩。又明日,詣太學舍菜先師,禮成而釋服。於戲! 我國家待士禮意優厚、恩澤汪濊有如此。凡我多士,被兹寵靈,其何以圖涓埃之報於萬一哉!

　　伏念濂自登第後觀政戶曹,以戚畹疏絶候勘京邸者二年。丙子,守沔陽。辛巳,移官四明。癸未,遷晉臬。奔走畏途殆十餘年,苟禄蹉跎,漫無寸補。丙戌，蒙恩放歸，屏居林壑，頗以文史自娛，杜門掃軌，絶無它慕。獨恨庸劣之資，學未聞道，進無以裨諸明時，退不足以淑諸鄉之蒙士。上負君父大造之恩，下負民物責成之望，中負師友切磋之益。曾子曰："五十而不以善聞，則無聞矣。"誦斯言也，烏容已於悲咤邪！

　　此圖，濂觀政都下時所繪。是時年二十有六，今嘉靖壬寅，歘已三十年矣。回憶宴時，恍忽如隔世事。諦觀圖中之像：我顏昔丹，今黦黦矣；我髮昔顈，今種種矣；我鬚昔始苗，今斑斑矣。犬馬之齒日衰，而葵藿之心莫展。湖海餘生，惟歌咏太平之盛，以贊神功、頌泰運焉耳矣。其次則訓子課孫，飭勿放逸，俾學以待用、耕以供賦，所謂圖涓埃之報於萬一者，僅此而已。《詩》云："夙夜在公，實命不同。"濂安敢妄效古之人，自傷不遇而反覆致詰於天人不可必之際乎？披覽斯圖，恭書此於上方，以識區區感激國恩、没世不忘之意。

　　時嘉靖二十有一年閏五月下旬，奉詔致仕、山西按察司僉事，臣李濂頓首謹記。

　　出處：明李濂《嵩渚文集》卷五十，明嘉靖刻本。

　　編年：據落款。

追賦正德甲戌夸官圖

（張治道　約嘉靖二十四年）

　　余本終南人，誤入蓬萊殿。蓬萊五色雲飛揚，桃花亂逐春風香。春風吹花覆人首，宮袍謾拂長安柳。道上爭看進士歸，醉顏笑落金尊酒。一自歸臥滄江濱，十年貫着白綸巾。秦川不見長安陌，畫中空餘長安春。嗚呼丈夫豈爲此，白簡藍袍胡爲爾。君不見，浩然驢，李白鯨，驊騮駿馬不知名。又不見，東郭履，盧敖杖，金花象簡空惆悵。丈夫要作萬年人，畫裏休夸兒女像！

　　出處：明張治道《嘉靖集》卷三，明嘉靖刻本。

　　編年：張集爲編年體，前一首《閏正月二十日寫真作》作於嘉靖二十四年（嘉靖僅該年有閏正月）。考《明實錄》，嘉靖八年治道因養病違限革職閑住，詩中"十年"句爲泛指。

新安唐氏宗譜序

（汪思　嘉靖二十三年四月十五日）

　　予無似，學士新庵唐先生門人也。先生嘗謂思曰："若知吾氏李乎？吾先，婺源之嚴田人也。蓋吾子同邑云。"後其族司徒南岡公，侍御松坡公，太守心園公、西峰公語亦及之。① 間者太守琴山公慨然以爲此有異焉，②而譜不可以弗修也，③乃命子世紳搜逸輯同而筆削之，④書成則命從子世槐來請序。⑤

按譜：唐信出於嚴田李，婺源之望也。李出理，⑥皋陶爲理官，官嗣以世，氏遂以官也。理出嬴，⑦帝顓頊高陽。由嬴而理以官命，由理而李以避紂，食木子自命。千餘年有唐公淵，化家爲國，傳第十九帝昭宗。⑧ 昭宗子祥，避朱全忠南來。⑨ 厥孫德鸞以卜擇居，乃有嚴田之李。由李而唐，以梅矓待補出後歙表城門唐登仕廷雋。梅矓之後遂別嚴田，迄今爲唐而不復者若干世矣。

登仕之唐，陶唐氏後也，此以國氏也。梅矓之唐，唐昭宗後也，此亦以國氏可也。是故李遂爲唐而不復也。雖然，李可忘乎？曰：不可也。然則唐可置乎？曰：亦不可也。夫斷枝寄生，假液以茂，故味固在，本性不殊。以梅寄榔，花固梅也；以杏寄梅，實固杏也：李不可忘也。《禹貢》導沇流而爲濟，濟固沇也；溢而爲滎，⑩滎固沇也：唐不必置也。木有本也，水有源也，是琴山公所以爲譜之義也。⑪

先琴山者嘗作譜矣，顧表城之詳而嚴田之棄，不亦不智乎？如其嚴田之復而表城之削，⑫不亦不仁乎？是故《世系本始》則圖，⑬《世系流芳》則圖專李唐也，《世系別圖》則圖存陶唐也。不偏以蔽也，不淆以亂也。辨源流而不汩也，⑭敦契好而不替也。嗚呼！琴山公之用心也，⑮其既仁且智矣乎！若夫叙昭穆、別尊卑、明戚疏、合遠邇、昭文獻、耀閥閱、正訛謬、⑯黜僞冒，以教雍睦、⑰

---

① “太守心園公、西峰公”：《方塘汪先生文粹》脱。
② “太守琴山公”：《文粹》作“琴山太守”。“此”：《文粹》作“兹”。
③ “弗”：《文粹》作“不”。
④ “乃命子”：《文粹》作“乃命厥子”。
⑤ “書成則命從子世槐來請序”：《文粹》作“來請予序”。
⑥ “李出理”：《文粹》作“李則出理”。
⑦ “理出嬴”：《文粹》作“理則出嬴”。
⑧ “十”：《文粹》脱。
⑨ “朱全忠”：《文粹》作“黃巢”。
⑩ “滎”：《文粹》作“榮”。
⑪ “公”：《文粹》作“子”。
⑫ “削”：底本作“棄”，據《文粹》改。
⑬ “《世系本始》則圖”：《文粹》同，其下疑脱“專李氏也”四字。
⑭ “辨”：《文粹》作“辯”。
⑮ “公之用心也”：《文粹》脱。
⑯ “謬”：《文粹》作“闕”。
⑰ “教”：《文粹》作“興”。

以厚風俗、以寓宗法、以紀人道，兹作譜者之通義，①予則稽唐李之異同、嘉琴山公之獨識云。②

嘉靖甲辰四月望日，賜進士、中憲大夫、雲南等處提刑按察司副使致仕、奉詔進一階、前刑科左給事中、翰林院庶吉士，芙蓉逋樵汪思書於紫陽精舍。③

出處：明唐仕《新安唐氏宗譜》卷首，明嘉靖二十三年刻本。參校以明汪思《方塘汪先生文粹》卷四《唐氏族譜序》，明萬曆三年刻本。

編年：據落款。

刻性命圭旨緣起

（佘永寧　萬曆四十三年五月）

里有吳思鳴氏，得《性命圭旨》於新庵唐太史家，蓋尹真人高第弟子所述也。藏之有年，一日出示豐干居士。居士見而悦之，謂其節次功夫咸臻玄妙，而繪圖立論尤見精工，誠玄門之秘典也。因相與公諸同志，欲予一言爲引。予既從事聖修，雅尚圓極一乘，不談此道久矣。以其所操説者，無非爲色身計也。色身有限，法性無邊。夫安得大修行人以法界爲身者，而與之談性命哉！

捨法界無性命，亦無身心，如法圓修，直紹人天師種，彼以七尺爲軀，一腔論心者，縱有修持，皆結業耳。於一超直入無當焉。聞之師云："修行法門有二種：一從法界歸攝色身，一從色身透出法界。從法界攝色身，《華嚴》尚矣；從色身出法界，《楞嚴》諸經有焉。《圭旨》所陳，大都從色身而出者。夫果出法界矣，方且粉碎虛空，有甚身心可論？因指見月，得道忘詮，是在善修者自契。居士流通之意，無亦見及此歟？予不負其流通善念，并思鳴氏寶藏初心，遂述緣起，質之有道。

萬曆乙卯夏仲，新安震初子佘永寧常吉書。

出處：佚名《性命雙修萬神圭旨》，明萬曆四十三年吳之鶴刻、天啓二年程于廷重修本。

編年：據落款。

---

①　"兹作譜者之通義"：底本作"兹作譜之通誼"，據《文粹》改。
②　"嘉"：《文粹》作"賞"。"公"：《文粹》脱。
③　"嘉靖甲辰"至"紫陽精舍"：《文粹》脱。

跋性命雙修萬神圭旨後

（吳之鶴　萬曆四十三年五月十五日）

之鶴無似，在垂髫時竊慕道真，乃於外祖唐太史新庵先生故篋中得《性命圭旨》一集，説者以爲本之浙東世家所藏。余珍之二十餘年，雖未能頓契玄筌，而人天境界稍稍領悟。今乙卯，出示豐干居士，大愜賞心，因請公諸同志。

余惟鶴算龜齡，修真猶仰，熊經鴟顧，引年且珍，矧兹迸出色身、直超法界，苦海都盡、極樂安身，百千萬衆有不皈依者哉！昧斯道者，或從而非二之。語所謂志秋毫者不瞻泰山，求涓滴者不資滄海，非道遠人，人自遠爾。用是書之於竟。

皇明萬曆四十三年仲夏望日，古歙吳之鶴謹跋於葆真堂。

出處：無名氏《性命雙修萬神圭旨》，明萬曆四十三年吳之鶴刻、天啓二年程于廷重修本。

編年：據落款。

書唐學士德俠傳後

（劉大櫆　乾隆間）

古之君子其所以汲汲於仕進而不甘閉户以終老者，固非爲一己之宫室、妻妾、肥甘、輕暖計也，視天下之民皆吾之同胞，不忍見其阽危淪陷，而思有以康濟之，使無不得其所也。故曰：禹思天下有溺者，由己溺之；稷思天下有飢者，由己飢之；伊尹見匹夫匹婦不被堯、舜之澤，若己推而内之溝中。仁人之用心，固如此也。

或曰：此蓋得位乘時，然後得以遂其志；如其不得志也，則將比之鄉鄰之鬥矣。予應之曰：非也。《周官》有不睦、不姻、不任、不恤之刑。孔子曰："以與爾鄉里鄉黨。"夫孟子所謂鄉鄰之鬥，蓋謂四海之大、九州之遠，目之所不見、耳之所不聞，於吾心無所感觸焉耳。如其在族姻、僚友、里黨之間，朝夕之與共，出入之與俱，非目見其形，則耳聞其聲，見其寒而不解以衣，聞其飢而不推以食，此殘忍之尤，安得自托於鄉鄰之鬥？

吾獨怪後之居上位者，將畀人以科名爵禄，必度其人之能報我者，而後與之；否則閉拒之，使不得通，不以爲天位之與共，而以爲私恩之可市，如農夫之力穡，而望其有秋。吾觀方君舜和，當其與唐守之游，守之亦里巷之窮士已耳，

豈知其名魁多士,膺顯秩於朝廷哉? 至於孫一松者,羈窮困苦,不忍視其填溝
壑而死,力足以拯則拯之,而不告以姓名,其無望報之心可知也。然而唐公歸
里,非舜和在座則里人之燕請不赴。一松遇諸塗而邀之歸,授以禁方,由是方
氏數世蒙其利。然則有施而無不報者,天之道也。彼必度其人之能報而後施,
亦獨何哉!

出處:清劉大櫆《海峰文集》卷一,清同治十三年刻本。

編年:當作於大櫆任徽州黟縣教諭時,即乾隆二十六年至三十二年間。

歷史資料彙編

敕命

翰林院修撰唐皋并妻敕

（明武宗　正德十二年四月十一日）

奉天承運，皇帝敕曰：翰林禁地，修撰史官。傅後信今，特重紀述之任；簡賢求俊，兼爲公輔之儲。必望實之素孚，斯委畀之不負。疇咨已試，庸示殊恩。爾翰林院修撰唐皋，德器老成，學源深溥。① 狀元及第，素非温飽之圖；史局紬書，允稱編摩之選。校文藝苑，藻鑒式精；勵志官箴，操持罔玷。賢勞既積，最考昺書，宜有渥恩，以示褒勸。兹特進爾階儒林郎，錫之敕命。於戲！官在明揚，既已徵於報稱；才堪大用，尚有待於登榮。勉副訓詞，益弘爾業。欽哉！

敕曰：婦專饋祀，儀刑不出於閨門；國重褒封，禮典式均於伉儷。況乃賢能之配，可無推錫之恩？翰林院修撰唐皋妻閻氏，行特端莊，性惟柔婉，秀鍾大族，德媲名門。禮義從夫，有儆戒相成之益；儉勤率下，無貴驕自恃之心。婦道克修，褒章宜錫。用旌内助，式耀中闈。兹特封爲安人。尚敦順正之風，益迓駢藩之寵！

正德十二年四月十一日。［敕命之寶］

出處：明唐仕《新安唐氏宗譜》卷上《唐氏恩榮録》，明嘉靖二十三年刻本。

編年：據落款。

翰林院修撰唐皋父母敕

（明武宗　正德十二年四月十一日）

奉天承運，皇帝敕曰：父以教忠爲賢，式弘佑啓；子以養志爲大，務在顯

---

① "溥"：底本作"博"，逕改。

揚。矧予禁從之英,克效忠勤之績。肆推恩命,奚間存亡! 爾唐德盛,乃翰林院修撰皋之父。蚤究儒書,兼通律學。久效勞於仕籍,晚歸老於田園。恤寡矜孤,仁施宗黨;親賢樂善,名著鄉閭。眷惟令子之登庸,實出義方之貽訓。榮壽寖登於六帙,英靈已賁於九原。爰據彝章,用推恤命。茲特贈爲儒林郎、翰林院修撰。尚期神爽之昭,益迓寵光之賁!

敕曰:鞠育劬勞,人子痛母恩之難報;褒封光顯,朝廷念臣職之能修。此倫理所當崇,實風教所由繫。典章具在,存没攸同。爾朱氏,乃翰林院修撰唐皋之母。儉樸慎勤,端嚴静重。禮能範内,義克相夫。肆成哲嗣之閎才,允協儒林之雋望。養違鼎釜,不勝風木之悲;光賁泉扃,宜示絲綸之命。茲特贈爲安人。庶其未泯之靈,歆此至優之渥!

敕曰:生有少壯,均沾教育之恩;國有典章,豈異褒封之數。蓋禮則緣義而起,故恩必以類而推。在古則然,於今尤重。爾閔氏,乃翰林院修撰唐皋之繼母。毓德淳良,秉資端靖。相夫有道,動必守乎家規;教子多勞,恩不殊於己出。康强無恙,方隆禄養之儀;光顯聿新,宜舉褒嘉之典。用旌懿範,兼勵賢能。茲特封爲太安人。茂膺冠帔之華,益享庭闈之樂。

正德十二年四月十一日。[敕命之寶]

出處:明唐仕《新安唐氏宗譜》卷上《唐氏恩榮録》,明嘉靖二十三年刻本。

編年:據落款。

祭文

諭祭翰林院侍讀學士唐皋文

（明世宗　嘉靖六年十二月二十七日）

維嘉靖六年歲次丁亥冬十二月甲辰朔越二十七日庚午,皇帝遣直隸徽州府知府鄭玉,諭祭於翰林院侍讀學士唐皋曰:

惟爾俊逸之才,剛方之性,名魁甲第,行重中朝。校藝文場,紬書史局,奉使遐方,遠著聲華。進講經幃,懋陳仁義。陟居翰苑,柄用方隆。遽染沉疴,竟至不起。訃音忽報,良切悼嗟。篤念老成,特加恤典。遣官諭祭,庸慰冥靈。神爽如存,尚其歆享!

出處:明唐仕《新安唐氏宗譜》卷上《諭祭文》,明嘉靖二十三年刻本。

編年：據小序。

代郡邑祭學士唐先生文
（黃訓　約嘉靖六年十二月）

嗚呼先生，早有文名。揮毫倚馬，春麗鯨鏗。泮宮闓爾，董學掄文。曰必倫魁，旦暮相君。旅進旅退，年逾四句。退也爲進，文更典醇。晦極而顯，肆魁兩京。膏宣燭燁，風助雷轟。洋洋賈董，獨對絲綸。魁士四百，名千萬春。時乎不來，七戰七北。道之將泰，一甲一人。乃官修撰，班馬其言。乃官講讀，程朱是尊。成名海內，執魯之經。持節海外，却陸之金。文章無價，清白有聲。三遷翰長，僉擬亞卿。維殿穆穆，維閣明明。維時大受，吾道大行。一疾莫瘳，憔悴士林。民失耳目，君失股肱。文失衡鑒，學失準繩。有來燕山，山故青青。至止越水，水故盈盈。家邦目斷，龍頭老成。天子隆祭，生榮死榮。某等心同仰斗，面或識荊。茲臨郡邑，莫贖俊英。惟死者形，不死者神。神歸來些，淚從酒領。九原不作，嗚呼先生！尚享！

出處：明黃訓《黃潭先生文集》卷七，明嘉靖三十八年新安黃氏家刊本，臺灣圖書館藏。

編年：文中有"天子隆祭，生榮死榮"之句，當與嘉靖六年十二月二十七日知府鄭玉之祭同時或稍晚。

經眼錄：2015 年 12 月 23 日，訪臺灣圖書館善本書室。是集爲孤本，共十卷十二冊，半頁十一行，行二十一字，白口，單魚尾，前有嘉靖己未胡宗憲序，鈐"吳興劉氏嘉業堂藏書記"印。

傳記

《明史稿》
（萬斯同）

皋，正德九年進士第一，授修撰。好言時事。嘉靖二年，刑部尚書林俊求去，皋上言："自古君臣同心則治，不同心則亂。今尚書俊勉留未幾，繼以詰責。遠引高蹈之思，已翻然起矣！上下乖離，何以爲治？"帝報聞。

三年，帝將考興獻帝，皋疏諫："請於本生備其尊稱，以伸追遠之道；繫其始封,以遠正統之嫌。"帝怒,停俸三月。

皋爲文下筆立就,或請改竄,輒迅筆更撰,不襲前篇一字,人以是服其才。終侍讀學士。

出處:清萬斯同《明史稿》卷二百八十四"列傳"一百三十五,清抄本。

嘉靖《南畿志》

唐皋,歙人,正德甲戌進士第一人,授翰林院修撰。修《武宗實録》成,進侍講學士。卒於官。

出處:嘉靖《南畿志》卷五十五,明嘉靖十三年刊本。

嘉靖《徽州府志》

唐皋,字守之,歙巖鎮人。家貧力學,博洽群書。下筆數千言立就,而氣概英邁。自爲博士弟子,當道即以公輔期之。正德甲戌,廷對第一。嘉靖初,頒詔朝鮮宣恩。及歸日,視行囊惟一硯,投之鴨綠江中。官至翰林侍講,經筵多所啓沃。所著有《新安文集》①《史鑒會編》《韻府增定》諸書。

出處:嘉靖《徽州府志》卷十八,明嘉靖四十五年刊本。

同書卷一載旌表坊額三則,并録於此:

"狀元會魁亞元"坊,唐皋。(本府城内)

"狀元"坊,侍講學士唐皋。(巖鎮)

"世恩"坊,封御史唐邦達,贈員外唐邦立,贈御史唐邦仁、唐傑,贈修撰唐德盛,贈知縣唐泰立。(槐塘)

萬曆《歙志》

唐皋,字守之,家貧力學,博洽群書,下筆數千言立就,而氣概英邁。自爲博士弟子,當道即以公輔期之。嘉靖初,頒詔朝鮮,宣恩秉介。及歸日,視行囊惟一硯,投之鴨綠江中。官至翰林侍講,經筵多所啓沃。

大禮事起,張、桂持論本正,然破溷淪而出神奇,舉朝駭爲佹詩,群起呵之。上猶時下温諭,而諸臣愈益戇,恃有楊廷和爲之壘也。皋後廷和子慎一科,爲廷和讀卷第一人,乃因慎請於廷和曰:"張、桂不爲無理,且已深入上心,相公不

---

① "新安文集":應作"新庵文集"。

可遏之太嚴，執之太固，持之太堅。但當擇其所可從者，以慰上衷；斯能執其所必不可從者，以安孝廟耳。”廷和曰：“卿言良是，但今日之事在我，我一少弛，則上浸潯求多，恐無以堤其後，則戎首亦在我矣。蓋我責任與卿等殊。卿何不即以此意具一疏上聞乎？”皋曰：“事今固在相公，有如上怒不測，一朝出片紙，安能保其不在他人乎！”廷和謝之，揖皋退。皋即草疏上之，用前指也。得旨：“這本持兩端，姑令回籍。”尋而廷和去，張、桂入閣，言者俱廷杖、斥逐，朝幾一空。此後惟上所爲，即太廟一節，豈惟出廷和意外，即張、桂亦未及此，已有鄙夫陰曵之矣。張亦不敢諫，乃嘆曰：“使楊公當日用唐侍講之言，留其餘勇以争此，則吾輩當助之矣。”乃廷和悔無及矣。張璁將請於上，復召用皋，會皋歿而止。所著有《新庵文集》《史鑒會編》《韻府增定》諸書。

子一羽，工詩，從王寅結天都社。

出處：萬曆《歙志》“文苑”，明萬曆刻本。

康熙《徽州府志》

唐皋，字守之，號心庵，[①]歙巖鎮人。家貧，嘗謁潯陽守，贈百緡。途次知同行友窘狀，罄囊贈之。又詣學宫支額廩，途遇鬻婦償債者，悉解與之，夫婦獲全。

正德甲戌，廷對第一，官翰林修撰。好言時事。嘉靖二年，刑部尚書林俊求去。皋上言：“君臣同心則治。今尚書俊勉留未幾，繼以詰責，復使求去。上下乖離，何以爲治？”報聞。大禮事起，諸臣競攻張璁、桂萼。皋謂楊廷和曰：“張公不爲無理，但當擇其可從者，以慰上衷，斯能執其必不可從者，以安孝廟耳。”廷和曰：“卿言良是。”皋乃草疏上之：“請於本生備其尊稱，以伸追遠之道；繫其始封，以遠正統之嫌。”帝大怒，奪俸三月。後累官至侍讀學士，進講多所啓沃。卒，予祭。

皋爲文下筆立就，或請改竄，輒迅筆更撰，不襲前一字，人以是服其才。所著有《心庵文集》[②]《史鑒會編》《韻府增定》諸書。

出處：康熙《徽州府志》卷十三，清康熙三十八年刊本。

同書卷十一有唐德盛封贈一則，并録於此：

---

① “心庵”：當作“新庵”。
② “心庵文集”：當作“新庵文集”。

唐德盛,以子臯,贈修撰。(卷十一)

雍正《巖鎮志草》

(佘華瑞)

唐臯,字守之,號心庵。① 生而英邁,博極群書。家貧,嘗以年家好謁潯陽守。守一見,期大魁,贈百緡。途次知同行友窘狀,愴然曰:“公貧倍我,何不罄持去爲婚養資!”竟垂橐歸。又詣學宮支額廩,途遇鬻婦償債錢者,②哭甚哀。計數適合,悉解與,夫婦獲全。

正德甲戌,廷對第一。還里中,競延致爲榮。臯曰:“召我須方君在,乃往。”方蓋物色臯微時嘗典藥籠給臯者。丁丑,同主禮闈試,得人爲多。武宗升遐,頒詔朝鮮,展讀悲慟,王及陪臣以下皆感泣。歸日,行囊惟一硯,投之鴨綠江。官侍讀學士,多所啓沃。臨終猶特進講君子小人章。詔賜諭祭。

先是,大禮事起,張、桂持論特正,群起呵之。上猶時下温語,諸臣愈益戇,恃楊廷和爲之壘也。臯爲廷和讀卷第一人,乃因廷和子慎請,曰:“張公不爲無理,且深入上心,相公不可遏之太嚴,執之太固。但當擇其可從者,以慰上衷;斯能執其必不可從者,以安孝廟耳。”廷和曰:“卿言良是。何不即以此意疏聞上乎?”臯退,草疏上之。尋而廷和去,言者斥幾空,事惟上所爲,即太廟一節,張亦不敢諫,乃嘆曰:“使楊公當日用唐侍講之言,留餘勇爭此,則吾輩當助之。乃今悔無及矣!”

所著有《心庵集》③《史鑒會編》《韻府增定》諸書。孫一羽,工詩,從王寅結天都社,崇祀兩學鄉賢。

出處: 清佘華瑞《巖鎮志草》亨集“文苑傳”,清乾隆刻本。

新編《歙縣志》

唐臯,字守之,號心庵,④槐塘人。自幼喪父,家境貧寒,倚窗旁聽私塾先生講課,入耳不忘。先生驚贊,破例入讀。博洽群書,才思敏捷,下筆數千言立就,氣概英邁。然八入科場仍不中,好事者譏道:“徽州有個唐臯哥,一氣秋闈

---

① “心庵”:當作“新庵”。
② “債”:底本作“責”,逕改。
③ “心庵集”:當作“新庵集”。
④ “心庵”:當作“新庵”。

走十科。經魁解元荷包裹，爭奈南京剪綹多。"唐皋聞而不怒，奪魁之心益堅，并在書房墻壁上題道："愈讀愈不中，唐皋其如命何？愈不中愈讀，命其如唐皋何？"又在網魚圖扇上題詩："一網復一網，終有一網得；笑殺無網人，臨流空嘆息。"明正德九年果中狀元，授翰林院修撰。協修《武宗實錄》。武宗薨，唐皋赴朝鮮頒詔，展讀悲慟，朝鮮國王及陪臣皆感泣……及歸日，檢行囊唯一硯，投進鴨綠江。後爲翰林侍講。世宗即位，"大禮"事起，唐皋上疏持兩端，遂令回籍。臨終進《君子小人章》，勸世宗遠小人、近君子。後預詔用，以歿罷止。卒賜祭葬，入祀府、縣鄉賢祠。著有《心庵集》①《皇華集》《皇華續集》《史鑒會編》《韻府增定》等。

出處：歙縣地方志編纂委員會編《歙縣志》，黃山書社 2010 年版，第 1215 頁。

《新安唐氏宗譜》
（唐仕）

皋，字守之，號新庵。性聰穎出群，安貧讀書。屢魁臺試，名重兩京。中正德癸酉南畿亞元。明年甲戌，上春官第四人，遂狀元及第。賜袍笏、銀帶，授翰林院修撰。淡素如常，威望益重，人人有公輔之期。丁丑，同主禮闈試事，得人爲多。嘉靖改元，頒詔朝鮮，充正使，賜一品服。至其國，講正典禮，敷宣德意，國人深敬憚之，莫敢干以私，②雖一硯亦不持也。尋擢侍讀學士、經筵講官。臨終猶進講君子小人之章，忠懇藹然。賜諭祭。用不盡其才，朝野惜之。生成化己丑正月十九日午時，卒嘉靖丙戌三月初三日子時。葬十九都巖鎮居左，巳山亥向。娶閆氏，敕封安人，生成化己丑十二月初十日戌時。生子二：伯綺、伯紆。

[附]

壽民字允齡，行八，舊譜云承八公。生洪武辛未八月初四日午時，卒永樂庚子十一月二十九日亥時。娶徐氏，生洪武丁卯十二月二十七日亥時，守節不貳，事載郡志。卒俱葬二十都富饒園。生子二：茂蔭，出繼允恭後；茂蕚。

茂蕚字邦輝，行茂卜。生永樂丁酉六月二十四日丑時，卒成化壬寅二月十四日亥時。

---

① "心庵集"：當作"新庵集"。
② "干"：底本作"于"，徑改。

娶方氏,生永樂戊戌九月十一日戌時,卒弘治丙辰四月二十六日戌時。俱葬十九都後斗山,乙山辛向。生子三:祖興、祖富、祖貴。

德盛諱祖興,號雙槐居士。教子讀書狀元及第,敕贈承德郎、翰林院修撰。生正統癸亥十月初九日亥時,卒弘治辛酉正月二十九日戌時。娶朱氏,敕贈安人,生正統丙寅十二月二十日戌時,卒弘治丁巳十二月二十六日亥時。俱葬十九都後斗山,乙山辛向。繼閔氏,敕封太安人,生景泰甲戌二月初三日戌時,卒嘉靖庚寅十二月十八日辰時,葬十九都雙虹橋東,巽山乾向。生子一:皋,朱出。

伯綺字崇綱,號鳳山。業《春秋》經,充郡博弟子員。奉例養母,不肯以利禄之榮而易天倫之愛,故又號"坦然子"。生弘治壬子六月二十日丑時,卒嘉靖壬寅某月某日某時。娶孫氏,生弘治壬子十月初一日戌時。生子四:汝龍、汝馴、汝馭、汝駿。

伯紓生弘治乙卯,夭。乏。

汝龍字起潛,號雲湫,充郡庠生。生正德癸酉六月初三日未時。娶程氏,生正德乙亥七月十八日子時。

汝馴字起萬,號玄谷。生正德己卯十二月初五日巳時。娶佘氏,生正德辛巳六月二十九日酉時。生子二:日章、日休。

汝馭字起敬,生嘉靖己丑五月十三日丑時,聘汪氏。

汝駿字起良,生嘉靖壬辰二月二十二日卯時。

出處:明唐仕《新安唐氏宗譜》,嘉靖二十三年家刻本。編修者唐仕,字信之,號琴山,正德十一年應天府鄉試舉人。壽民妻徐氏"守節不貳,事載郡志",見於弘治《徽州府志》卷十:"徐氏,歙槐塘人,唐允齡妻。允齡喪父,哀毀成疾,卒。徐年方二十八,矢節不嫁,撫其二孤茂蔭、茂萼。茂蔭亦早卒,獨茂萼有成。徐以天年終。"

《隱賢堂唐氏族譜索引》

(唐惟佐)

十八世善祖公,建文己巳年生。① 葬藤川汪山園。娶江、張氏。生二子:長宗義,次義宗。張、江二氏俱葬汪山園。唐皋之祖父。

十九世義宗公,宣德辛亥年生,因病早逝。孺人凌氏,正統庚申年生。生一子:皋。末世,寄住巖寺叔家。其母逝後葬汪山園。

十九世宗義公,永樂辛丑年生,葬汪山園左。孺人李氏,本孝女里管上新

---

① "生":底本原脱,徑補。

□祖社李姓之女，永樂癸卯年生，葬汪山園。生二子：長永富，次永貴。唐皋之伯父。

出處：清唐惟佐《隱賢堂唐氏族譜索引》，明雍正九年序刊、民國胡木春抄本。宸按：此一世系與官方世系、《新安唐氏宗譜》皆不同，存留備考。

《三田李氏重修宗譜》
（李向榮）

皋，字守之，號新庵，性聰穎出群，安貧讀書，屢魁臺試，名重兩京。中正德癸酉亞元。明年甲戌，上春官第四人，遂狀元及第。賜袍笏、銀帶，授翰林院修撰。丁丑，同主禮闈試事，得人爲多。嘉靖改元，頒詔朝鮮，充正使，賜一品服。尋擢侍講學士、經筵講官。卒於官。臨終猶進君子小人之章，忠懇藹然，欽賜諭祭葬。娶閻氏，封安人。子二，一繼草市孫氏者。

[附]

壽民字允齡，娶徐氏，守節不貳，事載郡志。合葬二十都富饒園。子二。

茂萼字邦輝，娶方氏。葬十九都後斗山。子三。

德盛諱祖興，號雙槐居士。教子狀元及第，敕賜翰林院修撰。娶朱氏，敕贈安人，合葬十九都後斗山。繼閔氏，敕封太安人，葬雙虹橋。子一。

伯綺字崇崗，號鳳山，郡庠生。娶方氏。子四。

伯紓乏。

□□係孫氏繼者。娶燕京鄭氏。生子二：玄保、玄大。女二：長適程封君大俊，生子□，司理子鈱、儀部子鏊、文學子鏽、孝廉子鐸，皆所自出；次女適程尚廉。

汝龍字起潛，號雲湫，充郡庠生。生正德癸酉六月初三日未時。娶程氏，生正德乙亥。側董氏，生子日明。繼子日知。

汝馴字起萬，號玄谷。娶佘氏，生子六：日章、日知、日華、日新、日表，日知出繼伯龍。

汝驥

出處：清李向榮《三田李氏重修宗譜》，清乾隆刻本。

《唐氏世系挂綫簿》
（唐應恩）

皋，遷嚴寺住。明正德甲戌科狀元，翰林院修撰。詔充朝鮮正使，賜一品服。丁丑主試禮闈。升侍讀學士、經筵講官、同修國史。著有《新庵文集》《史鑒》。崇祀郡邑鄉賢祠。

　　出處：唐應恩《唐氏世系挂綫簿》，舊抄本。唐應恩（1903—1987），號啓
敏，歙藤川人，筆者祖父。

《皇明歷科狀元録》
（陳鎏）

　　正德九年甲戌狀元唐皋。

　　廷對之士，霍韜等三百九十六人，擢唐皋第一。

　　唐皋，字守之，徽州歙縣人，年四十六舉進士第一，授翰林修撰。乞歸改
葬，給驛以歸。修《武宗實録》成，進侍講。嘗使朝鮮，尋卒於官。

　　彭司馬澤知徽郡，移學宮而新之。夜夢神語云：“明日相見秀才乃狀元
也。”至明日，①無庠士至。既而有隨衆進獻上梁文者，②彭覽之，大喜，稱狀元
才，延禮甚厚，乃皋也。爲人善謀斷，喜任事。鄰郡有賊，勢猖獗，將入徽界，郡
守求謀士。皋應召而出，設策預防，賊卒不爲害。

　　皋在庠時，日以魁元自擬，累蹶場屋。鄉人誚之曰：“徽州好個唐皋哥，一
氣秋闈走十科。經魁解元荷包裹，爭奈京城剪絡多。”③唐聞之，志益勵，後連
捷二魁，以狀元及第，可謂有志者事竟成也。陳鼐《百可漫志》。

　　才經練達，庶幾有養。旋予旋奪，人斯怏怏。毅皇五元，涇野稱賢。固始
爵崇，進賢敢言。新都不幸，歙弗永年。

　　皋素有聲譽，爲上官禮重。郡守熊桂長於青烏之學，④相其家，稱善地，所
未足者，前宜浚水一道，爲御階水，必登高第。因爲買其鄰之地，鑿水如法。未
幾，果狀元及第。世墓在葛塘，尤陰宅之佳者。

　　未第時，每夢面前列瓜錘一對，未嘗以語人。廷試後，有報其中探花者。
曰：“不止此也。”既而報爲榜眼，亦曰：“不止此也。”及臚傳果第一。有詰其故，
乃以夢告。蓋傳臚後黄蓋、瓜錘送歸第者，狀元也，故皋自信如此。鼎元以此
爲導從者，自皋始云。

　　家甚貧，襟懷脱灑，爲文一揮而成，一字不加點。若中欲有所改動，寧別作

---

①　“日”：底本脱，據《明狀元圖考》補。
②　“有隨衆進獻上梁文者”：底本作“隨衆進有獻上梁文者”，據《明狀元圖考》改。
③　“剪絡”：底本作“剪柳”，據《明狀元圖考》改。
④　“熊桂”：底本作“推桂”，誤。

一篇，語不相犯，其才性如此。

楊慎送皋使朝鮮詩云：“玉馬朝周封壤舊，青雲干吕瑞圖來。鳳凰樓上星辰動，鴨綠江邊霧雨開。王會千年輝簡竹，皇恩萬里被蒿萊。張騫謾作尋源使，陸賈虛當絕國才。”

皋生於己丑、丙寅、甲戌、庚午，以年月日三辰納音之火，而歸於時午離火之位，所謂“火入都堂”也。

出處：明陳鎏《皇明歷科狀元録》卷四，明隆慶刻本。宸按：涇野謂吕柟，固始謂楊維聰，進賢謂舒芬，新都謂楊慎，歙謂唐皋。

《殊域周咨録》
（嚴從簡）

世宗肅皇帝嘉靖改元，遣翰林修撰唐皋，宣諭朝鮮以親藩入繼大統之意。皋字守之，歙縣人。家貧力學，博洽群書，下筆數千言立就，而氣概英邁。自爲博士弟子，當道即以公輔期之。正德甲戌，廷對第一。及使朝鮮，歸日視行囊惟一硯，投之鴨綠江中。又皋未第時，每夢身衣麒袍，面前列瓜錘一對，未嘗以語人。廷試後，有報其中探花者，曰：“不止此也。”既而報爲榜眼，亦曰：“不止此也。”及臚傳，果首擢。有詰其故，乃以夢告。蓋及第後黃蓋金瓜送歸第者，狀元也。皋官侍讀，尋卒。而出使外國賜服一品，其麟袍之驗如此云。楊慎送皋使朝鮮詩曰：“玉馬朝周封壤舊，青雲一品瑞圖來。鳳凰樓上星辰動，鴨綠江邊霧雨開。王會千年輝簡竹，皇恩萬里被蒿萊。張騫漫作尋源使，陸賈虛當絕國才。”

出處：明嚴從簡《殊域周咨録》卷一，明萬曆刻本。

《明狀元圖考》
（顧祖訓）

正德九年甲戌，廷試霍韜等三百九十六人，擢唐皋第一。

按：唐皋，字守之，號心庵，[①]直隸歙縣人。素以元魁自擬，累蹶場屋。人誚曰：“徽州好個唐皋哥，一氣秋闈走十科。經魁解元荷包裹，爭奈京城剪綹多。”皋聞之益勵，年四十六，連捷二魁及第，可謂有志者事竟成。後修《武宗實

---

①　“心庵”：當作“新庵”。

録》成，進侍講。嘗使朝鮮，尋卒於官。

彭司馬澤知徽郡，移學宮而新之。夜夢神語云："明日相見秀才乃狀元也。"至明日，有隨衆進獻上梁文者，彭覽之，大喜，稱狀元才，乃皋也。爲人善謀斷。鄰郡有賊，勢猖獗，將入徽界，郡守求謀士。皋出，設策預防，卒不爲害。

《狀元録》：家甚貧，襟懷脱灑，爲文一揮而成，一字不加點，若中欲有所改動，寧別作一篇，語不相犯。其才性如此。又，皋素有聲譽，爲上官禮重。郡守熊桂①長於青烏之學，相其家，稱善地，所未足者，前宜浚水一道，爲御階水，必登高第。因爲買其鄰之地，鑿水如法。未幾，果狀元及第。世墓在葛塘，尤陰宅之佳者。

《夢徵録》：未第時，每夢面前列瓜錘一對。及廷試後，有報其中探花者，曰："不止此也。"既而報爲榜眼，亦曰："不止此也。"及臚傳，果第一。有詰其故，乃以夢告。蓋傳臚後黄蓋、瓜錘送歸第者，狀元也，故皋自信如此。

出處：明顧祖訓《明狀元圖考》卷二，明萬曆三十五年吴承恩及黄文德刻、崇禎增修本。

《本朝分省人物考》
（過庭訓）

唐皋，歙縣人。正德甲戌進士第一人，授修撰。與修《武宗實録》，《録》成，進侍講學士。未幾，卒於官。皋名理宿學，每爲文下筆立就，或求竄改數語，伸筆直書，較前稿不襲一字，人咸服其才。惜未究其用也。

出處：明過庭訓《本朝分省人物考》卷三十七，明天啓刻本。

《列朝詩集》
（錢謙益）

皋，字守之，歙縣人。正德甲戌狀元，授修撰。與修武廟《實録》，進侍講學士。未幾，卒。學士老於場屋，暮年始登上第。爲文下筆立就，或求竄易字句，伸筆直書，不襲一字，人咸服其才。惜未究其用也。

出處：清錢謙益《列朝詩集》丙集卷十六"唐講學皋"條，清順治九年毛氏汲古閣刻本。

---

① "熊桂"：原作"推桂"，誤。

事迹

《明　史》二則
其　一

（正德九年）三月辛巳，賜唐皋等進士及第、出身有差。

出處：清張廷玉等《明史》本紀第十六《武宗本紀》，中華書局 1974 年版，第 206 頁。

其　二

嘉靖二年冬，帝以災異頻仍，欲罷明年郊祀慶成宴。紹宗言："祭祀之禮莫重於郊丘，君臣之情必通於宴享。往以國戚廢大禮，今且從吉，宜即舉行，豈可以災傷復免？"修撰唐皋亦言之。竟得如禮。

出處：清張廷玉等《明史》列傳第八十《裴紹宗傳》，中華書局 1974 年版，第 5097 頁。宸按：《明史》所引裴紹宗之言，皆當爲公之言。參見前輯《舉曠典以備大禮疏》。

《明實録》十則
其　一

癸酉，命少師兼太子太師、吏部尚書、華蓋殿大學士楊廷和，少傅兼太子太傅、吏部尚書、謹身殿大學士梁儲，太子太保、户部尚書、武英殿大學士費宏，禮部尚書兼文淵閣大學士靳貴，掌詹事府事、吏部左侍郎兼翰林院學士蔣冕，翰林院侍讀學士顧清，少保兼太子太保、吏部尚書楊一清，户部尚書王瓊，太子少保、兵部尚書陸完，刑部尚書張子麟，太子太保、工部尚書李鐩，都察院右副都御史石玠，通政司通政使丁鳳，大理寺左少卿張禬，充殿試讀卷官。

戊寅，策試舉人霍韜等三百九十六人。是日，上不御殿。

辛巳，賜唐皋等三百九十六人進士及第、出身有差。

壬午，賜進士恩榮宴於禮部，命新寧伯譚祐待宴。

癸未，賜狀元唐皋朝服冠帶及諸進士寶鈔。

乙酉，狀元唐皋率諸進士上表謝恩。明日，詣先師孔子廟行釋菜禮。

壬辰，授第一甲進士唐皋爲翰林院修撰，黄初、蔡昂爲編修。

出處：《武宗實録》卷一百一十，正德九年三月條。

其 二

戊戌，翰林院修撰唐皋乞假歸省，許之。

出處：《武宗實録》卷一百五十一，正德十二年七月條。宸按：據公所撰《贈金南巖翁雙壽序》，正德十三年夏如浙，遂返京師，抵京復職當在夏秋間，《實録》失載。

其 三

己酉，翰林院修撰唐皋以給假歸葬至，復除原職。

出處：《武宗實録》卷一百八十六，正德十五年五月條。宸按：據門人汪思所撰《再疊韻奉酬新庵先生上時方南征》諸詩，知公於正德十四年八月武宗南巡時乞假，《實録》失載。

其 四

乙巳，升翰林院編修嚴嵩爲南京翰林院侍讀、署掌院事。以登極詔諭朝鮮、安南二國，命翰林院修撰唐皋、編修孫承恩充正使，兵科給事中史道、禮科給事中李錫充副使以往。

出處：《世宗實録》卷五，正德十六年八月條。此時已改明年爲嘉靖元年。

其 五

乙卯，翰林院修撰唐皋言："比見運河地勢高，其水易涸。丁夫挑淺，沿岸拋泥，是以隨挑隨淤，終歲不休。宜仿嘉、湖取淖壅桑之法，以舟運泥至近岸，別令人轉運，務去河稍遠，則一歲之役可免數歲之勞。又山東泉脉甚衆，頃緣管河官類多轉委於人，疏導無方，以致泉流散漫，不入於河。乞敕分司主事，親督其役，如法疏浚。庶衆流成川，亦運道一助也。"事下工部議，覆從之。

出處：《世宗實録》卷十八，嘉靖元年九月條。

其 六

丁卯，翰林院修撰唐皋言："自古及今，上下同心則治，不同心則亂。太祖故《大誥》首言君臣同游之盛，而孝宗退朝之暇，時御便殿延問宰執，或賜茶，或賜饌，一時際遇，聲施至今。今尚書林俊勉留未幾，而繼以詰責。深藏遠舉之思，已翻然起矣。上下乖離，何以爲治？伏願憲聖祖之言，舉先朝之典，咨謀輔弼，隆禮大臣，養聖主遷善之勇，全老成執法之忠，鑒憸邪兆亂之由，消近習保奸之禍。格天召和,莫切於此。"下所司,知之。

出處:《世宗實錄》卷二十六,嘉靖二年閏四月條。

其　七

己巳,翰林院修撰唐皋、編修鄒守益等,禮科都給事中張翀等,御史鄭本公等,俱上疏極論。守益等言:"禮者,所以正名定分、別嫌明微,以治政安君也。君失禮則入於亂,臣失禮則入於刑,不可不慎也。今陛下受先帝遺詔、昭聖皇太后懿旨,入纘大統,此正先儒程頤所謂'繼祖之宗絶,亦當繼祖',故雖長子,爲人後而不可辭也。夫所繼之祖,乃百世不遷之祖,大宗之統也。我太祖高皇帝至於列聖相繼之統,不可一日不續者也。特以武宗爲兄,不可以分昭穆。故考孝廟、母昭聖,以纘正統,此天經地義,質諸聖經而無不合者也。至於本生之恩,特加帝后之號,則於私親不可謂不隆也。乃又加以皇考之稱、去其始封之號,則於正統略無分別矣。夫天下無兩重之理,尊無二上。是以我太祖高皇帝製《孝慈錄》以教天下,其叙五服之制有曰:'爲人後者,爲所後父母服三年。爲所後祖父母承重,爲本生父母降服期年。'即喪服之隆降,則廟制祭法皆可類推矣。伏望陛下恪遵祖訓,毋爲異論所惑,於興獻帝遵稱,避皇考之嫌,存始封之號,庶於正統不致僭逾。"

皋疏略如守益,言:"請於本生備其尊稱,以伸隆孝之道;繫其始封,以遠二統之嫌。"

翀及本公等則謂:"今之天下,太祖高皇帝之天下,八傳而至陛下。藉曰孝宗未嘗親子,陛下其守此鴻業而傳之以及陛下子子孫孫,萬世相承者,果誰之德與?故陛下在藩之日,則可曰孝宗之侄、興獻王之子;今在御之日,則當曰孝宗之子、興獻帝之侄。可兩言而決也,奚待於紛紛哉!至於立廟大內之説,實爲不經。獻帝之靈,既不得以入太廟,又空去一國之祀。而姑托享於大內焉,陛下之享太廟,其文必曰嗣皇帝,於獻帝之廟則又當何稱?愛敬精誠,兩無所屬。竊恐獻帝之神,且將蹩然不安。是陛下之孝既不得專致於太廟,而於所以奉獻帝者,反爲瀆禮而不足以盡其心矣。"

上覽奏不悦,以守益等出位妄言,姑置不問,而責皋阿意二説,翀及本公等朋言亂政,各奪俸三月。

出處:《世宗實錄》卷三十七,嘉靖三年三月條。

其　八

丙午,以《武宗實錄》成,賜監修官定國公徐光祚、總裁官大學士費宏、石珛、賈詠人白金八十兩、文綺四表裏、羅衣一襲、鞍馬一副。副總裁官禮部左侍郎兼翰林院學士吳一鵬、侍講學士董玘人白金八十兩、文綺四表裏、羅衣一襲。纂修官侍讀徐縉、翟鑾、許成名，侍講穆孔暉、張璧、劉樸、張潮、尹襄，修撰唐皋、楊維聰、邊憲，編修謝丕、劉棟、費寀、林文俊、孫紹祖、蔡昂、倫以訓、崔桐、汪佃、葉桂章、葉式、王三錫、陳沂、酈灝、余承勳、劉世盛、陸釴、費懋中、江暉、馬汝驥、孫元，檢討金皋、張星、蕭與成、林時、季方、湯惟學、席春、劉夔人白金三十兩、文綺三表裏、羅衣一襲……

出處：《世宗實錄》卷五十二，嘉靖四年六月條。

其　九

辛亥，以《武宗實錄》修完，敕吏部：監修官徐光祚加兼太子太師；總裁官費宏加少師，兼太子太師、尚書、大學士如故；石珛、賈詠俱太子太保，武英殿大學士、尚書如故；副總裁吳一鵬禮部尚書，學士如故；董玘詹事府詹事兼翰林院學士。

升纂修官侍讀翟鑾，翰林院學士；侍講穆孔暉，左春坊左庶子兼翰林院侍讀學士；侍讀徐縉，侍講學士；修撰唐皋，侍講學士；侍講張璧，左春坊左諭德；侍讀許成名，左春坊右諭德；侍講劉樸、尹襄、張潮，俱司經局洗馬；修撰邊憲、編修劉棟，俱左春坊左中允，棟仍加俸一級；修撰楊維聰、編修孫紹祖，俱右春坊右中允；編修崔桐、汪佃，俱侍讀；葉桂章、王三錫、陳沂、酈灝，俱侍講；謝丕、費寀，俱左春坊左贊善；林文俊、蔡昂、檢討金皋，俱右春坊右贊善；編修余承勳、陸釴、費懋中、汪暉、馬汝驥、葉式、劉世盛、倫以訓、檢討蕭與成、季方、湯惟學，俱修撰；檢討張星、林時，俱編修……編修孫元，檢討席春、劉夔，原已改除入館，俱升按察司僉事……

出處：《世宗實錄》卷五十二，嘉靖四年六月條。

其　十

己未，翰林院侍讀學士唐皋卒。上以其講讀效勞，特與祭一壇。

出處：《世宗實錄》卷六十三，嘉靖五年四月條。

《李朝實錄》五十六則

其　一

登極使李惟清狀啓曰：“登極頒詔，差除與否聞見，看得奇別一本，節該‘差官賚詔往朝鮮國開讀，奉聖旨，是，翰林院修撰唐皋充正使，兵科給事中史道充副使。國王紵絲十表裏、妝花絨錦四段，王妃紵絲六表裏、妝花絨錦二段'云云。故令通事金利錫進兩使家，問發程之日，則答曰'九月十二日受敕，則二十日前起程。右日未及受，則晦日前起程'云云。"唐皋有文學，甲戌科狀元。史道丁丑科進士出身。傳曰："不意聞天使之來，諸事固當預備。而館伴及遠接使與夫各道卜定物件諸事，可磨煉以啓。"

出處：《中宗實錄》卷四十二，正德十六年九月二十日條。

其　二

壬午，堤堰司啓曰："畿甸之民，受弊於天使之時，而驛路之困，比他道尤甚。'災傷敬差官勿兼審堤堰，以除驛路之弊。'臺諫之言，甚當。"傳曰："可。"

出處：《中宗實錄》卷四十三，正德十六年十月四日條。

其　三

丙戌，政院啓曰："謝恩使書狀二道來，其一曰：'臣本月十二日北京離發，今到杏山驛。臣出來時，與登極使同議，令通事金利錫詣唐皋家，十二日受敕與否探問，則唐皋使其家人傳語金利錫曰"近因朝廷多事，其日未及受敕，來十八日，大行皇帝發引後，得空日受敕，則未久起程"云。發引後，二十二日安葬，二十四日神主入城，二十六日祔廟，則其間似無虛日也。'其二曰：'臣初到遼陽，太皇太后及中宮冊封與否，問於大人甯寶，答曰："時未冊封。"及至北京更爲探問，皆云："凡冊封之事，有關慶禮，而大行皇帝方在殯宮，不得議行。新皇帝年纔十六，而連仍喪恤，尚未擇配。"兩所方物，依朝廷處分，不進獻賚還。登極使到遼東探問，如臣所聞。然慮遼東地方去京師頗遠，雖已冊封，而遼東人或未及知，太皇太后方物，并錄呈文，進呈都司後，到京始知的語，不欲進呈。然遼東都司據呈文，業已聞奏，勢難中止，兹以進呈，則鴻臚寺、禮部等官，初以爲位號未定，進獻未穩，禮部更議云"遼東都司奏本，已下本部。且正德中宮，雖時無位號，自當轉封，封進方物，於禮無妨"云。'今次正朝行次，不送方物，似未安。此意議於大臣何如？"傳曰："可議之。"舍人曹漢弼以大臣之意，啓曰："朝議以爲時不冊封，而先自上號爲難故。謝恩使則不呈之矣。厥後，登極使則已呈呈文，故不得已呈之，今之不呈，似爲未穩。但聖節使、尊諡使，當觀其登極使呈不呈，而爲之事，已教送，而今通事之出來，路逢聖節使，但言謝恩使之不呈方物，而不言登極使之呈方物，則恐至遼東，依謝恩使之例，不呈文矣。以此料之，則今又送之未安。明日祭後，與禮曹相議爲之，何如？"傳曰："明日還宮後，與禮曹同議爲當。"

出處：《中宗實録》卷四十三,正德十六年十月八日條。

其　　四

己亥,京畿觀察使成雲馳啓曰:"今年失農,甚於去年。又天使再度出來,支待事煩,民生困弊。往年還上,請待明年秋成收之。"啓下户曹,户曹回啓曰:"其失業甚者則已,不至絶食之户,則於今年隨宜促納可也。"依允。

出處：《中宗實録》卷四十三,正德十六年十月二十一日條。

其　　五

庚午,御朝講。持平朴命孫曰:"今年農事等第,外方官吏聞朝廷之議,以'下之下'升爲'下之中'。今年,再經天使之行,而又如是,則臣恐民不聊生也。田税濫重,無乃傷於德乎?"領事南袞曰:"臣聞,徒以'下之下'升爲'下之中',未聞次次皆等而上之也。但以'下之下'爲'下之中',何至於民不聊生乎? 如京畿各邑之穀,散民亦多,而還納未半,國廩將竭,是知出而不知入也。既古云'既廩稱事',夫工匠之食、國庫之竭,皆不可不慮也。"上曰:"臺諫爲民生言之固當,然大臣豈不熟計爲國用而然也?"

出處：《中宗實録》卷四十三,正德十六年十一月二十二日條。

其　　六

遠接使李荇馳啓曰:"兩天使當日二十日也越江,櫃子各七,頭目五十二人。"

出處：《中宗實録》卷四十三,正德十六年十一月二十二日條。

其　　七

辛未,上御思政殿,觀宴享習儀。天使宴享。

出處：《中宗實録》卷四十三,正德十六年十一月二十三日條。

其　　八

壬申,遠接使李荇狀啓曰:"臣與義州牧使李芑,就前揖禮。上使曰:'太勞苦。'又語李和宗曰:'頭目等慮其生事,故大書榜文,到處揭示,務要禁戢。小犯則量情直決,大犯則奏聞治之。俺之來此,宣布德意。一路人民,若以俺等之故,有所被辜,則殊乖頒恩之義。雖有過差,勿令懲治。'到良策驛,設宿所宴,臣請饋頭目酒,上使曰:'吃飯已足,何必饋酒? 然已備,故許之,後勿更饋。'"

出處：《中宗實録》卷四十三,正德十六年十一月二十四日條。

其　　九

庚辰,御朝講。大司憲尹殷輔曰:"近者寒暑失序,冬暖如春,不雪而雨,此非小變。朝官宴飮，非不嚴禁，而猶不懲戢，其上下修省之意安在？”上曰：“災變非一二，而冬暖之變，變之大者，尤可恐懼修省，而朝官輩乃爾，是法司所當加察也。大抵災不虛生，可不懼哉？”領事南袞曰：“觀此日候，將至無冰，深可惶悚，刑政尤當愼重。臣顧以庸資，冒居具瞻之地，災異之生，何足怪哉？心實未安。”上曰：“宴會豪侈則必多貽弊於下隷，各司奴婢，將至於凋殘，故言耳，是豈有司之所不知也？”南袞曰：“女樂，世宗欲革而不得。其後列聖相承，猶不能革之。頃者之革，甚好底事，然特慮其以供內宴、以待聘介也而復之。中外之人不知此意，反以爲娛樂之具，縱恣無忌，甚非也。頃者吹毛覓疵，競事彈駁，故欲縱恣者，顧不得肆其心，及至今日，人皆以爲今時則和光同塵，爭相游宴，是豈小弊哉？各司官員，亦且濫徵作紙，尤爲非也。自今後，令監察捧給何如？”上曰：“女樂之復爲內宴也，而爲娛樂之具則甚非也。作紙之事，弘文館亦疏陳其弊，憲府宜可檢察。外方亦豈無是弊？并可致念也。”洪淑曰：“女樂雖不可一切革罷，然於正殿則固不可用也。臣前拜大司憲時，閭閻之間雖發禁亂捕禁猶未能盡禁，臣恐抑別有禁止節目，而未能施行而然也。”上曰：“節目非不嚴也，但捧行者未能盡心也。”

　　出處：《中宗實錄》卷四十三，正德十六年十二月二日條。

其　十

　　乙酉，上迎敕於慕華館。<small>翰林院修撰唐皋爲上使，兵科給事中史道爲副使。</small>迎詔禮畢，天使就太平館。上仍幸太平館，行下馬宴。

　　出處：《中宗實錄》卷四十三，正德十六年十二月七日條。

十　一

　　丙戌，上幸太平館，行翌日宴。宴未作，上將例贈，使承旨朴壕賫呈。上使曰：“俺南方遠地人也，入仕朝廷，出來貴邦，得睹盛禮，是亦幸也。”不受。遣承旨俞汝霖贈天使筆硯等物，不受。

　　出處：《中宗實錄》卷四十三，正德十六年十二月八日條。

十　二

　　丁亥，上幸太平館，行上馬宴。

　　出處：《中宗實錄》卷四十三，正德十六年十二月九日條。

十　三

　　上於下馬宴，謂天使曰：“昨聞大人將寡人比擬周、孔，不敢當。但是讀書必須知義理之精微蘊奧,然後才可謂之通學。寡人所學,孤陋魯莽之學,雖讀何用?今日得見大人,可謂千萬稀幸事也,請兩位將嘉言善訓分明教我,我亦願安承教。"正使曰:"俺等學識淺薄。今來飽看賢王德性所存、學問所資,無所不備,俺等不能贊一言也。"上曰:"聖帝龍飛之初,兩位大人受命出來,小邦必多闕失之事,望兩位明示指教。"上使曰:"今到文獻之邦,上自賢王,下至大臣,禮讓成俗,法度彰明,俺等安能教誨於其間乎?"上曰:"筆硯紙墨是文房微物,雖或收用,不是傷廉。"兩使曰:"朝廷知我等遵守理法,差將出來。雖是微物,若受之,則是欺朝廷也。"

出處:《中宗實錄》卷四十三,正德十六年十二月九日條。

十　四

戊子,上幸慕華館,餞天使。

出處:《中宗實錄》卷四十三,正德十六年十二月十日條。

十　五

上使臨行,製詩送於殿下曰:

皋以菲才,奉天子簡命,來使朝鮮,獲睹賢王謹禮效忠之誠,又荷賓待勤渠,援留諄切,徒以歲聿云暮,歸興方濃,莫克勉承旨意。因賦此律,以寫衷曲,并致展謝之私云。

聖主優東國,賢王仰北辰。雲收丹詔日,雨霽碧蹄春。笳鼓聲交奏,魚龍戲雜陳。鰲山高結彩,鯨浪遠噴銀。爭觀填街道,歡迎動鬼神。傳宣偕墨敕,拜舞擬楓宸。晋錫聯端幣,光逾在笥珍。馨儀纔易服,展拜遂迎賓。列坐懷瞻久,臨門候送親。太平迎別館,私睹遺諸臣。華宴開還數,雕輿出亦頻。參差邊寘踐,獻酢酒漿醇。物已多儀享,杯仍上佐巡。德容兼肅肅,禮問益諄諄。取義《詩》章斷,謙光《易》象真。書能詳馭馬,經亦舉踣麟。飲德心遄醉,揚休氣自淳。留時雖阻意,去後但懷仁。遠送玄菟目,常飛白嶽身。此情元不朽,何啻在貞珉。

賜進士及第、翰林院修撰兼經筵國史官、欽差朝鮮正使,紫陽山人唐皋拜書。

出處:《中宗實錄》卷四十三,正德十六年十二月十日條。

十　六

上於慕華館餞天使時,語上使曰:"大人作詩送來,褒美寡人過當。"上使曰:"昨日在江上,多飲至醉。今日早起,思想賢王盛德,滿裝在懷,不得顯揚,勉强拙筆僅記一二而已，請勿見却。"上曰："非聖天子恩命之及，何能得見大人之詩乎？此乃東方萬世之寶，寡人置詩左右，常目在之，如見兩大人令儀也。"又曰："《詩》云：'淑人君子，其儀不忒。'今見兩大人令儀，正是淑人君子也。異日必升公卿之位，輔佐聖明天子，可致泰和雍熙之治也，願毋忘寡人今日之言。"正使曰："《詩經》云：'追琢其章，金玉其相。'此是贊説文王也。今見賢王盛儀，正如此詩之云也。"上曰："不敢當。今日寡人與大人相別之後，再會無期，感愴之情，不自勝也。"正使曰："俺等初到江上，見大小陪臣，皆有禮義嚴敬。又入王城，雖下人，皆知禮義。今見聖王德性丰彩，謙光尊敬之美，我到本國，見朝之日，即奏知皇帝，則亦必喜歡也。又將一一傳播於大小僚友之中，使知東方有賢君也。我不説謊耳，是實事也。"上曰："我有何賢，敢承此言？"上使曰："賢王盛德，雖古賢君，何以加之？惟願永享壽考，保釐東土。我亦回朝，念誦賢德，日加祝願也。"宴罷，傳曰："古人云'天長地久有時盡，此恨綿綿無絶期'，今別大人，恨亦如之。其將此意，致語兩使可也。"

出處：《中宗實録》卷四十三，正德十六年十二月十日條。

<h2 style="text-align:center">十　七</h2>

己丑，左相南袞、禮曹判書洪淑、都承旨尹希仁，還自碧蹄復命，仍啓曰："天使作詩，請於明曉行宴，故今日設宴矣。"希仁啓曰："副使囑臣語曰：'賢王智慧過人，爲侍臣者，不亦樂乎？'仍製詩付臣，使之傳達。"其詩并叙曰：

道無似，欽奉上命，來使於貴邦。得接賢王德光，且高情厚意自可令人終身佩仰。然以三日之會，已著百年之情，一時奉違，心甚無聊，夜來碧蹄館中，竟不成寐。他日中朝，回首東望，但可自知匆匆。謹具鄙作，用表揄揚，兼致感謝之意。其詩曰：

奉使三韓地，迎恩八蠟時。綸音申晋錫，藩國縟恒儀。色共觀迎動，情偕拜舞馳。使華初就館，賓宴已分司。待舉筵虚案，成歡酒滿卮。殷蒸蟻絡繹，籩豆鳳離披。燒蠟猶傳飲，鳴鼉始告疲。雕輿連日出，青昒此心知。假譯頻通語，開言每誦詩。賢王真睿哲，列相善匡毗。容度歸瞻仰，徘徊忍別離？祇應千里月，常照海東陲。

賜進士出身、兵科給事中、侍經筵官、前翰林院庶吉士、欽差副使，涿鹿史道頓首再拜書。

出處：《中宗實録》卷四十三，正德十六年十二月十一日條。

十　八

南袞啓曰："史道之詩,多有生處。此詩則熟圓且佳,必上使潤色而然也。"
傳於承旨曰："副使製詩寄予,固當回謝,其令伴送使告副使曰'寡人自兩大人
奉別後,情甚無聊,夜不能寐。及承惠詩,尤增感愴',又告兩使曰'匆匆相別,
情不能已。自此以後,義難傳信消息,何從而聞之? 然陪臣往來之際,得聞安
穩,則寡人之心,何可窮已? 寡人亦嚮首西望'云爾可也。"

出處:《中宗實錄》卷四十三,正德十六年十二月十一日條。

十　九

南袞等啓曰："天使感懷不已,至製詩示其情曲,此前古所無之事也。別遣
承旨致謝,并令賷贈筆墨與藥物,何如?"傳曰："可也。"

出處:《中宗實錄》卷四十三,正德十六年十二月十一日條。

二　十

承旨金希壽來復命,仍啓曰："追至金郊驛,見天使,言上教之意,天使云:
'殿下之言,實孚於俺等之意也。'臣仍給賜送筆墨及至寶丹、清心圓、人參等
物,上天使曰:'夫禮,稱情而爲之節者也。俺等既受法帖,又何敢多受?'副使
曰:'惠送厚意,不敢辭謝,筆墨各一受之何如?'上天使固辭不受,但令頭目拆
見至寶丹、清心圓等藥而受之。其拆見者,疑其金塊而然也。且天使引接遠接
使郞廳二人曰:'何不出示國俗乎?'上使又曰:'必有《地理志》,而其不出示之
者,固有意也。'副使曰'果如是'云。"

出處:《中宗實錄》卷四十三,正德十六年十二月十四日條。

二十一

傳曰："豆彌、月溪乃背陰之地,猶且無冰云,此正古所謂朝無紀綱之所致
也。紀綱之不立,雖朝廷之所共勉,而自上尤當勉也,心甚惶恐。且金銀乃我
國稀産,而天使時多數用之,似不可也。若傳説於中朝,則後弊不可不慮。今
後酌量,勿爲多用事,言於該曹。"承旨尹希仁啓曰："當待大臣入闕,議定其規
式而入啓。"

出處:《中宗實錄》卷四十三,正德十六年十二月十五日條。

二十二

辛丑,兩使到鴨綠江邊,招李和宗語曰："俺等久聞爾國有禮義,今親見之,
深以爲幸。今國王,非徒賢哲,亦能明禮。非徒明禮,俺等所見,亦無一事差

失，不勝心服。賢王無盡誠意，俺等默領而去，然他日不忘俺等，若將筆硯等物，致贈於俺等，則甚不可也。且見前輩《皇華集》所載詩文皆可觀，刊行宜矣。俺等所作，皆胡説亂道，不須苟循故事，其勿刊行。爾國賢王、賢良，際會輯睦，地方寧謐，萬物得所，俺等嘉嘆而去。還朝，當以此意，説與諸學士。爾須將俺意道達殿下，且俺等所見諸君子處，遍傳不能相忘之意。”上使謂伴送使曰：“有孝，有令嗣；有才，有功名。大人功名，當不止此。”副使謂曰：“若知有此別，不如不相知之爲愈也。”兩使各揮涕而出。兩使使頭目招和宗：“俺等所以招汝者，欲致繾綣之意於殿下及參贊大人，今既見汝，不知所言。”又各下淚。

出處：《中宗實録》卷四十三，正德十六年十二月二十三日條。

二十三

臺諫啓曰：“……且天使留住處，凡雜人當一切堅禁，而黃海道監司李偉、平山府使朴文祖，不能檢舉，使僧人投詩於上國使臣，其無紀綱可知。遞其監司，罷其府使爲當，況文祖人物本庸劣，尤可罷也。”……傳曰：“……雪翁事，觀其推案，奸僧與下人相通。雖監司、守令何能爲也？況監司重任，不可輕遞也，府使亦時方推考，不可遞也……”

出處：《中宗實録》卷四十三，正德十六年十二月二十八日條。

二十四

丁未，臺諫啓李長坤、朴文祖事……傳曰：“……雪翁之投書於天使事，非監司所能知也。朴文祖果與監司異矣，然此出於計慮之所不到，不可罷職也……”

出處：《中宗實録》卷四十三，正德十六年十二月二十九日條。

二十五

壬子，義州別餞慰使同副承旨俞汝霖來復命，仍啓曰：“天使云：‘遠路遣內臣致慰，多謝賢王厚意。’臣聞諸通事李和宗，天使語和宗曰‘賢王既能文，又能禮。加以君臣和協，無有錯誤，爾等將爲太平中人物矣，不亦樂乎？且人臣無私交，俺等之還朝，恐殿下寄送信物也’云。且臣之初入歸時，平安道百姓遮道陳築城之苦。至林畔驛，則有一老翁語臣曰‘國之所以築城，爲民也，民不敢辭其役。但前年築斯城也，今年再經天使，而我國赴京使臣，倍於他年，民間騷然。今又令從事於築城，民將流亡。雖有金城，誰與守之’云。臣所過皆遮道陳訴。臣又見寧邊判官，則云：‘今年修築之軍，用前年之數抄發，則過半流亡矣。’臣聞此民間弊瘼，不敢不啓。”傳曰：“天使所言，知道。且築城，民弊如是，姑停役,從後修築可也。此意問於議政府、兵曹。"政府議啓曰:"築城,國之大事,然民力困悴,則商議便否,作事目下送,何如?"兵曹議啓曰:"義州城子年年隨毁隨築,而未就其功。今則功就其半,請畢築勿停,何如?"傳曰:"大祭後,議政府全數、知邊事宰相及兵曹堂上會議賓廳。"

出處:《中宗實録》卷四十三,嘉靖元年正月四日條。

二十六

丙辰,御朝講……上謂宰相曰:"改嘉靖官號爲嘉正,無乃不可乎?"先是,新皇帝則嘉靖紀元,本朝改嘉靖官號爲正。南袞曰:"中朝音韻與本國不同,故欲以此改之耳。"得江曰:"自古天使之來此邦者,必謁先聖,而今則不然,此館伴之失也。"上曰:"予亦初以爲必謁先聖,而終不爲,果爲非也。然自彼請可也,館伴不必先請之也。"南袞曰:"捨游觀,謁先聖,固合於宜,然彼自爲之,我何必先請?"

出處:《中宗實録》卷四十三,嘉靖元年正月八日條。

二十七

遠接使李荇以往來時與天使唱和詩及一路記事,成册而進,仍啓曰:"詩類既因忽卒,高低多錯誤。《皇華集》印出時,臣則爲校書館提調,自當點檢,一行從事官,并令檢察何如? 且臣等所作詩中,多有改下字,請亦改之。天使所名納清亭定州有亭無名,唐皋以納清名之,史道記,在定州界。天使曰:'山野皆可樹木。山則禁伐,自爲暢茂,野則必可樹木。且將構其院,材木已具,用此材,命作其亭可也。'且副使在鴨緑江頭,用李沆韻作詩,序曰:'倘各和此韻,益知厚意。'朝廷諸臣當和之,并印《皇華集》入送可也。大抵上使每作詩,其意必欲諸人和之,然不顯言矣。副使此詩,不可不和也。且遼東總兵管張明求角弓、[①]樺皮,天使曰:'此總兵管有請。'是宜隨後遣給。且義順館在義州城外,而無館伴廳,故夜則伴送使皆入城內,天使獨在城外,心甚未安,請造其廳,以待後來。"傳曰:"皆依啓。"

出處:《中宗實録》卷四十三,嘉靖元年正月二十日條。

二十八

天使唐皋等出來時,遼東人李秀持私書欲追授天使,芑以義州牧使,不啓稟阻當。

出處:《中宗實録》卷四十四,嘉靖元年二月十四日條。

---

① "總兵管張明":當作"總兵官張銘",下同。

二十九

正朝使金克成狀啓：“皇后上尊號，問於禮部，則曰，孝宗皇帝稱昭聖慈壽皇太后，武宗皇帝稱莊肅皇后，興獻王妃稱興國太后，憲宗皇妃邵氏稱壽安皇太后，議定尊號，而適以皇帝未寧，時未上號云。”傳曰：“皇帝未寧之由，天使唐皋、史道入京與否，及凡所見聞，問啓。”政院回啓曰：“皇帝証候，初言毒疫，更問，曰不知。唐皋三月上旬入京，史道嚮山東本家。陳浩、金義皆仍帶前職，陳浩則使其家臣，致酒肉酸物。皇帝不視朝。一行到遼東，遇廣寧軍士於途中，問其所嚮，則曰：‘開元鎮爲獚子所搶擄，一鎮盡空，城亦摧陷。山東御史往督其役，而恐獚子復來作耗，往護之耳。’”

出處：《中宗實錄》卷四十四，嘉靖元年三月十四日條。

三　十

壬午，御朝講……大司憲金克成曰：“臣到中原時，中原人有言‘汝國通事安訓，以銀和貿唐物事，被誅’云。雖不指的爲某人之說，然國家之事，一一傳通，甚不可也。”上曰：“漏言之罪，當申明也。”同知事李荇曰：“非徒下人知之，朝廷無不知之，故頃者天使之詩有禁銀之意。在廢朝，金輔出來時，請見《高麗史》，而給之，則因持去，上國莫不知我國之事矣。”

出處：《中宗實錄》卷四十四，嘉靖元年四月六日條。

三十一

謝恩使先來通事金順忠言曰：“三月初七日謁聖時，使姜澂請觀光於主司，主司曰：‘俺不可擅許，當議於禮部。’禮部云：‘不可只憑伴送之言而擅達，欲觀使臣雄文大作。’斯速回話，即上書請觀光，禮部稱善，即奏下入參。但以彝倫堂前狹隘，只令三員入參，使書狀及通事一人入參，還宮後行慶賀禮。唐皋天使帶來遼東頭目呂英，欲聞家奇，①到館，姜澂問唐皋安否，仍說殿下思想大人之意，更令通事問安於唐皋家，皋適出使，只見其子，說與委來之意。其後，皋遣陪吏曰‘既知使臣到館，但俺掌製表式字樣，無暇通問’云。史道天使則家遠，又無因緣，未得通問，只於朝廷間相望而已。禮部郎中及主事言於通事曰：‘欲見爾國《登科錄》。’通事答以不賫來，答曰‘今後來宰相處傳說，持示爲可’云。三月二十日間，正德皇后誕日，皇后曰：‘喪未過三年，受賀未安。’遂停之。”

出處：《中宗實錄》卷四十四，嘉靖元年五月十一日條。

---

① “家奇”：疑當作“家寄”，即家書也。

三十二

謝恩使先來通事金利錫啓曰："遼東總兵官張銘語臣曰：'唐皐、史道兩天使云"朝鮮國王請留俺等至於再三，俺等畏朝廷法令，又委事已畢，不敢久留。臨別之際，似有難色，及其登路，良久目送，至舉袖以示惜別之情，足知國王誠意。俺等亦無以爲懷，心欲隕淚，恐朝廷不敢也。此地與朝鮮相連，朝鮮使臣之至，其傳余此意"云。'廣寧都御史家人高鳳語臣等曰：'唐、史兩天使到廣寧，廣寧太監白英、總兵官郤永、都御史李承勳同坐飲話，天使先言本國誠心接待之意，承勳云："俺若不到此地，則朝鮮事大之誠，何從而知之？自赴任後，常見本國被擄人口，得到朝鮮，則每於使臣之行，必即解送，而至備給衣服、盤纏等物，雖無使臣之行，或別差官人押送，可知敬事朝廷也。俺亦臨遞，若還朝，則當奏達此意，別致恩賞，使朝鮮知朝廷嘉美之意也。"'"

出處：《中宗實錄》卷四十四，嘉靖元年五月二十一日條。

三十三

壬申，遣禮曹參判尹希仁，如京師，賀上皇太后尊號太后即興獻王妃，帝生母也。傳於希仁曰："中朝事，卿可詳聞而來。皇帝即位後，政治何如，其從有司之言與間有睿斷之事，可聞見也。且朝廷紀綱爲何如，朝臣章奏，隨所聞書來。唐、史兩天使還京，將我國事何以奏達，而天子何以發落。於其僚中，亦何以言之，其不遞前職與否。及金、陳兩天使還京，言我國之事何如，雖被彈章，尚無事爲某職。廣寧都御史李承勳遞期在何時。㺚子聲息，比正德年何如，朝廷無問罪之舉與否。諸國朝貢之使往來，比古何如。此等事非必強問，卿其隨所聞來啓。"

出處：《中宗實錄》卷四十四，嘉靖元年五月二十七日條。

三十四

庚辰，御晝講。謝恩使姜澂回自京師。上御思政殿，引見問："中原事何如？"澂曰："三月初七日，皇帝謁聖，橫經問難……禮畢後，饋國子監官員及諸生於闕庭，又論賞國子監官。又擇三氏孔子、顏子、孟子子孫隨班。且唐天使，欲見而無緣，其從來頭目來玉河館云：'唐天使欲見汝國通事。'即遣金利錫，則適值出仕，見其子率來我國者，言其未遇之意。臣臨還，唐天使遣翰林院事知胥吏問安，仍言'欲見宰相，說與往還汝國之意。然往還未久，深畏國法，不得相見，歲久則可以相見'云。史天使於朝班，與臣等所立之位相近，其所與立者，中書舍人、給事中輩也。相與言我國之事，輒顧見臣等，而亦不使人相問。出來時，遼東總兵官張銘云'唐、史兩天使到此言"爾國王待之以誠，固請留之，然事完而不可久留,故未果也,大小臣僚莫不尊敬矣。送別時,國王下階以送等亦不堪惜別之意,不覺墮淚。此地與朝鮮相近,若見朝鮮人,傳此意可也"'云。廣寧都御史李承勳云:'唐天使等口不絕言朝鮮之事,且中國人爲㺚子所掠者,朝鮮解送不絕,衣服盤纏,亦且優給,其敬事朝廷之意可見。若秩滿遞歸,則欲達朝廷論賞也。'"

出處:《中宗實錄》卷四十五,嘉靖元年六月五日條。

三十五

承旨鄭士龍啓曰:"唐皋、史道兩天使所作詩文,刻懸板下送事,有傳教矣。其詩文甚多,令校書館掌之。大提學出草,善書者寫之。送本道,使之刻板以懸,何如?"傳曰:"依啓。"

出處:《中宗實錄》卷四十五,嘉靖元年七月三日條。

三十六

南袞又啓曰:"前忠清道生擒唐人,則觀察使備給衣服、笠靴,儼然有唐人體貌。今此全羅道生擒唐人,則觀察使只給一布衣,且所着竹笠敝毀污陋,又無鞋靴,通事只於路中得草鞋而給,所見至於埋没。前者天使唐皋等出來時,遼束頭目等許給衣服,皆已備之,而因其不受,留在該司云。請先分給唐人笠靴,亦令該司備給,何如?"傳曰:"依啓。"

出處:《中宗實錄》卷四十九,嘉靖二年八月三日條。

三十七

正朝使朴壕來復命,傳曰:"中朝所聞,皆可書啓。且史天使史道已罷官云,而唐天使唐皋今爲何官,仍帶前職,而時不遷乎?……并書啓。"朴壕啓曰:"中朝士大夫上疏請於加上尊號、存其本生二字者,皆被罪譴,人心不平云,而不能詳知也。又皇帝逐日視事,臣之在帝京時,帝之免朝者,只二日矣。餘具《聞見事件》。唐皋尚爲修撰,而人言'授此已久,近當遷秩'云……"傳曰:"知道。"

出處:《中宗實錄》卷五十三,嘉靖四年三月七日條。

三十八

檢討官周世鵬曰:"平安道赴京使臣之弊,所啓果當矣。臣聞,高麗時,倭賊年年竊發,元帥以征倭事下去,南道作弊之事甚多。百姓困苦,乃言曰'寧逢倭奴,願勿逢元帥'云。今者聞平安之民皆曰'寧逢天使,願勿逢赴京使臣'云。天使支待甚難,而其所以如此爲言者,厭苦而發也。天使之來於我國者,則秩毫不犯,使臣之體當如是也。上國之物,不得已貿易者則不可不爲,若不緊之物則裁減而勿貿。下人牟利之弊,亦甚猥濫,請各別禁斷。"

出處:《中宗實錄》卷六十,嘉靖七年二月八日條。

三十九

傳於政院曰:"天使來期,未可的知,然凡事必預備然後可及也。封太子,則必朝官天使出來。太監則一路朝廷之間,雖有所失,或優容,朝官天使,則少有失禮,必非之。前日唐皋、史道來時,盡禮爲之,頗稱嘆之。平安道、黃海道一路操心爲之事,預爲行移,製述人亦預抄,使其人預爲之計。其於後日闕庭,與大臣大提學等議之,若有才華,則雖在外之官,其并抄擇。"

出處:《中宗實錄》卷七十六,嘉靖十二年十月十一日條。

四　十

上御思政殿,引見進賀使蘇世讓……世讓曰:"……臣又問唐皋、史道之存沒,序班等曰:'唐皋以罪見貶,死於謫所;史道以都察院,因公事見罷家居,其所居郡,距皇都三百餘里也,今無恙矣。'臣又問:'唐皋以何罪而然歟? 史道則更不叙用乎?'答曰:'唐皋性本鯁直,故以言事被罪,史道則或有大臣之薦而可升本品,若無薦之者,則或有如此而終身矣。'"

出處:《中宗實錄》卷七十七,嘉靖十三年四月二十四日條。

四十一

己丑,遠接使蘇世讓拜辭,上引見於思政殿。上曰:"天使接待之事,不可不謹,今官吏等傲慢成風。如有不謹之事,別爲糾察可也。且文臣天使,非如太監之類,尤宜尊待,而今聞副使(宸注:吳希孟)性急。接待之間,不可少有不稱也。"世讓曰:"臣於辛巳年陳皓、唐皋兩天使出來之時,皆參見之,其接待之事,臣略知之。唐皋氣度純厚,小小之事,不爲撿察,故終始無弊而待之矣。如有性急之人,每事糾察,則稱意接待,固所難也。臣今奉命而行,敢不盡心哉? 但恐一路急遽,未及措置耳。如館宇鋪陳等物,皆以新件造之,則勢未可易也。"上曰:"修補者因而修補用之,改造者可以改造,而今天使之來急迫,不可不及時而爲之。"世讓曰:"天使接待,所以爲難者,其間問答之語,不爲啓達,而隨問答之故也。又於酬唱之際,若有不能,則此非小事也。徒爲款待而已,則臣雖庸劣,何敢不盡心而爲之哉?"上曰:"他事則已矣,其中酬唱之事,甚爲重難。若能於酬唱之事,則他餘小事,雖或不稱,必不責也。聞正使(宸注:龔用卿)善爲長篇,此必中朝之精選,卿宜勉力而待之。遠接使初以鄭士龍爲之,以秩卑故，議於大臣，特以卿差之，而士龍則以迎慰使差遣，迎慰之後，俾從傍而助力耳。”世讓曰：“副使則未知也，上使則臣赴京時聞之，以翰林院修撰有名於中朝者也。中朝以出使於我國、安南國者，必擇能文之士。前日唐皋出使於我國之時，以今禮部尚書夏言爲副望，而夏言則出送於安南國耳。今來龔用卿，亦有才名。臣受此重任，夙夜憂慮，固知不堪，然有鄭士龍等爲之助力，則臣之未及處，士龍或可以救之矣。庶幾百般盡力，不辱國命，實臣之願也。”

出處：《中宗實錄》卷八十三，嘉靖十五年十二月八日條。

四十二

禮曹判書尹仁鏡啓曰：“儒生別試録名，今月二十六日爲始，來月初七日前畢録事，上教如此，①則事甚匆迫。辛巳年唐皋時，儒生不過六七百之數，分半於宮城門外，分半於慕華館前祇迎，不見儒生之不足。今館四學書徒現付儒生，及近日上京之儒亦多，計其數可至千餘，猶可足用於祇迎之時，雖不加聚，可也。今以録名及期，外方之儒全集京師，似有擾亂之弊。天使回還後録之，何如？”金安老亦啓曰：“辛巳年唐皋時，儒生六七百，兩處分立，不爲不足矣。今以京中見在儒生迎詔，亦不爲少矣。大抵祇迎儒生，整齊衣冠，然後可合於華使之見。徒以多聚儒生爲可，悉聚遐方之生徒，紛紛擾擾，衣冠亦且不整，甚爲未合。昔董越天使出來時，儒生之數過多，謁聖於成均館，仍問：‘齋厄儒多，何以能容？’其時權辭答之云：‘四學儒生，皆欲觀光而來矣。’夫儒生難齊，若過多則必紊亂而失次。今考前後書徒，其數不下於千餘云，以此用之於祇迎之時，何有不足哉？録名不必於今多事之時爲之也。以臣思之，今之別舉，非其時也。爲一時聚儒之故，特爲非時之大舉，事甚苟且，物情皆以爲未便。且京畿徵兵及四方呈才人，皆聚於京師，甚爲擾亂。又明春爲別試，則監試、覆試、東堂會試皆次次退行，必妨農務，此亦不可矣。臣今適詣闕，故以別試不當之意入啓。”傳曰：“御前通事，不得已以文臣爲之，故初以崔世珍、尹漑爲之，世珍果經喪患，則氣弱矣。予與天使問答之語，未能詳察而傳之，則此非小事也。田命淳事，予亦料之，其人已老矣。崔世珍、田命淳，既不能爲此任，則李應星速令上來，與尹漑相習可也。且天使若有製述，則予亦見廷臣無有善於唱和者，此旬日之間，未可以學之也。若有能文者，雖代述不妨。且辛巳年亦以聚儒之故，爲別舉。予今議於大臣，領相以爲可當，故既定別試矣。果如呈才人、

---

① “上教”：底本作“下教”，徑改。

雜色軍士、外方儒生俱集京師,則甚爲騷擾。然已諭於外方,則儒生亦有上來者,今若中止似難。欺誑儒生,何以爲之? 更問於卿耳。且天使接待時,以《詩經》之語,互相答問,雖未一一爲之,亦可時時用之也。且問聖躬之禮,天使言之而後問耶? 不言而先問耶?"安老回啓曰:"自古列國相語,多用《詩經》之語。可用者,今亦用之不妨。問聖躬之事,於儀注無之。大抵禮煩則多勞聖體,無古則例不可容易增之。且代述之事,自古有之,閑散可當者,今亦抄而出之。別試雖已判下,八道皆知之,其弊甚多,物論皆以爲未便。禮曹之意,亦如是也。若外方之儒,多數上來,如庭試等事爲之,固無妨也,然已有成命,故未敢以還停之意入啓。"傳曰:"別試於辛巳年爲之,故今亦欲爲,果如京中騷擾,則可勿爲也。"

　　出處:《中宗實錄》卷八十三,嘉靖十五年十二月十二日條。

四十三

　　辛酉,諫院啓曰:"近年畿甸之民,既經拜陵,天使之來,又出不意,凡一路修治,及許多措辦等事,比他道尤甚,民之困瘁已極。今後以天使支供,命將出獵,大將及從事官皆乘驛馬,各官供饋,駄載轉輸,其弊不貲。況此沍寒,暴露風雪,軍必有凍傷之弊。天使支供,自有各官分定之數,未爲不足,不必重貽民弊,請命停之。"答曰:"唐皋出來時,欲爲踏獵而不爲者,以其臘肉及正朝物膳足用故也。今亦民弊不爲不慮,然外方封進日次雜物,皆乾肉,而無生物,故欲獵而用之耳。更計之,前日則天使隨白牌即出而來,今則白牌更出白牌,初以天使十二月初九日北京發,改以十六日離發,其來未可信也。來期甚遠,宴用生物,可令外方上送,而踏獵則可勿爲也。"

　　出處:《中宗實錄》卷八十三,嘉靖十五年閏十二月十日條。

四十四

　　癸酉,御朝講。臺諫論遷陵事……金安老曰:"風水之説,茫昧難信,然中朝則雖文士,亦或有業之者。故唐皋天使之來也,登臨津亭而望,見越邊山上一墓曰:'葬此者之子孫,必多有武士。'其墓乃李莞先祖之墓也。莞之族類,果多武士。以此而見,亦可驗中朝之人信於風水之説而業之也……"

　　出處:《中宗實錄》卷八十四,嘉靖十六年四月二十五日條。

四十五

　　伴送使鄭士龍來復命,上引見於思政殿。士龍曰:"……上使(宸注:龔用卿)曰'俺依董先生越《朝鮮賦》,而作《續朝鮮賦》於遼東,入京師印送'云。又曰:'《皇華集》,何以傳於俺等乎?'臣答曰:'唐天使皋來此,曰"俺之還也,爾國人毋得問俺相通"云,故《皇華集》亦難於傳呈。因提督主事僅得傳之,今不知何以傳呈也。'天使曰:'皇帝重朝鮮,視同一家。有何間於內外而不得相通乎?直傳於俺等之家可也。'又謂臣曰:'一別之後,再見則難,因人之來,幸通書信。'臣曰:'外國人,何敢通問於大人乎?'天使曰:'固無傷也。'"

出處:《中宗實錄》卷八十四,嘉靖十六年四月三十日條。

四十六

御朝講……蘇世讓曰:"臣歷見前日天使矣,唐皋則到平壤,山臺呈戲,雖不顧見,而仍問曰:'此爲詔耶?爲我耶?'臣答曰:'爲詔而亦爲大人也。'於是命優人呈戲於庭。龔、吳則到平壤,步上山臺,觀玩不已,又於光化門外,又住而觀。中原則凡宴樂,皆用呈戲,天使不爲不肯。自前流傳之事,不可使草草爲之。"上曰:"此雖虛夸之事,專爲詔使,不可草略。令義禁府、軍器寺,同力爲之,則庶除民弊。"

出處:《中宗實錄》卷八十九,嘉靖十八年二月六日條。

四十七

傳於尹殷輔等曰:"龔、吳天使出來時,問唐、史安否,吳曰'吾師也',深喜其問也。今天使請宴時,亦問龔、吳安否,仍示其所書簇子,則其還也,必傳說於龔、吳矣。"回啓曰:"今天使入京,當問龔、吳安否,仍道其思慕景仰之意,又言所書額字,妝䌙成簇,作爲珍寶,以示不忘之意。若天使欲見則示之,如欲不見,則不須示之也。"

出處:《中宗實錄》卷八十九,嘉靖十八年二月二十四日條。

四十八

政院啓曰:"唐皋謂陪臣行酒,當立俺等之前,則背於殿下云,故其時傍進之儀有之。龔、吳時,亦依此例傍進事,有傳教,而無儀注。今天使見儀注後,雖無可否,而習儀則爲之,何如?"傳曰:"如啓。"

出處:《中宗實錄》卷九十,嘉靖十八年四月一日條。

四十九

御朝講……大司諫金光準曰:"……前唐皋、史道,曲待我國人,贊美異常,每言禮義之人,而乃曰'今雖如此相厚,後不可更爲相識之禮'云,去後無一物以相贈送。其心正,故不私外交。今皇帝,不如高皇帝,上號皇天,自疑其不正,而我國遣使賀慰,故自以適於心而喜之,各別待之,榮寵極矣。然今若有正士,則必非笑矣。龔用卿亦頻來館所,存問甚勤,其處亦豈無非之者?皇帝問其受龍衣後,一國有慶事與否,必無是理也。"彥弼曰:"此是正論也。然我國則自當待上國以誠,豈計上國之是非乎?"

出處:《中宗實錄》卷九十二,嘉靖十八年十一月五日條。

五　十

領事尹殷輔曰:"……正德皇帝崩逝,久不發引,故其時唐皋、史道欲出來,而以正德經筵官,柩方在殯,出來未安,是以不定行期。"

出處:《中宗實錄》卷九十七,嘉靖二十一年三月二十六日條。

五十一

臺諫啓曰:"問禮官賫去儀注內,迎詔敕時,自上乘輦,天使若從此儀注,無他辭,則乘輦可矣,若或以乘輦爲不可,則不須强辨,而乘馬無妨。君臣之間,禮當如此,而唐皋天使亦曾以乘輦爲不可,大行大王乘馬迎詔。今亦并爲乘馬,而儀注追送問禮官處,從天使處置,不復爭辨。"答曰:"遠考故例,并考乙卯年例處之可也。"

出處:《仁宗實錄》卷二,嘉靖二十四年四月十日條。

五十二

憲府啓曰:"軍資監副正朴忠元,素有物論,非徒不合於遠接使從事官,以郡守徑遞未幾,遽升三品,物論皆以爲未便。大抵從事官之任,不獨取其文墨之技,必以有名望者差遣,乃所以重接華使也。請從事官遞差,副正改正。華使之來,平安、黃海等道,各處宴享,必有庭排,其乾物則已矣,至於生物,則分定各官,道路隔遠,照冰馱載,民力甚困。況華使之來,不能逆料其到日,前期待候,糧盡物腐,改備之際,其價什倍,官民俱困。前者華使唐皋、史道見庭排之物,掩鼻竊笑,亟令撤去。厥後張奉等見庭排生物,輒以乾物換之。其庭排生物,徒貽官民之弊。請今接待,皆以乾物庭排,以除民弊。"答曰:"朴忠元雖無物望,從事官之任,以有才華而爲之也。以郡守爲三品,豈爲遽升乎?不允累啓,只遞副正。庭排生物事,院相處當議之。"傳於院相李芑曰:"臺諫所啓天使宴享時庭排生物貽弊不貲,何以處之?"芑回啓曰:"臺諫之啓,乃欲除弊。然此不可一時廢之,小臣不能獨斷,請與院相等廣議處之,何如?"答曰:"依所啓,院相處收議可也。"

出處：《明宗實録》卷二，嘉靖二十四年十二月十六日條。

五十三

己卯，上御忠順堂……又曰："自祖宗朝以來，詔使之詩文優劣如何？"天民曰："最優者，古則張寧、祁順，近則唐皋、史道是已。"又問曰："我國祖宗朝以來，能詩者何人耶？"天民曰："金宗直是也。"惟吉曰："宗直學問精微，詩文皆善。宗直之後，李荇之詩善矣。朴誾之詩、金馹孫之文，亦罕有其比也。"

出處：《明宗實録》卷二十八，嘉靖四十一年二月二十五日條。

五十四

己卯，禮曹啓曰："去戊辰年正德皇帝賜中宗大王誥命時，敕書内亦有賜讓老王物件。所謂讓老王，指燕山也。故於赴京使臣賫去事目内，言前王稱讓老王，又云有問讓老王子幾人，則答曰，且有一女病死。此事目作於中宗即位之三年。今則歲月已久，中國後生之人無復有記憶者，而唐皋天使以來，亦無賜讓老王之物，則事目内猶存讓老王一節以備人問答，似爲未穩。自今以後，請於事目内削去，何如？"答曰："如啓。"

出處：《明宗實録》卷二十八，嘉靖四十一年六月二十七日條。

五十五

丁未，弘文館副提學陳實等上札曰："詔使（宸注：許國、魏時亮）已臨境上，其尊敬接待之禮，宜無所不用其極。但賓筵女樂之設，雖曰成例已久，初非得禮之正。故前此詔使之來率多峻却，而我國以觀風采俗爲辭，間或强請而行之。此不過欲爲聲容之美而曲爲之説耳，固不可效尤於今日也。且詔使以先帝几筵未遠，聲樂雜戲并欲勿用，其請用樂亦恐無辭，而況女樂非禮之大者乎？我國以秉禮義見稱中華久矣。一失其禮，受侮不少，其於國體，豈不重哉？伏願殿下垂省焉。"答曰："女樂之事，予意已諭於禮官二十三日，傳於政院曰"予嘗見唐皋、史道天使時膳録，則以帝喪未遠，於宴禮不用樂。今此天使所爲，與唐、史無異，天使若却樂，則難以請用。況有前例，用樂何如？此意言於禮曹"。當更令禮官大臣議定矣。"

出處：《明宗實録》卷三十四，嘉靖四十六年六月二十四日條。

五十六

唐皋天使到西路某館，①有一僧人以詩投呈，天使曰：'汝雖以儒説製來，

---

①　"館"：底本作"官"，此謂寶山館，徑改。

我則以禪語製答。'遂爲次給云。僧人敢以詩進天使前,豈有如此事也?

出處:《宣祖實錄》卷一百九十五,萬曆三十四年正月二十三日條。

《明通鑒》一則

(嘉靖三年正月)丁丑,大祀南郊。禮畢,行慶成禮。先是,上以災傷,欲罷宴,修撰唐皋等言"郊丘大禮不可廢",乃詔行之。

出處: 清夏燮《明通鑒》卷五十一,中華書局 2009 年版,第 1723 頁。

萬曆《歙志》五則

方音,字舜和,巖鎮人。少而穎,長而俠,居常喜禁方。賈淮陰,見書生越人孫一松困欲死狀,不問姓名,以錢與之,亦不告以姓名。而生則得於從者以去。既有年矣,音適越,相遇諸途。音不記生,生乃記音,跪拜邀至家,則有主,書音名,久尸祝之矣。謝以多金,不能強音受,乃出其秘方授音,而音術從此入神。同市唐守之太史,雖國士,而苦食貧。音常常給之,甚有以藥籠入母錢家而給以卒歲者。太史既貴,還家,謝故人,隆上客,每逢人請宴,非先音祭酒不許。坐則讓左,行則讓前,因爲立傳,稱曰"德俠"。有子一誠,能世其業,蓋少從太史受《春秋》,爲弟子員高等,廩紫陽。居音喪過毀,致目盲,遂改儒以醫,而術大行。至今一門奕世無非名醫云。"(《良民傳》)

唐太史高才博學,顧數不第。一夕,夢有神人告之云:"公毋憂心,亦毋急性,須待鄭佐中時,始與同榜。"覺而頓足曰:"同時諸生無鄭佐者,奈何?"晨起,遍訪鎮中各館,并無其人;再以訪之各塾,則是日有一君送一兒入塾破蒙,乃大參也。太史急摩其頂,曰:"早早讀書,爲吾年友!"時時袖糧果以貽之,竟符是兆云。(《雜記》)

唐太史困名士時,鄰郡有一鹵士招以立身海外。太史駭,謝之,陰記姓名,罔敢出口。其後使朝鮮,則先有密幹逆之境,投一牒而走。私啓之,乃嚮者所招之人,業已爲其國相矣。入國宣詔,畢使登宴,國王以一對請曰:"綠江水繞三三曲。"而太史響答曰:"青草湖連六六灣。"國王咋舌,曰:"吾國中事,天使何以知之?"太史曰:"天朝事,外國不易知。外國事,則天朝無不知者。"又以一對請曰:"對馬島邊千對馬。"太史響答曰:"飛龍天上一飛龍。"國王微哂,曰:"是則天使有不盡知者。"太史不待語竟,即又曰:"吾豈不知汝國有群鵬洲,但不屑復與汝國事,惟舉天朝龍飛之象,使汝國知所仰瞻耳。"舉國讋服。蓋二對乃鹵士先所報聞，而飛龍一語故自太史廟筭，出彼意上，真天朝一人之下，賜及第一人也。濱行，國王单騎追送境外，仍請曰："願得天使口占中國從來大賢百人以示卑主，則當宏立一廟於箕聖、關聖二廟之外。"太史又即曰："聖門七十二賢，雲臺二十八將，共是百人，今不暇數。汝國當遣一人隨赴天朝，一一標其主位，則非國相不可。"國王再拜而退。（《雜記》）

唐太史皋與都御史澤、侍御史濂三人同展祖墓。有一小女子告其父曰："不嫁如此夫，當生如此子。"母目攝之，父嘿壯之。其後果爲封淑人，蓋以子貴也。（《雜記》）

汪中丞少稱神童……遇唐太史，因其内履，因命曰："几几周公舄。"又響應曰："翼翼文王心。"太史亟稱之，曰："此豈特神童，乃聖童也！"（《雜記》）

出處：萬曆《歙志》，明萬曆刻本。宸按：汪中丞即汪道昆。然唐公卒時道昆年方二歲，二人不得有聯對事。考方揚所撰汪尚寧行狀（載《方初庵先生集》卷九，明萬曆刻本）曰："先生生九年矣，邑人唐太史大奇之，乃以'几几周公舄'命先生聯句。先生即應聲曰：'翼翼文王心。'太史曰：'然他日不徒以章服顯者，必是兒也。'"汪尚寧生於正德四年，九歲當正德十二年，而是年唐公有歸里之事，行狀所記可信。

道光《新喻縣志》一則

正德間，黎鳳督學南京，見諸生唐皋文，奇之，録置第一。南士以素不知名嘩然。皋自是入山發奮讀書，夜半有鬼伸手自牖入拍案曰："愈讀愈不中，皋其如命何？"唐答曰："愈不中愈讀，命其如皋何？"鬼驚去。後果中狀元及第，南士始服其識。

出處：道光《新喻縣志》，清道光五年刻本。

道光《歙縣志》六則

狀元唐皋墓，在蘭江山。（卷一之八）

鄉賢祠在射圃，文公祠右，成化中立，祀宋處士祝確、知鄂州羅願、丞相吉國公程元鳳，元山長曹涇、教授唐元、處士鮑雲龍、待制鄭玉，明侍講學士朱升。後即院西廡祀之，曰"企德之堂"。又祀唐御史吳少微……宋侍郎呂文仲……明山長唐仲實、姚璉，紀善唐子儀……侍郎唐澤、參政鄭佐、侍講唐皋，升布政使程旦……"（卷二之三）

唐德盛,以子皋贈翰林院修撰。(卷七之七)

明汪龍,字潛夫,目瞽,精《易》數……正德甲戌,郡守熊公問狀元何地何姓人。隸方扶龍上堂,守以扇與之。龍曰:"扇,徽物;升堂,乃高也。其必吾徽唐皋乎?"查康熙府志爲休寧隱充人,事與此異。(卷八之十二)

唐學士皋奉詔使朝鮮。國王重公名,執禮甚謹。事竣,請留筆翰,或以書史疑義乞正,儀餉甚腆,皆峻謝之。比還,三餞於郊,出藏硯一枚獻公。公姑受,至鴨綠江,撿行篋示朝鮮伴使。從人有携小刀者,公取硯,并投之江中。(卷十之二)

黃屯園銀杏當孔道。唐學士皋應舉過此,目見花發。是年大魁天下。正德十年,學士撰文祭之,捐金保護。崇禎十一年,①中丞暉又祭之。樹世爲唐氏祥徵矣。乾隆三十二年,唐霖又感夢,釀金購樹,永爲世守。又籍之斗山文社中,而郡司馬李公并檄封禁焉。(卷十二)

出處:道光《歙縣志》,清道光八年刻本。

雍正《紫陽書院志》四則

其　一

明武宗正德十年乙亥,大會於紫陽書院在縣學後。主教太守世芳熊公桂,江西新建人。先是,書院新成,拔七校之士四十人,肄業其中,釋菜開講,聲教彬彬日盛。明年甲戌,唐心庵學士皋,歙縣人廷對第一。② 及是復大會,每會公必進學者躬教之,質疑問難,娓娓不倦。

其　二

世宗嘉靖三年甲申十月,大會於紫陽書院在今紫陽山。主教太守于成鄭公玉,福建莆田人。時心庵唐學士亦臨會,③聽講者甚眾。太守以率教紫陽爲己任,講論每至夜分。

其　三

星溪汪氏曰:自陽明樹幟宇內,其徒驅煽薰炙,侈爲心學,狹小宋儒。嗣後新安大會,多聘王氏高弟闡教,如心齋、緒山、龍溪、東廓、師泉、復所、近溪諸公,迭主齊盟,自此新安多王氏之學,有非復朱子之舊者矣!

---

① "崇禎":底本作"崇正",徑改。
② "心庵":當作"新庵"。
③ "心庵":當作"新庵"。

其　四

星溪汪氏曰：新安大會，自正德乙亥至天啓辛酉，歷百有七年，會講大旨非良知莫宗，主教諸賢多姚江高座及其流派。

出處：雍正《紫陽書院志》，清雍正三年刻本。

雍正《巖鎮志草》一則

方大治，字在宥，家故饒，父鑾，祖富禎，累世積書，唐太史皋常從借閱，里中稱萬卷。

出處：清佘華瑞《巖鎮志草》，清乾隆刻本。

乾隆《歙縣志》一則

唐汝龍，字一宇，學士皋之冢孫也，郡諸生。少有豪氣，吟咏自得，凡盛唐諸家靡不探討，而以李爲宗，頃刻數千言。與王十嶽輩結社天都。

出處：乾隆《歙縣志》卷十四，清乾隆三十六年刻本。

《笠澤堂書目》一則

《使槎紀聞》二册，唐皋撰。

出處：明末王道隆《笠澤堂書目》"雜史"類，山東大學圖書館藏張鏡夫千目盧舊藏民國傳抄本。宸按：公撰《使槎紀聞》一書，僅見此書目著錄。或以爲此書目爲王道明撰，此從王天然説，詳《〈笠澤堂書目〉撰人小識》，載《版本目錄學研究》第四輯，北京大學出版社 2013 年版。

《四庫全書總目提要》一則

《皇華集》二卷《續集》一卷，安徽巡撫采進本。

明翰林院修撰唐皋、兵科給事中史道於正德十六年以頒世宗即位詔奉使朝鮮，與其藩臣日有唱和。國王李懌特命書局編爲此集。《皇華集》卷首有嘉靖元年議政府左議政南袞序，載二使初至國境及歸朝與議政府右議政李荇等唱和之作。《皇華續集》卷首有嘉靖元年李荇序，專載唐皋留別國王二律，及議政府領議政金詮以下和韻之作。考皋等奉使，不見於《明史》本紀及朝鮮列傳，惟《世宗實錄》載其事於八月乙巳。此書南袞《序》謂以十二月乙酉抵王京，則距奉命日幾五月也。又南袞《皇華集序》謂："初入境至出疆，僅浹三旬，紀行之作、登高之賦凡若干篇。"今考集中初入境之作有唐皋《登迎薰樓》詩,標云"長至後十日",考《實錄》,是年十一月十四日長至,則是作在二十四;其出疆之作有唐皋至頌山寄懷藩京諸君子詩,①標云"臘月辛丑",考《實錄》,是年十二月己卯朔,則辛丑乃是月二十三日。與《序》所云唱和"將浹三旬"適相符合云。②

出處: 清永瑢、紀昀等《四庫全書總目》卷一百九十二,中華書局 1965 年版,第 1746—1747 頁。

《歙縣鄭氏族譜》一則

德麟,娶唐氏,今翰林修撰新庵先生子也。繼畢氏。生女三:長適閔奎,次適汪□,次幼在室。

出處: 明方遠宜《處士月川鄭公行狀》(作於嘉靖元年),載《鄭氏族譜》,抄本,現藏上海圖書館。宸按:狀主鄭榮,字仲恩,號月川,歙縣巖鎮人。鄭德麟爲鄭榮之孫,娶公之女唐氏。

《汪仁峰先生文集》一則
(汪循)

(郡守熊)公正德初以大理寺副出守徽,首以崇正學、淑人心爲政之本,乃改闢紫陽書院,中嚴廟像,旁作尊德性、道問學兩齋,掄選七校士之彦秀者,豐其廩餼,相與刮磨其中。先本後末,崇雅黜浮,一以朱子爲師。諸生駸駸咸知嚮方。③ 唐皋遂魁大廷,士風爲之丕變。

出處: 明汪循《汪仁峰先生文集》卷十四《郡守熊公去思碑記》,清康熙刻本。

《黃潭先生文集》一則
(黃訓)

一樂堂者,郡城北太學生楊君綸堂也。君之經師,今太史唐先生。先生未第時,嘗登茲堂,見君父老松翁、母王孺人俱壽七十,而君兄端、純、紋,弟綱左右侍,顧君曰:"綸乎樂哉!盍名堂曰'一樂'以志?"明年,先生及第第一,而堂之名以顯。蓋於今十年矣。翁孺人又壽八十,而兄弟無異昔時。君曰:"我師一時之

---

① "京":底本作"宗",據《皇華集》改。
② "將浹三旬":應作"僅浹三旬"。
③ "嚮方":底本作"響方",徑改。

名，我一家之慶在焉，不可無記。"乃介羅君君輔謁余……則太史在，余也賤，何足記？君輔曰："第記之，太史亦未第時名之也。"余笑曰："有是哉！"遂記。

出處： 明黄訓《黄潭先生文集》卷四《一樂堂記》，明嘉靖三十八年新安黄氏家刊本，臺灣圖書館藏。

《承庵先生集》四則
（胡松）

方豪："執事與生隸異而居邇，前輩多以鄉里稱謂，此義不講久矣，近賴唐守之、汪天啓二三君子漸欲復之，故於執事有望焉。生至交應邦升處久知執事非今時人，而前日浙西之循良、今日山東之風裁，尤嚮往焉。不知執事亦稍有意於區區者否也？會面有日，實切喜慰，先此通名，餘不多及。外守之書，附上漫稿，奉一笑。"

汪玄錫："連睹佳疏剴切，平生忠義一發之於筆底矣。直聲振廷，欣羨欣羨。承華札，甚慰所懷。聞過東萊，家叔珵不知一呼而至之道數言否？得之舍弟淮府冊封，行已十餘日。守之太史欲奉使安南，九十月間行。清軍事欲復舊，只看貴衙門如何行，今日釐革，亦有似乎過當者。殆恐如宋人之去青苗法也。主上日御講筵，趨向甚正。然內豎輩此勢之不能外之者，日久親熟，尚不能無慮，況吾輩攻之太驟乎！此惟可與先生道也……"

鄭佐："別久不勝懷仰。去歲遇山東，正年兄往來迎駕之時，無緣一會，徒悵然耳。比至京師，情緒增惡，又不得乘便通問起居，殊為歉歉。茲迭承遠教，足仞厚愛，兼審動靜清崔寬威得體，且獲睹近日奏草，風采凜然，欣慰欣慰。諸鄉里自葉良器別後，汪得之以冊封去，唐守之將有朝鮮之行。故人牢落，若得年兄榮差早歸，實拳拳至望也。使還素楮，草草叙忱，統惟珍愛，萬萬。"

汪溱："府中倉卒得奉瞻顏色，足慰數年間闊。但暫合遽分，重感惘悵，頻行又未得具賮，爲罪何可言！別後溱亦捆載之任，首夏抵此，即出詣陵，因隨大巡先生遍歷荊岳，今始得歸。偶值同僚去便，草草裁布，奉問左右，未審憲節於何時至京。近見邸報，知唐新庵有不諱事，同鄉人物凋謝至此，深爲痛心！溱不才居此，深恐僨事，遺同郡之辱。倘執事不鄙凡百，曲賜指行，使得置過置尤，以幸承尊教於無窮，實不勝大願。初到無可將意，容續布。盛暑伏乞若時倍保，以慰上下之望。不宣。"

出處： 明胡松《承庵先生集》附錄《同心集》"名公簡書"，明刻本，臺北"中研院"歷史語言研究所傅斯年圖書館藏。

《明山先生存集》 一則

（姚淶）

臣查得《諸司執掌》一款："凡內外官吏給假省親遷葬者，須要具奏。俱量地遠近附簿定限，給引照回。"臣再查得正德年間編修孫紹祖以葬兄省母爲請，修撰唐皋以葬親及叔爲請，俱荷武宗皇帝賜允。

出處：明姚淶《明山先生存集》卷一《乞恩改葬疏》，明嘉靖三十六年刻本。

《百可漫志》 一則

（陳蕭）

唐守之皋在歙庠日，每以魁元自擬，累蹶場屋。鄉人誚之曰："徽州好個唐皋哥，一氣秋闈走十科。經魁解元何包裹，爭奈京城剪綹多。"①唐聞之，志益勵。至正德癸酉、甲戌連捷經魁，以狀元及第，年已五十餘。可謂有志者事竟成也。

出處：明陳蕭《百可漫志》，明萬曆四十五年沈節甫《紀録彙編》本。

《三命通會》 一則

（萬民英）

甲戌日，庚午時：生辰戌月，敦厚，不貴則富；丑月，行火土運，金紫風憲；寅月，清貴。

唐皋解元：己丑、丙寅、甲戌、庚午。

出處：明萬民英《三命通會》卷八，明萬曆刻本。

《耳談類增》 二則

（王同軌）

其　一

唐狀元皋，歙人，屢北場屋。試金陵，金陵兒童皆歌曰："唐皋哥，唐皋哥，一連走了八九科。狀元收在合包裹，只怕京城剪綹多。"②聞之，頗爲喜懼。會彭總督澤嘗過歙，③造越國汪公神祠，夢着白衣人獻上梁文，乃是狀元。明日，

---

① "個"：底本作"箇"，徑改。"剪綹"：底本作"剪柳"，徑改。
② "剪綹"：底本作"剪柳"，徑改。
③ "澤"：底本作"雛"，誤，徑改。下同。

皋果來獻文,而以貧故,藍衫改色成白。彭大奇,撰文。澤後任總督,當會試揭曉時,知狀元必皋。報者至,而轅門正欲群戮人,乘喜盡宥之。皋又夢與鄭佐同榜,時皋年三十餘,而佐方生。後佐年十九,與皋兩榜皆同。後以翰林出使朝鮮,朝鮮王出對,令屬之對云:"琴瑟琵琶八大王一般頭面。"即云:"魑魅魍魎四小鬼各自肚腸。"其對含有諷刺意,而答自勝,所以爲奇。又,孫殿元生時,母夢唐皋入室,故名"繼皋",亦登甲戌榜。

其　二

唐殿元皋童時夜歸,道上逢多鬼阻截。一鬼曰:"此何時?"一曰:"半夜矣。"因出對曰:"半夜二更半。可對之?"唐即對曰:"中秋八月中。"鬼嘆曰:"此真狀元!"遂縱之去。方思古談,然以視"風急有舟人莫渡,月明無伴路休行"之對,則鬼於胡敬齋意良厚矣!

出處: 明王同軌《耳談類增》卷十三"唐殿元皋"、卷四十三"鬼對",明萬曆三十一年唐氏世德堂刻本。

《亘史鈔》一則
(潘之恒)

唐皋,歙縣人。彭司馬澤初知徽郡,改建學宮,夢聖人告曰:"明午狀元相見。"至期,有衰衣人跪獻上梁文,問之,曰:"丁憂生員也。"彭公禮之,以狀元相期。後中南畿鄉試第二,會試第四,廷試擢第一。

唐公,歙巖鎮人。嘗讀書堨田,去鎮五六里,隔一豐樂水,以木橋濟。忽一夕,月下思歸,徑渡此回宿。又二日,復往,則橋已斷六七日。公豈飛渡耶?方司徒采山公每道此事,有詩紀之,亦大奇矣。

萬曆甲戌科狀元孫繼皋初生時,父夢唐公至其家,故名之。而前甲戌狀元爲孫繼賢,又一奇也。

出處: 明潘之恒《亘史鈔》之《外紀》,明刻本。

《玉堂叢語》二則
(焦竑)

其　一

國朝狀元,正統丙辰周旋,至弘治丙辰則朱希周;正德甲戌唐皋,萬曆甲戌則孫繼皋。亦一奇。

其　二

狀元官學士者二十三人：吳伯宗、胡廣、曾棨、陳循、曾鶴齡、邢寬、馬愉、曹鼐、劉儼、商輅、彭時、柯潛、孫賢、王一夔、吳寬、謝遷、曾彥、費宏、顧鼎臣、唐皋、姚淶、李春芳、羅萬化。

出處：明焦竑《玉堂叢語》之六"科目"條，明萬曆刻本。

《方初庵先生集》一則
（方揚）

先生諱尚寧，字廷德，別號周潭……父昊，母胡，以正德己巳生先生……先生生九年矣，邑人唐太史大奇之，乃以"几几周公舄"命先生聯句。先生即應聲曰："翼翼文王心。"太史曰："然他日不徒以章服顯者，必是兒也。"

出處：明方揚《方初庵先生集》卷九《都察院右副都御史周潭先生汪公行狀》，明萬曆刻本。

《竹素堂稿》一則
（陳所蘊）

公姓孫氏，諱應魁，字元甫，別號泰宇……子一，即伯胤，太學生……孫男二，長士章，聘唐文學起潛女。

出處：明陳所蘊《竹素堂藏稿》卷六《明承直郎刑部山東清吏司主事泰宇孫公暨配唐孺人行狀》，明萬曆十九年刻本。宸按："唐文學起潛"即公之嫡長孫汝龍。

《玉茗堂全集》一則
（湯顯祖）

公諱君南，字南仲，里人稱爲仲公。爲人開達，志義自喜。郪吳間多傳其事。嘗呵尉下騎，令無以昏夜收辱孝子。贖唐太史皋遺宅祠皋，是亦氣決者能耳。

出處：明湯顯祖《玉茗堂全集》文集卷十三《有明處士潘仲公暨配吳孺人合葬志銘》，明天啓刻本。

《松園偈庵集》一則
（程嘉燧）

君之曾祖諱泰安，字某，尤好爲德於鄉。祖諱元俊，字某，少與唐太史皋爲布衣交，通經術，能文辭。

出處：明程嘉燧《松圓偈庵集》卷下《故處士程君墓志銘》，明崇禎刻、清康熙補修《嘉定四先生集》本。

《萬曆野獲編》一則
（沈德符）

嘉靖五年丙戌進士陸坲，號賁齋，官至河南巡撫、右副都御史，吾郡之嘉善人，清正名臣也。先爲湖廣岳州太守，以循良第一，徵入爲太僕少卿，時爲戊申、己酉間。陸喪夫人，不復娶，但携其子號杏源者名中錫赴官，并塾師一人。陸夜必與乃嗣同榻寢。

杏源少穎敏絶人，有神童之目，至是且年十六七矣。其寓即在太僕寺街，與同寅一少卿比鄰。鄰有筓女，絶艷。杏源窺見心蕩，屢欲挑之，未果。一日，遇朔旦，同塾師詣都城隍廟祈禱，以鄰女爲請，且許事成酬謝。塾師從旁亦代爲祝籲。歸之夜，正酣寢，忽大慟叫號。其父驚怪，叩其故，則曰："一念之差，遂不可救矣！"備述朝來禱神之事，云："頃夢爲都城隍攝去，大怒見詰：'汝何人？ 敢以淫媟事卜瀆！'呼呼主籍者檢其禄，則注定甲戌科狀元，官至吏部左侍郎、年七十九歲，乃沉吟曰：'是不可殺，當奏之上帝。'再檢塾師，則終身無官禄，即令抽腸戮之。須臾，天符下：'陸某宜革去鼎元、少宰，其壽如故，但使貧絶痴絶，以至於死。'今將奈何？"其父尚疑信間，急視塾師，則稱腹痛，未午而殞絶矣。中丞公始駭恨，然已無可奈何。再問其子："尚有何言？"則云："適悲悼中忘之，都城隍閱天符之末云：'當再降一人，以補甲戌狀元之缺。'"是時，孫柏潭狀元尚未生也，孫之父夢一人投刺，稱唐臯來拜。唐爲正德甲戌狀元。柏潭即墮地。因名之曰"繼臯"，恰符所夢云。孫後果至吏部左侍郎以歸。

杏源自夢譴後，即得心疾，亦入庠爲諸生，而性理狂錯，往往不竟闈中試而出。時藝奇麗，與馮祭酒開之、袁職方了凡同社相善。兩公每每爲予言："少年輩高才，慎勿爲桑濮之行。即舉念且不可，況身嘗之乎！ 子其戒之！"中丞故廉，至杏源，益困，衣食時或不給。無子，僅一女，嫁彭比部沖起之第三子，又坐法遣戌，改適一市儈，流落可嘆。杏源今已老死，中丞之嗣竟斬。

出處：明沈德符《萬曆野獲編》卷二十八《徵夢》之"甲戌狀元"條，清道光七年錢塘姚祖恩扶荔山房刻本。

《人譜類記》一則

（劉宗周）

唐皋少時，讀書燈下。有女調之，屢將紙窗餂破。公補訖，因題於上云："餂破紙窗容易補，損人陰德最難修。"後皋大魁天下。

出處：明劉宗周《人譜類記》卷下，清道光八年勉行堂刻本。

《堯山堂外紀》一則

（蔣一葵）

唐皋字守之，徽州歙縣人。嘗夢與鄭佐同榜，時皋年已三十餘，而佐方生。後佐年十九，與皋兩榜皆同捷。

唐皋在歙庠日，每以魁元自擬，雖累蹶場屋，而志不怠。鄉人誚之曰："徽州好個唐皋哥，一氣秋闈走十科。經魁解元荷包裹，爭奈京城剪綹多。"[①]唐聞之，志益勵，因題書室壁曰："愈讀愈不中，唐皋其如命何？愈不中愈讀，命其如唐皋何？"又嘗見人所持便面，畫一漁翁網魚，題曰："一網復一網，終有一網得。笑殺無網人，臨淵空嘆息。"洎正德癸酉、甲戌，果連捷經魁，狀元及第。[②]

唐皋以翰林出使朝鮮，其主出對命屬云："琴瑟琵琶八大王一般頭面。"皋即對云："魑魅魍魎四小鬼各自肚腸。"主大駭服。

出處：明蔣一葵《堯山堂外紀》卷九十五，明萬曆二十六年刻本。

《瑞芝山房集》一則

（鮑應鰲）

方隱君者，名中立，字伯能，歙巖鎮人也。三世皆以醫著。初，其祖恒齋公音者……與侍讀學士唐公皋游，學士淹久黌舍，中數窘絕。公時時提一囊藥，急學士饔飧，至今以爲美談云。唐公後舉鼎元，歸，每里會必虛左待恒齋公至，遍贊賓客，而方氏醫遂由此顯。

出處：明鮑應鰲《瑞芝山房集》卷十二《方隱君傳》，明崇禎刻本。

---

① "個"：底本作"箇"，逕改。"剪綹"：底本作"剪柳"，逕改。
② "洎"：底本左半殘泐，據《寄園寄所寄》卷六引《堯山堂外紀》補。

《守官漫録》一則

（劉萬春）

徽州唐新庵狀元皋，家貧力學。既廩於官，以貧故，每歲臘輒往學宮預支額廩，從郡城往返凡四十里許。聞途中有夫婦哭而甚哀者，詰之，則云爲母錢家所迫，鬻妻以償。公愴然感之，計所負適與支廩合，遂盡解以贖其婦，伉儷獲全。比歸，歲且除，無以爲炊，公行吟橋上，賴故人典藥囊給焉。竟以癸酉登鄉薦，明年舉進士第一人。公生平篤行，微時與友人某偕謁潯陽守。守故公年家好也，解珮贈之，幾百緡。一日，某爲言其母老子單。公吁嗟嘆曰："君貧倍我，何不并持去爲婚養計！"遂空篋抵家，戒從者勿言其事。相傳皋之四世祖拙庵公而下，皆世有隱德云。

出處： 明劉萬春《守官漫録》卷之一，明萬曆四十八年刻本。

《青巖集》一則

（許楚）

故太常鮑公應鰲，在光廟以王事盡瘁，給賜葬地。胤子貧窶，爲舊室誤購。公（宸注：吳孔嘉）訟理於郡，歸櫬故地，仍樹石表題曰"明太常寺卿衷素鮑公之墓"。士民誦公風義，與唐心庵太史復朱楓林學士家事并傳千古。[1]

出處： 清許楚《清故前翰林院編修天石吳公行狀》，《青巖集》卷十，清康熙五十四年許象縉刻本。

《茗齋集》一則

（彭孫貽）

學宮圮，不蔽風雨。府君（宸注：徽州府學教授彭期生）捐月奉倡新之，釐正兩廡從祀位次……嘉靖更定祀典，追祀程侍郎敏政、唐侍講皋、胡少保宗憲於鄉賢祠。

出處： 清彭孫貽《茗齋集》卷二十三《太僕行略》，《四部叢刊續編》景寫本。

《吟古鏡齋集》一則

（潘世鏞）

佘西麓先生《巖鎮志草》曰"娑羅園在潛虬山，古樹一株，暮春蕃花，色如

---

① "心庵"：當作"新庵"。

玉，形似鳳仙，或曰'白鶴翎'也。香遠，開莢如扁豆而大，色正赤，光緻潤澤，足供玩好。前明宣德間，園屬佘鈍齋逸士。其南隅爲樓，檐與柯接。今康熙丁卯，歸吳綺園中翰"云云。樓下爲梅莊，樓東爲洪馨山常博園。相距三百餘年，由巔至隅，樹繁於昔。馨山園中舊有紅豆軒，軒東一株最古，時見靈異。花較大，豆深紅，中隱一墨痕。相傳唐守之學士種自研池，後移諸斯地者。自王百穀傍爲"娑羅園"，咸謂爲娑羅樹。

出處：清潘世鏞《吟古鏡齋集》卷二十四，清道光二十六年刻本。

《陰騭文圖證》一則
（許光清）

唐公皋幼時，讀書燈下。有女調之，將紙窗揥破。公補訖，題詩云："揥破紙窗容易補，損人陰騭最難修。"一夕有僧過其門，見一狀元匾，左右懸二燈，書所題二語，異而詰問，果大魁天下。

出處：清許光清《陰騭文圖證》，清道光二十四年刻本。

《容齋集》一則
（朝鮮李荇）

今皇帝即位，遣翰林院修撰唐皋、兵科給事中史道來頒登極詔。以公爲遠接使，迎於境上。往還酬唱，深得其歡心。時今左相爲義州牧使。兩使聞公荆樹之纍，乃指五星之説稱美之。兩使到弘濟院，以殿下迎詔後乘輦還宮爲非禮。公據例言之。兩使輒有怒色，曰："俺等專欲尚禮。參贊亦有此言耶？"公對曰："殿下今待詔郊外，敬事朝廷之禮，大人自當見之。"上使怡然笑曰："因參贊之誠敬，已悉國王之誠敬也。"唐使，天下正人，每嘆服公之爲人及其詩章，稱爲"吟壇老將"，戒副使慎勿輕投。

出處：明朝鮮周世鵬《大匡輔國崇祿大夫議政府左議政領經筵事監春秋館事弘文館大提學藝文館大提學知成均館事世子傅李公行狀》，載明朝鮮李荇《容齋集》卷首，《韓國文集叢刊》影印奎章閣藏崇禎七年清州牧重刊《容齋先生集》本。

《希樂堂稿》一則
（朝鮮金安老）

正德辛巳，嘉靖皇帝立，唐修撰皋等來宣登極詔。伴使容齋李擇之，初於譙接交酢，舉罌前揖。皋輒申手執其臺少推之，俾稍却立，似有厭近之意。皋有《飲酪》詩，容齋次云："若比王家八百里，書生貸汝亦云多。"自是交際款昵，常稱"詩壇老將"。詞翰動人，類如此。

出處：明朝鮮金安老《希樂堂稿》卷八，《韓國文集叢刊》本。

《稗官雜記》九則
（朝鮮魚叔權）

其　一

丙申歲，余在義州，侍退休堂蘇相公夜坐，看唐皋《皇華集》。余曰："容齋《漢江》詩'縹緲三山看覆鼎，逶迤一帶接投金'之聯極佳。"公笑曰："汝誠具眼，此我之所作。容齋適多事，使我代賦耳。"覆鼎、投金之對，果爲天成。雖荆公復生，亦無愧矣或曰此實容齋作，蘇攘爲己作，無恥甚矣。（卷二）

其　二

正德辛巳，容齋遠迎唐太史皋於義州。太史有畦畛，不輕言語。至定州，容齋於座上走筆次《飲酪》四絕句云："柳下胸中定自和，休論酪性更如何。芳名得上詩人句，已比尋常酒德多。""鹽梅今日不須和，奈爾殘腸真性何。若使次公知此味，當時未必戒無多。""一碗嘗來反太和，新詩得意妙陰何。若將麴蘗論優劣，一段天真汝自多。""香粳雪乳共調和，滋養功夫捨此何。熊掌從來非所願，子輿之論有誰多。"太史覽之曰："真老拳！"（卷三）

其　三

景泰庚午以來，以文士使本國者，倪謙、司馬恂、陳鑑、高閏、張寧、陳嘉猷、金湜、張珹、祁順、張瑾、董越、王敞、艾璞、徐穆、唐皋、史道、龔用卿、吳希孟、華察、薛廷寵、張承憲、王鶴等二十二人，皆有《皇華集》，總若干卷。近來禮部郎官及山海關主事因朝京使臣之回，屢求《皇華集》。蓋欲覽彼唱酬之作，而無究風土也。若愛異土之物，則豈必求書册哉！議者厭其求索，至以貪財目之，則過矣。嘗見崔校理《漂海記》，浙江之官疑其爲賊倭。崔畫地書"朝鮮國人"等語示之。問曰："朝鮮國有鄭麟趾、申叔舟、成三問、徐居正，皆名士也。汝能指其人之大概乎？"崔歷書其籍貫官職以呈，遂得東還。鄭、申諸公之名，因《皇華集》而顯於中國。則中國士大夫之求《皇華集》者，未必非本國之益也。（卷三）

其　四

吳給事希孟,每倚轎覽唐太史皋《皇華集》。及到太平館,令頭目之能書者寫所作詩篇。余與譯士金進見其稿,有《望遠亭》一篇,其詩曰:"日月天門迴,星辰海國遥。鳩鳴深市口,雁入古山腰。野樹斜侵郭,河流曲抱橋。壯游真萬里,無外見皇朝。"後二日游西湖,歷望遠亭。既還館,出此詩送於館伴諸公。此行吳之所著頗多,未必臨紙揮毫。呻吟預作如此類者,蓋必多矣。(卷三)

其　五

唐太史皋過江三日,不出所作詩。至定州,登迎薰樓,次金太僕韻曰:"雲山千里海茫茫,回首璇杓月一陽。佳句偶來樓上見,旅懷祇嚮客邊傷。龍飛有詔頒高麗,鳳去何人嘆楚狂。徙倚迎薰悲舊景,誤疑新綫共愁長。"夜半出示。容齋時爲遠接使,退休、湖陰、安分三公爲從事。容齋招諸從事,問其格律高下。湖陰讀數遍曰:"圓熟富贍,公之强對乎?"容齋曰:"格律則不可知也。"安分亦不以湖陰言爲然,頗摘疵病。退休後至,曰:"湖陰之言是矣。真老手也。"容齋以爲"高麗"之"麗"字本平聲,而作側字用之,誤也。湖陰曰:"初以'山高水麗'爲國號,此何害? 華人精於聲律,豈容有誤?"容齋嘿然。其後沿路所作甚多。至葱秀嶺,作五言長篇。容齋當屬和,嘆服不已,語湖陰曰:"真仙才也! 子之前言果是矣!"(卷四)

其　六

唐太史之來,湖陰諸公令譯士請於寫字者,求見詩稿,乃寫四篇以示。其《郭山孝女》詩曰:"郭山孝女孝如何,斷指炊糜療母痾。入口一匙令疾愈,折肱三度讓功多。風聲舊説藩王樹,霜押榮隨詔使過。歇馬雲興徒感慨,末由殘碣爲重摩。"其《却妓》詩曰:"仙詔新從海上頒,從容樽俎禮筵間。耳聞鳳曲徒增感,心切龍髯未就攀。青水莫教風引調,斷雲宜與月歸山。芳樽少盡西來意,肯使桃花笑面顏?"其《安興遇雪》詩曰:"野無飢啄只長風,林有樛枝脱苦空。應是兩間霏凍屑,故教六出絢春工。三韓水面匀於粉,一夜山頭老似翁。却笑唐庚真落莫,只將詩課付中中。"其《石門嶺》詩曰:"百人齊力語□嘈,應是同聲戒嶺高。挽卒豈於推卒勇,下山還比上山勞。驅馳尚自閑雙足,負戴寧當病二毛。薄暮新安初就館,此心懸疚正忉忉。"此四篇太史皆不出示,故不載《皇華集》中,必是不滿其意故也。詔使之來東,不輕示其作如此。(卷四)

其　七

郭山郡有孝女金四月，年十九。母得狂疾，經年不愈，爲夫所棄。四月聞生人之骨可已疾，自斷手指，爲藥以進，病即愈。事上聞，旌閭復户，又竪短石刻曰"孝女四月之里"。凡華使之來往者，皆題詩美之。近年郡守改其旌門，比舊稍大，而去其刻石。若使中朝路邊有此事，則其鋪張褒顯之道，必侈之又侈矣。今只旌一門，而迄無碑記，華人豈謂我國能尚節義乎？唐太史皋過此，作詩曰："使軺來往值殘年，訪迹雲興思惘然。蠲復事荒基業改，家人那更避夫廛。"其意以歲久事荒，只新棹楔，疑其子孫之不得蠲復，故寓其傷嘆之意。且董圭峰詩"末由殘碣爲重摩"，①今并其短石而去之。後有詔使訪之，則未知以爲何如。（卷四）

其　八

唐太史作《留別餞送諸君子》詩，跋其後曰："予宿鞍山，見秋官方思道懷侍御楊允成壁間詩，因口占一律，以告史君。史君亦和一律。後會方、楊於遼城，各出所倡和相示，競酬互答，至數十章，方集爲册，名以《槎集》。朝鮮使還，至鴨綠，有懷藩京諸君子。及與李參贊諸君别，亦以前韻酊餀二律，并寄藩京諸君子。吾恐藩京之有《槎集》也。"容齋李公與蘇退休、鄭湖陰、李安分沿道多酬唱，及使還，編爲一卷，名曰《東槎集》，其義本於太史云。（卷四）

其　九

僧雪翁者，自稱受業於金時習之門人，頗解賦詩，亦曉談命。唐太史之來，翁作詩呈於寶山館，其意以爲詔使必奇其詩而召見也。太史覽之，送於遠迎使容齋李公曰："下輩以此作示予，予不曉其所道語。"容齋以其事啓聞，命拿來杖流於遠。太史西還，作詩使付之曰："天興有寺在山中，偶爾逢僧説異同。花玉三生何起滅，性原二字但真空。行雲錫杖泥沙印，了月因緣頭腦翁。獨有烟霞憑舊物，菩提枝葉恁西東。"所使多佛經，不可曉。（卷四）

出處： 明朝鮮魚叔權《稗官雜記》，《韓國文集叢刊》本。

《月汀集》三則

（朝鮮尹根壽）

其　一

登第後，通官高彦明謂余曰："昔年曾見李堂和宗，則言辛巳年嘉靖登極，詔

---

① "董圭峰詩"：據前摘第六條，此爲唐皋詩，非董越詩。

使唐修撰皋出來時,遠接使容齋李公問於天使曰:'當今天下文章誰爲第一?'唐答曰:'天下文章以李夢陽爲第一。'"其時崆峒致仕,家居汴梁,而名動天下,我國不知。雖聞此言,不肯訪問於中原,可嘆。近世始得《崆峒集》者,而始知其詩文兩極其至,王、李諸公極其推尊,我國之知有崆峒子晚矣。(《月汀漫筆》)

其　　二

　　唐詔使到京時,凡游觀,宰臣酬唱之什,製述官一人終始各製一宰之詩,不相混雜。訥齋朴公祥,專製禮書洪淑之詩。上使極嘆賞曰"禮書之作極佳,殆勝遠接公"云。此言聞之鄭主簿碏。朴僉正蘭嘗謂余曰:"訥齋《呂州題咏》'文章陶牧留龜石,神怪黃驪記馬巖'之句,極有筆力。"(《月汀漫筆》)

其　　三

　　高彥明,譯者也。余出身肄華語,故高有時來見我。高言曾見李和宗,則李謂:"昔於辛巳年,嘉靖登極。詔使唐皋、史道出來時,俺以別通事答應。一日,遠接使容齋李相國令通官問於唐太史曰:'方今海内文章誰爲第一?'太史曰李夢陽其人也。"其時空同致仕,家居汴梁,名動天下,我國不知。雖聞此言,而亦不肯訪問於中原,可嘆。一本:蓋李空同以己丑年下世。在辛巳,即其無恙時也。名動天下,在其時已然。近歲始見《空同集》者,而方知其詩文兩極其至,滄溟、弇州諸公極其推尊。我國之知有空同子晚矣。(《漫録》)

　　出處:明朝鮮尹根壽《月汀集》,《韓國文集叢刊》本。

《芝峰類説》四則

(朝鮮李睟光)

其　　一

　　李容齋爲遠接使,在路游香山。聞天使過江,馳迓於定州。容齋貌又不揚,天使怒不禮之,及見其和章,始深服。唐天使書與副使曰"此人詩壇老將,慎勿輕製"云。文詞之於華國,其重如此。(卷四)

其　　二

　　唐皋天使路上馬蹶傾墜。副使史道作詩曰:"學士風流山作戲,狀元聲價馬難支。""山作戲",蓋用佛語。而唐爲狀元,故下句云然,甚佳。(卷九)

其　　三

　　唐皋律詩"龍飛有詔頌高麗",按"麗"音"離",國名。魏時亮詩"翁嫗老歲華”，“嫗”去聲。成憲詩“客逋山應謝”，“逋”平聲。朱之蕃詩“憐予頗諳滄洲趣”，“諳”平聲。中朝人於此亦未之考耶？（卷十二）

其　四

唐天使皋《白銀灘》詩云：“江水浩浩去，茲灘浮白銀。無乃守國禁，棄捐嚮通津。”蓋以我國禁銀故也。李容齋和曰：“名銀取其色，此水豈生銀？今日玉人過，更宜名玉津。”此詩出於應急，故無論工拙，世多稱之。（卷十四）

出處：明朝鮮李睟光《芝峰類説》，《韓國文集叢刊》本。

《迂齋集》一則
（朝鮮趙持謙）

先君初拜禮曹判書，兼兩館大提學。諸子奉主文大硯入視。謂曰：“爾父親嘗作贈唐天使文。吾先考曰‘此文入中原流傳，勝於我國及第’云。”今果然矣。

出處：明朝鮮趙持謙《迂齋集》卷九，《韓國文集叢刊》本。

《我的自述》一則
（唐明熙）

童年時，有一次，村童去祠堂玩，兄姐和我也在其中，見馬房內有一塊匾。這塊匾是藍底金字，金絲蟠龍蝙蝠圖案，凹波寬邊，上面直書楷體“狀元及第”四個大字。這是真匾。祠正門所掛之狀元匾爲民國重修藤川唐氏宗祠時複製的高仿真匾，仿匾蟠龍無金絲，皆是油灰質鎦金。只惜後來真匾被人抽取金絲而損毁，仿真匾於七十年代拆毁祠堂時被佛川中學校長胡木春（唐家外甥）以柴價購得。據胡云，仿匾字是筆者家父唐啓敏所書。

出處：唐明熙《我的自述》，稿本。唐明熙（1944—2011），號黃山山人，歙縣人，筆者之父。

附　録

唐皋傳略

公姓唐氏，初名高仁，更名皋，字守之，自號新庵，又號紫陽山人，別號乾陽子。其先李氏，爲大唐遺胤，有諱京者，避亂新安，始入齊民之籍。其孫德鸞，以卜擇居，乃有嚴田之李。九傳至梅牕公諱虞，出繼歙縣唐登仕公諱廷雋後，是故李遂爲唐而不復也。唐氏本李，昭穆相承，碑志俱在，班班可考。梅牕公而下有筠軒、白雲、梧岡三先生，父子祖孫以文章道德奕葉相承，學者稱"小三蘇"。筠軒先生諱元，字長孺，高年以徽州路儒學教授致仕，桐江方回以"格高"譽其詩，道園虞集以"佳甚"贊其文，公之六世祖也。筠軒而下，舊譜互有異辭。或曰公出巖鎮派，五世祖白雲先生諱桂芳，字仲實，筠軒公第五子，累遷南雄路儒學正，亂後歸隱槐塘，不復仕進。高皇帝大兵過徽，召對稱旨，起攝紫陽書院山長。高祖抽庵公諱文奎，字了彰，始遷巖鎮，以擅書侍詔義淵閣，與修《永樂大典》。曾祖壽民，祖茂萼，俱有義行。父德盛公諱祖興，號雙槐，蚤究儒書，兼通律學，以公貴贈如其官。生母朱氏，儉樸慎勤，端嚴靜重，以公貴敕贈安人。繼母閔氏，教子多勞，恩不殊於己出，以公貴敕封太安人。或曰公出藤川派，五世祖諱琪卿，筠軒公第二子，隱德弗耀。數傳至義宗，公之本生父也，娶凌氏，公之本生母也，而公以遺腹生，寄住巖鎮叔家。二説既異，而時隔世移，漫難稽考，故闕疑焉。

公生而穎異，有豐儀。以家貧故，倚窗旁聽，入耳不忘，塾師驚贊，破例入讀。方氏爲巖鎮著姓，累世積書，公常往借閲，遂博極群書。嘗以年家好謁溽陽守。守一見，期大魁，贈百縑。途次知同行友窘狀，公吁嗟嘆曰："君貧倍我，何不持去爲婚養計！"遂空篋抵家。既廩郡學，每歲臘輒詣學宮預支額廩，從郡城往返凡四十里許，聞途中有鬻妻償債者，悉解與之，夫婦獲全。比歸，歲除無以爲炊，公行吟橋上，賴友人方音典當藥囊給焉。弘治丁巳、辛酉，連遭內外艱，執喪累年，哀毀逾禮。彭司馬澤知徽郡，改建學宮，夜夢神告曰："明午狀元相見。"至期，公衰衣跪獻上梁文。澤禮之，以狀元相期。然洎成化以迄正德，七戰七北。鄉人誚之曰："徽州好個唐皋哥，一氣秋闈走十科。經魁解元荷包裹，爭奈京城剪綹多。"公聞之，志益勵，遂有"愈讀愈不中，愈不中愈讀"之語。正德丙寅，御史黎鳳出典南畿學政，見公文，奇之，錄置第一。南士以素不知名嘩然。公自是閉門發奮讀書。下筆數千言立就，而氣概英邁，或請改竄，輒迅筆更撰，不襲前篇一字，人以是服其才。所居巖鎮唐家坦之左有新庵，即岳公祠舊址，公居與之鄰，遂自以爲號。庚午，知府熊桂蒞郡，重建紫陽書院成，拔七校士合四十人，講道其中，資以俸餘，公其預焉。癸酉，鄰郡有賊，勢猖獗，將入徽界，桂召募義勇爲捍禦計，公應召而出，設策預防，賊卒不爲害。桂爲人長於青烏之學，相新庵，稱善地，所未足者，前宜浚水一道爲御階水，必登高第。因爲買鄰之地，鑿水如法。未幾，公果以《春秋》中南畿亞元，冠本房，對策有"去其弊以振其法"之論，考官某批曰："明春大廷獨對，哀然出色，當拭目以俟。"明年甲戌上春官，連捷經魁，廷試以狀元及第，時年四十有六，可謂有志者事竟成也。初，歙縣黃潭源村銀杏當孔道，公應舉過此，目見花發，尋大魁天下。次年，公撰文祭之，捐金保護。樹世爲唐氏祥瑞矣。

　　公既釋褐，欽賜朝服、冠帶，例授翰林院修撰、承務郎、兼修國史。丁丑，同主會試，得人爲多。既撤棘，有旨以"德器老成，學源深溥"特進儒林郎，封贈父母妻室如例。是歲秋七月，乞假歸省，詔許之。抵里中，鄉人競延致爲榮。公曰："召我，須方音在，乃往。"方乃公微時每緩急相濟、爲管鮑之交者。至是公重以故人，隆爲上客，每逢請宴，非屬方祭酒不許，歿爲立《德俠方公傳》。桐城劉大櫆讀之，有"仁人之用心固如此也"之嘆。

　　己卯南巡之役，有旨以館閣翰林扈從。是時公方以歸葬爲請，詔允之。越二年，武宗升遐，世宗由藩邦入嗣大統，以公兼經筵官，預修《武宗實錄》。公淡素如常，威望益重，進講多所啓沃，時論有宰輔之期。尋以頒登極詔於朝鮮，故事率用文學侍從之臣爲欽差正使，於是公被簡命賜一品服以行。館閣元老而下，贈以歌詩，亦一時文章之盛也。使槎渡鴨綠，國王李懌遣議政府右參贊李荇爲遠接使，迎於江上。公至蔥秀嶺，作五言長篇。荇當屬和，嘆服不已，語人曰："唐公真仙才也！"荇號容齋，素以能詩聞名東國，至是往還酬唱，各有詩章，國王循例梓行，今之辛巳《皇華集》是也。一日，容齋令通事問曰："當今天下文章誰爲第一？"公答曰："天下文章以李夢陽爲第一。"朝鮮之知有七子自茲始矣。抵藩京，王將例贈，公拒之。王曰："筆硯紙墨，是文房微物。雖或收用，不是傷廉。"公曰："朝廷知我等遵守禮法，差將出來。雖是微物，若受之則是欺朝廷也。"頒詔禮畢,王餞於慕華館,曰:"大人異日必升公卿之位,輔佐聖明天子,可致泰和雍熙之治也,願毋忘寡人今日之言。"其欽敬推許如此。

公既歸朝,數上疏言事。壬午九月,論疏浚運河宜仿嘉湖取淖壅桑之法,一歲之役可免數歲之勞,下工部議,覆從之。癸未四月,刑部尚書林俊求去,公上言:"陛下在内所寵信者,多藩邸久侍之人也,非先朝寡過之人也。夫自古及今,君臣上下同心一德,未有不治者也。上下隔絕,中外疑阻,未有不亂者也。今尚書俊勉留未幾,繼以詰責。遠引高蹈之思,已翻然起矣!上下乖離,何以爲治?"帝報聞。是年冬,帝以災異頻仍,欲罷明年郊祀慶成宴。公疏言:"祭祀之禮,莫重於郊丘;君臣之情,必通於燕享。今臨御已及三年之久,而君臣尚不能同一日之歡,非缺典歟?"竟得如禮。

甲申三月,帝將考興獻帝,公與編修鄒守益等、禮科都給事中張翀等、御史鄭本公等,俱上疏極論。公疏略云:"請於本生備其尊稱,以伸隆孝之道;繫其始封,以遠二統之嫌。"帝怒,責公阿意二説,停俸三月。先是,大禮議起,張璁、桂萼持論本正,然舉朝駭爲侻詩,群起呵之。帝猶時下温諭,而諸臣益戇,恃有楊廷和爲之壘也。公爲廷和讀卷第一人,乃因廷和之子慎請曰:"張、桂不爲無理,且已深入上心,相公不可遏之太嚴,執之太固,持之太堅。但當擇其所可從者,以慰上衷;斯能執其所必不可從者,以安孝廟耳。"廷和曰:"卿言良是,但今日之事在我,我一少弛,則上浸潯求多,恐無以堤其後,則戎首亦在我矣。蓋我責任與卿等殊。卿何不即以此意具一疏上聞乎?"公曰:"事今固在相公,有如上怒不測,一朝出片紙,安能保其不在他人乎!"廷和謝之。公草疏上之,遂奪俸。尋而廷和致仕,慎亦謫遷,張、桂入閣,言者俱杖斥,朝幾一空。此後惟帝所爲,即太廟一節,豈惟出廷和意外,即張、桂亦未及此。張亦不敢諫,乃嘆曰:"使楊公當日用唐修撰之言,留其餘勇以爭此,則吾輩當助之矣。乃今悔無及矣。"

乙酉六月,以《武宗實録》成,晋侍講學士、奉訓大夫,仍兼經筵講官如故。尋以考滿,轉侍讀學士,未料遽染沉痾,竟至不起。用不盡其才,朝野惜之。公殁於嘉靖五年丙戌三月初三日子時,距其生成化五年己丑正月十九日午時,得年五十有八。臨終猶進講君子小人之章,忠懇藹然。帝以經筵效勞,有詔特與祭一壇。旅櫬南歸,守官隆祭,崇祀兩學鄉賢。

公娶閭氏,敕封安人,生成化己丑十二月初十日戌時,殁年失考,其憶外詩云:"重重簾幕對燈紅,何處人敲五夜鐘?豆蔻香寒懸夜雨,杜鵑花老怨春風。

無針可引相思意，有筆難描別後容。萬里天南與天北，見君多在夢魂中。"王端淑以爲孤情別調，直似三唐，非過譽也。生子二：長伯綺，字崇崗，號鳳山，郡庠生，業《春秋》經，奉例養母，不肯以利禄之榮而易天倫之愛，故又號"坦然子"，娶方氏；次伯紓。女一適同邑鄭德麟，餘失考。孫四人：汝龍、汝馴、汝馭、汝駿。汝龍字啓潛，一作起潛，又字一宇，號雲湫，又號木瘤，充郡庠生，少有豪氣，篤好金丹之術，吟咏自得，凡盛唐諸家靡不探討，而以李爲宗，頃刻數千言，與王寅輩結社天都。

公治學根基紫陽，旁涉二氏。所著有《新庵文集》《史鑒彙編》《韻府增定》《使槎紀聞》，皆久佚。有外家子曰吳之鶴者，垂髫時於公故篋中得孤本《性命圭旨》一集，蓋尹真人高第弟子所述，付諸手民，而内丹之學流傳天下矣。公有登齊雲山詩曰"望入天門接窈冥"，窈冥者，《圭旨》真空煉形之一術也。公別號"乾陽子"，豈以參悟道門之故歟？《圭旨》録陽明先生口訣曰"静悟天機入窈冥"，蓋從學尹真人時所作。正、嘉之際，陽明"良知"之説樹幟宇内，號爲"心學"，徒黨甚衆，然臆斷空談、狹小宋儒者亦不能免。公爲諸生時，從郡守熊桂拔入紫陽書院，桂又遣諸生程曾等請序於陽明。陽明爲撰《紫陽書院集序》曰："心外無事，心外無理，故心外無學也……世之學者，往往遂失之支離瑣屑，色莊外馳，而流入於口耳聲利之習。故吾因諸士之請，而特原其本以相勖，庶乎操存講習之有要，亦所以發明朱子未盡之意也。"公及第後，亦每每發其藴而折中之，曰："近時學士大夫，或小程朱之説，離而去之，至欲奪其壁而樹之幟。徐而考之，高論有餘，而直内之功不足。富貴爲累，而道德之念何存？其於學者非徒無益，而又害之，則固不若主敬以固聚德之基，定志以端趨途之始，可以要成功而資實用矣。"又曰："學者篤信程朱之説，而加之沉潛玩索之功、允蹈實踐之力，内外交修、知行并進，則固不惑於異説之入、流於曲學之規。以之治心，以之修身，以之事主，以之澤民，無所施而不得矣，非益之大者乎？"

余少時嘗見琴山唐仕所編宗譜，即嘉靖甲辰家刻而公門人汪思所序者。及長，復得先大父啓敏公諱應恩所製家乘。先君子諱明熙在時，亦未嘗不以續作新譜爲務。然衆譜於公之文辭不少概見，余乃發願更爲輯佚，遍閱經籍凡數百千種，終得詩文凡若干篇，總爲詩文集十五卷，附録若干卷，至滬上、錢塘、高雄、廬陽，皆携以自隨，伐訛補續，積有年月。嗚呼！公身殁五百年矣，始得哀集遺稿以傳，不謂艱且久耶？後之爲吾唐氏子孫者，又豈可尋常視之也！雖然，藝文，公之餘事也。公嘗言："不求諸内而以文爲主，是誠無益於德，而君子弗之學也。"又言："語道則文以理爲主,語辭則文以氣爲主。"今觀公之文,凡興致所發,或應酬所至,皆本於義理之正,可謂辭達氣充而道明者也。曩者公以進士第一人及第,必有宗工手筆頌揚盛美,惜乎行狀、墓銘率皆亡佚無存,後來者其有文獻弗徵之嘆。闡發幽潛,克紹箕裘,伊誰之責乎!《記》曰:先祖有善而弗知,不明也;知而弗傳,不仁也。余不敏,廣搜實錄、方志、譜牒、集部諸書,考公行事,整齊世傳,述狀如上。其爲人後之義,亦庶幾焉。

歲在甲辰季秋重陽日,裔孫古歙唐宸謹述。

唐皋年表

明憲宗成化五年己丑（1469） 一歲 徽州

正月十九日甲戌，午時，公生於南直隸徽州府歙縣。

十二月十日己未，戌時，妻閆氏生。

　　明唐仕《新安唐氏宗譜》。宸按：公之先人世系，各譜有異辭，本表從《新安唐氏宗譜》，下同。

明憲宗成化十四年戊戌（1478） 十歲 徽州

公自幼聰穎出群，安貧讀書。常借書於同里方氏。又嘗倚窗旁聽私塾，終得破例入讀。

　　明唐仕《新安唐氏宗譜》本傳；明嘉靖《徽州府志》本傳；清佘華瑞《巖鎮志草》方大治傳；新編《歙縣志》本傳。宸按："人生十年曰幼"，姑置於此。

明憲宗成化十八年壬寅（1482） 十四歲 徽州

二月十四日癸丑，公祖父茂蕚卒。

　　明唐仕《新安唐氏宗譜》。

明憲宗成化二十二年丙午（1486） 十八歲 徽州→南京→徽州

八月，公初上金陵應天府鄉試，落第。

　　明黃訓《代郡邑祭學士唐先生文》："時乎不來，七戰七北。"宸按：公因服喪不得預弘治十一年、十四年鄉試，而終以正德八年中南畿亞元，可知首次赴舉應在是年。

公未爲庠生時，邑人方音待公最善，有無相往，緩急相供，爲管鮑交。

明唐臯《德俠方公傳》。

明憲宗成化二十三年丁未(1487)　十九歲　徽州
約成化末,公始食廩於府學。

　　明唐臯《贈金南巖翁雙壽序》:"予與休陽汪子廷輝在郡校爲同舍,同堂而廩食者二十有餘載,得朝暮見也。後汪貢補國子生以去。正德癸酉,始與之同舉南畿鄉薦。"宸按:汪如珍,字廷輝,楊琢《心遠先生存稿》附録《四樓群玉》存其詩一首,落款"己巳冬十月朔旦""南京國子生"。"己巳"爲正德四年(1509),上溯"二十有餘載"當在成化末,姑置於此。

公博洽群書,下筆數千言立就,而氣概英邁。然以家貧故,每歲臘輒往學宮預支額廩,從郡城往返凡四十里許。聞途中有鬻妻償債者,悉解與之,夫婦獲全。比歸,歲除無以爲炊,公行吟橋上,賴方音典當藥囊給焉。

　　明劉萬春《守官漫録》;明嘉靖《徽州府志》;明萬曆《歙志》;清康熙《徽州府志》。

明孝宗弘治二年己酉(1489)　二十一歲　徽州→南京→徽州
八月,公二上金陵應天府鄉試,落第。

明孝宗弘治四年辛亥(1491)　二十三歲　徽州
約是年,公娶閻氏。

明孝宗弘治五年壬子(1492)　二十四歲　徽州→南京→徽州
六月二十日己未,公之長子伯綺生。

　　明唐仕《新安唐氏宗譜》。

八月,公三上金陵應天府鄉試,落第。

明孝宗弘治八年乙卯(1495)　二十七歲　徽州→南京→徽州
八月,公四上金陵應天府鄉試,落第。

是年,公之次子伯紆生。

　　　明唐仕《新安唐氏宗譜》。

明孝宗弘治九年丙辰(1496)　二十八歲　徽州

四月二十六日癸卯,公之祖母方氏卒。

　　　明唐仕《新安唐氏宗譜》。

是年,公應邑人謝昭所請,爲其伯父初芳作《明故處士廷懋謝公行狀》。

明孝宗弘治十年丁巳(1497)　二十九歲　徽州

十二月二十六日癸巳,公之生母朱氏卒。

　　　明唐仕《新安唐氏宗譜》。

明孝宗弘治十一年戊午(1498)　三十歲　徽州

八月,公以服母喪未赴應天府鄉試。

是年,公族弟唐澤中舉,次年成進士。

明孝宗弘治十二年己未(1499)　三十一歲　徽州

九月,公爲邑人陸彥功作《傷寒類證便覽序》。

明孝宗弘治十三年庚申(1500)　三十二歲　徽州→九江→徽州

約是年,公以年家好謁潯陽守,守一見,期大魁,贈百緡。途次知同行友窘狀,愴然曰:"公貧倍我,何不罄持去爲婚養資!"遂空篋抵家,戒從者勿言其事。

　　　明劉萬春《守官漫録》;雍正《巖鎮志草》。宸按:"潯陽守"之名二書未載,赴贛之期殊難稽考。查嘉靖《九江府志》有弘治間知府李哲,鄞縣人,成化十一年乙未科進士,公族父唐相(字希愷,號豆塢)同年也。鄞縣,公族父唐佐(字希元,號慧庵)嘗貳是郡。以"潯陽守"爲李哲,似屬可信。哲嘗以刑部郎中知泉州,後遷九江。檢萬曆《泉州府志》,其仕閩在弘治五年至十一年。又繼任九江知府周津,慈溪人,楊廉所撰墓銘(載《國朝獻徵録》卷一百三)稱其"庚申,服闋,轉九江知府……在郡凡九月",庚申爲弘治十三年。據此,李哲知九江始於十一年,終於十三年。公丁母憂始於十一年正月,十三年四月服除,則赴贛當在服除之後,故置於此。

明孝宗弘治十四年辛酉(1501)　三十三歲　徽州

正月二十九日戊寅,公之父德盛卒。

　　明唐仕《新安唐氏宗譜》。

八月,公以服父喪未赴應天府鄉試。

明孝宗弘治十五年壬戌(1502)　三十四歲　徽州

是年,徽州知府彭澤改建學宮,夢聖人告曰:“明午狀元相見。”至期,公衰衣跪獻上梁文。彭一見器重,以狀元相期。

　　明潘之恒《亘史》;明鄺璠《重修紫陽書院記》。

明孝宗弘治十七年甲子(1504)　三十六歲　徽州→南京→徽州

八月,公五上金陵應天府鄉試,落第。

明武宗正德元年丙寅(1506)　三十八歲　徽州

是年歲考,提督學政黎鳳見公文,奇之,録置第一。南士以素不知名嘩然。公自是閉門發奮讀書。

　　清道光《新喻縣志》;明嚴嵩《御史楚蒙黎君墓志銘》。

是年,公已名列“府學廩增生員”中。

　　明吳漳《郡侯何公德政碑陰叙》(正德元年八月)。

明武宗正德二年丁卯(1507)　三十九歲　徽州→南京→徽州

八月,公六上金陵應天府鄉試,落第。

是年,公爲已故徽州推官梁繼作挽詩。

明武宗正德四年己巳(1509)　四十一歲　徽州

是年,公奉徽州府推官張鵬之命,始編纂鄉賢汪舜民《静軒先生文集》。

明唐皋《静軒先生文集後序》。

明武宗正德五年庚午（1510）　四十二歲　徽州→南京→徽州

八月，公七上金陵應天府鄉試，落第。鄉人誚之曰："徽州好個唐皋哥，一氣秋闈走十科。經魁解元荷包裹，爭奈京城剪絡多。"公聞之，志益勵。因題書室壁曰："愈讀愈不中，唐皋其如命何？愈不中愈讀，命其如唐皋何？"又嘗見人所持便面，畫一漁翁網魚，題曰："一網復一網，終有一網得。笑殺無網人，臨淵空嘆息。"

明陳霦《百可漫志》；明蔣一葵《堯山堂外紀》。

是年，徽州知府熊桂蒞任。桂長於青烏之學，相公之家，稱善地，所未足者，前宜浚水一道，爲御階水，必登高第。因爲買其鄰之地，鑿水如法。

明陳鎏《皇明歷科狀元錄》。

是年，族弟唐侃、唐濂中舉。濂次年中進士。

明武宗正德六年辛未（1511）　四十三歲　徽州

十月下旬，公奉命校刊鄉賢汪舜民文集畢，作《静軒先生文集後序》。

明武宗正德七年壬申（1512）　四十四歲　徽州

三月，知府熊桂重建紫陽書院成，王陽明爲作《紫陽書院集序》。熊桂又拔七校士合四十人入肆其中，公其一也。

明羅玘《重建紫陽書院記》；明王陽明《紫陽書院集序》。

三月九日甲寅，書院諸生祭告朱子，公預焉。

明王舜臣、程曾、唐皋等《文公忌日告文》。

十一月中旬，公應郡人程存仁所請，爲其宗兄程永珫作《上源程君永珫壽圖序》。

明武宗正德八年癸酉（1513）　四十五歲　徽州→南京→北京

春夏間，鄰郡有賊將入徽界，知府熊桂求謀士。公應召而出，設策預防，賊卒不爲害。

明汪玄錫《奏乞恩給假疏》;明陳鎏《皇明歷科狀元録》。

六月三日庚子,公之長孫汝龍生。

明唐仕《新安唐氏宗譜》;清李向榮《三田李氏重修宗譜》。

秋,公率諸生上《重建書院事狀》於南京户部侍郎王鴻儒求記。

明王鴻儒《徽州新修文廟門路記》。

八月,公八上金陵應天府鄉試,考試官爲倫文叙、賈詠等。榜發,公以《春秋》經魁,中式第二名亞元。同考李某曰:"明春大廷獨對,裒然出色,有望於子矣! 當拭目以俟!"

明《正德八年應天府鄉試録》。

冬,公以應試北上京師。

是年,公應鄉試同年、嘉定人丘峻所請,爲其父鉞作《邱(丘)氏祠堂記》。

明武宗正德九年甲戌(1514)　四十六歲　北京

正月,公在京師,與南畿諸貢士行同年會於崇文門外文殊庵,座師賈詠臨會。

明賈詠《南畿癸酉貢士同年會録序》。

二月,公赴會試,考試官爲梁儲、毛澄等。九日癸卯,初試。十二日丙午,再試。十五日己酉,終試。廿九日癸亥,榜發,公以《春秋》經魁,中式第四名。梁儲曰:"三場文意俱馴雅,此策尤見有用之學。"毛澄曰:"彌盜一策切實可行,録之非以其文也。"

明《正德九年會試録》;明《武宗實録》。

三月十五日戊寅,公赴殿試,讀卷官爲楊廷和等。是日,上不御殿。十六日己卯,詣太學,領進士巾袍履笏,始釋褐。十八日辛巳,文武臣工朝服侍班,廷設鹵簿,上衮冕御奉天殿。鴻臚寺官傳制唱名,公舉第一甲第一人,賜進士及第。十九日壬午,赴禮部進士恩榮宴,太傅定國公徐光祚主宴,新寧伯譚祐待宴,而讀卷等官咸在。二十日癸未,欽賜狀元朝服、冠帶。二十二日乙酉,公率諸進士上表謝恩。二十三日丙戌，公率諸進士詣先師孔子廟行釋菜禮，禮成而釋服。二十九日壬辰，公以一甲第一，欽授翰林院修撰、承務郎。

　　明楊廷和《進士題名記》；明《武宗實錄》；明李濂《瓊林宴歸圖記》；清張廷玉等《明史》。

廷試後，有報公中探花者。公曰：“不止此也。”既而報爲榜眼，亦曰：“不止此也。”及臚傳，果第一。有詰其故，乃以夢告。蓋公未第時，每夢面前列瓜錘一對，未嘗以語人。蓋傳臚後黃蓋、瓜錘送歸第者，狀元也，故公自信如此。

　　明陳鎏《皇明歷科狀元錄》。

公既以狀元及第，一時爲同年者皆以爲得人，而謂王道之學將自此興矣。郡人汪循爲作《喜唐守之狀元及第》詩。

　　明張治道《唐氏孔懷卷後序》。

三月末，公爲邑人、直隸巡按御史吳漳作《沖山吳氏宗譜序》。

五月十六日戊寅，公爲郡人、新授盧陵縣丞歐陽暉作《送歐陽霽夫倅盧陵》。

秋，公應郡人、行人司行人戴祥所請，爲績溪縣儒學教諭敖鉞作《績溪縣重修廟學記》。

歲末，公訪郡人、行人司行人戴祥，爲作《都門別意詩序》。

是年，公應御史賈啓所請，爲已故右都御史張泰作《贈太子少保刑部尚書張泰神道碑銘》。

約是年，公爲郡人、新授連江訓導程文作《送程先生司教連江》。

明武宗正德十年乙亥（1515）　四十七歲　北京

七月十六日，公應同年馮洙所請，爲同年張大輪之父張公佐作《送張封君公佐還婺序》。

十月，公應姻家孫鑑所請，爲草市孫氏作《重修孫氏族譜序》。

是年，公撰文祭銀杏。初，歙縣黃潭源銀杏當孔道，公應舉過此，目見花發，遂大魁天下。公撰文祭之，捐金保護。樹世爲唐氏祥徵矣。

　　清道光《歙縣志》。

約是年，公次韻彭澤所作《拜諸葛武侯祠》詩。

明武宗正德十一年丙子(1516)　四十八歲　北京

三月，公應同年祝品、應典二人所請，爲同年、新授建陽令邵圖作《送同年邵宗周之任建陽序》。

秋，公應族弟唐濂所請，爲楊時周作《送楊君師文升陝西按察僉事序》。

十一月十九日丙申，公侍殿班，與張璧、楊慎、劉棟等僚友唱和。

是年，徽州紫陽書院諸生程曾奉知府熊桂之命編《紫陽書院集》成，求序於翰林學士顧清，而公爲之介。

明武宗正德十二年丁丑(1517)　四十九歲　北京→臨清→南旺→徽州

春，公爲郡人、新授隰州知州范初作《贈范世元知隰州序》。族弟汝州知州唐誥入覲京師，唐侃、唐仕亦應試入都，衆人會晤於公第，議及先人《唐氏三先生集》刊刻之事。公又應唐誥所請，爲其姻親鮑可學之祖父作《明故恩授義官鄉飲大賓鮑以潛君墓志銘》。

　　明唐皋《唐氏三先生集跋》。

二月，公同主會試，得人爲多。是科主考官爲靳貴、顧清。

三月上旬，公爲同學、鄉試同年汪昉作《汪啓明挽册序》。

四月十一日丙辰，公受敕以“德器老成，學源深溥”進階儒林郎。父德盛追贈儒林郎、翰林院修撰，生母朱氏追贈安人，繼母閔氏封太安人，妻閻氏封安人。

　　明武宗《翰林院修撰唐皋并妻敕》《翰林院修撰唐皋父母敕》。

七月廿四日戊戌，公乞假歸省，詔許之。門人汪思爲作《送新庵先生省墓南歸次留別韻》詩。郡人汪循聞之，有函來。

　　明《武宗實錄》；明唐皋《贈金南巖翁雙壽序》；明姚淶《乞恩改葬疏》；
　　明陳鎏《皇明歷科狀元錄》；明汪循《與唐殿元》。

八月一日甲辰，公應郡人汪鋂及其宗人都給事中汪玄錫所請，爲汪鋂之父作《明故鄉賢嘉義大夫都察院右副都御使致仕進階中奉大夫汪公神道碑文》。

九月十九日壬辰，公舟過山東汶上縣南旺，作《拜尚書宋公祠》二首、《楊水部移祠》詩。

　　秋冬間,公抵徽州。與族弟福建按察司副使唐澤、廣東道監察御史唐濂同上冢。公應唐濂所請,爲廣西道監察御史高晋卿作《北察院題名記》。

　　　　明唐皋《唐氏三先生集跋》;明唐澤《高祖梧岡先生墓表》。

　　公既歸里,里人競延致爲榮。公曰:"召我,須方音在,乃往。"音至,坐則讓左,行則讓前,因爲立傳,稱曰"德俠"。音業岐黄術,公又爲遍贊賓客,而方氏醫遂由此顯。

　　　　明唐皋《德俠傳》;明萬曆《歙志》;清雍正《巖鎮志草》;明鮑應鰲《方隱君傳》。

　　是年,公應郡人汪循所請,爲其亡父鳳英(竹山先生)作《潛德堂記》。

明武宗正德十三年戊寅(1518)　五十歲　徽州→杭州→北京

春,徽州知府張芹刻公先世筠軒、白雲、梧岡三先生集成,公爲作《唐氏三先生集跋》。

二月十日己卯,公之三叔諱祖貴卒。

　　　　明唐仕《新安唐氏宗譜》。

夏,公如浙,遂北返京師。瀕行,郡人汪如珍過訪。

　　　　明唐皋《贈金南巖翁雙壽序》。

九月二日己亥,公在京師,遥祭鄉先賢朱升,撰《祭朱楓林先生文》。公嘗復朱楓林學士冢,鄉里稱義。

十月一日丁卯,公應郡人汪如珍及其子錡所請,爲汪氏姻親金南巖作《贈金南巖翁雙壽序》。

明武宗正德十四年己卯(1519)　五十一歲　北京→徽州

八月一日壬戌,公在京師,爲徽州知府張芹作《紫陽書院記》。

八月十一日壬申,武宗南巡,有旨以館閣翰林扈從。是時,公方以歸葬爲請,詔允歸里。門人汪思爲作《再疊韻奉酬新庵先生上時方南征》詩。瀕行,與汪思、葉天球、汪玄錫等有姚氏園之游。

明姚淶《乞恩改葬疏》。宸按：淶疏云："臣再查得正德年間編修孫紹祖以葬兄省母爲請，修撰唐皋以葬親及叔爲請，俱荷武宗皇帝賜允。"

秋，公過臨清，作《大悲寺》詩，頗有落寞之嘆。

十二月五日，公之孫汝馴生。

明唐仕《新安唐氏宗譜》。

冬，公應門人汪思所請，爲其姻親黄佐作《雪亭記》。

是年，徽州知府張芹建廉惠倉，公爲題匾，楊廉作記。未幾，芹離任。

明武宗正德十五年庚辰（1520）　五十二歲　徽州→杭州→句容→臨清→北京

春，公在徽州，登休寧齊雲山，有《天門》等詩。爲徽州府道紀方隆相、休寧縣道會朱素和作《齊雲巖净樂善聖宫記》。爲郡人、進士鄭建作《祁門奇峰鄭氏祠堂記》。爲郡人程景達作《文昌坊重建世忠祠堂記》。

二月十六日乙亥，公應同年、邑人鄭佐所請，爲其亡父作《月波鄭先生行狀略》。

三月一日己丑，公促裝返京，舟抵杭州。應杭州知府張芹（原徽州知府）、運使同知王公大所請，作《新建宋張烈文侯祠記》。十六日甲辰，爲浙江右布政使徐蕃作《重刊救荒補遺書序》。十八日丙午，撰《祭汪仁峰先生文》。途經丹陽，便道至句容茅山，途中作《過節婦橋》。

四月，公舟抵山東臨清，應同年、臨清户部榷税分司主事林春澤所請，作《重修户部分司公堂記》。

五月二十二日，公以給假歸葬還抵京師，復除原職。

明《武宗實録》。

是年，公應同年、郡人胡松所請，爲其祖父作《處士東園胡公墓志銘》。

明武宗正德十六年辛巳（1521）　五十三歲　北京→朝鮮漢城→遼陽

正月六日己未，公在京師，與楊慎、徐縉、郭維藩等僚友同登海印寺鏡光閣。

春，公應同年、郡人葉天球所請，爲新授息縣縣丞金鼎作《贈梅軒之任序》。

爲邑人、新授德清縣丞謝昭作《送謝少尹之任德清》。應郡人、新授麗水縣丞謝賢所請,爲其亡父作《明故武陵縣尹謝公墓志銘》。

夏,公爲郡人、大名縣令吳拯作《大名縣學科貢題名記》。

七月,公兼經筵講官,進講多所啓沃。

> 明唐皋《與胡松書》;明嘉靖《徽州府志》。宸按:《世宗實録》於是月有任命經筵官事,然公名闕失,據補。

八月廿六日乙巳,公受詔充正使、賜一品服,將賚世宗登極詔書往朝鮮國開讀。是月,朝鮮通事金利錫詣公第,問發程之日。

> 明《世宗實録》;朝鮮《中宗實録》。

八月下旬,公族弟唐澤輯家族先世遺文爲《新安唐氏昭慶録》。

九月末,公偕副使史道率使團離京。瀕行,館閣同僚毛紀、許成名、汪佃、張璧、郭維藩、徐縉、尹襄、楊慎等申以歌詩,而董玘爲之序。是月,公致書同年、時山東道監察御史郡人胡松,言及身兼經筵、備使朝鮮諸事。

> 明董玘《送翰林修撰唐君守之使朝鮮詩序》;明唐皋《與胡松書》。

十一月,公於鞍山驛壁間偶見方豪懷楊百之詩,因口占二律和之,史道亦和一律。尋會方、楊於遼陽,各出所倡和相示,競酬互答,至數十章,方集爲册,名以“槎集”。二十日戊辰,公率使團越鴨綠江。朝鮮國王遣遠接使李荇、義州牧使李芑等迎於境上。公命大書榜文,到處揭示,以禁使團滋擾百姓之弊。至良策驛,李荇請饋酒,公戒荇等後勿更饋。二十四日壬申,公過定州。加麻河亭未有名,李荇等請公命之,遂名之曰“納清亭”。十二月一日己卯,公率使團抵龍泉館,再賦詩金孝女。二日庚辰,過安城館,賦詩蔥秀嶺。六日甲申,過臨津江。

> 朝鮮《中宗實録》;辛巳《皇華集》。

公過江三日,不出所作詩。登迎薰樓,始賦詩,夜半出示。李荇時爲遠接使,蘇世讓、鄭世龍、李希輔三公爲從事。荇招諸從事,問其格律高下。世龍讀數遍,曰:“圓熟富瞻,公之強對乎?”荇曰:“格律則不可知也。”希輔亦不以世龍言爲然,頗摘疵病。世讓後至,曰:“世龍之言是矣。真老手也。”荇以爲“高麗”之“麗”字本平聲,而作側字用之,誤也。世龍曰:“初以‘山高水麗’

爲國號，此何害？華人精於聲律，豈容有誤？"荇默然。其後沿路所作甚多。
至葱秀嶺，作五言長篇。荇當屬和，嘆服不已，語世龍曰："真仙才也！子之
前言果是矣！"

　　朝鮮魚叔權《稗官雜記》。

李荇令通事問於公曰："當今天下文章誰爲第一？"公答曰："天下文章以
李夢陽爲第一。"其時崆峒致仕，家居汴梁，而名動天下，東國不知。

　　朝鮮尹根壽《月汀集》。

十二月七日乙酉，公率使團抵漢城，國王迎敕於慕華館。迎詔禮畢，公
就太平館宿。國王仍幸太平館，行下馬宴。八日丙戌，國王幸太平館，行翌
日宴。宴未作，國王將例贈，公不受。又贈筆硯等物，不受。是夜，公乘月登
樓賦詩。九日丁亥，國王幸太平館，行上馬宴。國王仍欲贈禮，公不受。是
夜，公再乘月登樓賦詩。十日戊子，國王幸慕華館餞行。公賦長詩贈別。公
行至金郊驛，國王遣人追至，欲贈筆墨及至寶丹、清心圓、人參等物。公固辭
不受。十三日辛卯，過猪灘。公途中馬蹶，賦詩記之。十四日壬辰，過劍水。
十七日乙未，游平壤練光亭、乙密臺諸勝，拜箕子墓。二十日戊戌，再至金孝
女故里。二十一日己亥，過車輦館。是日，應李荇所請，作《練光亭記》。二
十二日庚子，過義順館。二十三日辛丑，至鴨緑江，餞別朝鮮陪臣，戒諸臣不
必循例刊行其詩。

　　朝鮮《中宗實録》；辛巳《皇華集》。

公渡鴨緑江時，視行囊唯一硯，投之江中。

　　明嘉靖《徽州府志》；明萬曆《歙志》。

歲末，途經遼陽，晤遼陽副總兵張銘，應同年、遼東巡按御史楊百之及建昌
太守韓轍所請，作《襃功祠碑記》。

明世宗嘉靖元年壬午（1522）　五十四歲　寧遠→玉田→北京

初春，公過廣寧，與廣寧太監白英、總兵官郤永、都御史李承勳同飲。過寧
遠，遂有溫泉之游，作《寧遠溫泉》諸詩。途經玉田行院，作《題行院薔薇》詩。
　　二月下旬，朝鮮國王令書局刊印公之詩，朝鮮議政府左議政南袞作《皇華

集序》,議政府右參贊李荇作《皇華續集序》

三月上旬,公率使團返抵京師。朝鮮通事詣公第問安,公使其子傳語應答。

> 朝鮮《中宗實録》。

七月,朝鮮國王命刻公與副使史道所作詩文,製板以懸。

> 朝鮮《中宗實録》。

九月十二日乙卯,公上治運河策,論疏浚運河宜仿嘉湖取淖壅桑之法,一歲之役可免數歲之勞。事下工部議,覆從之。

> 明《世宗實録》。

是年,公應族弟、汝州知州唐誥及其子世勳之請,爲邑人黃天爵、天偉之父作《晚翠堂記》;應史道所請,爲涿州知州陳禄作《涿州題名記》;應同年、户部郎中姚鳳所請,爲其亡父作《贈奉政大夫姚公墓志銘》。

明世宗嘉靖二年癸未(1523)　五十五歲　北京

二月二十一日壬辰,公在京師,應郡人、南京太僕寺少卿汪玄錫所請,爲其先祖汪立信《與休寧西門族人書》作跋。

三月一日壬寅,公應族弟唐侃所請,爲邑人鮑釗作《孝徵録序》。

閏四月廿七日丁卯,公以刑部尚書林俊求去,上《崇一德以享天心疏》曰:“陛下在内所寵信者,多藩邸久侍之人也,非先朝寡過之人也。夫自古及今,君臣上下同心一德,未有不治者也。上下隔絶,中外疑阻,未有不亂者也。今尚書俊勉留未幾,繼以詰責。遠引高蹈之思,已翻然起矣!上下乖離,何以爲治?”帝報聞。

> 明唐皋《崇一德以享天心疏》;明《世宗實録》;清萬斯同《明史稿》。

六月,公爲邑人、新授蠡縣丞汪滋作《汪汝霖之任蠡縣少尹序》。

八月一日,公爲邑人、新授縉雲知縣方潤作《送方雙洲知縉雲縣序》。

十二月七日癸卯,帝以災傷欲罷明年正月慶成宴,公上《舉曠典以備大禮疏》(一名《請行慶成宴疏》)曰:“祭祀之禮,莫重於郊丘;君臣之情,必通於燕享。今臨御已及三年之久,而君臣尚不能同一日之歡,非缺典歟?”竟得如禮。

明唐皋《舉曠典以備大禮疏》;清張廷玉等《明史·裴紹宗傳》。

是年,公應同年黄初(正德九年榜眼)所請,爲其族兄、新授武義縣令黄春作《送武義縣尹黄君伯元之任序》。同年孫昺授郟縣令,公會同舉於鄉者以餞之,囑薛蕙作《送郟令孫子序》。

約是年,公應諸生張伯鎮、詹榮及進士萬義所請,爲同年、山海關兵部分司主事黄景夔作《重修儒學記》。

明世宗嘉靖三年甲申(1524)　五十六歲　北京

正月,公在京師。大禮議又起,公請於首輔楊廷和曰:“張、桂不爲無理,且已深入上心,相公不可遏之太嚴,執之太固,持之太堅。但當擇其所可從者,以慰上衷;斯能執其所必不可從者,以安孝廟耳。”廷和曰:“卿言良是,但今日之事在我,我一少弛,則上浸漓求多,恐無以堤其後,則戎首亦在我矣。蓋我責任與卿等殊。卿何不即以此意具一疏上聞乎?”公曰:“事今固在相公,有如上怒不測,一朝出片紙,安能保其不在他人乎!”廷和謝之。

明萬曆《歙志》。

三月四日己巳,公與鄒守益、張翀、鄭本公等,俱上疏極論。公疏略如守益,言:“請於本生備其尊稱,以伸隆孝之道;繫其始封,以遠二統之嫌。”帝覽奏不悦,以守益等出位妄言,姑置不問,而責公阿意二説、翀等朋言亂政,各奪俸三月。尋而廷和去,張、桂入閣,言者俱廷杖,斥逐,朝幾一空。

明《世宗實録》;清萬斯同《明史稿》。

春,公爲同年、新授山東按察僉事李崧祥作《鼓吹曲送李君赴山東按察兵備僉事》。爲郡人、新授唐縣縣丞金霑作《送金君澤民之任唐縣序》。

夏,翰林編修孫交養病興隆寺,公與林時、蔡昂等僚友過省之。

秋冬間,公應同學汪道行所請,爲休寧知縣李升作《休寧縣修學記》。

宸按:《休寧縣修學記》云:“經始於正德辛巳六月,迄嘉靖甲申八月,凡三閲寒暑,乃始獲睹成,聚師生而落之。庠友汪子明,嘗爲前守拔入紫陽書院,相麗澤最久。適貢上京師詣廣文,介之求記。”休寧縣學落成在嘉靖三年八月,恰逢汪道行(子明)以歲貢入京。明制,歲貢生入京在秋季,子明自徽起送,抵京在秋冬間,則是時公身在京師無疑也。然雍正《紫陽書院志》云："世宗嘉靖三年甲申十月,大會於紫陽書院在今紫陽山。主教太守于成鄭公玉,福建莆田人,時心庵唐學士亦臨會,①聽講者甚衆。"疑有誤。

是年,公應僚友呂柟弟子、郡人黄岩濡所請,爲其亡父黄崇敬作《處士黄公崇敬行狀》。

明世宗嘉靖四年乙酉(1525)　五十七歲　北京

二月一日庚寅,公在京師,郡人汪引之以銓選來京,公爲作《松澗詩卷序》。

三月七日,朝鮮國王問正朝使朴壕曰:"唐天使今爲何官,仍帶前職,而時不遷乎?"朴壕曰:"中朝士大夫上疏請於加上尊號、存其本生二字者,皆被罪譴,人心不平云,而不能詳知也……唐臯尚爲修撰,而人言'授此已久,近當遷秩'云。"

　　　　朝鮮《中宗實録》。

春夏間,公爲已故邑人汪侃之妻胡蕭容、妾劉氏作《雙節傳》。

六月,以修《武宗實録》成,晋公侍講學士、奉訓大夫,賜白金三十兩、文綺三表裏、羅衣一襲。

　　　　明《世宗實録》。

七月十六日癸酉,公爲邑人汪芝作《西麓堂琴統序》。

約是年秋至次年春間,公爲邑人、虬川黄錠作《黄霽峰記》。應郡人、歷城縣丞黄文卓所請,爲黄守厚作《慕庵記》。二記皆公晚年調和朱王之證也。應同年、職方黄某(疑即黄景夔)、歲貢生高翀所請,爲四川按察副使胡東臯作《遷修儒學碑記》。

明世宗嘉靖五年丙戌(1526)　五十八歲　北京

春,公十二載考滿之期,轉侍讀學士。

　　　　宸按:《明實録》載公卒官時爲侍讀學士。

三月初三日子時,公以疾卒於京師。臨終猶於經筵進講君子小人章,忠懇藹然。帝以講讀效勞,特與祭一壇。

---

① "心庵":當作"新庵"。

明世宗《諭祭翰林院侍讀學士唐皋文》;清雍正《巖鎮志草》;明唐仕《新安唐氏宗譜》;明張治道《唐氏孔懷卷後序》。

夏,公旅櫬南歸,葬徽州府歙縣巖鎮蘭岡山。同年林春澤逢櫬於河上,門人汪思於舟中、邑人鄭崐於故里聞訃,皆有挽詩。

五月,郭勛以二百三十兩購得公宅,户科右給事中鄭一鵬上《糾劾權奸疏》以攻之,疏中有"已故學士唐皋矮窄壞爛房屋""唐皋住房價止二百三十兩"等語。公之清廉亦可知矣。

是年,公族弟、陝西按察使唐澤聞訃,集彭澤、康海、王九思諸友人挽詩爲《孔懷卷》,延公僚友吕柟作序,唐龍作記,公同年張治道作後序。

明張治道《唐氏孔懷卷後序》;明彭澤《獨樂園詩序》。

明世宗嘉靖六年丁亥(1527)

十二月二十七日,世宗諭祭,遣徽州府知府鄭玉行之。

明世宗《諭祭翰林院侍讀學士唐皋文》;明黃訓《代郡邑祭學士唐先生文》。

唐皋本名考

唐公諱"皋"，字"守之"，史傳、家乘無異辭。別號"新庵"，前人偶有訛作"心庵"者，亦無傷大雅。近閱明陸彥功《傷寒類證便覽》(明弘治刻本)，卷首有弘治十二年(1499)九月序，署"同邑新庵唐高仁序"，鈐印"乾陽子""守之""白雲後裔"，始悟"高仁"即公之本名也。此説既爲余所首倡，試以數事證之如下。

一、時地相合。嘉靖《徽州府志》卷二十陸彥功小傳云："陸彥功，歙人，三世以醫名。彥功通儒書，精究《素問》《難經》《傷寒》諸奧旨，治病投藥輒效，四方踵門。成化中，召入太醫院。中宮疾，服其藥即愈。受賜冠帶、膳帛，以母服懇歸。弘治再召，彥功老，不能赴。其治病不局方書，不伐能責報。所著有《傷寒便覽》。"程敏政《篁墩集》有《贈陸彥功醫士》詩，事與此同。《便覽》卷首又有弘治十二年吕佐序，稱彥功"年幾七十矣……乃親較正、分門類，總若干卷"，則當生於宣德五年(1430)稍後，中年入都，至著書時已年屆古稀。唐公與彥功同爲歙邑人，作序時年三十一，食廩府學已數載矣(詳年表)。弘治十五年《徽州府志》卷十二記歙東鄉張翁逸事，末云"聞之郡生唐高仁云"，郡生即徽州府學生。公爲彥功同時、同邑之郡生，此時地相合也。

二、字號相合。公表字"守之"，與其名"皋"似不相侔。考《論語・衛靈公》云："知(智)及之，仁不能守之；雖得之，必失之。"若本名"高仁"，則取字"守之"始有可據，此表字相合也。歙縣博物館藏公手書題跋《松澗詩卷序》册頁，有朱文鈐印"乾陽子"，與《便覽序》之鈐印同(詳印譜)。公又號"新庵"，與《便覽序》末署"新庵唐高仁"同。此皆別號相合也。

三、行輩相合。嘉靖《新安唐氏宗譜》載唐祖興、祖富、祖貴兄弟三人：祖興又名德盛，有一子名皋，即公也；祖富無子；祖貴有二子，齊仁、弘仁。公若本名"高仁"，屬"仁"字輩，此排行相合也。公所撰《唐氏三先生集跋》末署"篔軒七世孫皋"，考之《宗譜》，篔軒公諱元，有子白雲公諱桂芳。桂芳生文奎，文奎生壽民，壽民生茂蕚，茂蕚生祖興，則公爲白雲翁六世孫。《便覽序》鈐印"白雲後裔”,此族輩相合也。

四、逸事相合。萬曆《歙縣志》載邑人汪龍預言公及第事曰:“汪龍,字潛夫,目瞀,精《易》數……正德甲戌,郡守熊公問狀元何地何姓人。隸方扶龍上堂,守以扇與之。龍曰:‘扇,徽物;升堂,乃高也:其必吾徽唐皋乎?’”汪龍以“高”字喻公,乃因本名而然。此逸事相合也。

總合以上四事,唐公本名“高仁”,字“守之”,成化、弘治間嘗以是名入府學,正德後始易名爲“皋”,殆無疑義也。

甲辰仲冬下浣,古歙唐宸記。

唐皋印譜

印　圖	釋　文	時間/來源/性質
	乾陽子 （陽文）	弘治十二年 《傷寒類證便覽序》 木刻印
	守之 （陽文）	
	白雲後裔 （陰文）	
	進士及第 國史修撰 （陽文）	正德間 《題玩芳亭卷》 鈐印
暫缺	守之 （陽文）	約正德十三年 《葉氏重修宗譜序》 木刻印
	新庵 （陽文）	正德十五年 《齊雲巖净樂善聖宮記》碑 石刻印
	守之 （陽文）	

续　表

印　圖	釋　文	時間/來源/性質
	古太史氏 （陽文）	正德十五年 《齊雲巖净樂善聖宫記》碑 石刻印
	乾陽子 （陽文）	嘉靖四年 《松澗詩卷序》 鈐印
	守之 （陽文）	
	古太史氏 （陰文）	
	守之 （陽文）	嘉靖初 《宋處士億四公像贊》 木刻印
	賜甲戌榜 進士及第 （陽文）	

附疑僞作品印

印　圖	釋　文	時間/來源/性質
	守之 （陽文）	正德十六年 《巖鎮大塘謝氏宗譜跋》碑 木刻印
	甲戌狀元 （陰文）	

妻閻氏佚文

憶　外

重重簾幕對燈紅，何處人敲五夜鐘？豆蔻香寒懸夜雨，杜鵑花老怨春風。無針可引相思意，有筆難描別後容。萬里天南與天北，見君多在夢魂中。

　　唐夫人，歙縣人，狀元唐公皋之妻也。見《明詩選》。

　　端淑曰："夫人詩以其直似三唐，故人亟稱之，非爲八寸三分帽耳，可稱孤情別調哉！井蛙滿人世，何可與語海也。"

出處：清王端淑《名媛詩緯初編》，清康熙六年清音堂刻本。宸按："萬里天南與天北"屬拗句，用本句自救法。"唐夫人"即閻氏（1469—約 1544 後）。唐仕《新安唐氏宗譜》（嘉靖二十三年刻本）："閻氏，敕封安人，生成化己丑十二月初十日戌時。生子二：伯綺、伯紓。"同書《唐氏恩榮錄》載明武宗《翰林院修撰唐皋并妻敕》曰："翰林院修撰唐皋妻閻氏，行特端莊，性惟柔婉，秀鍾大族，德媲名門。禮義從夫，有儆戒相成之益；儉勤率下，無貴驕自恃之心。婦道克修，褒章宜錫。用旌內助，式耀中閨。兹特封爲安人。尚敦順正之風，益迓騈藩之寵！"末署正德十二年四月十一日。閻氏卒年唐仕譜未載，疑當卒於嘉靖二十三年之後。

孫唐汝龍佚文

登姑蘇臺

范蠡昔佐越，雪恥破吳城。功成身即退，鴻飛任縱橫。脱此簪組縛，尋彼鷗鷺盟。當時羨明哲，萬古流芳聲。惜哉智何疏，乃載西施行。勾踐苟好色，寧免韓生烹。成敗有天幸，工拙難前衡。往事俱電滅，感此嘆生平。

出處：明王寅《新都秀運集》卷下，清康熙二十七年刻本。王寅注："啓潛，太史之孫，惜其負才未達，故其詩多感慨激烈，若'貧賤况慚雞犬客，能將末技策奇功'，'欲提孤劍酬身命，海内惟憐一寸心'，'今日惟餘孤劍在，寒光夜夜照床頭'，往往自宣其抑鬱不平之氣。諸體惟歌行獨優，若《相逢行》，有警於交道之薄，疏朗跌宕，真可以比量盛唐名家不讓也。"

相逢行

拔劍朝出門，驅馬五陵原。塵埃塞天地，誰含萬古冤。酒酣燕市兩耳熱，陰風颯颯吹腥血。男兒意氣重丘山，恩仇只在反掌間。可憐世上夸毗子，仁義空談盛文史。相逢不肯出肺肝，緩急安得同生死。

出處：同上。

賦得美人鬥百草

結伴蕩春思，啼鶯孃綠枝。分行拾瑶卉，列坐盛光儀。作態抽莖疾，含嬌出葉遲。衆中赢一算，花下獨揚眉。

出處：明陳有守等《徽郡詩》卷一，明嘉靖三十九年江氏刻本。卷端有汪淮評語："傑作也。"卷端"詩人爵里"云："唐汝龍，字起潛，號雲湫，歙人。"參校以清錢謙益《列朝詩集》丁集卷八，清順治九年毛氏汲古閣刻本。牧齋所撰小傳云："汝龍，字起潛，歙人。其《窮居感懷》詩云'憶昔垂髫白玉堂，先人退食教文章',蓋守之學士之子也。"宸按：汝龍乃學士之孫,牧齋偶誤。

丙午下第故人黃鳳翔餞予江上①

少年重游俠,破產不爲生。解裘衣季布,脱履迎荆卿。千金買駿馬,百金買寶刀。揮鞭按轡盛意氣,路傍嘖嘖稱雄豪。② 欲繫單于頸,直搗瀚海濱。歸來玉關内,奇功獻紫宸。腰懸金印大如斗,鑄名鐘鼎垂不朽。豈知世事本難期,兩鬢蕭蕭成老醜。③ 懷藏尚有賈誼書,閭閻路阻誰吹噓。平原信陵招不起,羈旅寂寞囊無餘。相逢滿眼交情薄,惟君不負平生托。④ 數回相見情轉親,落日爲我開東閣。盤餐具鷄黍,酒瀉琥珀紅。大叫賭梟盧,歌笑千鐘空。醉後明月已西墮,曉天霜冷鳴飛鴻。長揖謝君起,送我清江頭。握手兩不語,北風寒颼颼。⑤ 片帆那可挂,孤棹嚮揚州。勸君買取步兵三百甕,⑥爲我再洗萬斛之離愁。⑦

出處：明陳有守等《徽郡詩》卷三,明嘉靖三十九年江氏刻本。篇題下有評語"跌宕"。卷端有汪淮評語"有風度也"。參校以明王寅《新都秀運集》卷下;明李敏《徽郡詩略》卷八,明嘉靖三十九年刻本。

窮居感懷 五首⑧

其　一

憶昔垂髫白玉堂,先人退食課文章。⑨ 只今老大繁霜鬢,憔悴東陵古道傍。

其　二

平泉樹石盡成空,甲第還看半野蓬。貧賤况慚鷄犬客,能將末技策奇功。

---

① "丙子下第故人黃鳳翔餞予江上"：《新都秀運集》作"丙子秋失意金陵友人黃鳳翔餞予江上賦此留别",作"丙午"是。
② "雄"：《新都秀運集》作"英"。
③ "蕭蕭"：《新都秀運集》作"瀟瀟"。
④ "平生"：《新都秀運集》作"生平"。
⑤ "寒"：《新都秀運集》作"動"。
⑥ "勸"：《徽郡詩略》作"要"。
⑦ "再"：《徽郡詩略》作"盡"。
⑧ "五首",底本存二首,即其一、其五。其餘三首據《新都秀運集》補入。
⑨ "課"：《列朝詩集》作"教"。

其　三

南國干戈滿綠林，聞鷄早夜起悲吟。欲提孤劍酬身命，海內惟憐一寸心。

其　四

群公半已插金貂，海上妖氛尚未消。聖主英明通萬里，好將直節答清朝。

其　五

少年結客五陵游，散盡黄金敝黑裘。① 今日惟餘孤劍在，寒光夜夜照人愁。

出處：明陳有守等《徽郡詩》卷八，明嘉靖三十九年江氏刻本。參校以明王寅《新都秀運集》卷下、明李敏《徽郡詩略》卷二十一、清錢謙益《列朝詩集》丁集卷八，清順治九年毛氏汲古閣刻本。

贈魏郡樊三明召②

楊家長矛法入神，傳向關西爾獨真。萬朵梨花飛月暈，東吳敵手未逢人。

出處：明陳有守等《徽郡詩》卷八，明嘉靖三十九年江氏刻本。參校以明王寅《新都秀運集》卷下；明李敏《徽郡詩略》卷二十一，明嘉靖三十九年刻本；清錢謙益《列朝詩集》丁集卷八，清順治九年毛氏汲古閣刻本。

齊雲山

石磴穿雲謁紫清，天風時引步虛聲。珠簾不捲蓮池雨，石柱遥聞遼鶴鳴。五老月明仙掌動，三姑花謝舞腰輕。怪來猿鳥渾相識，洞府金函舊有名。

出處：明王寅《齊雲山志》卷七，明嘉靖刻本。原詩無題，謹擬題爲"齊雲山"。

題錢穀董姬像(存目)

出處：明錢穀《董姬像》册頁，紙本，設色，現藏北京故宫博物院。"畫上有項聖謨篆書'董姬真容'四字，另頁有黄姬水、金茂、唐汝龍、王寅、王醇、李肇亨、袁枚、張塤、薛鱗、吳錫祺十家題記及廷雍、莫雲卿二家扉頁題字。"載《中國美術全集·繪畫編》"明代繪畫（中）"，人民美術出版社 2015 年版，第 51 頁。

---

① "敝"：《徽郡詩略》作"弊"，《新都秀運集》作"敝"。
② "贈魏郡樊三明召"：底本作"贈樊三"，據《新都秀運集》改。

附唱和詩

海嶽尋仙歌贈唐啓潛
（王寅）

唐生廣顙仍大顴，秀眉修目鬚翩翩。少年披覽飽經史，千言落唾揮雲烟。骨相文章迥人異，致身本是公卿器。折腰懶上明廷書，迂狂苦慕神仙事。爲愁日月凋朱顔，林居謝客常閉關。燒鉛練汞費生産，草創三還待九還。九還之功猶渺茫，凌空安得羽毛長？元符恐誤流傳訣，真藥期逢面授方。昨來手執遠游賦，海嶽追尋恨遲暮。① 仰笑青天即別離，婚嫁留君不肯住。海嶽君誰作伴行，布袍斗笠獨縱橫。蟠桃去竊千年實，閶闔低臨十二城。神仙倘逢羡門子，玉女相隨弄瓊蕊。君或前身周義山，姓名久在丹臺裏。我祖吹笙王子喬，暫將踪迹混漁樵。煩君一過嵩高上，白鶴還家早見招。

出處：明王寅《十嶽山人詩集》卷一，明萬曆十三年刻本。

送唐啓潛作伴汪元蠡游大梁
（王寅）

南風送北征，三千梁苑程。何事衝新暑，難辭爲友生。酒中同結客，馬上與談兵。知爾南歸候，黃河有雁聲。

武林訪唐啓潛禪館
（王寅）

誰云知己易，宜此路行難。隔歲故山別，王門何處干。秋偏禪寺早，凉警客衣單。且戀蘇堤上，芙蓉日醉看。

出處：明王寅《十嶽山人詩集》卷三，明萬曆十三年刻本。參校以明曹學佺《石倉十二代詩選》明五集卷三十九《十嶽集》，明崇禎刻本。宸按：汪元蠡，名本湖，由儒入賈，行俠好施，生平見李維楨《汪元蠡程孺人墓志銘》（《大泌山房集》卷九十七，明萬曆三十九年刻本）、鄒迪光《汪元蠡處士暨配程孺

---

① "暮"：底本作"慕"，徑改。

人墓道碑銘》(《石語齋集》卷十九,明刻本)。王寅有致汪本湖函,語及汝龍,載《錢鏡塘藏明代名人尺牘》,上海古籍出版社 2002 年版,第 6 册,第 62 頁。

上巳獨酌有懷唐啓潛

(王寅)

歡君往臘曾余約,今已三春大半過。上巳積陰啼鳥斷,茂林寒雨落花多。欲臨曲水承家世,安得群賢集永和? 緑酒敢虚酬令節,蘭亭東望一酣歌。

除夕寄贈唐啓潛佩刀用典酒錢送歲二首

(王寅)

其　一

空囊無計送殘年,還憶貧交倍黯然。燕市佩刀何用惜,贈君一典酒家錢。

其　二

知爾忍輕霜鍔典,酒錢何借一宵貧。放歌醒眼提三尺,守歲如看意氣人。

出處：明王寅《十嶽山人詩集》卷四,明萬曆十三年刻本。

送唐孝廉游嵩山

(黄姬水)

坤靈奠五嶽,高大是嵩丘。四樹仙人種,三臺帝子留。方偕禽慶侣,去挾鳳笙游。若到箕山上,還應弔許由。

出處：明黄姬水《黄淳父先生全集》卷五,明萬曆十三年刻本。

雲湫唐子將之汴過訪作

(黄姬水)

相逢何必嘆途窮,豪士襟期四海同。死黨常存欒布烈,釋紛真有魯連風。平臺狐兔尋梁苑,澤國菁蘭過楚宫。此日蓬門千里駕,倉忙蔬饌愧茅容。

出處：明黄姬水《黄淳父先生全集》卷十二,明萬曆十三年刻本。宸按：黄姬水亦與汪元蠡友善,詩見集中,不復贅。

紫芝園歌贈吳邦珍兼招王仲房唐起潛二君子

（汪少廉）

我本鶴上人，謫居天地間。平生厭塵市，惟喜入名山。聞君燒丹紫芝塢，白日飛烟長閉關。入門一笑三四子，頭戴霞冠足拖屣。商山之老不再逢，我輩應知後身耳。此處不異商山傍，堯舜之帝非漢皇。安儲何須我輩出，六龍自是擎天綱。白首放歌世莫識，眼中誰是張子房。訪君今朝醉君酒，人生得失那復有。蕭相身榮遭繫辱，韓侯功成慨烹狗。酒酣再進黃金樽，皇王帝霸安用論。相期共守麋鹿志，逍遥直入無窮門。

出處： 明王寅《新都秀運集》卷下，清康熙二十七年刻本。

訪唐丈起潛

（汪少廉）

聞歌梁甫吟，來訪意何深。欲脫千金劍，同傾一片心。青袍逢世難，白髮感年侵。結伴名山去，玄芝且共尋。

出處： 明王寅《新都秀運集》卷下，清康熙二十七年刻本。

春日同諸葛問渠唐木瘤二山人登吳山弔古

（李奎）

第一峰頭振薜衣，閑雲滿地坐忘歸。半山宿雨晴猶濕，萬井翠烟翠欲飛。南國樓臺餘悵望，西湖花柳自芳菲。可憐吳越空江在，惟見寒潮送夕暉。

出處： 明李奎《龍珠山房集》，載清丁丙輯《武林坊巷志》卷十一，浙江古籍出版社 2018 年版，第 6 冊，第 1915 頁。

輯佚/輯考書目

輯佚書目

明官修《明實錄》,臺北"中研院"史語所 1961 年影印國立北平圖書館藏紅格本

明朱國禎《大政記》,明崇禎刻本

明賈三近《皇明兩朝疏抄》,明萬曆刻本

明張鹵《皇明嘉隆疏鈔》,明萬曆刻本

明黃訓《名臣經濟錄》,明嘉靖三十年刻本

明萬表《皇明經濟文錄》,明嘉靖刻本

明官修《正德八年應天府鄉試錄》,明正德刻本

明官修《正德九年會試錄》,明正德刻本

明官修《正德十二年會試錄》,明正德刻本

明程巖護、程永珖等《新安休寧長壟程氏本宗譜》,明正德十一年刻本

明謝顯等《王源謝氏孟宗譜》,明嘉靖十六年刻本

明金弁等《新安休宁汪溪金氏族譜》,明嘉靖三十二年刻本

明鄭岳《奇峰鄭氏本宗譜》,明嘉靖四十五年刻本

明黃積瑜《新安左田黃氏正宗譜》,明嘉靖刻本

明戴祥《績溪戴氏族譜》,明嘉靖刻本

明葉天爵《葉氏宗譜》,明嘉靖活字本

明金瑶、金應宿《瑬溪金氏族譜》,明隆慶二年刻本

明程一枝《程氏貽範集補》,明隆慶刻本

明汪道昆《汪氏十六族近屬家譜》,明萬曆二十年刻本

明程一枝《程典》,明萬曆二十七年刻本

明謝廷諒《古歙謝氏統宗志》,明萬曆三十二年刻本

明范淶《休寧范氏族譜》,明萬曆三十三年刻本

明王宗本《休寧宣仁王氏族譜》,明萬曆三十八年刻本

明潘文炳等《婺源桃溪潘氏族譜》,明崇禎九年刻本

明孫璉《孫氏世系》,明刻本

清黃隱南等《潭渡孝里黃氏族譜》,清雍正刻本

清鮑光純《棠樾鮑氏三族宗譜》,清乾隆三十一年刻本

清汪璣《汪氏通宗世譜》,清乾隆刻本

清方善祖《歙淳方氏柳山真應廟會宗統譜》,清乾隆刻本

清吳文誘《沖山家乘》,清嘉慶三年刻本

清張承渭等《托塘張氏宗譜》,清嘉慶木活字本

清黃開簇《虬川黃氏重修宗譜》,清道光十年刻本

清黃開簇《虬川黃氏重修宗譜》,油印本

清邵煜源等《紫溪邵氏宗譜》,清木活字本

清佚名《源頭李氏宗譜》,清刻本

清佚名《(歙縣)鄭氏族譜》,清抄本

清佚名《黟南歐村歐陽氏族譜》,清抄本

清末胡位咸等《(績溪)遵義胡氏宗譜》,民國二十四年印本

明程尚寬《新安名族志》,明嘉靖刻本

明戴廷明等《新安名族志》,黃山書社 2004 年版

正德《池州府志》,明正德十三年刻本

正德《瓊臺志》,明正德十六年刻本

嘉靖《武義縣志》,明正德十六年刻、嘉靖三年補刻增修本

嘉靖《湖廣圖經志書》,江蘇廣陵古籍刻印社 1991 年影印嘉靖初刻本

嘉靖《山海關志》,明嘉靖十四年葛守禮刻本

嘉靖《遼東志》,明嘉靖十六年刻本

嘉靖《廣平府志》,明嘉靖二十九年刻本

嘉靖《進賢縣志》,明嘉靖四十二年刻本

嘉靖《涿州志》,明嘉靖四十三年刻本

嘉靖《全遼志》,明嘉靖四十五年刻本

嘉靖《大名縣志》,明嘉靖刻、萬曆修補本

萬曆《南陽府志》,明萬曆五年刻本

萬曆《杭州府志》,明萬曆七年刻本

萬曆《績溪縣志》,明萬曆九年刻本

萬曆《懷遠縣志》,明萬曆三十三年刻本

萬曆《休寧縣志》,明萬曆三十五年刻本

萬曆《池州府志》,明萬曆四十年刻本

萬曆《故城縣志》,明萬曆四十二年遞修本

萬曆《寧國府志》,明萬曆刻本

康熙《豐城縣志》,清康熙三年刻本

康熙《山海關志》,清康熙九年刻本

康熙《肅寧縣志》,清康熙十一年刻本

康熙《臨清州志》,清康熙十三年刻本

康熙《玉田縣志》,清康熙二十年刻本

康熙《徽州府志》,清康熙三十八年刻本

康熙《昌化縣志》,舊抄本

乾隆《昌化縣志》,清乾隆十三年刊本

乾隆《肅寧縣志》,清乾隆二十一年刻本

乾隆《玉田縣志》,清乾隆二十一年刻本

乾隆《歙縣志》,清乾隆三十六年刻本

乾隆《池州府志》,清乾隆四十三年刻本

乾隆《大名縣志》,清乾隆五十四年刻本

乾隆《會理州志》,清乾隆六十年刻本

嘉慶《方泰志》,舊抄本

道光《豐城縣志》,清道光五年刻本

道光《徽州府志》,清道光七年刻本

道光《歙縣志》,清道光八年刻本

道光《浮梁縣志》,道光三年刻、道光十二年補刻本

道光《休寧縣志》,清嘉慶二十年刊本

同治《會理州志》,清同治九年刊本

光緒《續纂句容縣志》,清光緒刊本

民國《黟縣四志》,民國十二年刻本

民國《遼陽縣志》,民國十七年鉛印本

民國《義縣志》,民國十九年鉛印本

民國《臨清縣志》,民國二十三年鉛印本

民國《台州府志》,民國二十五年鉛印本

民國《歙縣志》,民國二十六年鉛印本

明吳思學《宋康惠公祠志》,明萬曆二十三年宋紹先刊本

清施璜《紫陽書院志》,清雍正三年刻本

明王寅《齊雲山志》,明嘉靖刻本

明魯點《齊雲山志》,明萬曆刻本

清閔麟嗣《黄山志定本》,清康熙刻本

宋董煟、元張光大、明朱熊《重刊救荒補遺書》,明萬曆刻本

明陸彦功《傷寒類證便覽》,明弘治十二年陸氏保和堂刻本

明汪芝《西麓堂琴統》,舊抄本

明潘之恒《亘史鈔》,明萬曆刻本

明王同軌《耳談類增》,明萬曆三十一年唐氏世德堂刻本

明蔣一葵《堯山堂外紀》,明萬曆刻本

明劉宗周《人譜類記》,清康熙三十八年刻本

明朝鮮魚叔權《稗官雜記》,《韓國文集叢刊》本

三國諸葛亮,明諸葛羲、諸葛倬《漢丞相諸葛忠武侯全集》,清康熙刻本

宋林逋《宋林和靖先生詩集》,明萬曆四十一年刻本

元唐元、明唐桂芳、明唐文鳳《唐氏三先生集》,明正德十三年徽州知府張
芹刻本

明朱升《朱楓林集》,明萬曆刻本

明楊琢《心遠先生存稿》,明抄本

明汪循《汪仁峰先生文集》,清康熙刻本

明汪舜民《静軒先生文集》,明正德六年張鵬刻本

明王鴻儒《王文莊公集》,明崇禎元年王應修刻本

明汪承《玩芳亭記》长卷,正德間紙本

明林文俊《方齋存稿》,清抄本

明胡松《承庵先生集》,明刻本

明王寅《新都秀運集》,清康熙二十七年刻本

明陳有守等《徽郡詩》,明嘉靖三十九年江氏刻本

明佚名《新安文獻志續編》,明刻本

明朝鮮官修《(辛巳)皇華集》,明朝鮮活字本

清錢謙益《列朝詩集》,清順治九年毛氏汲古閣刻本

清朱彝尊《明詩綜》,清康熙刻本

清張豫章《四朝詩》,清康熙四十八年内府刻本

清陳田《明詩紀事》,清刻本

明吴中行《皇明歷科狀元全策》,明萬曆刻本

明焦竑《歷科廷試狀元策》,明崇禎刻本

輯考書目

(已見於"輯佚書目"者不贅列)

清張廷玉等《明史》,中華書局 1974 年版

清萬斯同《明史稿》,清抄本

朝鮮官修《李朝實録》,韓國國史編纂委員會影印本

清夏燮《明通鑒》,中華書局 2009 年版

明過庭訓《本朝分省人物考》,明天啓刻本

明戴銑《朱子實紀》,明正德八年刻本

明官修《嘉靖二年進士登科録》,明嘉靖刻本

明官修《嘉靖四年山東鄉試録》,明嘉靖刻本

明顧祖訓《明狀元圖考》,明萬曆三十五年吴承恩、黄文德刻,崇禎增修本

明陳鎏《皇明歷科狀元録》,明隆慶刻本

明唐仕《新安唐氏宗譜》,明嘉靖二十三年刻本

明洪烈《新安洪氏統宗譜》,明嘉靖四十四年刻本

明江來岷、江中淮《重修濟陽江氏宗譜》,明萬曆四十年刻本

清邵貞圭等《東陽紫溪邵氏宗譜》,清道光五年木活字本

清唐惟佐《隱賢堂唐氏族譜索引》,清雍正九年序刊、民國胡木春抄本

清李向榮《三田李氏重修宗譜》,清乾隆刻本

清佚名《鄭氏族譜》,清抄本

唐應恩《唐氏世系挂綫簿》,舊抄本

明嚴從簡《殊域周咨録》,明萬曆刻本

雍正《紫陽書院志》,清雍正三年刻本

嘉靖《蠡縣志》,明嘉靖十三年刻本

嘉靖《南畿志》,明嘉靖十三年刻本

嘉靖《鄧州志》,明嘉靖四十三年刻本

嘉靖《徽州府志》,明嘉靖四十五年刻本

萬曆《合肥縣志》,明萬曆元年刻本

萬曆《歙志》,明萬曆三十七年刻本

萬曆《平陽府志》,明萬曆四十三年刻本

萬曆《續修嚴州府志》,明萬曆刻本

崇禎《歷城縣志》,明崇禎十三年刻本

崇禎《固安縣志》,明崇禎五年刻本

順治《息縣志》,清順治十四年刻本

康熙《德清縣志》,清康熙十二年刻本

康熙《郟縣志》,清康熙三十三年刻本

康熙《縉雲縣志》,清康熙刻本

雍正《巖鎮志草》,清乾隆刻本

嘉慶《息縣志》,清嘉慶四年刻本

嘉慶《連江縣志》,清嘉慶十年刻本

嘉慶《臨桂縣志》,清嘉慶七年刻本

道光《新喻縣志》,清道光五年刻本

同治《麗水縣志》,清同治十三年刻本

光緒《唐縣志》,清光緒四年刻本

民國《新纂雲南通志》,民國三十八年刻本

新編《歙縣志》,黃山書社 2010 年版

明郭盤、王材、高儀《皇明太學志》,明嘉靖三十六年國子監刻,隆慶、萬曆
遞修本

明末王道隆《笠澤堂書目》,民國抄本

清永瑢、紀昀等《四庫全書總目》,中華書局 1965 年版

明萬民英《三命通會》,明萬曆刻本

明焦竑《玉堂叢語》,明萬曆四十六年刻本

明李春熙《道聽録》,清抄本

明沈德符《萬曆野獲編》,清道光七年錢塘姚祖恩扶荔山房刻本

明朝鮮李睟光《芝峰類説》,《韓國文集叢刊》本

明查應光《靳史》,明天啓刻本

明劉萬春《守官漫録》,明萬曆四十八年刻本

清周亮工《字觸》,清康熙六年刻本

民國許承堯《歙事閑譚》,黄山書社 2001 年版

明馮夢龍《古今譚概》,明末刻本

明陳懋學《事言要玄》,明萬曆四十六年刻本

明佚名《性命雙修萬神圭旨》,明萬曆四十三年吳之鶴刻、天啓二年程于廷重修本

清許光清《陰騭文圖證》,清道光二十四年刻本

清梁章鉅《巧對録》,清道光刻本

明程敏政《篁墩程先生文集》,明正德二年刻本

明楊廉《楊文恪公文集》,明萬曆刻本

明祝允明《懷星堂集》,明萬曆三十九年刻本

明顧清《東江家藏集》,明嘉靖三十八年刻本

明毛紀《鼇峰類稿》,明嘉靖二十一年刻木

明賈詠《南塢集》,明嘉靖二十四年刻、隆慶二年重修本

明王九思《渼陂集》,明嘉靖十二年刻本

明唐寅《唐伯虎集》,明萬曆四十年刻本

明汪佃《東麓遺稿》,明刻本

明康海《對山集》,明嘉靖刻本

明郭維藩《杏東先生文集》,明嘉靖四十年刻本

明張璧《陽峰家藏集》,明嘉靖二十四年世恩堂刻本

明顧璘《息園存稿》,明嘉靖十七年刻本

明朝鮮李荇《容齋集》,《韓國文集叢刊》本

明崔桐《崔東洲集》,明嘉靖二十九年刻本

明林春澤《旗峰詩集》,紅格抄本

明蔡昂《鶴江先生頤貞堂稿》,明刻本

明朝鮮金安老《希樂堂稿》,《韓國文集叢刊》本

明徐縉《徐文敏公集》,明隆慶二年吳郡徐氏刻本

明董玘《董中峰先生文選》,明嘉靖四十年刻本

明汪思《方塘汪先生文粹》,明萬曆三年刻本

明尹襄《巽峰集》,明嘉靖刻本

明朝鮮蘇世讓《陽谷集》,《韓國文集叢刊》本

明張治道《張太微詩集》,明嘉靖十年刻本

明張治道《嘉靖集》,明嘉靖三十一年刻本

明楊慎《楊升庵詩》,明寫刻本

明楊慎《升庵南中集》,明嘉靖刻本

明楊慎《太史升庵文集》,明萬曆十年刻本

明姚淶《明山先生存集》,明嘉靖三十六年刻本

明薛蕙《薛考功集》,明嘉靖刻本

明李濂《嵩渚文集》,明嘉靖刻本

明許成名《龍石先生詩抄》,明萬曆三年聊城丁氏芝城刊本

明林時《介立詩集》,明刻本

明朝鮮鄭士龍《湖陰雜稿》,《韓國文集叢刊》本

明朝鮮李滉《退溪集》,《韓國文集叢刊》本

明黃訓《黃潭先生文集》,明嘉靖三十八年新安黃氏家刊本

明王慎中《遵巖先生文集》,明嘉靖四十五年本

明朝鮮尹根壽《月汀集》,《韓國文集叢刊》本

明方揚《方初庵先生集》,明萬曆四十年刻本

明陳所蘊《竹素堂藏稿》,明萬曆十九年刻本

明湯顯祖《玉茗堂全集》,明天啓元年刻本

明鮑應鰲《瑞芝山房集》,明崇禎三年刻本

明程嘉燧《松圓偈庵集》,明崇禎刻、清康熙補修《嘉定四先生集》本

清許楚《青巖集》,清康熙五十四年許象縉刻本

清彭孫貽《茗齋集》,《四部叢刊續編》景寫本

清朝鮮趙持謙《迂齋集》,《韓國文集叢刊》本

清劉大櫆《海峰文集》,清同治十三年刻本

清程襄龍《澄潭山房詩集》,清嘉慶二年刻本

清潘世鏞《吟古鏡齋集》,清道光二十六年刻本

清唐必桂《唐一林詩集》,清稿本

明俞憲《盛明百家詩》,明嘉靖、隆慶間刻本

明何炯《清源文獻》,明萬曆二十五年刻本

舊題明王錫爵、沈一貫《增定國朝館課經世宏辭》,明萬曆刻本

李玉明、王雅安、柴廣勝《三晋石刻大全》運城市絳縣卷,三晋出版社 2014 年版

束景南《王陽明年譜長編》,上海古籍出版社 2017 年版

後記

　　憶昔童丱時，先父嘗從容語余曰："吾唐氏爲新安文獻故家。先世有筠軒、白雲、梧岡三先生，歿有集藏於家，兵燹屢經，如縷幾殆，幸得學士篁墩程公敏政悉心爲之編訂，知府新淦張公芹捐資爲之刊行。三先生之名聞於天下，上距筠軒公之卒已逾百七十年矣。後頻遭世變，祖書零落，張侯所刊之書唯餘孤本一帙現藏國家圖書館，凡一函八册，幸賴學士大興翁公方綱已抄入《四庫全書》，其人其文不朽矣。三先生之文，精義所在，有不終泯没於天壤之間者故宜。然先世尚有新庵公皋者，汝知之乎？新庵公嘗以狀元及第，出使東國，徽人至今稱之，其集不傳，其文不少概見。余無從考其行實、載諸家乘，殊爲憾事。"己丑歲，負笈滬庠，始以搜集新庵公佚文爲事，導師蔡先生錦芳躬自訓導，竟成初集，余始悟文獻之傳與不傳，在所自爲而已。辛卯歲先父棄背，宿昔念念之事，固未嘗一日敢忘也。十餘年間，乃遍歷典籍凡數百千種，更以數字人文新法爲之輔翼，故是書所得，不可謂不富。惟新庵公卒於嘉靖丙戌（1526）三月，下距今乙巳（2025）三月，正合五百年之數，其間書厄劫灰，恐有數倍於昔三先生之文者。校書如掃葉，自古難之，況是書之取衆出一、集腋成裘者乎！余未嘗一日不憂懼也。

　　姚江鄧君益明，昔在滬庠爲同學，素相知也，今供職中西書局，爲名編輯，乃躬助編訂，魯魚豕亥之失多有匡正，實已燦然改觀矣。未幾，文學院黄書記烈聞是書之殺青也，因遂以提携後進爲己責，亟出學科經費爲之版行。耿教授傳友亦從旁襄助，是書得以厠身"國家社科基金重大項目"之列者，教授之力也。書成，周教授明初惠賜序文以冠篇首，劉教授石復署名推薦。蓋是書既編訂於鄧君，版行於黄、耿二公，又得名重於周、劉二公，此數公者，不啻曩者之篁墩程公、新淦張公、大興翁公歟？嗚呼！何吾唐氏一家之多幸也哉！

　　是書之舉也，嘗爲余指導初稿者，導師蔡錦芳、簡錦松二先生及滬庠諸授業師也；嘗爲余答疑解惑者，導師崔先生富章、賈先生海生、師母張先生燕嬰，束教授景南，香港理工大學朱教授鴻林，友人蔣雙苄、杜歡、劉剛、龔元華、嚴程、余格格、劉一、張宇超也；嘗以 AI 新法協助校勘句讀之失者，友人胡韌奮也；嘗惠賜重要資料者，安徽省博物院汪教授慶元、黃山學院馮教授劍輝、潘教授定武，友人王紅春、鍾曉君、陳勇也；嘗代爲尋訪善本者，友人孟慶偉，學生黃漢、戴欣萌、張琳越也；嘗協助繪製 GIS 系統者，學生劉曉希也；嘗協助檢索資料者，同學閆淳純、王風麗，學生陳鍇、戴綦宏、劉夢涵、詹斐然、張萍、鄭孫彦也；而主持家務、照顧小兒嘉禎，使余得以三校是書、無後顧之憂者，家母王彩霞與内子馮晨晨實有力焉。

昔義寧陳先生寅恪遭逢事變，旅居昆明，偶購得常熟錢氏故園中紅豆一粒，遂有箋釋錢柳因緣之意。柳如是者，不過明末秦淮一歌伎而已，或以爲不必苦心孤詣、表頌紅妝如此。然義寧之作《柳如是別傳》者，非僅關乎錢柳二人之恩怨、朱明一姓之興亡，實欲自驗所學之深淺而已。余之編著是書，搜求放逸，運用數字人文新法於故書輯佚者，於自驗所學固不無寸補，然孜孜於唐氏一姓之書，其敝帚自珍之譏，余亦自知不免。

歲在乙巳三月之吉，新庵公裔孫、古歙唐宸識於廬陽。

圖書在版編目(CIP)數據

明狀元唐皋佚文輯考編年 / 唐宸撰. -- 上海 ：中
西書局，2025. -- ISBN 978-7-5475-2390-2

Ⅰ. I214.82

中國國家版本館 CIP 數據核字第 2025CT6508 號

明狀元唐皋佚文輯考編年

唐　宸　撰

責任編輯	鄧益明
裝幀設計	黄　駿
責任印製	朱人傑

出版發行　上海世紀出版集團
　　　　　　　　®中西書局（www.zxpress.com.cn）

地	**址**	上海市闵行區號景路 159 弄 B 座（郵政編碼：201101）
印	**刷**	浙江天地海印刷有限公司
開	**本**	700 毫米×1000 毫米　1/16
印	**張**	20.5
字	**數**	335 000
版	**次**	2025 年 4 月第 1 版　2025 年 4 月第 1 次印刷
書	**號**	ISBN 978-7-5475-2390-2/I·271
定	**價**	98.00 元

本書如有質量問題，請與承印廠聯繫。電話：0573-85509555